Lea Coplin

Nichts zu verlieren. Außer uns.

Lea Coplin

ROMAN

NICHTS ZU VERLIEREN. AUSSER UNS.

dtv

Ausführliche Informationen über unsere Autoren und Bücher
www.dtv.de

MIX
Papier aus verantwortungsvollen Quellen
FSC® C019821

Originalausgabe

Umschlaggestaltung: buxdesign, München,
unter Verwendung von Motiven von shutterstock
Gesetzt aus der Palatino LT Std 9,75/13·
Gesamtherstellung: Druckerei C. H.Beck, Nördlingen
Gedruckt auf säurefreiem, chlorfrei gebleichtem Papier
Printed in Germany · ISBN 978-3-423-71799-1

Für blö,
und in Erinnerung
an eine wunderschöne Reise.

Lina

Ich weiß nicht, weshalb ich ihm nicht meinen richtigen Namen genannt habe, aber jetzt ist es zu spät, um daran etwas zu ändern. Wenn ich ihm diese Lüge beichte, kann ich ihm gleich alles andere erzählen, und das wäre die schlechteste Idee, die die Menschheit je gehört hat.

Ich liege neben ihm, halte die Augen geschlossen und lausche seinem Atem. Es ist so eng auf dieser Rückbank, dass ich mit jeder seiner Bewegungen mitgehe, meine Brust hebt und senkt sich im Rhythmus seiner Luftzüge. Ich denke, ich sollte ein Stück von ihm wegrücken, ein wenig Abstand zwischen uns bringen, doch gerade fehlt mir die Disziplin dazu.

Ich berühre seine Hand, die auf meinem Bein liegt, und dann gleite ich zurück in den Schlaf, einfach so. Als gäbe es nichts, um das es sich zu sorgen lohnt, und niemanden außer uns beiden, keine Vergangenheit, keine Zukunft, nur ihn und mich, nur uns beide. Nur Jetzt und Hier. Aber auch das ist eine Lüge. Die womöglich größte von allen.

Zwei Wochen zuvor

1
Max

MONTAG, 25. SEPTEMBER

Man sollte meinen, jemand wie ich ist es gewohnt zu fliegen, verschwendet keinen Gedanken an menschliches Versagen, schlechte Wartung und Sabotage, reist zu oft, um deswegen nervös zu werden, doch die Wahrheit ist, es bereitet mir Unbehagen. Mehr als das. Es irritiert mich. Einige Male schon habe ich darüber nachgedacht, weshalb das so ist, warum es mich nervös macht abzuheben, den Boden unter den Füßen zu verlieren, und bin zu dem Schluss gekommen, dass genau das das Problem ist: Eine Person, die sich nur schwer als vernünftig verwurzelt bezeichnen kann, sollte mit beiden Beinen auf der Erde bleiben, um nicht gänzlich den Halt zu verlieren.

Habe ich recht?

In Gedanken zucke ich mit den Schultern, in der Realität ist es zu eng dafür. Der Flieger hat noch nicht einmal seine Parkposition erreicht, da sind schon alle aufgesprungen, um sich die nächsten neun Minuten im Gang zu drängeln, dicht an dicht, das Telefon zwischen Kinn und Ohr, während die Hände noch im Gepäckfach wühlen. Ich gebe zu, ich stehe ebenfalls. Ich kann Flugzeuge nun einmal nicht leiden, und bin ich erst eingestiegen, hat das Herauskommen oberste Priorität. Vor mir trommelt ein Anzugträger im klassischen Businesslook mit den Fingern auf einer der Sitzlehnen herum, und sofort spüre ich einen Stich im Magen. Er hat nicht die geringste Ähnlichkeit mit meinem Vater, nicht den Anflug von Grau in den Haaren, ein viel schmaleres Kreuz, größer ist er auch. Aber ich kann nichts ausrichten gegen den Film, der sich in meinem Kopf in Bewegung setzt. Im Gegensatz zu dem, was alle anderen von mir denken mögen, verfüge ich durchaus über ein Gewissen, und das hat den Flug leider so gut überstanden wie ich.

Im vorderen Teil der Maschine beginnen die ersten Passagiere mit dem Ausstieg und der Mann vor mir neigt den Kopf nach rechts und nach links wie ein Boxer, der sich vor dem großen Kampf den Nacken dehnt. Ich verkneife mir ein Schnauben. Er ist ebenso ungeduldig wie ich, nur viel schlechter darin, es zu verbergen. Ich hoffe für ihn, dass er nicht in der Stadt ist, um Geschäfte abzuwickeln, denn wenn ich den Kerl von hinten lesen kann wie ein offenes Buch, dann möchte ich nicht wissen, was Verhandlungspartner von vorn zu sehen bekommen.

Auf dem Weg zur Gepäckausgabe denke ich darüber nach, wie ich es am besten anstelle, mein Handy zu nutzen, ohne auf eingehende Anrufe und Nachrichten aufmerksam gemacht zu werden. Ich meine, Benachrichtigungen auf dem Display, die lassen sich sicher irgendwo in den Einstellungen unterbinden. Aber kann man einem Telefon tatsächlich untersagen, Anrufe zu signalisieren? Es ist Montag, der 25. September. Noch knapp zwei Wochen bis zum Geburtstag des Alten, aber ich könnte wetten, die Droh-, Nerv- und Kontrollanrufe meiner Mutter lassen nicht einmal mehr zwei Tage auf sich warten. Und ich habe herzlich wenig Lust, mich dem zu stellen, denn, man wird es kaum glauben, auf offen ausgetragene Konflikte kann ich gut und gern verzichten.

Zumindest auf die mit meiner Mutter. Die Sache mit Leander dagegen … Ich schüttle den Kopf, während ich mein Handy aus der Hosentasche ziehe, nur um auf ein schwarzes Display zu starren. Er ist mein bester Freund, mein einziger womöglich, und ich muss wissen, ob er langsam, aber sicher durchdreht, und dafür brauche ich nun mal dieses verdammte Telefon.

»Aaah, Scheiße, was …« Das Ganze geht viel zu schnell, als dass ich sagen könnte, wie genau es passiert ist, doch etwas oder jemand rempelt in meine Seite, mit voller Wucht, und reißt mich anschließend zu Boden. Ich rudere mit den Armen, mein Smartphone fliegt in Richtung der Kofferbänder, doch ich kann den Sturz nicht aufhalten. Ich knalle mit dem Steißbein auf den Steinboden, was nicht gerade guttut, und während ich das Gesicht verziehe, werfe ich einen Blick auf das Mädchen, das neben mir auf dem Boden sitzt und mich offenbar zu Fall gebracht hat. Sie sieht mich an, die Augen schmal, der Ausdruck darin nicht gerade sonnig, doch sie sagt keinen Ton, bevor sie sich als Erste aufrappelt, beziehungsweise den Versuch unternimmt. Es dauert zwei Sekunden und verlangt einen weiteren Blick, bis mir klar wird, dass ihr riesiger Rucksack sie am Aufstehen hindert. Also helfe ich ihr hoch, was kein sonderlicher Aufwand ist, denn sie ist mini und ein Fliegengewicht. Wie konnte sie mit derartiger Wucht in mich reinrumpeln?

»Alles in Ordnung bei dir?«

»Wenn meine Instrumente auch nur einen Kratzer abbekommen haben, verklage ich dich, bis dein Daddy dir die Zuwendungen streicht.«

Überrascht blinzle ich sie an. Der dunkle, raue Ton ihrer Stimme passt überhaupt nicht zu dem Gesicht des Mädchens, und das, was sie sagt, ergibt gar keinen Sinn. Ich meine, abgesehen davon, dass sie mich als reichen Schnösel abstempelt, obwohl sie noch kaum einen Blick auf mich geworfen hat, was an ihren eigenen katastrophalen Klamotten liegen könnte, gegen die alles andere in jedem Fall wie Designermode wirken muss. Darüber hinaus aber entbehrt die Aussage sämtlicher Logik, denn immerhin hat dieses Gör mich umgerannt, und nicht umgekehrt. Ich sehe zu der Toilettentür, aus der sie ungebremst herausgestürmt ist, und sage ihr das.

»Ich bin nicht diejenige, die blind durch die Gegend gelaufen ist, weil ich auf mein Handy gestiert habe«, erwidert sie mürrisch.

Das Handy, richtig. Ich sehe auf, während sie sich nach ein paar Koffern bückt, und will gerade in die Richtung davonmarschieren, in die es geflogen ist, als eine junge Frau mir mein iPhone entgegenstreckt.

»Das gehört Ihnen, oder?«

»Aaah, allerdings.« Ich schenke der Frau ein Lächeln. »Vielen Dank, dass Sie es gerettet haben.«

»Nun, es ist mir quasi vor die Füße gefallen.« Sie wird rot, ganz leicht nur, und mein Lächeln ein kleines Stück breiter. Ich sehe ihr nach. Netter Hintern. Nicht mein Typ, aber der Hintern ist nett.

Neben mir gibt die Remplerin einen missmutigen Laut von sich, als habe sie meine Gedanken gehört.

Ich drehe das Telefon in der Hand ein paarmal hin und her. »Scheint in Ordnung zu sein. Dein Glück, denn sonst müsste ich womöglich *deinen* alten Herrn verklagen, bis er sich nicht mal mehr diese Secondhandklamotten für dich leisten kann.«

Sie hält in der Bewegung inne, um mich anzusehen, und ich grinse ihr entgegen, um meiner Aussage die Schärfe zu nehmen, denn so ernst habe ich das nicht gemeint. Denke ich. Ich meine – wer austeilt, sollte auch einstecken können, oder? Diesmal betrachte ich sie genauer. Es ist wahr, die dunkle Stimme passt nicht zu der blonden, irgendwie asymmetrischen Flechtfrisur und den großen blauen Augen, die kalt zu mir aufsehen. Kein bisschen Gefühl spiegelt sich darin. Nicht der Hauch einer Andeutung, dass ich sie mit meiner Aussage verletzt haben könnte. Im Gegenteil: Ihr Gesicht strahlt Härte aus, was wiederum zu ihrer gewöhnungsbedürftigen Stimme passen könnte, sähe sie nicht so unfassbar … *jung* aus. Ja, wirklich. Schülerinnenmäßig. Unterstufe. Womöglich liegt es an der Größe. Ganz sicher liegt es nicht an den Kurven, die weiß Gott wen interessieren, aber mich nicht, oder an den Piercings in Nase und Unterlippe. Womöglich ist sie tätowiert irgendwo. Was mir ebenfalls egal sein kann. Ein bisschen Schminke hier und da, denke ich, damit ließe sich noch was ausrichten. Oder auch nicht.

Nach einigen weiteren Sekunden eisigen Schweigens knicke ich ein. Vielleicht wegen eben dieser riesigen Augen oder dem seltsamen Ausdruck darin oder der ganzen unaufgeräumten Erscheinung dieses Mädchens. »Gut«, höre ich mich jedenfalls sagen, »es tut mir leid. Ich hab dich nicht gesehen, du mich offenbar auch nicht, also haben wir beide Schuld oder aber niemand. Einverstanden?«

Sie nickt nicht einmal. Wirft mir einfach einen ungerührten Blick zu und stolziert mit ihren Köfferchen davon.

Herr im Himmel. Ich seufze. Und ich sehe ihr nicht nach. Diese unsinnige Unterhaltung hat mich schon genug abgelenkt.

Wovon eigentlich?

Ah ja. Leander, richtig.

Es mag einen Grund geben, warum ich hier gelandet bin (er fängt mit D an, hört mit addy auf und hängt unmittelbar mit einem bevorstehenden Freudenfest zusammen), doch es lässt sich auf keinen Fall leugnen, dass diese Reise auch eine Flucht ist. Ich denke nicht, dass ich das jemals vor einem anderen als mir selbst zugeben werde, aber ich fühle mich nun mal nicht gern hilflos. Und Leander dabei zu beobachten, wie er sich in diese Decke aus Schmerz und Selbsthass hüllt, wie er dichtmacht, unberührbar, unerreichbar ist und dabei doch so durchsichtig, dass jeder an seiner Selbstzerstörung teilhaben kann, das … ich weiß nicht. Für den Moment war es einfach schwer zu ertragen. Für mich. Bela dagegen – man muss ihn bewundern dafür, was er für Leander tut. Was nicht viel ist, weil nicht gewünscht, aber immerhin. Er ist da.

Was man von mir nicht behaupten kann.

Ich sitze im Bus vom Flughafen in die Innenstadt, und das seltsame Mädchen sitzt zwei Reihen vor mir. Hätte sie sich für die andere Seite des Gangs entschieden, ich könnte sie nicht einmal sehen, so klein ist sie. Mini, wie schon erwähnt. Bestimmt nicht größer als einssechzig. Mit wirren Flechtkränzen um den Kopf, zu weiten Klamotten, kariert noch dazu. Und diese Stiefel. Schauderhaft. Als habe sie meine Gedanken gehört – schon wieder – dreht sie sich zu mir um, bevor sie sich Kopfhörer in die Ohren steckt, ein Buch aus der Tasche zieht und beginnt, darin herumzublättern.

Ich wende mich dem Fenster zu, doch Regentropfen verzerren die Sicht. Die Welt dahinter sieht düster aus. Im Großen und Ganzen präsentiert sich Edinburgh nicht gerade von seiner freundlichen Seite, inklusive Wetter, dem Zusammenstoß vor dem Damenklo und der Tatsache, dass ich nun schon für einen Snob gehalten werde, ohne überhaupt den Mund aufgemacht zu haben. Doch es ist weit weg von München, 1775 Kilometer etwa. Und nach diesem heißen, trockenen Sommer wird mir eine Abkühlung guttun.

Mein Blick haftet an den Tropfen auf der Scheibe.

Und daran hält er fest, bis wir das Stadtzentrum erreichen.

2
Lina

Die Fahrt vom Flughafen in die Stadt dauert keine 30 Minuten, aber sie kommt mir ewig vor. Ich versuche, die Geräusche um mich herum auszublenden, doch trotz der Kopfhörer gelingt es mir nicht. Das Holpern der Räder. Das quatschende Pärchen vor mir. Das Lachen des Typen, der schon an der Haltestelle an seinem Handy hing und es bis kurz vor unserer Ankunft nicht weglegt. Das alles mischt sich unter die Musik von Pete Doherty, der mir schon zum dritten Mal den gleichen Song ins Ohr krächzt. Das Stück werde ich als nächstes covern. Unerklärlicherweise berührt mich der Kerl, ob er nun den Ton trifft oder nicht.

Ich würde gern ein paar Zeilen an Robin schreiben, aber im Bus wird mir grundsätzlich übel, also lasse ich es. Stattdessen sehe ich geradeaus auf den Hinterkopf des Mädchens vor mir, bis sie sich zu ihrem Freund hinüberbeugt, um die nächste Viertelstunde mit ihm rumzuknutschen. Also blicke ich aus dem Fenster. Wenn sich jetzt noch Schmatzgeräusche über Doherty legen, kotze ich.

Der Typ von eben sitzt natürlich auch im Bus. Das war so klar. Bei den Designer-Klamotten wäre sicher ein Taxi drin gewesen, aber nein. Womöglich spart er auf die nächste Yacht oder etwas in der Art, wer weiß das schon? Ich schnaube. Dann schiebe ich den Gedanken weg.

Dafür, dass ich Streits generell lieber vermeide, war ich in den vergangenen Tagen zu oft in einen verwickelt. Erst der Riesenkrach mit meiner Mutter, jetzt der blöde Zusammenstoß mit diesem Typen. Okay, hak das ab, Lina. Tief durchatmen. Der Kerl kann mich nicht beleidigen. Er kann mich nicht treffen. Und ich hab ja auch ausgeteilt, also, vergessen wir's. In meinem Kopf ist ehrlich kein Platz für diesen oberflächlichen Scheiß.

Der Bus hält am Bahnhof Waverley Station und ich sprinte quasi hinaus. Bis der Fahrer mir meinen Rucksack und die Instrumente aus dem Kofferraum geholt hat, habe ich die Touristeninfo ausgemacht, die ich als Erstes ansteuern werde. Ich brauche einen Stadtplan. Und einen Tipp, wo ich eine nette Jugendherberge finde. Ich hole mir beides und mache mich auf den Weg in die Royal Mile, um mich im dortigen Backpackers einzubuchen.

Der Regen hat aufgehört und blauer Himmel spannt sich über die Stadt, als hätte es die Schauer zuvor nie gegeben. Es wäre schön, wenn es im Leben ebenso wäre. Ein bisschen Sonnenschein, und zack – vergessen sind die Stürme, in die du zuvor geraten bist. Ich wette, bei Pretty Boy waren das nicht allzu viele, denke ich bitter. Und dann denke ich, was für eine dumme Kuh ich doch bin. Ehrlich, hör auf, dich zu vergleichen, du Nuss! Kann sein, ich hab im Augenblick nicht sonderlich viel, rein materiell betrachtet, doch ich habe Robin. *Ich habe Robin.* Und Robin hat mich. Und wie singt schon der alte Pete?

Make no mistake
She sheds her skin like a snake
On the dirty road to fame.

Niemand wird mich aufhalten. Nicht meine Mutter, nicht ihr dämlicher Typ, ganz sicher kein dahergelaufener Schönling, der sich für was Besseres hält.

»Hi.«

»Hello!«

»Ich bin gerade erst angekommen und hab leider keine Reservierung. Ist bei euch noch was frei?«

»Ich denke nicht.«

»Du denkst oder du weißt, dass nichts mehr frei ist?« Ich starre mit gerunzelter Stirn auf den Jungen hinter dem Empfangstresen, der meinen Blick ähnlich grübelnd erwidert.

»Ich *denke*, wir sind in diesem Monat ausgebucht, so wie im letzten oder in den nächsten paar. Aber *irgendwas* klingelt da in meinem Hirn, dass *eventuell* jemand abgesagt haben könnte.«

Wir sehen einander an, doch er rührt sich nicht. Bis ich den Kopf schief lege und ein aufforderndes »Und?« von mir gebe, fürchte ich schon, er könnte eingeschlafen sein.

Er blinzelt, dann räuspert er sich. »Sorry. Wo waren wir?«

»Äh … ein Bett? In einem der Zimmer? Du wolltest nachsehen, ob jemand abgesagt hat?« Allmählich komme ich mir verarscht vor, der Rucksack zieht schwer an meinen Schultern und Hunger bekomme ich auch langsam, aber irgendwie wirkt der Typ gar nicht, als wollte er mich ärgern. Eher, als sei er … stoned?

»Ah ja.« Er nickt und kramt gleichzeitig in dem Stapel offener Bücher und Mappen, der vor ihm auf dem Tisch liegt. »Sorry nochmal. War 'ne harte Nacht.«

Also doch eher müde.

»Aaah, da ist es ja.« Er zieht ein dickes, schwarzes Buch hervor und beginnt, darin zu blättern.

»Mein Kumpel ist von seiner Freundin verlassen worden«, sagt er. »Bier, Whisky, Tränen, der ganze Kram, du weißt schon.«

Ich zucke mit den Schultern, aber er liest, also sieht er es nicht. Der ganze Kram. Keine Ahnung.

Miss Stollberg, kaum jemand singt so emotional über Gefühle wie Sie. Also, erzählen Sie mal – Waren Sie schon oft verliebt?

In Gedanken blicke ich meinen künftigen Interviewer skeptisch an. *Ich bin ehrlich nicht sicher, Matthew,* sage ich, *ich weiß es nicht. Wobei, wenn ich darüber nachdenke … nein. Nein, verliebt war ich noch nie. Und bitte sagen Sie doch Lina zu mir.*

»Du hast Glück, heute Morgen hat jemand abgesagt. Eine Gruppe Mädchen kommt zu fünft statt zu sechst. Zehn-Bett-Zimmer, Girls only. Okay für dich?«

»Sehr okay.« Ich nicke.

»Du hast *echt* Glück. Normalerweise ist hier um diese Zeit alles dicht.«

»Dann hooray. Kann ich das Bett für 14 Tage mieten?«

Und nun fängt der Typ an zu lachen, dass seine Rastahaare wippen und all die weißen Zähne gegen seine dunkle Haut um die Wette blitzen.

»Oh Mann, du bist echt lustig. Wie heißt du?«

»Ich weiß zwar nicht, was das eine mit dem anderen zu tun hat, aber … Lina. Lina Stollberg.«

»Ich bin Aaron. Und das Bett ist erst mal frei bis … Freitag. Dann sehen wir weiter, okay?«

»Okay.«

»Spind?«

»Unbedingt.«

»Das kostet zehn Pfund Pfand, die du zurückbekommst, wenn du den Schlüssel wiederbringst.«

»Alles klar.« Ich krame in meiner Gürteltasche nach Geld für den abschließbaren Schrank in meinem Zimmer, der schon allein für die Instrumente wichtig ist. Ich bin gekommen, um Geld zu verdienen, nicht, um mich beklauen zu lassen.

»Du musst in den ersten Stock, die letzte Tür auf der rechten Seite.«

»Danke.«

»Klar.«

»Jetzt kannst du weiterschlafen.«

Er lacht wieder, und mir fällt auf, dass er Grübchen hat, eines in jeder Wange, die unter den dunklen Bartstoppeln nicht leicht auszumachen sind. Sie sind hübsch. Der Typ ist hübsch.

Ich bin schon halb die Treppe oben, als er mir hinterherruft: »Hey, Lina. Ist das eine Geige da in dem Kasten?«

»Eine Ukulele«, erwidere ich.

»Cool. Und in dem anderen?«

»Akkordeon. Ein ziemlich kleines aber nur. Ich will ein bisschen Straßenmusik machen.«

»Ah.« Er grinst. »Eine Straßenmusikerin! Die sind ziemlich beliebt bei uns in der Stadt. Das wird sicher super werden.« Er beißt sich auf die Unterlippe und ich weiß nicht, es macht mich verlegen.

»Also, dann …« Unschlüssig sehe ich nach oben und mache mich schließlich auf den Weg in mein Zimmer. Die Wände sind gelb gestrichen wie die Türen der Schränke, die Stockbetten haben einen orangefarbenen Rahmen und mein Bett ist das untere rechts vor dem Fenster. Vom Foyer dringt das

Knacksen eines Lautsprechers zu mir, dann setzt Musik ein, irgendwas Altes. Queen? Aaron pfeift dazu, und ich muss lächeln.

Der Anfang ist gemacht, Lina, denn du bist hier, und morgen schon, morgen, da beginnt dein neues Leben. Ich beschließe, Robin davon zu schreiben, und das ist das Erste, was ich tue, noch bevor ich meine Sachen in den Schrank räume und die Bettdecke beziehe.

3
Max

Das Zimmer ist zu klein, gemessen an dem, was es kostet, aber sei's drum, es ist nicht mein Geld, das hier an englische Ledermöbel und Jugendstillampen verschwendet wird, es ist das Geld meines Vaters. Oder besser gesagt, das meines Großvaters, wenn man bedenkt, dass er es war, der die Familie mit ausreichend Grundvermögen und Immobilien versorgt hat. Darüber also braucht sich niemand der von Lindens zu sorgen – nicht um Geld, meine ich.

Ich stelle meine Tasche auf dem Kofferdiener ab, dann durchquere ich den Raum mit drei Schritten und schiebe die Vorhänge beiseite. Die Aussicht ist städtisch, im besten Sinne. Von hier kann ich auf die Brücke sehen, die erst eine schmalere Straße, dann das ausladende Glasdach des Waverley Bahnhofs überspannt. Dahinter dominiert ein ziemlich eindrucksvolles Gebäude das Bild. Viktorianisch, würde ich schätzen, sicher bin ich nicht. Ich lasse den Vorhang zurückfallen und setze mich aufs Bett.

Um ehrlich zu sein – ich gebe gern das Geld meines Vaters aus. Es stellt einen gewissen Reiz dar, dem Mann Kreditkartenabrechnungen in Unsummenhöhe vorzulegen und dann auf seine immer gleiche Reaktion zu warten, die da wäre: keine. Nichts. Rein gar nichts. Im Grunde interessiert es ihn überhaupt nicht, wofür ich sein Geld ausgebe oder warum ich es tue oder wie ich lebe oder was ich rauche oder mit wem ich schlafe, solange es nicht mit seinem Leben oder dem Anschein davon kollidiert. Ist das nicht fantastisch? Das ist der Freifahrtschein, den sich jedes Kind wünscht, etwa nicht? Tu, was du willst, solange es nicht an der perfekten Fassade kratzt, die ich für mich und mein Dasein gezimmert habe.

Mein alter Herr ist unglaublich enttäuscht von mir. So enttäuscht, dass er denkt, er könne mich am besten treffen, wenn er mir damit droht, den Geldhahn zuzudrehen, um meine augenscheinliche Verschwendungssucht und meinen grässlich ausschweifenden Lebensstil zu unterbinden, bloß – hat er es jemals getan? Nie. Und insgeheim bewundere ich ihn dafür, weil es bedeutet, dass ihm klar ist, dass mir im Grunde nichts an all dem liegt, was man für sein Geld kaufen kann. Weder mache ich mir etwas aus Partys noch aus Drogen noch aus teuren Hotels. Die Wohnung, die mir mein Großvater überschrieben hat, ist nett, aber brauche ich sie? Ich bin mir ziemlich sicher, ich könnte ohne Probleme auch in einem Einzimmerapartment in Obergiesing hausen. Nun. Sagen wir, ich nehme an, ich könnte es. Würde ich in einem Einzimmerapartment in Obergiesing leben, würde das in gewisser Hinsicht Freiheit bedeuten, und zwar eine Freiheit, die kein Geld der Welt erkaufen kann. Ich wäre nicht der Sohn des Bundestagsabgeordneten Caspar von Linden, dynamisch, ehrgeizig, aufstrebend. *Die Partei hat noch etwas vor mit ihm, Maximilian, behalte das im Hinterkopf bei allem, was du tust.* Aber ja. Hinter jedem erfolgreichen Patriarchen stehen eine Frau und ihre Kinder, die liebend gern die aalglatte Musterfamilie spielen.

Ich werfe meine Jacke über und krame das Päckchen Zigaretten aus der Tasche, das ich mir noch in München gekauft habe. Ich bin es so gewohnt, dass nur noch draußen geraucht werden darf, ich denke nicht einmal darüber nach, ob es in diesem Zimmer gestattet sein könnte oder nicht. Stattdessen ziehe ich die Tür hinter mir zu, gehe hinunter in die Lobby, durch das Eingangsportal, auf die Straße. Inzwischen ist es später Nachmittag und das Licht hat sich verändert. Die sandbraunen Fassaden der alten Häuser schimmern auf einmal rosa, das Blau des Himmels geht gegen violett. Ich zünde eine Zigarette an, inhaliere erleichtert und marschiere los, über die Brücke auf die andere Seite der Stadt, Pubs und Trubeligkeit entgegen. Kaum zwei Stunden hier, und die Einsamkeit kriecht durch das Leder meiner Jacke auf die Haut wie die kalte Luft, die der Wind über die Schornsteine fegt.

Wenn ich nicht Max von Linden wäre, denke ich, wer wäre ich dann?

4
Lina

DIENSTAG, 26. SEPTEMBER

Ich war schon immer eine gute Lügnerin. Und ich schätze, bei meiner Herkunft kann es gar nicht anders sein. Schon mein Vater war ein Betrüger, in meiner Vorstellung zumindest. In den Geschichten, die ich mir ausmalte, war er nicht einfach nur *nicht da*, er war … ein Pirat, der sich mit wehendem Haar auf die Reling seines Schiffs stützt, gestohlenes Gold an den Händen, eine schöne Frau in jedem Hafen. Er schwor meiner Mutter ewige Treue, und dann war er weg. Auf zu Abenteuern, von denen andere Väter nur träumen konnten, nicht ahnend, dass er nicht nur die Frau zurückließ, sondern gleichermaßen das Kind.

Oder er war ein Prinz, gefangen in einem unerträglichen Hofprotokoll, meiner Mutter zugetan, doch zu gewissenhaft, seine Verantwortung abzulegen. Er belog sie über seine Herkunft, darüber, was er wirklich für sie empfand, behauptete, er sei nicht gut genug für sie.

In einer anderen Fantasie war er es tatsächlich nicht – ein Taugenichts durch und durch, schon als Teenager auf die schiefe Bahn geraten, als Erwachsener dann stets mit einem Bein im Gefängnis. Diese Geschichte kam nicht oft auf den Tisch. Immer nur dann, wenn die Wut zu groß wurde, das Gefühl des Verlassenseins zu schwer zu ertragen.

Und unsere Mutter – auch für sie dachte ich mir Legenden

aus, wenn auch nicht ganz so drastische. Meistens war sie einfach eine überforderte Frau, die meinen Bruder und mich vorübergehend in Pflege gab, um uns später wieder zu sich zu holen. Eine Teenagermutter, oder psychisch labil, aber immer voller Liebe. Manchmal suchte sie nach uns und konnte uns nicht finden. Manchmal wartete sie noch auf den richtigen Moment. Wer auch immer unsere Traummutter war, sie war besser als die, mit der wir leben mussten.

Meine Geschichten, sie beruhigten Robin. Wann immer er sich in sich selbst zurückzog oder einen Wutanfall austobte, der die Wände erzittern ließ – wenn ich anfing, mir Geschichten für ihn auszudenken, beruhigte sich seine Atmung und seine Muskeln entspannten sich. Also ließ ich meiner Fantasie freien Lauf. Oft. Immer mehr. Bis ich selbst kaum mehr sagen konnte, wo die Lüge endete und die Realität begann.

»Hey, Lina, wie geht's? Schon Pläne, wo du heute spielen willst?«

Ich schlucke den letzten Bissen Toast hinunter und drehe mich zu Aaron um. Er lehnt in der Küchentür, ein breites Grinsen im Gesicht, und sieht mich erwartungsvoll an.

Ich zucke mit den Schultern. »Royal Mile?« Es klingt wie eine Frage. »Ich hab gelesen, dass man da an einigen Ecken stehen kann.«

»Stehen kannst du überall«, erwidert Aaron, »aber da ist sicherlich am meisten los.«

Ich nicke. Dann wende ich mich wieder meinem Kaffee zu, der schrecklich schmeckt, um ehrlich zu sein, aber bei einem Frühstück, das lumpige zwei Pfund kostet, darf man nicht meckern. Vor allem, wenn es neben Kaffee, Tee, Toast und Müsli auch noch sagenhafte Rosinenscones enthält. Zwei davon sind bereits in den Taschen meines Kapuzenkleids verschwunden. Wenn ich jetzt so viel esse, wie in mich reingeht, brauche ich bis zum Abend vielleicht nichts mehr. Reisen ist teuer. Edinburgh ist teuer. Es ist unsinnig, auf der einen Seite so viel Geld auszugeben, wenn man auf der anderen Seite doch nur Geld verdienen will. Aber hätte ich deshalb in Berlin bleiben sollen? Unmöglich. Und Edinburgh – einer der Straßenmusiker auf der Museumsinsel hatte mir davon erzählt. Dass man hier gut stehen könne, ohne bürokratischen Aufwand, ohne irgendwelche dämlichen Beschränkungen.

Aaron setzt sich an meinen Tisch. »Und? Wie hast du geschlafen?«

Das Mädchen neben mir wirft einen selbstgefälligen Blick in unsere Richtung, als habe sie immer schon geahnt, dass der Typ vom Empfang sich zu mir setzen würde. Isabell. Ich glaube, das ist ihr Name. Sie gehört zu den fünf Mädchen, mit denen ich mir zu meinem Leidwesen das Zimmer teile, denn mindestens vier von ihnen sind gestern Nacht erst nach zwei von ihrem Ausflug weiß Gott wohin zurückgekehrt, unfähig, sich leise oder gar im Dunklen umzuziehen, geschweige denn zu flüstern. Gefühlt hat es Stunden gedauert, bis die vier endlich Ruhe gaben, und dann konnte ich kaum noch einschlafen. Ich habe an Robin gedacht. In welchem Bett er jetzt liegt. Wie er sich dabei fühlt.

»Lina?«

»Sorry.« Ich sehe Aaron schuldbewusst an. »Was wolltest du wissen?«

»Wie du geschlafen hast.«

Und nun wird mir doch ein bisschen warm bei der Frage. Ich meine, sie einmal zu stellen, weil es eine Art Floskel ist, okay. Doch in Wiederholung? Fragt er das jede hier?

»Gut«, sage ich schließlich knapp, ohne Isabell eines Seitenblickes zu würdigen. Dann spüle ich den letzten Bissen Scone mit Orangensaft hinunter. »Ich muss jetzt los.«

»Was spielst du so?«

»Äh … dies und das.«

»Dein eigenes Zeug?«

Ich schüttle den Kopf. *Noch nicht.* »Cover. Pop, aber eher weniger. Indie. Altes Zeug manchmal. Im Grunde alles Mögliche.«

Das Grinsen wieder. »Das würde ich zu gern hören. Bist du um drei noch irgendwo draußen? Da hab ich frei.«

Ich hebe die Schultern. »Du wirst mich finden. Vielleicht.« Und dann bin ich verschwunden, wie um meinen Worten Wahrheit zu verleihen.

Ich bin nicht darauf aus, Freundschaften zu schließen. Erst recht will ich mich nicht auf einen Typen einlassen. Ich bin hier, um den Kopf klarzukriegen. Um Geld zu verdienen, in die Schweiz zu fahren, Robin zurückzuholen und nach Berlin zu bringen. That's all.

Ich gehe aufs Zimmer, ziehe meine Gürteltasche aus dem Spind und mich damit auf die Toilette zurück. Ich weiß nicht, aber in Sachen Geld bin ich paranoid, also zähle ich lieber hinter der verschlossenen Klotür nach, was ich noch habe. 87 Pfund, wie es aussieht, die übrig sind von den Euros, die ich am Flughafen gewechselt habe. Die Übernachtung hier im Backpackers kostet zehn Pfund, plus zwei Pfund fürs Frühstück, der Rückflug ist glücklicherweise bezahlt. Doch alles andere muss ich erstmal verdienen, und natürlich bin ich dann noch weit entfernt von dem, was nötig sein wird, um mir und Robin eine Grundlage in Berlin zu schaffen.

War es eine Schnapsidee hierherzukommen? Hätte ich in Deutschland leichter Geld verdienen können? Klar – ich schnaube in Gedanken – als Kellnerin vielleicht oder Kassiererin im Supermarkt. Ist es das, was du willst, Stollberg?

Es ist so, Matthew, zu Beginn meiner Karriere, da habe ich eine Zeit lang versucht, bei Aldi ein bisschen was dazuzuverdienen. Aber wissen Sie was? Ich bin keine Verkäuferin. Und die Kasse klingt nur halb so schön wie meine Ukulele.

Ich verdrehe die Augen. Ich hätte genauso gut in Berlin Musik machen können. Ich hätte dortbleiben können. Bloß ausgehalten hätte ich es nicht. Der Abstand war wichtig. Und er sollte mir ein bisschen was wert sein, finde ich. Ich gehe zurück aufs Zimmer und mache mich bereit für die Straße.

Ich war Musikerin, obwohl ich noch gar keine war, Matthew. Und das hat mir geholfen, die schwierigsten Zeiten zu überstehen.

»Was murmelst du da?«, fragt eine meiner Mitbewohnerinnen, doch bevor ich ihr antworten muss, bin ich bereits aus der Tür.

Ich stehe auf den Stufen zum Eingang der Jugendherberge und lasse meinen Blick die Straße hoch und runter schweifen. Die Royal Mile ist genau das, was ihr Name verheißt: eine prächtige Straße voller alter, geschichtsträchtiger Gebäude, an deren ehemals hellen Sandsteinfassaden sich schwarzer Rauch der Zeit festgefressen hat. Die Fensterrahmen der Läden, von denen sich einer an den anderen reiht, leuchten in fröhlichen Farben – grün, violett, gelb, rot. Und Menschen ziehen hier vorbei, viele Menschen, die über das Kopfsteinpflaster flanieren, das den Eindruck von Mittelalter noch verstärkt. Zum ersten Mal seit meiner Ankunft habe ich das Gefühl, dass ich womöglich nicht völlig umsonst nach Edinburgh gekommen bin, dass hier mehr auf mich wartet, als nur ein bisschen Kleingeld für meine Musik. Es riecht nach einem Anfang. Nach Veränderung. Danach, einen ersten Schritt zu machen in die Richtung, in die ich gehen möchte.

5
Max

Das Zimmermädchen trommelt gegen meine Tür, nicht zum ersten Mal heute Morgen, und weckt damit den kleinen Trupp Bauarbeiter, der gerade dabei ist, mein Hirn zu sanieren. Es klopft und hämmert in meinem Schädel und allmählich beginne ich, meine Bekanntschaft mit den heimischen Whiskys zu bereuen. Es ist elf Uhr zwanzig. Ich blinzle den Radiowecker an, der neben mir auf dem Nachttisch steht. Ernsthaft? Noch nicht einmal halb zwölf? Und da muss sie solchen Lärm veranstalten?

Ich quäle mich unter der dicken, weichen Daunendecke hervor und öffne in Boxershorts die Tür, was der jungen Frau in der blauen Uniform eine hübsche Röte ins Gesicht malt. Selbst schuld, denke ich. »Fifteen minutes«, erkläre ich ihr. Dann stelle ich mich unter die Dusche.

Was ich bei meinem gestrigen Pub-Crawl unberücksichtigt gelassen habe, ist die Tatsache, dass eine Menge Alkohol notwendig ist, um rotierende Gedanken auszuhebeln oder zumindest ein Gefühl von Taubheit entstehen zu lassen. In meinem Fall: jede Menge. Und sosehr ich es genossen habe, mich einige Stunden lang nicht in meinen üblichen Gedankenspiralen zu verheddern, sosehr verachte ich den Kater, der mich umtreibt, als ich den Fuß vor das Hotel setze und in den diesigen Tag starte. Das Wetter hat wieder einmal umgeschlagen. Statt blau ist der Himmel heute milchfarben, und der Dunst hüllt Häuser und Menschen ein wie ein durchsichtiger Schleier. Ich ziehe den Reißverschluss meiner Jacke nach oben, greife in die Tasche nach den Zigaretten und will mich auf den Weg machen, als jemand an meinem Ärmel zieht.

»Rauchen ist schrecklich ungesund, hat dir das noch nie jemand gesagt?«

Ich schaue auf das Mädchen herunter, das mit dunklen, ernsten Augen zu mir aufblickt, als wollte es mich verhaften. Sie kann nicht älter sein als acht oder neun, sie ist schmal und klapprig wie die meisten Kinder und sie stützt sich auf Krücken, was der Schiene an ihrem linken Bein zu verdanken sein dürfte.

Ich lasse das Päckchen zurück in die Tasche gleiten. »Du hast vollkommen recht, rauchen ist eine grässlich ungesunde Angewohnheit. Fang besser nie damit an.«

»Keine Sorge, ich bin nicht dumm.« Wieder dieser ernste Blick, wieder dieses harsche Schottisch, das mit ihrem Kinderstimmchen in ziemlichem Clinch liegt.

Sie mustert mich von Kopf bis Fuß und ich muss lachen. »Was? Ich rauche nicht extrem viel, okay? Nicht wie ein Schornstein.« Ich mache eine vage Geste mit der Hand in Richtung der Stadthäuser um uns herum, deren Dächer zahllose Schlote spicken.

»Schon eine Zigarette am Tag erhöht das Risiko für Herz-Kreislauf-Erkrankungen«, erklärt sie, ohne auch nur über eines der Wörter zu stolpern. »Es hilft überhaupt nichts, das Rauchen einzuschränken. Man muss schon ganz aufhören.«

»Du klingst, als hättest du eine medizinische Fachzeitschrift auswendig gelernt. Woher hast du diesen Kram?«

Sie rollt mit den Augen. »Das weiß jedes Kind.«

»Ja, darauf möchte ich wetten.«

Einige Sekunden lang mustert sie mich, dann sagt sie: »Meine Granny arbeitet in einem Krankenhaus, wenn sie im Hotel fertig ist.«

»Ah.« Ich betrachte die Kleine genauer. Sie wirkt nicht verwahrlost oder etwas in der Art, doch das Hosenbein, in dem ihr gesunder Fuß steckt, ist einen Tick zu kurz und die Farbe ihres gelben Mickymaus-T-Shirts ist rausgewaschen.

»Ist dir nicht kalt?« Ich werfe einen vielsagenden Blick auf ihre nackten Arme.

»Meine Jacke ist drinnen.«

Wie aufs Stichwort hallt eine Stimme zu uns nach draußen. »Olivia! Komm sofort wieder rein! Du sollst nicht herumholpern mit deinem Fuß! Und dann ohne Jacke!« Eine Frau stürmt um die Ecke, genauso hager wie das Mädchen und mit den gleichen dunklen Augen, die Haare zu einem grauen Dutt hochgekämmt. Granny, schätze ich. Sie wirft einen Blick auf mich, legt eine Jacke um Olivias Schultern und entschuldigt sich schließlich ausschweifend bei mir.

»Sie hat Sie doch nicht belästigt? Eigentlich sollte sie in der Küche auf mich warten. Dieses wilde Mädchen!« Und an die Kleine gerichtet: »Du wildes, ungestümes Mädchen! Was tue ich bloß mit dir? Du wirst alles noch viel schlimmer machen, wenn du nicht stillhältst. Sie hat sich das Schienbein gebrochen«, erklärt sie, an mich gewandt. »Und sie muss diese Woche noch zu Hause bleiben, bevor sie zurück in die Schule kann. Ich hab gerade niemanden, der auf sie aufpasst.«

Ein Anflug von Beklommenheit macht sich in meinem Inneren breit, eine Ahnung davon, dass ich froh sein sollte, nicht zu wissen, wo die Mutter der Kleinen steckt, weshalb ihre Großmutter in diesem Alter zwei Jobs zu bewerkstelligen hat und was all das für ein Mädchen in ihrem Alter bedeutet.

»Sie hat mich keinesfalls belästigt«, sage ich, »nur auf etwas Wichtiges aufmerksam gemacht.« Ich zwinkere Olivia zu und sie grinst mich an, ein Zahnlückenlächeln, das für noch mehr Unbehagen sorgt.

»Also dann: War nett, dich kennengelernt zu haben, *Olivia*.«

Genau wie ich deutet sie eine kleine Verbeugung an. »War auch nett, dich kennenzulernen …«

»Max.«

»Max.« Sie grinst noch breiter.

Ihre Oma hält die Kleine am Arm, während sie ihr die Krücken abnimmt, um ihr die Jacke anzuziehen. »Entschuldigung nochmal. Sie haben sicher Besseres zu tun.«

Ein letztes Mal winke ich Olivia zu, dann schlage ich den Weg über die Brücke ein.

Besseres, denke ich. Besseres. Als was?

Auch nach einem schwarzen Kaffee, Eiern und Speck in einem Café an der Princess Street bin ich noch nicht gänzlich zurechnungsfähig und zumindest noch unaufmerksam genug, dass ich versehentlich in die falsche Richtung renne, weshalb ich am Fuß einer gewundenen Straße lande, die auf einen Hügel führt. Ich steige hinauf.

Von hier aus kann man das Meer sehen und mir wird bewusst, dass ich vergessen hatte, dass es hier einen Hafen gibt. Auf der anderen Seite ragt die Silhouette der Stadt empor, und weil der Dunst sich inzwischen gehoben hat, die Wolken nun bedrohlicher scheinen, wirkt das Bild von Edinburgh noch ein wenig finsterer, wie eine vergilbte, in die

Jahre gekommene Schwarz-Weiß-Fotografie. Die Stadt hat nichts Anheimelndes, aber alles an Faszination, so viel ist sicher.

Ich lasse mich auf einer der Parkbänke nieder und für ein paar Minuten tue ich nichts anderes, als nach vorn zu schauen, auf den Rasen vor mir, die Leute, die darauf herumwandern, das Antlitz Edinburghs dahinter. Es ist wunderschön hier oben, aber irgendwie fällt es mir schwer, mich auf die fremde Stadt und all das Neue um mich herum einzulassen. Diese Unruhe in meinem Inneren, sie beginnt erneut zu … wabern. Keine Ahnung, aber das ist exakt das Gefühl. Als wölbten und dehnten sich meine Eingeweide hierhin und dorthin, so lange, bis mir schlecht wird. Was für ein bescheuertes Bild. Aber ja, so ähnlich fühlt es sich an.

Okay.

Ich sollte mich ablenken. Einen Reiseführer kaufen. Mich mit etwas anderem als mit mir selbst beschäftigen. Auf keinen Fall herumsitzen und mir darüber Gedanken machen, was sich in meinem verdammten Leben mit all dem vielen Geld und den vielen Freiheiten und den unbegrenzten Möglichkeiten, was sich in diesem scheißversnobten Leben irgendwie verknotet haben könnte. Ich sollte ehrlich nicht so viel nachdenken. Was wundervoll ist gemessen daran, dass mir, allein in einer fremden Stadt, für die nächsten Tage gar nichts anderes übrig bleiben wird.

Ich seufze. Eine Passantin, die ihren Hund spazieren führt, wirft mir einen misstrauischen Blick zu. Also setze ich ein breites Lächeln auf und das Misstrauen vertieft sich. Letztlich ziehe ich mein Handy aus der Jackentasche, um es nach, wie lange, zwei Tagen? Um es nach zwei Tagen zum ersten Mal wieder einzuschalten. Ich frage mich, ob es den Freiflug in der Gepäckhalle tatsächlich überlebt hat, und das Bild dieses verrückten Mädchens schießt mir durch den Kopf. Was sie hier will? Trotz ihres schlampigen Altkleiderlooks und ihres Rucksacks wirkte sie nicht wie eine Backpackerin. Für jemanden, der Urlaub machen will, sah sie zu angestrengt aus, zu verbissen. Seltsames Ding. Zum Glück nicht mein Problem. Frauen, die mich aus unerfindlichen Gründen nicht leiden können, haben mich Gott sei Dank noch nie interessiert.

Kaum ist das Telefon hochgefahren, da beginnt es zu brummen und zu tschirpen, dass ich mir fast wünschte, es wäre über den Jordan gegangen. Genau wie ich befürchtet hatte. Das Bild meiner Mutter leuchtet auf dem Display, und automatisch verziehen sich meine Lippen zu einem spöttischen Grinsen, während ich darauf warte, dass sie wieder auflegt. Wenn sie wüsste, dass ich ihr dieses Foto zugewiesen habe, sie würde mich umbringen. Es ist von einem der letzten Familienessen. Meine Mutter, Christiane von Linden, hochgewachsene dunkle Schönheit, öffnet ihre rubinrot geschminkten Lippen, um sich mit der Spitze ihres kleinen Fingers einen Tupfen Salatsauce aus dem Mundwinkel zu wischen. Dabei sieht sie so ungeheuer blöd aus, dass das Foto gut und gerne als Klassiker des modernen Snobismus in die Geschichte eingehen könnte.

Das Handy verstummt. Ich scrolle durch meine Nachrichten. Es sind einige von meiner Mutter (*Wo steckst du? Ruf mich zurück! Wir müssen dringend wegen des Geburtstags deines Vaters miteinander reden*), ein paar von dem alten Herrn selbst (*Wo steckst du jetzt wieder? Deine Mutter versucht, dich zu erreichen*), die meisten sind von Bela. Ich überfliege sie.

BELA: Kannst du heute Abend versuchen, ein Auge auf Leander zu haben? Meine Eltern sind in der Stadt, ich geh mit ihnen essen.
BELA: Hallo? Ja oder nein? Ich will nicht, dass wir ihn am Ende vom Gehsteig kratzen müssen.
BELA: Ganz toll, Max. Ehrlich. Klasse.

Es folgen ein paar Nachrichten darüber, wohin ich mir mein Telefon stecken kann, dass Leander schnarchend in seinem Bett liegt, dass ich mir überlegen sollte, meine Alkoholvorräte in mein Zimmer zu räumen oder sie sonst wie unzugänglich zu machen, dass ich ein Arsch bin, ihm nicht zu antworten, dann:

BELA: Wo steckst du? Bei irgendeiner Tussi? Wie heißt sie? Ich würde ihr gern sagen, dass sie sich schon mal auf einen hübschen, polnischen Abgang gefasst machen kann, das arme Ding.
BELA: Da kann man schon froh sein, wenn es nicht die eigene Freundin ist, mit der du rummachst. Stimmt's?
BELA: Arsch.

Für einen Moment löse ich den Blick von meinem Telefon und lasse ihn stattdessen über das Häusermeer vor mir gleiten. Es herrscht Waffenstillstand zwischen Bela und mir, keine Liebe, das ist mir klar, und das Schlimmste ist, dass er mit seinen Anschuldigungen recht hat, mit jeder einzelnen davon. Hätten wir eine andere Beziehung, wenn ich kein solcher *Arsch* wäre? Vermutlich nicht. Hätte ein anderer mit seiner Freundin geschlafen?

Vermutlich nicht.

Die letzte Nachricht ist von heute Morgen, sieben Uhr zwanzig.

BELA: Alles klar, du bist anscheinend abgetaucht. Da Unkraut bekanntlich nicht totzukriegen ist, gehe ich davon aus, dass du lebst. Bleibt zu hoffen, dass du nicht losgezogen bist, um deiner soziopathischen Seite nachzugeben und unschuldige Leute umzubringen. Ich besuch' dich nicht im Knast, das dürfte klar sein, oder?

BELA: Falls es dich auch nur im Entferntesten interessiert, wie es deinem FREUND geht: Leander ist nach wie vor im Zombie-Modus, reden zwecklos, Alkohol verstecken auch, denn in seinen wenigen nüchternen Momenten gelingt es ihm durchaus, sich das Zeug selbst zu besorgen. Den Rest der Zeit schläft er, wenigstens das.

BELA: Ciao.

Das habe ich in jedem Fall verdient, denke ich, während ich beginne, eine Antwort zu tippen. Warum habe ich eigentlich nicht wenigstens ihm gesagt, wo ich hinfliege? Es mag nach außen anders wirken, aber manchmal weiß ich selbst nicht, weshalb ich gegen die Norm handle, außer dass es … Spaß macht. Für gewöhnlich. Es macht Spaß zu verblüffen. Zumindest vertreibt es die Unruhe.

ICH: Ich bin in Edinburgh. Bei einem Sommerkurs. Geschichte des schottischen Altertums. In zwei Wochen bin ich spätestens zurück.

Obwohl es mitten am Tag ist und Bela vermutlich in der Schreinerei, kommt seine Antwort unmittelbar.

BELA: Schwachsinn.

BELA: Der Sommer ist vorbei.

BELA: Wo steckst du wirklich?

Ich seufze.

ICH: Ich BIN in Edinburgh. Privatstudium.

BELA: ...

ICH: Okay, vergiss es. Wie geht es Lean?

BELA: Das riecht so meilenweit nach gequirlter Scheiße, sogar gegen den Wind. Was stimmt nicht mit dir? Du willst Daddy ärgern? Von mir aus. Aber warum sagst du nicht wenigstens Leander, wo du steckst – wenn schon nicht mir?

BELA: Wahrscheinlich weil du ein Arsch bist.

BELA: Und weil Leander sich sowieso nicht dafür interessiert.

ICH: Wie geht es ihm?

BELA: Wie den Zombies aus Walking Dead. Nur dass Leander keine Menschen frisst, sondern Whiskyflaschen.

ICH: Und genau deshalb hab ich nichts gesagt. Man kann ihm nicht helfen, und es interessiert ihn nicht.

BELA: Dann willst du ihn sich einfach zu Tode saufen lassen?

ICH: Ah, guck an, wer da spricht. Wie oft hast du deinen Dickschädel ins Klo der Sonne gehängt. Bist du deshalb drin ersoffen? Nein.

ICH: Gib ihm Zeit. Das ist eine Phase. Er muss erst mal verarbeiten, was passiert ist.

BELA: Klar. Du musst ihm ja auch nicht dabei zusehen. Absolut geschickter Zeitpunkt, um für ein paar Wochen zu verschwinden, das muss man dir lassen.

Noch einmal hebe ich den Blick vom Display. Entweder ich bin außer Form, oder Bela hat tatsächlich mit der Zeit gelernt, mich zu lesen. Was ich bezweifle. Es muss an mir liegen.

BELA: Okay, ich muss weitermachen.
BELA: Ach nein, warte – ich hab versucht, Jana anzurufen. Weißt du was von ihr?
ICH: Hast du sie nicht gesprochen?
BELA: Ist nicht rangegangen.
ICH: Auch nicht noch mal aufgetaucht?
BELA: Nope. Und irgendwie hab ich das Gefühl, dass Leander auch keinen Kontakt zu ihr hat.

Hm. Seltsam. Wer hätte gedacht, dass sich Jana Sailer so schnell vertreiben lässt? Weder ist sie der Typ, jemanden im Stich zu lassen, noch, sich so leicht geschlagen zu geben.

ICH: Wie gesagt, er wird aus dieser Phase auftauchen.
BELA: Wenn du meinst, Dr. Psycho.
BELA: Bin weg. Cheers. Genieß deinen Urlaub.

Ich stecke das Handy zurück in die Jackentasche, überlege es mir anders, ziehe es noch mal hervor und schalte es aus. Diese Unterhaltung hier hat kein bisschen geholfen – wobei oder wogegen auch immer. Fest steht nur, dass ich mir für meine Mutter eine bessere Ausrede einfallen lassen muss als diesen Sommerkurs, selbst wenn sie keine Ahnung davon hat, wann wo die Semester beginnen und die Sommerpausen vorbei sind.

Dieses Gespräch werde ich verschieben. Eine Schimpftirade pro Tag reicht völlig aus. Also löse ich mich von dem Anblick Edinburghs, stehe auf und mache mich auf den Weg, den Hügel hinunter.

Der gestern erworbene Kater hält sich nach wie vor tapfer und bringt zudem einen überzogenen Hunger auf fettiges, furchtbares Zeug mit sich. Nach den Eiern, die ich vermutlich noch nicht einmal verdaut habe, gelüstet es mich nach einem Burger mit Pommes, Majo, allem Drum und Dran. Also steuere ich das nächste Pub an. Die Kneipe heißt *World's End*, was mir irgendwie passend vorkommt, und dort vertilge ich eine mehr oder weniger apokalyptische Mahlzeit und studiere währenddessen den Stadtplan, den mir der Hotelportier in die Hand gedrückt hat.

So wie es aussieht, befinde ich mich auf der High Street, die wiederum zu den Straßenzügen gehört, die zusammen die Royal Mile ergeben. Sie endet auf der einen Seite am Holyrood Palace, der Residenz der britischen Königin, am anderen Ende beim Edinburgh Castle.

Ich schlage diesen Weg ein, als ich das *World's End* verlasse. Wieder einmal hat das Wetter umgeschlagen und ich spaziere bei strahlendem Sonnenschein an bunten Läden, verrußten Gebäuden und steinalten Kirchen vorbei. Ein Dudelsackspieler im Schottenrock hat sich unter einem der wenigen Bäume positioniert und leiert die typisch gälischen Melodien heraus. Einige Minuten lang bleibe ich stehen, dann werfe ich ein paar Münzen in seinen Instrumentenkoffer und schlendere weiter.

Jemand spielt Akkordeon. Gerade sind die nasalen Töne des Dudelsacks verklungen, steht an der nächsten Ecke schon der nächste Straßenmusiker bereit. Oder die nächste Musikerin. Ich bin schon fast an ihr vorbei, als mir die Stimme auffällt. Das ist … ich bleibe stehen. Ich habe sie erst ein Mal sprechen hören und erkenne sie doch sofort wieder. Rau und dunkel, viel zu knarzig für eine winzige Kratzbürste mit eisblauen Augen.

Eine Menschentraube hat sich um sie versammelt, und

über die Köpfe hinweg gelingt es mir, einen Blick auf sie zu werfen. Sie sieht haargenau so aus wie die kleine Zicke, die mich am Flughafen über den Haufen gerannt hat, nur steckt sie diesmal in noch verwegeneren Klamotten: Ihre klobigen Treter hat sie gegen Schnürschühchen getauscht, dazu trägt sie rot karierte Strumpfhosen und ein grünes Minikleid mit Kapuze, soweit ich das von hier aus erkennen kann. Die Frisur ist die gleiche, ein Turm aus mehreren geflochtenen Zöpfen, der aus ihrem Kopf ein Vogelnest formt.

Ich zünde mir eine Zigarette an und betrachte sie stirnrunzelnd. Ja, es ist ihre Stimme – rauchig, kratzig, bla – aber irgendwie ist sie es wieder nicht, denn das Lied verleiht ihr einen ungewöhnlichen Grad an Sentimentalität. Wenn sie singt, wirkt sie zerbrechlich, fragil wie der Kringel, der sich aus Zigarettenrauch formen lässt.

Irgendwoher kenne ich den Song, aber sicher nicht aus dem Radio. Das ist eine Nummer, die einem Mütter vorsingen, während sie in der Küche stehen und Brei zubereiten – oder Haushälterinnen, wie in meinem Fall. Er handelt davon, dass die Jugend viel zu schnell an einem vorbeirauscht, dass man denkt, die Welt gehöre einem und man habe das Leben noch vor sich, aber nicht doch – eines Tages sieht man in den Spiegel und fragt sich, wer die einsame, alte Person sein soll, die einem da entgegenstiert. Ich schicke einen der besagten Rauchkringel in die Luft und fange mir damit den entrüsteten Blick der älteren Dame neben mir ein, doch meine Gedanken sind bei dem Mädchen. Was für eine Songauswahl, denke ich. Wie alt mag die Kleine sein? Achtzehn? Vielleicht siebzehn, womöglich neunzehn, in jedem Fall viel zu jung, um solche betagten Schmonzetten von sich zu geben.

Ich beschließe, das nächste Lied abzuwarten, und zünde

mir eine weitere Zigarette an, sehr zum Verdruss meiner Mitzuhörerin. Ich rutsche ein Stück von ihr ab und verstecke mich gleichzeitig hinter einem breitschultrigen Typen mit Rastalocken, darauf bedacht, dass Zopfmädchen mich nicht sieht, doch die schwebt ohnehin in anderen Sphären. Die meiste Zeit sind ihre Augen geschlossen. Wenn sie sie öffnet, liegt ein Glanz darin, der mich tatsächlich für einen Moment vergessen lässt, was für eine Zicke sie ist. Der letzte Ton des Songs ist noch nicht verklungen, da geht sie schon in den nächsten über. Sie beginnt zu singen, sanfter als zuvor, ein Lied, das ich noch nie gehört habe und das mir einen Schauer über den Rücken jagt. Ich bin so verblüfft über die Wandelbarkeit ihrer Stimme, dass die Zigarette zwischen meinen Fingern verglüht und ich mich fast verbrenne. Wenigstens rüttelt mich das aus meinem tranceartigen Zustand. Ich werfe einen letzten Blick auf das Mädchen, auf ihr anderes, verletzliches, ungeschminktes Gesicht, dann drehe ich mich um und eile in Richtung Castle davon.

6
Lina

Die Schotten erweisen sich als ziemlich großzügig, das lässt sich nicht anders sagen. 74 Pfund in zwei Stunden, die ich an unterschiedlichen Ecken der Royal Mile erspielt habe, das soll mir erst mal jemand nachmachen. Wenn ich noch ein bis zwei Stunden dranhänge, komme ich womöglich auf einen Tagessatz von 150 Pfund, erarbeitet in maximal vier Stunden und damit allemal besser als die Supermarktkasse. Allerdings … Ich beiße mir auf die Lippen. Abzüglich des Flugs, der Übernachtungen, des überteuerten Essens … Seufzend stopfe ich die Münzen und Scheine in einen Strumpf und schließe das Geld im Spind ein. Es wäre besser gewesen, in Berlin zu bleiben, schelte ich mich in Gedanken, zum zwanzigsten Mal. Es wäre billiger gewesen. Bei irgendwem wäre ich schon untergekommen, ich hätte weniger Ausgaben und mehr Einnahmen gehabt und – Scheiße. Ich wäre immer noch in ihrer Nähe gewesen, immer noch die Alte. Und ich brauchte diesen Abstand, ich brauche ihn einfach. Was aber braucht Robin? Jemanden, der ihn aus diesem beknackten Heim holt. Der ihm ein Zuhause bietet. Eines, wo er nicht unerwünscht und eine Last ist. Das ist das Ziel. Und wenn es eine Schnapsidee war hierherzukommen, dann werde ich das eben über kurz oder lang korrigieren müssen. Irgendwann muss sie mich zu ihm lassen. Sie kann ihn nicht auf ewige Zeiten vor mir abschirmen, das darf sie nicht. Oder darf sie das?

Ich lasse mich auf mein Bett fallen und schließe die Augen. Unglaublich, dass ich bereits nach einem Tag Edinburgh Zweifel an dem habe, was ich tue. Das ist so typisch für mich. Entscheidungen treffen war nie das Problem, damit glücklich werden schon. Immer noch besser, als bei ihr zu sein, denke ich. Meine Mutter mit ihren Lügen und Plattitüden und Ausflüchten und Jammereien. Ich habe eine so grenzenlose Wut auf sie, ich habe keine Worte dafür. Und dann ihr Typ – mir wird schlecht, wenn ich nur an ihn denke. Ganz abgesehen davon, dass Robin nicht in diesem Heim versauern kann, bis ich ein Studium abgeschlossen habe, um richtig Geld zu verdienen, also muss es eben so gehen. Ein Auftritt wäre gut, denke ich. Ein echter – vielleicht in einem Pub? Ich setze mich auf und krame mein Notizbuch hervor. Da war ein Gedanke, vorhin, auf dem Weg zurück ins Backpackers … Ich kaue auf dem Ende meines Stifts herum.

I used to think I'm ruthless, like a conquerer on a quest
To sail the seven seas of doom and never really rest
I do not ask for guidance, there's no one else to care
No one here to stop me, neither here nor there

Während ich schreibe, fällt mir ein, dass ich mir einbilde, den Typen vom Flughafen unter den Zuschauern gesehen zu haben, aber ich bin mir nicht sicher. Wieso sollte ausgerechnet er stehen bleiben und meinen Liedern zuhören? Ich spüre, wie sich meine Kehle verschließt bei dem Gedanken daran, denn er gefällt mir nicht. Nicht ein bisschen.

7
Max

Als ich am Nachmittag ins Hotel komme, sitzt das kleine Mädchen in der Lobby. Olivia. So hieß sie, glaube ich. Sie versinkt beinahe in dem tiefen Ohrensessel vorm Kamin, ihre Beine so kurz, dass sie nicht einmal einen Hocker braucht, um ihren Gips hochzulegen. Ich sehe auf meinem Handy nach der Uhrzeit. Es ist gleich fünf. War sie etwa den ganzen Tag hier? Ich bin schon beinahe an ihr vorbei, auf dem Weg zum Rezeptionstresen, um meinen Schlüssel abzuholen, als sie meinen Namen ruft.

»Olivia!« Sofort schaltet sich der Portier ein. »Was haben wir ausgemacht? Du bleibst ganz still, sonst musst du hinten im Büro warten. Du brüllst nicht das ganze Haus zusammen und du rufst nicht den Gästen hinterher.«

Olivia verdreht die Augen, grinst mich an und … ich weiß auch nicht. Meine Laune hebt sich. Vielleicht ist es so einfach. Also sage ich: »Schon in Ordnung, wir kennen uns«, bevor ich zu ihr hinübergehe und mich in den Sessel neben ihren fallen lasse.

»Olivia. Wie war dein Tag?«

Sie kichert, während sie in ihrem Stuhl herumzappelt, um sich aufrechter hinzusetzen. »Langweilig«, erwidert sie schließlich fröhlich. »Wie war deiner?«

Ich zucke mit den Schultern. »Ereignislos, würde ich sagen.«

Erneut kichert sie und ich lächle sie an. »Immer noch den Fuß ruhig halten?«

»Uuugh«, macht sie.

»Tut es denn weh, wenn du ihn *nicht* ruhig hältst?«

»Nur manchmal. Nicht so schlimm, wie Granny meint.«

»Bist du den ganzen Tag über hier gewesen?«

»Die im Krankenhaus haben gesagt, ich darf nicht dort warten, bis sie fertig ist mit arbeiten, also hat sie mich hiergelassen.« Sie beugt sich zu mir herüber und bedeutet mit ihrem Finger, dass ich ihrem Beispiel folgen soll. »Ich muss ganz leise sein«, flüstert sie mir schließlich zu. »Sonst werfen sie mich raus und Granny weiß nicht, wo sie mich dann hinbringen soll. Sie sagt, man kann mich unmöglich allein zu Hause lassen.« Wieder grinst sie und diesmal muss ich lachen.

»Das glaube ich sofort«, sage ich.

»Pffffff.« Sie zuckt mit den Schultern und setzt eine unschuldige Miene auf. »Wo bist du denn gewesen?«

»Mmmh. Mal überlegen. Ich bin auf diesen Hügel gestiegen, von dem aus man die ganze Stadt sehen kann. Mit dem Monopteros oben drauf.«

»Calton Hill«, ruft Olivia, und der Portier gibt ein mahnendes Räuspern von sich. »Warst du auch auf Arthur's Seat? Von da kann man noch viel mehr sehen«, wispert sie.

»Noch nicht«, flüstere ich zurück. »Ich bin ja gestern erst angekommen.«

Sie nickt ernst. Und sie sitzt da wie eine Oma in ihrem Lehnstuhl, aufmerksam und verständnisvoll, gelangweilt von ihren Stunden im Sessel und begierig darauf, mit irgendjemandem zu sprechen, egal mit wem.

»Wie alt bist du eigentlich?«

»Acht. Du?«

»Einundzwanzig. Nächsten Monat werde ich zweiundzwanzig.«

»Phhh.«

»Was, *phhh*?«

»So alt.«

»So alt nun auch wieder nicht.«

»Hast du eine Frau?«

Für eine Sekunde bin ich perplex, dann öffne ich den Mund, um ihr zu antworten, als mich ein Kellner von der Seite anspricht und fragt, ob er mir was bringen kann. Ich sehe zu Olivia hinüber. Neben ihr im Sessel steckt eine dieser Safttüten, aus der sie die Luft herausgesaugt hat, um sie flach zu bekommen.

»Möchtest du was?«

»Orangensaft.« Sie grinst.

»Was zu essen?«

Das Grinsen verschwindet. Sie wirft einen unsicheren Blick auf den Kellner, der sich schließlich räuspert und erklärt, er könne mir etwas anbieten, das High Tea heißt, eine Mischung aus Tee, Sandwiches und Gebäck.

»In Ordnung«, erkläre ich. Nach allem, was ich bislang aus dem Verhalten des Portiers und dem des Kellners herauslesen konnte, ist es der Enkelin einer Hotelangestellten wohl nicht gestattet, hier in der Lobby zu sitzen, geschweige denn, mit einem Gast zu essen. Und ich schätze, dass das Mitleid, das die Kleine erweckt, groß sein muss, wenn sie beides trotzdem dulden.

Innerlich seufze ich. Ich will nicht wissen, was mit der Mutter der Kleinen ist, hatte ich das nicht heute Morgen erst für mich beschlossen? Und trotzdem höre ich mich fragen: »Wo ist denn eigentlich deine Mama?«

Sie zupft am Einband ihres Buchs herum, an der Folie, in die die Leihbücherei es eingeschlagen hat. »Ich wohne bei Granny. Meine Mummy ist weggegangen, da war ich noch sehr klein.«

Ich runzle die Stirn. *Weggegangen? Noch kleiner?*

Olivia zuckt mit den Schultern. »Ich hab's erst auch nicht verstanden, aber dann hab ich viel darüber nachgedacht, was Granny mir erklärt hat. Dass das Leben keine gerade Straße ist, sondern wie ein Pfad durch den Wald, der dahin läuft und dorthin.« Sie verdreht ihre Arme ineinander, um mir die Schnörkel zu verdeutlichen, und ich nicke. »Und manchmal tritt man daneben, sagt Granny, und läuft aus Versehen woanders hin, und das so lange, bis man wieder auf den Weg trifft. Verstehst du?«

»Ich denke schon«, erwidere ich langsam.

»Das heißt«, sagt Olivia, »irgendwann kommt meine Mummy wieder nach Hause, wenn sie eben wieder auf den Pfad trifft, auf dem Granny und ich sind.« Und wieder das Schulterzucken. Und wieder das Grinsen. »Und was ist jetzt mit deiner Frau?« Ich sehe Olivia an und überlege, ob ich noch etwas zu dem Thema sagen sollte, so was wie: *Deine Mummy kommt ganz sicher zurück* oder *Deine Granny kümmert sich bestimmt ganz toll um dich,* doch dann kommt mir, dass sich die Kleine wahrlich schon genug Gedanken gemacht hat.

»Findest du einundzwanzig nicht noch ein bisschen jung, um eine Frau zu haben?«, frage ich schließlich.

»Meine Granny war neunzehn, als sie geheiratet hat.«

Und wo wohl ihr Mann jetzt ist?, frage ich mich. Der sie zwei Jobs machen lässt, um die kleine Enkelin durchzubringen? »Du redest fast wie mein Großvater«, erkläre ich. »Aber ich habe nicht vor, so bald zu heiraten.«

»Dann hast du eine Freundin?«

»Du bist ganz schön neugierig, hat dir das schon mal jemand gesagt?«

Sie legt den Kopf schief, und dann erwidert sie: »Granny würde sagen, du bist ein Glitsch.«

»Ein Glitsch?«

»Jemand, der nie eine Frage beantwortet, auch wenn man sie ihm dreimal stellt. Politiker sind Glitsche, sagt sie. Und die Männer von der Bank.«

Für einige Sekunden überlege ich, was ich ihr dazu sagen soll – *Vielleicht ist das Glitschige angeboren? Immerhin ist mein Vater in der Politik* – dann kommt glücklicherweise der Kellner mit Orangensaft, Tee und einer Etagere voller schmaler Finger-Sandwiches, Kuchenstücken und Scones. Ich belade einen Teller nach Olivias Wünschen und reiche ihn ihr. Ich habe das ungute Gefühl, dass die Kleine nicht oft die Gelegenheit bekommt, Sachen wie diese zu essen. Und ich fühle mich schlecht. Obwohl Olivias Gesicht quasi leuchtet und sie nicht einmal mehr plappert, während sie sich auf die süßen Stücke stürzt, legt sich eine Schwere auf mein Innerstes, und ich habe keine Ahnung, was ich damit anfangen soll. Die Kleine macht sich über wer weiß was Gedanken. Die Probleme meiner Verwandtschaft könnten dagegen oberflächlicher nicht sein. Wie erhalte ich meine Macht, ist zum Beispiel eine zentrale Frage. Wie komme ich damit noch weiter nach oben? Oder aber: Wird er mich lieben, wenn ich nicht mehr jung bin? Wenn ich als Schmuckstück am Arm eines aufstrebenden Politikers ausgedient habe? Meine arme Mutter. Die Ängste ändern sich, wenn etwas so Elementares wie die Lebensgrundlage unumstößlich gesichert ist. Sie variieren in Stärke und Ausmaß, doch verschwinden tun sie nicht.

»Du bist nicht ganz so glitschig wie die«, sagt Olivia. »Du musst nicht so traurig gucken deshalb.«

»Da bin ich froh«, sage ich. Und dann sehe ich sie von der Seite an. »Eigentlich solltest du nicht einfach Fremde ansprechen, das weißt du, ja?« Ich sage es scherzhaft, um Olivia keine Angst zu machen, allerdings – es stimmt, oder? *Eigentlich* sollte sie nicht fremde Männer ansprechen und sich von ihnen zu Saft und Scones einladen lassen.

»Ich bin doch nicht dumm«, sagt sie. »Ich bin acht.«

»Ja, dann …« In gespielter Einsicht zucke ich mit den Schultern und Olivia verdreht die Augen.

»Ich weiß, dass Charly und Pete auf mich aufpassen, auch wenn sie so tun, als hätten sie keine Zeit, sich um mich zu kümmern.« Sie nickt in Richtung des Kellners und des Portiers, bevor sie ansetzt: »*Uuund* Granny mag dich. Sie hat gesagt, es reagiert nicht jeder so freundlich, wenn er von einem Schlauschlumpf wie mir zurechtgewiesen wird.«

»Mmmh.«

»Sie hat auch gesagt, ich soll es nicht noch mal machen.« Sie grinst schon wieder, noch den halben Kuchen zwischen den Zähnen.

8
Lina

Es ist kurz nach sieben, als ich mich mit meinem kleinen Picknick am Rand eines niedrigen Blumenkübels in der Mitte des Grassmarkets niederlasse. Ich hatte keine Lust, in der Jugendherberge zu essen und dort mit weiß Gott wem Small Talk zu halten. Also ein Sandwich und eine Flasche Wasser aus dem Supermarkt. Die Nachmittagssonne ist schon beinahe untergegangen. Das Edinburgh vor mir, der alte Marktplatz mit seinen schrumpeligen Häuschen, erstrahlt in einem mystischen, gelbstichigen Glanz. Es muss Songs geben über diesen Ort, denke ich. Während ich in mein Käsesandwich beiße, grüble ich darüber nach, welche schottischen Bands ich kenne, die die Stadt vielleicht schon besungen haben. Ich glaube, Franz Ferdinand sind aus Glasgow, aber mir fällt gerade keins ihrer Stücke ein.

Um mich herum wuselt das Leben. Während die Fassaden der mittelalterlichen Häuser Geschichten erzählen von Pest und Leid und Tod, strömt Gelächter aus den zahlreichen Pubs, Stimmen und Musik werden lauter, die Nacht legt sich über die Straßen, doch anstatt ihre Strahlkraft zu dämmen, bringt sie sie erst zum Leuchten. Ich muss an Robin denken. Daran, wie sehr ihn elektrisches Licht fasziniert. Wie er als kleines Kind das alte Fliegenpilz-Nachtlicht ein- und ausknipste, ein, aus, ein, aus. Wie meine Mutter das Geräusch in den Wahnsinn trieb. Wie sie ihn schimpfte für seine Macken, wie sie herumerzählte, dass ihr Sohn seltsam sei. Wie sie behauptete, das könne er nur vom Vater haben, ohne jemals zuzugeben, dass sie keine Ahnung hatte, wie Robins Vater war, nachdem sie nur eine Nacht mit ihm verbracht hatte und die womöglich betrunken. Über all die Jahre hat sie auf diese Weise meine Wut gefüttert, schätze ich. Die Wut darauf, dass sie ist, wer sie ist, und dass sie meinen kleinen Bruder behandelte, als sei er ein lästiges Insekt, die Fliege in ihrer Suppe.

Ich nehme einen letzten Bissen und ziehe mein Handy aus dem Rucksack. Es hat keinen Sinn, Robin anzurufen, denn in der Einrichtung, in die sie ihn gebracht hat, sind ganz sicher keine Telefone erlaubt. Keine Telefone und ich auch nicht. Wieder greift kalte Wut nach meinem Herzen, als wollte sie es umklammern, doch ich atme sie weg. Ich werde einen Weg finden, ich weiß nicht, wie und wann, aber es wird funktionieren.

Mein Handy zeigt keine Nachrichten an, und das sollte mich nicht wundern. Nach dem, was ich ihr bei unserem letzten Gespräch an den Kopf geworfen habe, ist nicht damit zu rechnen, dass sie sich jemals wieder meldet. Vermutlich hat sie meine Sachen bereits verkauft, und Robins gleich mit. In dem neuen Haus mit ihrem neuen Typen ist sicherlich kein Platz mehr für ihre missratenen Gören. Mir egal. Ich gehe sowieso nicht zurück.

Ich öffne die Kamera und schieße ein Foto von der Häuserzeile vor mir. Ich gehe nicht mehr nach Hause zurück. Ich überlege mir etwas, schnappe mir meinen kleinen Bruder und werde mich nie wieder mit ihr oder ihrem Egoismus befassen.

Ich hasse sie.

Ich hasse sie so sehr.

Ich fröstle, während ich mein Zeug zusammenpacke und mich auf den Weg mache, keine Ahnung, wohin. Ich schlendere durch die Gassen. Ich atme den Geruch von Rauch und Alkohol und Nacht, als ich durch Edinburghs Straßen laufe, atme tief ein, während ich an all den Geschäften, Restaurants und Kneipen vorbeikomme.

Ich fühle mich nicht einsam, denn vielleicht zum allerersten Mal in meinem Leben weiß ich so genau, wo ich hinwill, dass der Weg dorthin noch so steil, noch so steinig, noch so unbefestigt sein kann, ich werde ihn gehen.

9
Max

DONNERSTAG, 28. SEPTEMBER

Über mangelnde Besucher kann diese Stadt nicht klagen, so viel steht fest. Von früh bis spät sind die Straßen und Gassen voller Leute, und sonderlich groß ist Edinburgh bei all dem Trubel nicht. Nachdem ich nicht vorhatte, allzu schnell wieder abzureisen, habe ich die Sache mit dem Sightseeing langsam angehen lassen – dachte ich zumindest. Ein bisschen Calton Hill, ein wenig Edinburgh Castle, dazwischen kleinere Spaziergänge, doch wie es aussieht, habe ich dabei schon einiges gesehen. Die engen Gassen, die alten Häuser. Gestern war ich am Hafen, mit seiner Waterfront und dem Shoppingcenter. Ich bin durch die New Town gewandert und Arthur's Seat hochspaziert, wie Olivia es mir vorgeschlagen hat, denn Himmel, irgendetwas muss man ja tun.

Was ich nicht getan habe: bei meiner Mutter angerufen. Oder bei Leander. Das Mädchen vom Flughafen habe ich dagegen noch einige Male angetroffen – so, wie es aussieht, verbringt sie ihre Tage mit Straßenmusik, entweder auf der Royal Mile oder in den Princes Street Gardens oder in Leith. Sie spielt Ukulele, neben dem Akkordeon. Sie ist gut. Nicht sonderlich gut, aber passabel. Und sie übt eine gewisse Faszination aus, das muss ich ihr lassen. Wie ein Autounfall, von dessen Anblick man sich nicht losreißen kann.

Ich muss mir wohl eingestehen, dass ich heute, an meinem

vierten Tag in Edinburgh, nach ihr Ausschau halte, denn es ist bereits elf und ich habe sie noch nirgends gesehen. Gott, wie öde muss mir sein, frage ich mich? Unerklärlich fad.

Ich wandere die Princes Street entlang, mit Blick auf den Park, wo ich sie nirgendwo entdecke. Da ich schon mal hier bin, verbringe ich einige Zeit in einem Buchladen. Ich stöbere bei den Kinderbüchern und entdecke eine bunte Box mit der Gesamtausgabe aller Harry-Potter-Bände. Olivia liest gerade den dritten Teil, hat sie mir gestern erzählt. Bereits zum dritten Mal. Ich hatte keine Ahnung, dass Kinder in diesem Alter schon so gut lesen beziehungsweise so viel, aber sie scheint wie besessen davon zu sein. Ich überlege, ihr die Box zu kaufen, damit sie die Bücher nicht ständig in der Bücherei ausleihen muss, doch ich zögere. Und ich bin nicht sicher, warum, weshalb ich sie schließlich doch kaufe.

Anschließend laufe ich zurück zur Royal Mile und setze mich in das Café gegenüber der Ecke, die das seltsame Mädchen häufig mit ihrem Talent beglückt. Ich bestelle Cappuccino. Ich denke an das letzte Mal, dass ich so viele Stunden nur mit mir verbracht habe. Wer sagte doch gleich, ich könne deshalb so schlecht allein sein, weil ich mich dann mit mir selbst beschäftigen müsse anstatt andere analysieren zu können? Ich nippe an meinem Kaffee und denke, Leander war das. Und ich wusste schon damals, dass er recht hatte, allerdings hätte ich trotzdem angenommen, zwei Wochen in einer fremden Stadt verbringen zu können, ohne mir vor gelangweilter Unruhe die Zehennägel abzukauen. Zumal wenn das bedeutete, dass ich den vermaledeiten Geburtstag meines ehrwürdigen Erzeugers verpassen dürfte.

Wann ich begonnen habe, meinen Vater zu hassen, weiß ich nicht mehr. Es war so ein Ur-Gefühl, das sich verfestigte über die Jahre. Die Ahnung davon, dass es nicht genug war, einfach nur da zu sein, dass man auch *genügen* musste. Ansprüchen. Erwartungen. Vor allem denen.

Ich nehme mein Handy heraus und schalte es ein. Die Nachrichten sind weniger geworden, doch sie reißen nicht ab.

MUTTER: **Maximilian. Melde dich. Sofort. Wir müssen noch den Anzug für den Empfang deines Vaters aussuchen.**

Als hätte ich nicht genug grottengraue Anzüge im Schrank. Als würde ich zu dieser Veranstaltung gehen.

BELA: **Leander hat sich bei seinem Job im Supermarkt zurückgemeldet. Offenbar haben sie gedroht, ihn zu ersetzen, wenn er nicht bald wieder antanzt. Sein Vater war hier, doch Leander hat ihn rausgeschmissen. Volltrunken. Hoffen wir mal, dass er den Job nüchtern antritt, aber er fängt erst am Sonntag an.**

Ich bin dabei, eine Antwort an Bela zu tippen, als sich die Tür zum Café öffnet. Ein älterer Mann tritt ein. Und mit ihm weht eine Stimme zu mir herüber. Ich sehe durch das Fenster auf die Menschenmenge, die sich vor der Hauswand vis-à-vis versammelt hat, und auf einmal sieht der Tag viel aussichtsreicher aus als noch eine Minute zuvor.

10
Lina

Musizieren hatte schon immer eine therapeutische Wirkung auf mich. Wenn ich die Augen schließe, wenn meine Finger sich wie automatisch auf die gesuchten Saiten legen, wenn die Melodie im Kopf beginnt, über Nacken, Schulter, Arme in die Hände fließt, wenn es *Klick* macht, sich alles zusammenfügt, ein Stück ergibt, dann ist das ein Gefühl von absoluter Befreiung. Und das Beste, was mir mein sogenannter Vater hinterlassen hat. Die Liebe zur Musik und das Talent, selbst welche zu kreieren.

Meine Augen bleiben geschlossen, während ich der Ukulele ihre zartesten Töne entlocke für eine ziemlich melancholische Version von Dylans *Like a Rolling Stone*, denn genauso fühle ich mich gerade. Es gibt einige Sets, die ich für meine Straßenmusik zusammengestellt habe, doch es scheint, dass mir hier in Edinburgh nur die sentimentalsten Lieder aus den Fingern fließen. Könnte an der Stadt liegen, denn selbst bei Sonnenschein erzählen die alten Gebäude in diesen engen Gassen ihre Geschichten, die schönen, und die tragischen und traurigen auch.

Das Lied endet und Applaus brandet auf, jemand johlt und ich öffne die Augen auf der Suche nach Aaron, der in den vergangenen Tagen schon öfter unter den Zuhörern stand. Aber es ist nicht Aaron, den ich am Rand der Zuschauermenge entdecke, sondern der Typ vom Flughafen, der rasch hinter dem Rücken eines anderen Passanten verschwindet, als er meinen Blick bemerkt. Ich verbeuge mich kurz und beginne dann mit dem nächsten Stück. Stalkt er mich jetzt? Was interessiert er sich für mich und meine Musik?

Ursprünglich hatte ich mit Death Cab for Cutie weitermachen wollen, doch jetzt stimme ich beinahe automatisch Dirty Pretty Things an, *Bang Bang You're Dead*, in meiner eigenen, etwas ruhigeren Version. Hier, Pretty Boy. Für dich. Ich spiele drei weitere Songs, und obwohl ich ihn nicht mehr sehe, weiß ich doch, dass er noch da ist. Stalker. Spinner. Ich fühle mich unwohl, aber auch irgendwie … angespornt. Ich verliere mich in der Musik und wohl deshalb bin ich absolut nicht gewappnet für das, was als Nächstes geschieht.

Ich öffne die Augen zu einer Art Tumult, der mit Rufen und Flüchen einhergeht, und zu spät begreife ich, dass sich da jemand mit meiner Geld-Mütze davonmacht. Ich bin viel zu geschockt, um etwas zu sagen, und noch bevor mir der Gedanke durch den Kopf schießt, dass ich nicht einfach meine Sachen hier liegen lassen kann, um dem Kerl nachzujagen, sehe ich, dass einige Zuschauer sich aufgemacht haben, um ihm zu folgen.

In Windeseile packe ich meine Ukulele ein, nehme den kleinen Koffer und den Rucksack und laufe ihnen hinterher. Ich kann niemanden mehr sehen, doch als ich zwei Ecken weiter stehen bleibe und mich suchend umblicke, schicken mich einige Schaulustige »hier lang« und »da lang« und am Ende treffe ich den Dieb und seine Verfolger im Park an. Einer telefoniert lautstark mit der Polizei, zwei andere halten den um sich tretenden Dieb fest. Pretty Boy ist einer von ihnen. Ich runzle die Stirn, mehr noch, als ich in sein selbstzufriedenes Gesicht sehe. Er nickt in Richtung seiner Jackentasche, aus der meine Mütze herausquillt. Ich nicke ebenfalls, darum bemüht, meine Erleichterung zu verbergen. Ich liebe diese Mütze. Ich brauche sie. Doch anstatt danach zu greifen, spreche ich den Jungen an, der sie gestohlen hat. Er sieht kaum älter aus als Robin, vierzehn ist er vielleicht, fünfzehn womöglich. Er starrt mit weit aufgerissenen Augen in mein Gesicht und mein Magen zieht sich zusammen, so sehr schmerzt die Erinnerung an meinen Bruder.

»Warum hast du das gemacht?«, frage ich ihn.

»Sag ihnen, sie sollen mich loslassen, ich hab nichts getan!«

»Da war kaum was drin, ich hatte gerade erst angefangen.«

»Die sollen mich loslassen, du blöde Kuh, ich hab doch gerade gesagt, ich hab nichts getan!« Der Junge strampelt ein bisschen mehr und ich sehe zu Pretty Boy, dessen dämliches Grinsen einem nachdenklichen Ausdruck gewichen ist. Noch einmal mustere ich den Jungen. Dann ziehe ich meine Mütze aus der Tasche der Lederjacke, drehe mich um und laufe davon.

11
Max

FREITAG, 29. SEPTEMBER

Ich lehne an der Hauswand und beobachte das verrückte Gör aus zusammengekniffenen Augen. Ich schiebe es auf die Langweile und darauf, dass ich wirklich nichts Besseres zu tun habe, doch ich muss auch zugeben, meine Neugierde ist geweckt. Ich meine, es ist offensichtlich, dass irgendetwas mit der Kleinen nicht stimmt, und wie es der Zufall will, verfüge ich im Augenblick über ausreichend Zeit, um herauszufinden, was das sein könnte.

Sie hat sich nicht einmal dafür bedankt, dass wir diesen kleinen Straßenräuber geschnappt und so ihre mageren Einkünfte gerettet haben. Hat einfach ein paar freundliche Worte mit ihm gewechselt, ihre schäbige Mütze wieder eingesteckt und sich davongemacht. Was übrigens zur Folge hatte, dass wir – ein heroischer Schotte namens Glen, der den Mistkerl am anderen Arm gepackt hatte, und ich – uns mit der Polizei herumschlagen mussten, die ein paar Minuten nach Crazy Girls Abgang aufgetaucht war und den Dieb nicht mehr als verwarnen konnte, da sowohl Opfer als auch Beute verschwunden waren. Ich schüttle den Kopf über mich selbst. Seit wann finde ich Gefallen daran, Bond zu spielen, um Damsels in Distress behilflich zu sein?

Aus dem schrägen Winkel heraus, aus dem ich das Mädchen beobachte – von halb hinten rechts sozusagen – erkenne ich, dass ihre Augen wieder einmal geschlossen sind und ihre Nase sich an der Spitze nach oben wölbt, woraus sich eine Stupsnase formt, die so gar nicht zu ihrem kantigen Wesen passen will. Und diese Frisur ist ehrlich bizarr. Weiß der Himmel, wie viele Zöpfe sie geflochten und an Hinter- und Oberkopf zusammengesteckt hat, aber es müssen viele und sie müssen lang sein, denn der Haarberg ist ehrlich nicht zu verachten. Er macht sie größer, denke ich auf einmal. Und vielleicht ist das der Grund für die Frisur.

Sie schrammelt wieder auf der Ukulele. Ich frage mich, ob es ein lächerlicheres Instrument auf Erden gibt, aber es fällt mir keins ein. Oder doch – diese Flöte mit den Tasten, wie heißt das gleich ... *Melodica*, die dürfte noch ein bisschen alberner aussehen.

Das geflochtene Gretchen spielt *Muse*. Ist das zu fassen? Sie schafft es, aus einer Hardrocknummer eine weichgespülte Ballade zu kreieren, die selbst mir Gänsehaut über den Rücken jagt. Nicht wirklich natürlich. Aber möglich wär's. Ich trete die Zigarette aus. Aus zweifelhaften Gründen schlägt mir das Zeug neuerdings auf den Magen.

Genauso reduziert wie ihre Musik ist die Performance, die sie Tag für Tag abliefert. Augen zu, Stimme sanft und rau zugleich, der Ausdruck so zerbrechlich wie die Töne, die sie von sich gibt. Mittlerweile habe ich schon einige Straßenmusiker auf der Royal Mile spielen sehen, manche von ihnen besser als andere, aber keiner schafft es, eine solche Menschenansammlung zu generieren, die Zuhörer so in den Bann zu ziehen, sie zu hypnotisieren geradezu, sie festzufrieren an ihrem Platz. Der Rastatyp von neulich ist einer von ihnen. Er hängt an den Lippen des Mädchens, als würde ihm endlich ein Licht aufgehen, weil sie ihm die Welt erklärt.

Es ist faszinierend. Und sicherlich ein besonderes Talent. Ich wette, dieses Mädchen wird leicht unterschätzt in ihren chaotischen Kleidern, die armselig aussehen, und ihrem kindlichen Gesicht, das sie ungeschminkt noch viel jünger wirken lässt, als sie womöglich ist. Wer würde annehmen, dass sie eine solche Begabung hat?

Allmählich frage ich mich, wo sie herkommt. Was sie tut. Warum sie ihr Geld als Straßenmusikerin verdient. Ob sie gezwungen ist, täglich ein paar Stunden hier zu spielen? Oder ob sie es tut, um ihr Taschengeld ein bisschen aufzubessern? Ich stelle mir diese dummen Fragen und verpasse dabei den Moment, in dem sie ihren Vortrag beendet, ihre Instrumente unter den Arm nimmt und in meine Richtung sieht. Und schon steht sie vor mir.

»Es ist unhöflich, so lange zuzuhören und nichts dafür zu bezahlen.« Sie hält mir den kleinen Koffer ihrer Ukulele hin, den sie offenbar gegen ihre Mütze getauscht hat. Der Typ mit den Rastas drückt im Vorbeigehen ihre Schulter und sie lächelt kurz und tut es nicht mehr, sobald sie wieder mich ins Visier nimmt.

Ich ziehe meinen Geldbeutel aus der Hosentasche, krame einen Zehn-Pfund-Schein hervor und lege ihn zum Rest des Gelds, wobei sie keine Miene verzieht. »Ursprünglich hatte ich angenommen, meine Schuld sei damit abgegolten, dass ich gestern deine Einnahmen gerettet habe. Wofür du dich noch nicht mal bedankt hast«, fahre ich fort, als sie nicht antwortet, »was *ich* als unhöflich empfinde, ehrlich gesagt. Zumal du dich stattdessen einfach aus dem Staub gemacht und mich mit der Polizei hast stehen lassen.«

Bei dem Wort *Polizei* zucken ihre Lider, minimal nur, doch sie sagt: »Danke.«

»Gern geschehen.«

Und sie grinst. Ein süßliches, von Spott durchzogenes Grinsen, das meinem gar nicht mal unähnlich ist.

»Was?«, frage ich. »Ein Snob wie ich ist nicht in der Lage einzugreifen, wenn jemand Hilfe braucht?«

»Offensichtlich ist er das«, gibt sie trocken zurück, »aber wie es aussieht, muss man ihm danach ein Denkmal dafür setzen.«

Sie kramt das Geld zusammen, stopft es in die Seitentasche ihres Rucksacks und legt anschließend die Ukulele in den Koffer zurück.

»Ein einfaches Danke hätte genügt«, erkläre ich, obwohl mir sehr wohl klar ist, dass ich mit diesem Mädchen gar nicht erst diskutieren sollte.

»Was machst du überhaupt hier?«, fragt sie.

»Wo hier? In Edinburgh?«

Sie verdreht die Augen. »Hast du nichts Besseres zu tun, als an Straßenecken rumzulungern und mir beim Spielen zuzusehen?«

»Es ist sicher schwer für dich zu glauben, aber nicht die ganze Welt dreht sich um dich. Ich kam zufällig vorbei.«

»Zufällig?« Erneut dieses Grinsen. »*Schon wieder*?«

Ich sehe sie nachdenklich an. Ungewollt und *zufällig* hat sie da einen Nerv getroffen, denn mal ehrlich, Maximilian – was willst du hier? Ich habe keine Ahnung. Ehrlich nicht. Ich sage: »War nett und so weiter. Blabla. Man sieht sich«, drehe mich um und lasse sie stehen.

Ich hab noch eine Verabredung mit einem sehr viel netteren Mädchen. Ebenso klein, wie ich süffisant feststelle, aber um einiges liebreizender.

»Hey, Olivia.«

»Hi, Max.«

»Wie geht's deinem Fuß?«

»Wie immer. Er langweilt sich.«

»Ist klar.« Ich lasse mich in dem angestammten Sessel neben ihrem nieder, so wie die vergangenen Tage auch. Der Kellner, inzwischen Teil unserer nachmittäglichen Routine, nickt mir nurmehr kurz zu und verschwindet dann in die Küche, um Tee, Orangensaft, Gebäck und Sandwiches zu bestellen. Olivia ist für ihre Verhältnisse ziemlich still, doch als ich sie fragend ansehe, zuckt sie mit den Schultern.

»Ab Montag muss ich wieder in die Schule«, sagt sie.

»Und? Ist das gut oder schlecht?«

Wieder Schulterzucken. »Okay, glaube ich.« Sie nimmt ihren Rucksack auf den Schoß, den sie zwischen sich und die Lehne geklemmt hatte, zieht einen zerknitterten Brief hervor und reicht ihn mir. »Granny hat gesagt, den soll ich dir geben.«

»Okay«, antworte ich gedehnt.

»Ich weiß, was drinsteht.«

»Ja?« Ich drehe das Kuvert in meiner Hand her und hin. »Dann muss ich ja gar nicht reinschauen.«

»Da steht«, erklärt Olivia mit der gleichen Ernsthaftigkeit, mit der sie mir auch das Verhältnis zwischen Harry, Hermine und Ron erklärt hat, »dass ich ab Montag wieder in die Schule gehe und dann zur Nachmittagsbetreuung und dass ich dich deshalb nicht mehr zum Tee treffen kann.«

»Oh.« Ich werfe ihr einen Blick zu, der möglichst nicht verrät, dass ich mir etwas Ähnliches schon gedacht habe, nachdem Olivias Großmutter sie wohl kaum an jedem Nachmittag hier in der Hotellobby abgeben kann. »Das klingt, als hättest du künftig wieder richtig Spaß an den Nachmittagen, während mir schrecklich langweilig sein wird.«

Sie sieht mich misstrauisch an. »Du solltest nicht immer nur mit Kindern rumhängen. Du musst dich auch mal mit Erwachsenen treffen.«

»Wirklich?« Ich versuche, ernst zu bleiben, aber leicht fällt es mir nicht. »Gut, dann werde ich das in Zukunft berücksichtigen.«

Der Kellner kommt mit der beladenen Etagere, dem Glas Orangensaft für Olivia, dem Tee für mich, und sofort stürzt sie sich auf die Sandwiches.

»Ich habe nachgedacht, wegen deinem Haus«, sagt sie und für einen Moment habe ich keine Ahnung, wovon sie spricht, bis mir unsere Unterhaltung über die Harry-Potter-Häuser wieder einfällt.

»Und?«

»Ich denke, du bist ein Ravenclaw.«

»Ein Ravenclaw?«

Olivia zuckt mit den Schultern.

»Und was bedeutet das für mich?«

Noch einmal Schulterzucken. »Lies die Bücher.«

Ich grinse sie an und sie grinst zurück. Diese Unterhaltung hatten wir schon einmal, als sie wollte, dass ich ihr vorlese, was ich nicht getan habe.

»Jeder hat doch schon mal Harry Potter gelesen«, sagt sie jetzt.

»Nicht jeder offenbar.« Ich denke an die Bücherbox, die oben auf meinem Zimmer liegt. Ich werde sie ihr hierlassen und nicht persönlich übergeben, denn den Abschied zwischen mir und einem Schulkind sentimental zu gestalten, halte ich nicht gerade für die beste Idee.

Den Brief ihrer Großmutter öffne ich erst auf dem Zimmer, und obwohl mich die dankbaren Worte der Frau keinesfalls überraschen, fühle ich mich nicht wohl dabei. Ich stelle mich ans Fenster und sehe hinaus auf Brücke und Bahnhof, so wie ich es am Abend meiner Ankunft getan habe. Und ich frage mich, ob es mir überhaupt zusteht, mit meinem Leben zu hadern, was dieses Hadern über mich aussagt und ob ich der sein möchte, der ich jetzt bin.

12
Lina

SAMSTAG, 30. SEPTEMBER

Da hatte ich angenommen, Pretty Boy mag mich nicht sonderlich, und doch ist er hier. Erstaunlich nach seinem Abgang gestern, aber – voilà – da sitzt er, nicht einmal versucht, sich verborgen zu halten, im Fenster des Cafés gegenüber, sein ganzes, von sich eingenommenes Selbst. Sitzt da und sieht nur dann her, wenn er denkt, ich bemerke es nicht. Darüber hinaus liest er, glaube ich, oder tippt in sein Handy.

Mmmmh.

Dieses Verhalten macht ihn fast wieder interessant, das muss man ihm lassen. Ich meine, er ist sicher nicht der Typ, der normalerweise stehen bleibt, wenn sich an einer Ecke der Fußgängerzone Straßenmusik auftut, er sieht überhaupt nicht so aus, als würde Musik ihm etwas bedeuten. Nein, keine Musik für Pretty Boy. Wenn, dann höchstens Charts, etwas, das einem aus dem Radio entgegendudelt und das mit *Musik* nicht im Entferntesten zu tun hat.

Ich schaudere. Und verspiele mich beinahe. Zeit, sich wieder aufs Akkordeon und auf das Wesentliche zu konzentrieren.

Es ist bloß … Ich frage mich schon, was er in Edinburgh macht. Offensichtlich ist er nicht beruflich hier oder geschäftlich oder in was auch immer ein Sonnensöhnchen seines Kalibers verwickelt sein mag. Studiert er? Möglich. Allerdings müsste er dafür schon eine Universität besuchen, oder nicht?

Doch er streunt hier herum, zu jeder Tages- und Nachtzeit, ganz so, wie ich es tue. Ist er allein hier? Es sieht danach aus.

Was hat er hier zu suchen?

Okay, Lina, genug davon. Ich lasse die letzten Töne des Walzers verklingen, bevor meine Finger wie von selbst den nächsten Song anschlagen. *Walking with a Ghost.* Ich bin nicht sicher, wie ich gerade jetzt darauf komme, aber ich habe das eindeutige Gefühl, es spielen zu müssen.

Musik, das ist pure Intuition für mich. Emotion und Hingabe. Es ist tragisch, dass ich ausgerechnet das, was ich am meisten liebe, von einem Mann haben soll, den ich am allermeisten hasse. Denn leider – es ist wahr. Meine Mutter behauptet immer, die Begeisterung für die Musik hätte ich von meinem Vater geerbt, dem Mann, der sie geschwängert und dann sitzen gelassen hat und der vermutlich ihre große, einzige, alles überschattende Liebe war, was weiß ich. Was ich weiß, ist, dass sie all die anderen nie so geliebt hat. Ich weiß, dass sie mich nie so geliebt hat. Und Robin vermutlich noch viel weniger – Robin, dessen Vater sie nicht einmal wirklich kannte, weil er nach einem One-Night-Stand verschwand.

Dass sich meine Mutter in den sechs Tagen, die ich jetzt in Edinburgh bin, nicht ein Mal gemeldet hat, spricht Bände über unsere Beziehung. Oder über den Typen, mit dem sie gerade zusammenlebt – überhaupt die Männer, die meine Mutter anzieht, von einigen wenigen Ausnahmen mal abgesehen. Ihr neuester ist zumindest kein arbeitsloser Kiffer, das ist doch schon mal was. Ganz im Gegenteil, er ist irgendein Finanzfuzzi, und so, wie er sich bei uns zu Hause sofort als Chef aufgespielt hat, darf man sich fragen, ob es mit Gregor, dem Kiffer, nicht doch angenehmer war.

Das Set ist zu Ende, der Applaus eher verhalten. Vermutlich sollte ich nicht spielen und gleichzeitig grübeln, womöglich sollte ich aber auch darüber nachdenken weiterzuziehen. Ich meine, Edinburgh ist keine sonderlich große Stadt. Und obwohl sie vor Touristen nur so brummt, komme ich mir mittlerweile dumm dabei vor, jeden Tag aufs Neue an denselben Häuserecken zu stehen, dieselben Songs zu spielen, dieselben Gesichter zu sehen, zumindest einige davon. Wenn man Straßenmusik macht, sollte man dann nicht umherziehen? Von einer Stadt zur nächsten? Ein Blatt im Wind? Also, womöglich ist es Schicksal, dass mein Bett in der Jugendherberge nur noch bis Montag frei ist. Ich weiß nicht, wie, aber Aaron hat es geschafft, meine Frist im Backpackers von Freitag auf Montag zu verlängern, dann aber würde es wirklich eng werden, hat er prophezeit. Weshalb ich mich ursprünglich auf die Suche nach einer neuen Unterkunft machen wollte, aber vielleicht sollte ich mir stattdessen eine Busfahrkarte besorgen. Irgendwohin. Nach Norden. In die Highlands?

Ich schnalle meinen Rucksack auf den Rücken und greife nach dem Akkordeonkoffer. Pretty Boy sitzt nach wie vor im Fenster und tut so, als sei er sich meiner Anwesenheit in keinster Weise bewusst. Freak. Als ich mich gerade in Bewegung setzen will, um mein Zeug zurück in die Jugendherberge zu schaffen, höre ich, wie jemand meinen Namen ruft.

»Aaron.«

»Hey, Schönheit.« Außer Atem bleibt er neben mir stehen. »Hab ich dich gerade noch erwischt. Bist du auf dem Weg ins Backpackers? Ich muss auch, meine Schicht fängt gleich an. Lass uns zusammen gehen.« Schon hat er den Arm um mich gelegt, in dieser kumpelhaften Art, von der er womöglich denkt, ich würde sie gar nicht als aufdringlich empfinden können, doch ich tue es trotzdem. Irgendetwas sagt mir, dass Aarons Absichten, was mich angeht, eher nicht kumpelhaft gedacht sind. Ich meine, ich finde ihn süß … Er ist wirklich nett und lustig, und er sieht gut aus und alles. Aber ich bin einfach ganz und gar nicht interessiert. Zumindest nicht an … *mehr*. Also erfinde ich eine Ausrede, sage ihm, ich müsse mir noch schnell etwas zu essen besorgen und wir träfen uns dann in der Jugendherberge, und bin schon halb die Straße hinunter, als er ruft: »Heute Abend ist eine Party im Studentenwohnheim. Willst du mit mir hingehen?«

»Heute Abend?« Jetzt hat er mich wirklich erwischt. Entsprechend erschrocken klingt meine Stimme. »Da kann ich leider nicht. Bin verabredet. Mit …« Ich sehe hinüber zu Pretty Boy, der uns vom Inneren des Cafés aus beobachtet, sein Stirnrunzeln ist bis hierher zu erkennen. »Ihm.« Ich winke in seine Richtung und er legt den Kopf schief, bevor er sich wieder dem widmet, was da vor ihm auf dem Tisch liegt. »Sorry noch mal. Wir sehen uns später.« Damit lasse ich den verblüfften Aaron stehen und laufe auf das Café zu, und ganz sicher vom Regen in die Traufe.

13
Max

Der Typ sieht ihr hinterher mit einer Mischung aus Verwirrtheit, Enttäuschung und Mutlosigkeit, die mich mit ehrlichem Bedauern füllt. Ich möchte zu gern wissen, um was es da eben ging. In welchem Verhältnis die beiden zueinander stehen. Sie stürmt ins Café wie auf einer Mission, winkt Rastaman noch mal zu und lässt sich auf den freien Stuhl an meinem Tisch fallen, während sie mich angrinst wie eine Irre und einige überschwängliche Begrüßungsfloskeln von sich gibt.

Okay.

Ich sehe sie abwartend an. Noch ein Blick aus dem Fenster, dann ist der Typ verschwunden, ebenso wie ihr aufgesetztes Lächeln, und Crazy Girl lässt sich seufzend in die Lehne fallen. Sie hat ihren Rucksack noch umgeschnallt, den sie jetzt abnimmt, bevor sie wieder mich ansieht.

»Frag nicht«, beginnt sie. »Die Sache ist nur halb so interessant, wie du denkst.«

»Was denke ich denn? Dass du gerade vor der Anmache dieses Typen geflohen bist, indem du ihm verklickert hast, dass du mit mir zusammen bist?«

Sie schnaubt. »Jetzt geht deine Fantasie mit dir durch, Pretty Boy.« Doch sie wird rot, eine winzige Spur nur, aber genug, um mich zum Lachen zu bringen.

Die Kellnerin taucht auf. Ich möchte wetten, dass sie nichts bestellt, dass sie hier nur drei Minuten wartet, bevor sie aus dem Café stürmt, so wie sie eben noch hereingeplatzt ist, da sagt sie: »Einen Cappuccino und ein Käsesandwich bitte. Und einen von diesen Müsliriegeln.«

Ich lehne mich in meinen Sitz zurück. Crazy Girl zieht ihren Mantel aus – eine Art Wollblazer, der ihr um etliches zu lang ist – dann macht sie es sich auf ihrem Stuhl bequem, indem sie einen Fuß unter den Hintern zieht. Heute sind ihre Strumpfhosen schwarz, doch sie trägt abermals dieses grüne Kapuzenshirt-Kleid, zur Turmfrisur, versteht sich, und ihre lächerlichen Can-Can-Stiefel.

»Darf man fragen, was du schon wieder hier machst?«

»Mmh?« Fragend ziehe ich eine Augenbraue nach oben, als hätte ich keine Ahnung, worauf sie anspielt, obwohl ich es sehr wohl weiß. Ich bin kein Idiot. »Frühstücken? Aber ich denke nicht, dass ich mich dafür rechtfertigen muss.«

Sie verdreht die Augen. Es ist inzwischen Mittag. Und sie scheint sich ziemlich sicher zu sein, dass ich dieses Lokal wegen seiner Aussicht auf eine bestimmte Straßenecke gewählt habe, nicht zum ersten Mal übrigens. Doch zu meinem ehrlichen Erstaunen hackt sie nicht weiter darauf herum.

Die Kellnerin bringt ihren Kaffee, und ich bestelle ebenfalls noch einen. *Okay.* Ich habe also noch nicht vor zu gehen? Alles klar.

»Dieser Typ, der dir gestern dein Geld klauen wollte – wieso hast du ihn gefragt, warum er das getan hat?«

Sie nippt an ihrem Cappuccino, dann zuckt sie mit den Schultern. »Ich wollte wissen, warum er es genommen hat. Es muss einen Grund geben, oder?«

»Allerdings. Der Kerl wollte dich beklauen, würde ich sagen.«

»Er war noch ziemlich jung.«

»Alt genug, um zu wissen, was er tut.«

Noch einmal zuckt sie mit den Schultern. »Du bist ebenfalls alt genug, um zu wissen, was du tust. Also weshalb bist du ihm hinterhergerannt?«

»Weil ich …« Für eine Sekunde weiß ich nicht, was ich antworten soll. Ist es normal, dass man versucht, in einer solchen Situation zu helfen? Das sollte es sein, oder? Allerdings sind nicht viele los- und dem Kerl hinterhergerannt, soweit ich mich erinnere, also warum ich? »Reflex, schätze ich.«

»Aaaah«, macht sie. »Mister Superheld. Und da saß ich und hab dich für einen Stalker gehalten.«

Tja, was soll ich sagen? Wieder so eine Sekunde der Überraschung, in der ich mich frage, seit wann es sich schickt, seinem Gegenüber ein Brett nach dem anderen vor die Stirn zu schlagen. Dieses Mädchen spricht aus, was sie denkt, ohne Rücksicht auf Verluste. Allein, um zu provozieren. Das kommt mir vage bekannt vor, muss mir aber nicht gefallen, oder?

»Wieso sitzt du dann hier, wenn du mich für einen Stalker hältst?«

»Weil ich Hunger habe. Und weil ich dich zwar für einen Stalker halte und für einen Freak, für seltsam und schrecklich von sich eingenommen, aber nicht für gefährlich.«

»Dafür, dass du mich überhaupt nicht kennst, scheinst du schon eine sehr dezidierte Meinung von mir zu haben.«

»Dezidiert, in der Tat.« Sie verzieht ihre Lippen zu einem spöttischen Grinsen, während sie nach ihrer Tasse greift, um den Milchschaum herauszulöffeln.

Das Sandwich kommt. Ich betrachte sie, während sie das viel zu dicke Brot in beide Hände nimmt und ein viel zu großes Stück abbeißt, ohne auch nur irgendeinen Gedanken daran zu verschwenden, dass die Sauce jetzt beide ihrer Mundwinkel ziert und sie kaum die Lippen aufeinanderbringt, um zu kauen. Ich beobachte sie und dabei kommt mir der Gedanke, dass sich nur selten ein Mädchen, das ich noch überhaupt nicht kenne, in meiner Gegenwart so fahrlässig verhalten hat. Als wäre es ihr vollkommen gleichgültig, was ich von ihr denke. Ob ich sie verfressen finde oder unappetitlich, abstoßend oder ... Vielleicht steht sie generell nicht auf Männer, schießt es mir durch den Kopf. Vielleicht hat sie deshalb den Typen stehen lassen und vielleicht würdigt sie mich deshalb keines weiteren Blickes. Oder sie ist grundsätzlich nicht interessiert. Ihr Name ist ja auch irgendwie asexuell.

Es kommt mir in dieser Sekunde, was für ein Blödsinn das ist.

Ich räuspere mich. »Robin«, beginne ich, »das ist ein seltsamer Name, oder?« Mitten im Kauen hält sie inne und ihre Augen weiten sich. Sieh her, Crazy Girl, nicht bloß du beherrschst die Brett-vor-den-Kopf-Taktik, ich habe sie erfunden. Ganz abgesehen davon – wer schreibt seinen Namen mit Edding auf das Etikett eines Kleidungsstücks?

»Woher ...«

»Er stand in deiner Mütze.«

Sie atmet einmal tief ein, ich kann sehen, wie sich ihr Brustkorb hebt und senkt, dann beißt sie erneut in ihr Sandwich und erklärt mit vollem Mund: »Das ist ein ganz normaler Name.«

»Für einen Jungen.«

»Es gibt genügend weibliche Robins. Robin Wright. Rhianna heißt mit erstem Namen Robyn.«

»Ach, wirklich? Das waren zwei.«

Abermals zuckt sie mit den Schultern. Dann nichts mehr. Sie isst. Keinerlei Anzeichen dafür, dass sie es womöglich interessieren könnte, wie ich heiße. Von all den Menschen, die man in einer Stadt wie Edinburgh kennenlernen kann, wieso lande ich ausgerechnet mit Madame Absurdistan an einem Tisch? Ich gebe der Kellnerin ein Zeichen. Eine Unterhaltung mit Crazy Robin ist beinahe so ergiebig wie die mit einer Topfpflanze, also weshalb nicht zurück ins Hotel gehen und mit der Zierpalme sprechen?

»Also dann.« Ich lege ein paar Scheine auf den Tisch. »Das müsste reichen. Farewell, Robbie.«

»Was machst du heute Abend?«

Gerade war ich dabei, in die Ärmel meiner Jacke zu schlüpfen, jetzt halte ich mitten in der Bewegung inne und sehe Robin aus schmalen Augen an. Sie ist rot geworden, wieder nur das kleinste bisschen, wieder nur am äußeren Rand ihrer Wangenknochen, aber dennoch. Sie möchte wissen, was ich heute Abend vorhabe, weil … Aaaah. »Die Frage hat nicht zufällig etwas mit deinem rasta-gelockten Freund zu tun, oder?«

Sie schnaubt.

Ah, wie schlecht. Ich habe sie sofort durchschaut.

»Wenn du schon etwas Besseres vorhast«, erklärt sie, »alles klar, ansonsten dachte ich, du könntest mich zum Essen einladen.«

»*Was?*« Der Vorschlag ist so grotesk, dass ich lachen muss.

»Hey, ich bin nicht diejenige, die ihre Zeit mit Stalking verbringt, aus purer Langweile, wie ich annehme. Ich will es dir nur leichter machen. Und da ich ungewollt zu deinem Unterhaltungsprogramm beitrage, habe ich mir sehr wohl ein Essen verdient.«

Okay. Sie sieht nicht nur so aus, sie *ist* verrückt. Was, um Himmels willen, stimmt nicht mit dieser Frau? »Sag mir bitte einfach, dass du für heute Abend eine Art Alibi brauchst, warum auch immer. Alles andere ist gruselig, Crazy Girl, du ahnst nicht, wie sehr.«

Sie sieht mich an. »Fein. Womöglich habe ich Aaron gesagt, ich hätte heute Abend keine Zeit, weil ich mit dir verabredet bin.«

»Okay. Ich nehme an, wir müssen den Abend nicht wirklich miteinander verbringen, um Aaron in dem Glauben zu lassen, oder?«

»Nicht zwangsläufig. Aber ich lüge nicht gern.«

Sie sieht todernst aus, nur in ihren Augen blitzt es, der gleiche Spott, mit dem sie mich schon mehr als einmal bedacht hat. Ich weiß nicht, was es ist, das mich davon abhält, ihr einmal milde zuzulächeln und sie einfach sitzen zu lassen, ich weiß es ehrlich nicht. Es könnte an der Art liegen, wie sie mich provoziert – so, wie ich es sonst tue – und ich bin neugierig, wie weit sie mit dieser, meiner eigenen Taktik, kommt. Also sage ich, wider besseres Wissen: »20 Uhr hier?«

»Bis dahin bin ich verhungert.«

»Halb acht dann eben.«

»Ich suche das Restaurant aus?«

»Von mir aus.«

»Gut. Bis dann.«

Für einige Sekunden starren wir einander an, wie bei einem Wettstreit, bei dem niemand zuerst wegsehen will, um nicht zu verlieren. Schließlich stehe ich auf und gehe, ohne mich noch einmal nach ihr umzudrehen.

14
Lina

Der Typ ist überpünktlich. Das ist die erste Erkenntnis, nachdem ich ihn um kurz vor halb acht vor dem Café antreffe. Seinem Gesichtsausdruck nach zu urteilen, ist er selbst zutiefst verwundert darüber, dass er hier vor mir steht in der Absicht, mit mir essen zu gehen. Beinahe muss ich lachen, aber ich verkneife es mir. Ich wüsste zu gern, weshalb er Ja gesagt hat. Hätte ich vorher wetten müssen, ich hätte dagegengehalten.

Das Zweite, das ich schnell über ihn lerne, ist: Er macht sich rein gar nichts aus Geld. Oder er tut zumindest so. Er zuckt nicht mit der Wimper, als ich Vorspeise, Hauptgang und Dessert ordere, alles auf einmal und ohne überhaupt nachzufragen, ob wir ein Menü verspeisen werden oder nicht. Ich bestelle, und er tut es mir gleich, obwohl dies laut Google einer der teuersten Läden in der Altstadt ist und das Ambiente allein einen normalsterblichen Verdiener schwitzen lassen müsste. Die Kellner tragen glänzende Westen über gestärkten Hemden. Die Tische sind unter dicken, weißen Tischdecken begraben. Auf ihnen blitzen polierte Gläser neben schnörkeligem Besteck und schweren Kerzenständern, deren schummriges Licht beinahe komplett von der dunklen Holztäfelung der Wände verschluckt wird. Pretty Boy verzieht keine Miene darüber, ebenso wenig wie über die Tatsache, dass wir beide nicht passend gekleidet sind. Ich habe mit Absicht zu dem roten Strickkleid und den gelben Strumpfhosen gegriffen, weil es mir gleichgültig ist, was die Leute über mich denken, und weil ich Mr Moneybag da drüben ein wenig provozieren wollte. Er allerdings konnte nicht wissen, dass Jeans hier unangebracht sein würden, selbst wenn sie Designerware sind. Immerhin trägt er ein Poloshirt. Hätte mich auch gewundert, wenn jemand wie er in einem schlichten T-Shirt aus dem Haus ginge.

»Nettes Lokal«, beginnt er, als der Kellner unsere Bestellung aufgenommen hat und Richtung Küche davonstolziert ist. »Isst du öfter hier?«

Sein Tonfall ist so trocken, dass ich mir schon zum zweiten Mal ein Lächeln verkneifen muss.

»Nur zu besonderen Anlässen.«

»Verstehe. Die Flucht vor einem ungebetenen Verehrer ist dann wohl ein besonderer Anlass?«

»Aaron ist kein *Verehrer.* Er ist maximal ein Verwirrter.«

Der Typ lacht. »Das scheint mir allerdings auch so.«

»Wow, kein Grund, unhöflich zu werden.« Ich werfe ihm einen gespielt gekränkten Blick zu.

Er lehnt sich in seinem Stuhl zurück und legt den Kopf schief. Die Beleuchtung schmeichelt ihm, das muss ich ehrlich zugeben. Wenn er nicht reden würde, wäre er noch hübscher. »Ich fasse mal zusammen«, beginnt er, und das kleine Lächeln, das seine Lippen umspielt, gefällt mir gar nicht. »Erst rennst du in mich rein, zerstörst dabei fast mein Handy, von meinem Steißbein gar nicht zu reden, behauptest dann, es sei alles meine Schuld, und löst dich in Rauch auf.«

»*Du* bist in mich hineingerannt«, unterbreche ich ihn. »Ich war nicht diejenige, die auf ihr Telefon gestarrt hat.«

»Ach, nein? Wo hast du hingesehen, wenn ich fragen darf?«

Ich gebe keine Antwort, und Max wirft mir einen selbstgefälligen Blick zu. »Dann«, fährt er fort, »rette ich deine mageren Einnahmen vor einem diebischen Straßenkid und bekomme nicht mal ein Dankeschön dafür. Und nun sitze ich hier zwischen einer Horde Pinguine, um dir ein überteuertes Menü zu spendieren. Äh ... und weshalb ist es gleich wieder so gekommen?«

»Sag du's mir. Ich hab dir wohl kaum eine Waffe an die Schläfe gehalten.«

Vier, fünf Sekunden betrachtet er mich schweigend, schließlich seufzt er, beugt sich vor, legt die Ellbogen auf den Tisch und faltet die Hände. »Okay, Crazy Girl, fangen wir nochmal von vorn an. Du bist Robin, ich bin Max, nett, dich kennenzulernen, und so weiter und so fort, et cetera, et cetera. Was führt dich nach Edinburgh?«

»Gott, jetzt klingst du wie ein Therapeut.«

»Und du wie jemand, der einen gebrauchen könnte.«

Ich greife nach dem Brotkorb, fische ein Minibrötchen unter der dunkelroten Satinserviette hervor, ignoriere den albernen Brotteller und nehme stattdessen das große Messer in die Hand, tauche es in den Buttertopf und beschmiere die Kruste damit. »Also gut. Ich besuche hier jemanden.«

»Aaaa«, macht Max, und dann lacht er. »Dafür, dass du angeblich nicht gern lügst, tust du es ganz schön oft.«

»Was?«, gebe ich mit Unschuldsmiene zurück. »Was unterstellst du mir da? Und woher willst du wissen, dass ich nicht hier bin, um Aaron zu besuchen? Er ist Schotte. Er studiert hier.«

»*Das* glaube ich dir. Den Rest nicht. Willst du wissen, warum?«

Ich verdrehe die Augen. »Nein, aber du wirst es mir sicher

trotzdem erzählen.« Mit der Minibrötchenhälfte in der Hand bedeute ich ihm weiterzureden.

»Du kennst Aaron erst ein paar Tage. Keine Ahnung, wie genau, aber ihr seid euch eher zufällig begegnet. Vielleicht hat er dich angesprochen, als er in der Fußgängerzone über dich und deine Straßenmusik gestolpert ist, vielleicht arbeitet er in irgendeinem Pub, in dem du gegessen hast, oder in deinem B&B hinter dem Tresen. Wie dem auch sei, du gefällst ihm, weshalb er die Straßenecke, an der du für gewöhnlich rumfiedelst, öfter frequentiert, um dich zu sehen. Und heute …« Er macht eine Bewegung mit dem Handgelenk, als würde er auf eine Uhr schauen wollen, die da allerdings nicht ist, »… fast eine Woche nach deiner Ankunft in Edinburgh, hat er den Mut gefasst, dich zu bitten, mit ihm auszugehen. Und in dem Augenblick, in dem du ihm einen Korb gegeben und zu mir ins Café geflohen bist, hat er so unsicher und verletzt ausgesehen, dass klar war, er kann überhaupt nicht einschätzen, was du da gerade abgezogen hast. Weil er dich nicht kennt. Weil es bisher immer oberflächlich und ungefährlich zwischen euch war und er heute zum allerersten Mal etwas gewagt hat. Würde er dich kennen, wäre die Szene ganz anders abgelaufen. Wärst du extra für ihn nach Edinburgh geflogen, wäre die Szene ganz anders abgelaufen. Und ganz sicher säßen wir zwei jetzt nicht hier.«

Der Kellner kommt mit dem Wasser, und ich bin dankbar für die Unterbrechung, denn ich gebe zu, ich bin ein kleines bisschen schockiert. Ich mag es nicht, analysiert zu werden, ich mag viel weniger, wenn die Person recht damit hat. Ich würde gern wissen, wieso ich dem spontanen Impuls gefolgt bin, ihn zu diesem Essen zu nötigen, denn mittlerweile habe ich das untrügliche Gefühl, der Abend wird mir nicht gefallen.

Ich nippe an meinem Wasser. *Richtig*. Ich wollte den Kerl ärgern, weil er sich wie selbstverständlich über mich stellt und über jeden anderen auch. Weil es ihm gar nicht in den Sinn kommt, einen kleinen Jungen, der anderen Geld stiehlt, nach dem *Warum* zu fragen? Weil er mich und meine Klamotten mustert, als seien wir der Mottenkiste entstiegen. Weil ich dachte, ich bringe ihn wenigstens um ein bisschen von Daddys Kleingeld. Und weil ich annahm, er würde sicherlich nicht gern mit jemandem wie mir gesehen werden, wofür er es absolut verdient hat, dass man ihm eins auswischt. Was mir nicht geglückt ist. Dieser Typ strotzt nur so vor Selbstvertrauen, würde er mit einem Stinktier hier reinspazieren oder einer Pole-Tänzerin in Unterwäsche, beides würde seiner Attitüde keinerlei Schaden zufügen.

Innerlich seufze ich. Und dann, während Pretty Boy sich die Weinkarte zeigen lässt, betrachte ich ihn, genauer diesmal. Er hat ein hübsches Gesicht, wirklich hübsch. Weich, annähernd weiblich sogar, glatt rasiert, mit einem schön geschwungenen Mund. Seine Augen sind grün, das ist mir zuvor schon aufgefallen, und hier im schummrigen Kellerlicht wirken sie samtig wie Moos. Die Haare sind kurz, oben ein bisschen länger, und die fallen ihm beabsichtigt wirr in die Stirn. Nicht mal seine Nase ist eine typische Männernase – sie ist *hübsch*, nicht zu groß, nicht zu klein, nicht zu kantig. Das einzig Markante in seinem makellosen Gesicht sind die dichten, dunklen Augenbrauen.

Und er trägt eine Maske. Eine perfekt sitzende, über die Jahre geschulte, aalglatte, gut austarierte, vor Charme und Arroganz strotzende Maske. Was macht er hier, wenn er nicht gerade harmlose Straßenmusikerinnen verfolgt?

»Du hast recht, Sherlock«, antworte ich schließlich. »Ich

habe Aaron hier kennengelernt. Er ist nett. Ein ganz und gar freundlicher, sonniger, unkomplizierter Mensch.«

Max verzieht die Lippen zu einem spöttischen Grinsen. »Freut mich, dass du in dieser düsteren Stadt so erhellende Gesellschaft gefunden hast.«

»Warum?«

»Warum was?«

Ich schiebe mir den Rest meines Brots in den Mund und erwidere Max' Stirnrunzeln. »Warum freut dich das?«

»Weil …«, beginnt er, doch dann blinzelt er und legt sein Stück Baguette auf diesem albernen Brotteller ab. »Warum ist es so anstrengend, mit dir eine Unterhaltung zu führen?«

»Das war eine ganz normale Frage.«

»In deiner Welt vielleicht. In meiner Welt nimmt man eine höfliche Äußerung als das hin, was sie ist – eine höfliche Äußerung.«

»Ah, ein bisschen Wahrheit ist unangenehm. Aber diesen exaltierten Small Talk hältst du für normal? Oh, Düsternis, wie bist du doch erhellend?«

Diesmal lächelt er wirklich, und innerlich wappne ich mich gegen den Charme, den er damit versprüht.

»Also gut, es ist mir gleich, ob du Aaron kennengelernt hast oder nicht. Zufrieden?«

»Sehr!«

»Wobei ich eurer Bekanntschaft immerhin das zweifelhafte Vergnügen verdanke, dich heute zu einem sündhaft teuren Essen einladen zu dürfen.«

»Du zahlst also nicht mit Daddys Kreditkarte?«

Er zuckt nicht mal zusammen. »Natürlich zahle ich mit Daddys Kreditkarte. Das macht das Vergnügen noch viel zweifelhafter, findest du nicht?«

Wir starren einander an, ich darum bemüht, mein Lachen zu unterdrücken, er mit diesem spöttischen Funkeln in den Augen, das mit Sicherheit zu seinen Markenzeichen gehört. Der Kellner kommt, um den Wein zu servieren. Er öffnet die Flasche und füllt den Inhalt anschließend in Schneckengeschwindigkeit in eine Kristallkaraffe um. Max nimmt den ersten Schluck und hält mir dann sein Glas hin. »Willst du probieren? Am Ende schmeckt er dir nicht und ich muss die ganze Flasche allein trinken.«

Ich nehme ihm das Glas aus der Hand, möglichst ungerührt. Gott, dieser Typ. Diese Ausdrucksweise. Die Tatsache, dass er möchte, dass ich aus seinem Glas trinke. Ich weiß nicht – flirtet er auf einmal mit mir? Nein, das ist absolut der falsche Ausdruck dafür. Er … spielt mit mir. Wie eine Katze, bevor sie zubeißt. Hält er mich für die Maus?

You wish.

Ich nippe an dem Wein, gebe ihm das Glas zurück und sage: »Für diesen Jahrgang ganz passabel.«

Max schnaubt, während der Kellner ein etwas ratloses Lächeln aufsetzt, weil er glücklicherweise kein Wort Deutsch versteht.

»Sehr guter Wein«, übersetzt Max ihm schließlich. »Sie liebt ihn.«

Allen Erwartungen zum Trotz wird es ein netter Abend. *Erbaulich*, würde Max vermutlich sagen, denn inzwischen habe ich begriffen, dass seine elitäre Ausdrucksweise keineswegs aufgesetzt ist. Sie ist Teil seines Charakters – oder des Charakters, den er für sich erfunden hat. Wie dem auch sei, das Essen ist nett genug. Max hat freundlicherweise davon Abstand genommen, weitere Analysen über mich anzustellen, und ich habe netterweise beschlossen, ihn nicht öfter als unbedingt nötig spüren zu lassen, was ich von seiner überheblichen Art halte. Und als er mich fragt: »Und, wo kommst du her, Robin?«, gibt es also eigentlich gar keinen Grund zu lügen, doch ich tue es trotzdem, vielleicht, weil er mich Robin genannt hat, vielleicht, weil ich keine Lust habe, weiter über die Wahrheit nachzudenken, wo ich doch hier bin, um Abstand zu gewinnen und eine Zeit lang zu vergessen. »Schweiz«, sage ich. »Aus der Nähe von Bern.«

»Wirklich?«

Ich beschäftige mich damit, den gerösteten Kürbis aus meinem Salat zu picken, während ich antworte: »Wirklich. Und du?«

Er greift nach seinem Weinglas und nippt daran, bevor er antwortet: »München.«

»Und was machst du hier?«

»Studieren.«

»*Wirklich?*« Auch ich greife nach meinem Glas und nehme einen Schluck, während ich ihn nicht aus den Augen lasse. »Was studierst du?«

»Anglistik und Geschichte. Ich besuche hier eine Art Sommerkurs, im Rahmen meines Studiums … in München.«

»Sommerkurs? Ich dachte, in Edinburgh hat längst das neue Semester angefangen.« Max antwortet nicht, und mir ist es egal, wenn er mir nicht die Wahrheit sagen will, ich tue es schließlich auch nicht. Wir kennen uns kaum, und selbst wenn wir uns die verbleibende Zeit in dieser Stadt noch einige Male über den Weg laufen werden, ein Abend wie dieser wird sich sicher nicht wiederholen. Doch dann überrascht er mich.

»Das ist die Geschichte, die ich meinen Eltern auftischen

will. Und du bist schon die Zweite, die sie mir nicht abkauft, also sollte ich meine Argumentation wohl noch mal überdenken.«

Ich lächle den Kellner an, der mir erst diesen köstlichen Salat gebracht hat und nun den leeren Teller abräumt, und er lächelt auf eine Art und Weise zurück, die mich glauben lässt, er habe mir mein unangemessenes Outfit verziehen.

»Du bist also hier, um dich vor deinen Eltern zu verstecken?«

Max zuckt mit den Schultern.

»Und sie wissen nicht, wo du steckst, nachdem du schon fast eine Woche hier bist?«

Wieder antwortet Max nicht, stattdessen vertieft sich sein Stirnrunzeln. »Wenn man es so betrachtet – ich bin volljährig. Meine Eltern müssen nicht wissen, wo ich mich aufhalte. Wie steht's mit dir?«

»Du willst wissen, wie alt ich bin? Wozu?«

Er seufzt. »So viel zum Thema, normale Unterhaltung.«

Der Kellner stellt einen weiteren Teller vor mir ab. Ich beäuge das Steak, groß wie ein Herrenschuh, und mir läuft das Wasser im Mund zusammen. »Sieh dir lieber dieses köstliche Essen an. Du kannst deinem Dad sagen, dass es die Rechnung auf alle Fälle wert war.«

Was ihn ebenfalls zum Lächeln bringt.

Spielchen sind sein Ding, diesbezüglich liege ich ganz sicher richtig.

Is it real or is it just me?
Do you know what it's like to be
The one in space with the heart of haze?

15
Max

Es ist schon spät, als wir aus dem Restaurant in die dunklen Gassen Edinburghs treten und uns auf den Heimweg machen. Der Abend ist erstaunlich schnell verflogen. Und ich muss zugeben, ich bin überrascht – ich meine, Crazy Girl ist immer noch Crazy Girl, aber die letzten paar Stunden waren auch unterhaltsam, das muss man ihr lassen. In dem gelblichen Licht der Straßenlaternen wirkt die Stadt noch irrealer als bei Tageslicht – wie eine Filmkulisse aus den Zwanzigerjahren, sepiafarben, geheimnisvoll, betörend. Wir hängen beide unseren eigenen Gedanken nach, während wir über die Royal Mile schlendern, bis Robin das Schweigen bricht.

»Die Stadt ist so klein«, sagt sie.

»Fast 500 000 Einwohner. Und jede Menge Touristen.«

»Das meine ich nicht.«

Ich sehe sie von der Seite an, beziehungsweise auf sie herunter. Diese Schnürstiefelchen machen sie kein bisschen größer.

»Ich meine«, beginnt sie erneut, »ich bin erst ein paar Tage hier und schon habe ich das Gefühl, bereits alles zu kennen. Man begegnet immer denselben Leuten. Man sieht sie an Ecken stehen oder in Cafés herumsitzen.« Sie wirft mir einen Blick zu. »Ich fürchte, diese Stadt spuckt aus, wer auch immer von ihr verschluckt werden möchte.«

Ich schüttle den Kopf. »Die Sachen, die du sagst, sind genauso seltsam wie die Musik, die du spielst.«

»Hey! Meine Musik ist nicht seltsam.«

»Ach, komm schon – dieser eine Song über das Leben und wie schnell es vergeht? Wie alt bist du? Ah, ich vergaß, das ist das große Geheimnis. Und trotzdem: Diese angestaubten Schmachtfetzen hat meine Großmutter gehört.«

»Das macht sie kein bisschen schlechter.«

»Nein, aber alt. Und schräg, zumindest für ein Mädchen wie dich.«

»Ein Mädchen wie mich.« Sie schnaubt. »Was sollte ich deiner Meinung nach spielen? Miley Cyrus?«

»Wer ist Miley Cyrus?«

Robin ist stehen geblieben und ich bleibe ebenfalls stehen.

»Ich mache die Musik, die sich für mich gut anfühlt. Egal, wie alt die Stücke sind, von wem oder wie bekannt. Ich covere die Songs, die zu mir sprechen.«

»Ach. Wie schön zu sehen, dass du gegenüber alter, altmodischer oder sonstwie eigenartiger Musik nicht so vorurteilsbehaftet bist wie gegenüber Menschen.« Woraufhin sie auf ihre Schuhspitzen sieht, aber ich weiß, dass sie sich ein Lächeln verkneift. Und ich habe keine Ahnung, warum, doch ich sage: »Ich denke, du machst das sehr gut. Ich habe gesehen, wie du die Mengen hypnotisierst.«

»Hast du das?« Sie schaut mich an. Diese Sache ist ihr ernst, das ist deutlich zu spüren.

»Mehr als ein Mal.« Ich nicke. »Du bist gut.«

Einige lange Sekunden sehen wir einander an, und gerade denke ich, dass sie mir gegenüber noch nie so offen war wie in diesem Augenblick, da ist der Moment vorüber, ihre Schutzschilde jeglicher Art wieder am Platz.

»Ich liebe die Musik, aber letztlich geht es ums Geld. Und was ist die Alternative? In Deutschland irgendwo zum Mindestlohn Tische schrubben?«

»Wieso nicht in der Schweiz?«

Sie sieht weg, dann wieder mich an. »Die Schweiz kann sich kein Mensch leisten.«

»Das heißt, du willst nach Deutschland kommen?«

Sie zuckt mit den Schultern. Ich bin nicht der Typ, der Leuten Dinge aus der Nase zieht, aber durchaus jemand, der erkennt, wenn ein anderer nichts von sich preisgeben will. Also fahre ich gleichgültig fort: »In der Gastronomie verdient man nicht schlecht, habe ich mir sagen lassen«, und ihr Mund verzieht sich zu dem gewohnt ironischen Lächeln.

»Hast du dir sagen lassen.«

»Ja.« Ungerührt erwidere ich ihren Blick. Ganz ehrlich? Die Pretty-Boy-Nummer hat sich für diesen Abend erschöpft. Weshalb ich die Hände in den Taschen meiner Jeans vergrabe, unschlüssig, was es noch zu sagen gibt.

Mit einem Kopfnicken deutet sie schließlich auf das Gebäude, vor dem wir stehen geblieben sind. »Hier wohne ich.«

Ich sehe an der Fassade des braunen Backsteingebäudes nach oben, dann auf die steile Treppe, die zum Eingang hinaufführt. Ehe ich mich davon abhalten kann, frage ich: »In einer Jugendherberge?«, und Robin verdreht erwartungsgemäß die Augen.

»Exakt, Mr Sunshine, jetzt weißt du alles über mich. Ich verdiene knapp überm Mindestlohn und wohne in einem Zehn-Bett-Zimmer nur für Mädchen.«

Ich weiß gar nichts über dich, denke ich, doch bevor ich irgendetwas antworten kann, hat sie sich umgedreht und ist auf den Eingang zu marschiert.

»Hey«, rufe ich ihr nach.

»Hm?« Über die Schulter wirft sie mir einen Blick zu, doch sie bleibt nicht stehen.

»Danke, dass ich dich heute zum Essen einladen durfte.«

Sie lächelt. »Jederzeit, Pretty Boy. War mir ein Vergnügen.« Dann hat der Hauseingang sie verschluckt.

Ich hatte recht mit meiner ersten Einschätzung dieses Mädchens: Sie ist seltsam – merkwürdig bis befremdlich. *Und sie steht nicht auf dich, von Linden,* raunt es in meinem Kopf, *und sie lässt sich nicht von dir täuschen.*

Ich hab keine Ahnung, weshalb ich das gerade gedacht habe. Es ist mir egal, ob sie etwas an mir findet oder nicht, denn ich bin ganz sicher nicht interessiert. Wobei. Ein bisschen neugierig bin ich schon, auch wenn mir unerklärlich ist, was an einem Zwerg in Straßenköteroptik, mit dem sich kein gerades Gespräch führen lässt, faszinierend sein könnte.

Ich stehe nach wie vor vor der Jugendherberge und schüttle über mich selbst den Kopf. Sie hat mir nicht einmal ihren Nachnamen verraten, aber klar, ich habe ihr meinen auch nicht genannt. Wenn sie morgen früh abreist, ich ihr nicht noch einmal in der Fußgängerzone begegne, wenn sie verschwindet, so schnell, wie sie in meinem Leben aufgetaucht ist, dann … Ich überlege. Was dann? »Du musst verrückt geworden sein«, murmle ich zu mir selbst und ernte damit den betretenen Blick eines Pärchens, das in dem Moment an mir vorbeischlendert. Ich selbst mache mich auf den Weg ins Hotel, wo ich auf direktem Weg die Bar ansteuere, einen Whisky bestelle und mein Handy aus der Tasche ziehe.

ICH: Irgendwas Neues wegen Leander?

BELA: Weißt du, wie spät es ist?

Kurz vor elf in Edinburgh. Kurz vor zwölf in München. Als ob sich Bela da schon im Tiefschlaf befände.

ICH: Hab ich deine süßen Träume gestört?
BELA: Und ob du das hast. Und mit dir in meinem Kurzzeitgedächtnis kann die Nacht eigentlich nur mit Albträumen weitergehen.
BELA: Und im Gegensatz zu dir unterhält sich Leander nach wie vor am liebsten mit seiner Bierflasche, aber nachdem er morgen Nacht wieder mit seinem Schichtdienst beginnt …
BELA: Frag mich Dienstag noch mal. Oder hast du etwa vor, irgendwann zurückzukommen?
ICH: Irgendwann sicher.
BELA: Ja klar, also, war nett, danke für gar nichts, gut Nacht.
ICH: Willst du gar nicht wissen, wie es mir geht?

Die obszöne Geste, die mir Bela als Nächstes sendet, ist wohl mit Nein zu deuten, also stecke ich das Handy weg und nippe stattdessen an meinem Whisky. Es ist nicht viel los in der Bar, vermutlich, weil die Schotten es nicht gewohnt sind, nach elf Uhr noch zu trinken. Leise Musik wabert durch Lautsprecher und ich muss an Robin denken, was mich ehrlich ins Grübeln bringt. Ich glaube, es hat etwas mit Verdrängung zu tun. Weil ich mich nicht mit meiner Familie und / oder meinen Freunden befassen will, lasse ich es zu, dass mich ein anderes Thema so sehr vereinnahmt, dass es keinen Raum mehr für Gedanken sonstiger Art lässt. Wie zum Beispiel daran, dass die zwei Frauen da drüben sich schon seit einer Weile um meine Aufmerksamkeit bemühen. Beide sind dunkelhaarig, knapp unter zwanzig, würde ich schätzen, und sie lächeln ganz offensichtlich in meine Richtung, so blind kann niemand sein.

Nun.

Ich setze mein Glas an, schütte den Rest des Alkohols in mich hinein, stehe auf, gehe auf die zwei Damen zu und an ihnen vorbei in die menschenleere Lobby. Eine Unterhaltung mit Olivia würde ich nicht ablehnen, aber die Kleine ist natürlich längst zu Hause, wo sie hingehört.

Auf meinem Zimmer schreibe ich meiner Mutter eine Nachricht. Ich erkläre ihr, dass ich mich auf einer Studienfahrt in Schottland befinde und dass das Mobilfunknetz in den Highlands als vorsintflutlich gelten kann, weshalb ich mich jetzt erst melde. Ob alles in Ordnung ist, frage ich. Dass *Vater* sicherlich an seinem Geburtstag auf mich verzichten könne, immerhin sei das hier keine Vergnügungsfahrt, sondern habe mit meiner Ausbildung zu tun, und die sei ihm doch besonders wichtig.

Zu meinem grenzenlosen Erstaunen klingelt das Telefon in meiner Hand und das Bild meiner Mutter leuchtet auf. Für zwei Sekunden schließe ich die Augen, um mich zu wappnen und der Versuchung zu widerstehen, das Gespräch zu ignorieren, doch dann nehme ich es an, weil ich weiß, ich werde es nicht ewig hinauszögern können, und frage:

»Was ist mit deinem Schönheitsschlaf?«

»Oh Max, spiel keine Spielchen mit mir! Wo steckst du und wie kommst du darauf, dass du den Geburtstag deines Vaters versäumen dürftest?«

»Nun, ich werde ihn ganz sicher versäumen, denn, wie schon erwähnt, befinde ich mich gerade auf einer Studienreise. Ich komme erst am 9. Oktober zurück.«

»Untersteh dich, Maximilian, und hör auf, mir solchen Mist zu erzählen. Ich will nicht mal wissen, um welche Art Studienfahrt es sich handelt, denn ich bin mir sicher, du hast sie erfunden. Ist es wegen der Fotos in diesem Club? Bist du sauer auf deinen Vater, weil er dir gedroht hat? Du weißt genau, wie wütend ihn dein leichtfertiges Verhalten macht, wieso musst du ihn immer wieder provozieren?«

Ich gehe zum Fenster, schiebe die Vorhänge beiseite und sehe hinaus. Die Nächte hier scheinen nie vollkommen schwarz zu sein, sie sind immer eher bräunlich oder grau.

»Können wir dieses Gespräch verschieben? Ich muss morgen früh raus.«

Ich höre die Anzeichen, noch bevor die Show beginnt, das unterdrückte, hektische Atmen, das leise Schnüffeln, dann ihre weinerliche Stimme in ausgereifter Theatralik: »Du wirst ihn noch ins Grab bringen mit deinen Spielchen«, schluchzt sie, »und mich gleich mit.«

»Ich bin dann wieder ein paar Tage schlecht zu erreichen, fürchte ich, die Gruppe fährt rauf in die nördlichen Highlands.«

»MAX. Wenn du jetzt auflegst …«

»Gute Nacht.« Ich beende das Gespräch und schalte das Telefon aus, alles in weniger als einem Atemzug.

Und dann lehne ich meine Stirn gegen das kühle Glas der Fensterscheibe.

Manchmal, denke ich, manchmal … da weiß ich weder, wer ich bin, noch was ich tue. Nur, dass es mir die allermeiste Zeit nicht wirklich gefällt.

16
Lina

SONNTAG, 1. OKTOBER

Der Sonntag ist kalt. Strahlend schön, aber eisig, als hätte der Wechsel von September zu Oktober auch gleich einen Umschwung der Jahreszeiten mit sich gebracht. Leider war mir das nicht klar, als ich für diese Reise gepackt habe, und allmählich, nach weiteren 60 Minuten, die ich mit meiner Ukulele unten im Princes Garden verbracht habe, beginne ich zu frieren. Wenn das so weitergeht, werde ich mir Handschuhe zulegen müssen und eine dickere Jacke und … Konzentrier dich, Lina.

Fokus.

Ich spiele Pete Doherty, und als hätten die Schotten eine besondere Verbindung zu dem irren Sänger, klirren die Münzen eifrig wie der Chor zu meiner Performance. Es ist schon der dritte Standort heute und es läuft gut. Die Menschen bleiben zahlreich stehen, sind spendierfreudig und gebannt und … alle, außer einem gewissen Max.

Ich verbeuge mich, die Menge applaudiert. Einige lösen sich aus der Gruppe und treten nach vorn, um Scheine oder Münzen in meinen Ukulelen-Koffer zu werfen. Ein kleines Mädchen will sich mit mir fotografieren lassen. Süß. Aus dem Augenwinkel halte ich nach ihm Ausschau, wie schon den ganzen Morgen, aber er taucht nicht auf. Und dann, ich packe gerade meine Instrumente zusammen, tut er es doch.

»Hey, Popstar.«

Beinahe lasse ich meinen Rucksack fallen. »Gott, du hast mich erschreckt.«

»Dir auch einen wundervollen Morgen.«

»Genau. Es ist Mittag, Pretty Boy. Aber in dem Palast, in dem du haust, ticken die Uhren vermutlich anders.« Ich sehe ihn nicht an, während ich den Rest von meinem Kram einpacke. Ich habe nicht auf ihn gewartet. Ich bin überrascht, ihn hier zu sehen. Ich richte mich auf, und während ich in meine Rucksackträger schlüpfe, sage ich genau das: »Was tust du hier? Ich hätte nicht gedacht, dich so bald wiederzusehen.«

»Nein?« Er legt den Kopf schief. Ich weiß nicht, was es ist, aber es scheint mir allmählich unmöglich, aus ihm schlau zu werden. Was in Ordnung ist, schätze ich. Denn wieso sollte ich aus ihm schlau werden wollen? Eben.

»Okay, also – ist die Diva möglicherweise hungrig? Ich kenne da ein hübsches, kleines Pub um die Ecke, das hervorragende Lunch-Menüs anbietet.«

»Ist das so?«

Er grinst.

Ich zucke mit den Schultern. Dann machen wir uns gemeinsam auf den Weg ins Pub, als wäre es das Selbstverständlichste auf der Welt.

»Ich hab nicht lange Zeit«, erkläre ich zwischen zwei Bissen von meinem Burger. »Ich muss heute Nachmittag noch rausfinden, wo ich von hier aus mit dem Zug hinkomme, beziehungsweise mit dem Bus, beziehungsweise wo ich überhaupt hinwill. Ein bisschen googeln. Mal sehen.«

Max zieht eine Braue nach oben. »Sag nicht, ich hab dich aus der Stadt getrieben.«

Ich verdrehe die Augen. »Nimm dich nicht so wichtig, Sunshine. Das Backpackers ist ausgebucht und ich habe das Bett für die letzten Tage nur deshalb bekommen, weil ein Mädchen kurzfristig abgesprungen ist. Ab Morgen sind sie wieder voll, das heißt, das ist heute meine letzte Nacht. Die Gelegenheit weiterzuziehen ist also günstig.«

»Verstehe.« Max nickt, während er nachdenklich auf einem Stück seines Steaks herumkaut. »Und – wo willst du hin?«

»Sagte ich schon, dass ich das erst noch herausfinden muss? Keine Ahnung.« *Wo ist der Typ mit seinen Gedanken?* Jetzt legt er die Gabel weg, greift in die Innentasche seiner Jacke und zieht einen Reiseführer hervor.

»Hier.« Er legt ihn mir hin.

»Ein Reiseführer. Ist das nicht ein bisschen Old School?«

Er lacht und schüttelt den Kopf, doch er hat schon wieder sein Stück Fleisch im Visier. Wie er dasitzt, Messer und Gabel hält, wie er kaut, schluckt, an seinem Getränk nippt, wie er das Steak zuerst isst, ohne den Salat zu beachten, den er sich statt der Pommes bestellt hat – ich muss mich zusammenreißen, um nicht loszulachen. Er ist der versinnbildlichte Snob. Mehr noch, er könnte als 1 a britischer Dandy durchgehen, als mode- und ernährungsbewusster, in sich selbst verliebter Schnösel. Er ist …

»Wie wäre es mit dem Norden? Die Highlands müssen so eine Art Mondlandschaft sein. Voller karger Felder und kahler Hügel, unberührt und wild. Du …« Er stockt und ich ziehe fragend die Brauen nach oben.

»Ich?«

»Du solltest dir das unbedingt ansehen«, schließt er.

Ich könnte wetten, er hat etwas ganz anderes sagen wollen, doch ich belasse es dabei. »Und für wen, bitte schön, sollte ich dort spielen?«, frage ich stattdessen. »Für eine Horde Schafe?«

»Womöglich ziehen auch ein paar freilaufende Ponys umher.«

Ich spieße eine Reihe Pommes auf meine Gabel. »Nicht für jeden ist das hier ein Sightseeing-Trip. Du wirst es kaum glauben, aber es gibt Leute, die müssen Geld verdienen.« Womit ich mir die Pommes in den Mund schiebe, um nicht noch mehr zu sagen. Dass er nicht nur aussieht wie ein Snob, sondern auch einer ist, beispielsweise. Dass ich keine Ahnung habe, warum er heute schon wieder nach mir gesucht zu haben scheint, und dass sich in seiner abwertenden Haltung mir gegenüber auch kein Grund dafür erahnen lässt.

Und dann sagt er: »Wir könnten zusammen fahren. Geteilte Kosten und so.«

Ich bin dabei, den letzten Bissen Kartoffelmasse herunterzuwürgen, und dabei verschlucke ich mich. Er isst ungerührt weiter, während ich hustend nach meinem Glas greife, ungläubig und nicht in der Lage, ihn aus den Augen zu lassen. »*Was?*«, japse ich schließlich. »Was hast du gesagt?«

»Deiner Reaktion nach hast du mich ziemlich genau verstanden.«

»Wir können nicht zusammen fahren!« Ich starre ihn immer noch an.

»Wieso nicht? Wir müssen in die gleiche Richtung. Ich hatte mir erst gestern überlegt, dass es an der Zeit wäre, sich noch ein bisschen mehr von Schottland anzusehen, nicht nur diese Stadt.«

»Das kann unmöglich dein Ernst sein.«

»Und wieso nicht? Die Highlands müssen ehrlich beeindruckend sein, anders als die Berg- und Hügellandschaften, die man sonst so kennt. Das war kein Witz.« Er sieht mich an, so unbeteiligt wie nur möglich. Doch in seinen Augen sehe ich eine Spur von … Staunen. Als habe er sich mit diesem absurden Vorschlag gerade selbst überrascht.

Ich schnaube, nach wie vor ungläubig. »Oh, Pretty Boy, langweilst du dich inzwischen so sehr, dass du sogar mit einem *Crazy Girl* wie mir zu einem Roadtrip aufbrechen würdest?«

Für eine Sekunde nur gerät das Lächeln in Max' Gesicht ins Ungleichgewicht, dann sitzt es wieder, und auf einmal wird mir klar: Das ist es. Der Grund für diese aberwitzige Idee und seine größte Schwachstelle in einem. Er langweilt sich. Und er kann nicht allein sein. Und deshalb ist er sogar bereit, Zeit mit einer ihm fast Fremden zu verbringen, die noch dazu alles andere als sein Typ ist, einfach, weil er sonst nichts damit anzufangen weiß.

Ich brauche einen Moment, um mir darüber klar zu werden, welch bahnbrechende Erkenntnis mich da eben ereilt hat. Ist das der Grund, weshalb er sich überhaupt mit mir abgibt, weshalb er an den Straßenecken meine Nähe gesucht hat, weshalb er sich auf das Abendessen gestern eingelassen hat?

»So ist es«, antwortet er in meine Überlegungen hinein, und obwohl es scherzhaft klingen soll, bin ich mir sicher, ich habe ins Schwarze getroffen. Und ich frage mich … ich *frage* mich, ob er sich darüber im Klaren ist, dass sein hübsches, reiches Leben kein bisschen glücklicher wirkt als meines? Ganz abgesehen davon, dass ich eingeschnappt sein sollte, doch aus irgendeinem Grund bin ich es nicht. Womöglich, weil er mir leidtut. Ergibt das irgendeinen Sinn?

»Ich bin nicht hier, um Ferien zu machen«, wiederhole ich schließlich.

Max nickt.

»Ganz im Gegenteil muss ich Geld verdienen.«

Er isst weiter.

»Und die Frage war ernst gemeint: Für wen sollte ich spielen in den Highlands?«

»Edinburgh ist nicht die einzige Stadt in Schottland.«

Ich schüttle den Kopf. Ich kenne diesen Kerl überhaupt nicht. Es könnte sich weiß Gott wer hinter dieser hübschen Fassade verbergen. Ein talentierter Mr Ripley oder etwas in der Art. Ich nehme einen Schluck von meiner Cola, stelle das Glas ab und sehe ihn an. »Dir ist klar, dass wir überhaupt nichts voneinander wissen?«

Er lacht. »Ist mir möglicherweise aufgefallen, ja.«

»Und ich hatte nicht das Gefühl, dass wir uns auf den ersten Blick sympathisch waren.«

Für einige Sekunden sehen wir einander an, mustern uns regelrecht, bevor Max sein Besteck zur Seite legt und sich in seinen Stuhl zurücklehnt. »Wenn man bedenkt, dass es – wissenschaftlich betrachtet – nicht mehr als einen Wimpernschlag dauert, einen ersten Eindruck zu festigen, und dass der, in der Folge, nur sehr schwer zu revidieren ist, besteht noch Hoffnung für uns.«

Ich blinzle ihn an. »Was?«

»Ich fand dich gar nicht so schrecklich, bis du den Mund aufgemacht hast. Und das hat mehr als einen Wimpernschlag gedauert.«

Es braucht einige weitere Sekunden, bis mir aufgeht, was er meint mit diesem gequirlten Psychomist, dann verengen sich meine Augen wie von selbst, und er lacht.

»Freak.«

»Aber harmlos.« Er zieht einen Geldbeutel aus der Tasche seiner Jeans und kramt seinen Ausweis hervor. »Hier. Mach ein Foto und schick es jedem, der wissen sollte, mit wem du die nächsten Tage unterwegs bist.«

Ich verdrehe die Augen. »Du hast eindeutig zu viele schlechte Thriller gesehen«, doch ich greife nach der Ausweiskarte, nur um ein weiteres Mal mit den Augen zu rollen. »Von Linden. Wieso wundert es mich nicht, dass du ein *von* in deinem Namen hast?«

»Keine Ahnung. Sag du's mir.«

Ich schiebe ihm den Ausweis über den Tisch zu. »Nehmen wir an, ich sage Ja zu dieser Sache – dir ist klar, dass nie etwas zwischen uns laufen wird, oder?«

Max, der gerade etwas trinken wollte, lässt das Glas wie erstarrt vor seinen Lippen schweben, bevor er es wieder absetzt. »Ist klar«, sagt er ernst, doch die Belustigung ist ihm anzusehen, sie tanzt in diesen moosgrünen Augen.

Seine Reaktion sollte mich nicht kränken, nicht im Mindesten, denn mal ehrlich – er und ich? Das *ist* eine Schnapsidee, und somit nicht verwunderlich, dass er sie lachhaft findet.

Als ich schließlich tief ein- und wieder ausatme, habe ich meinen Entschluss gefasst. »Also gut.«

Er sieht mich an, die Brauen nach oben gezogen.

»Also gut«, wiederhole ich. »Auf in die Highlands mit uns.«

»Sicher?«

Ich erwidere seinen Blick aus zusammengekniffenen Augen. »Spiel keine Spielchen, Max *von Linden*. Ich habe Ja gesagt.«

Ein paar Sekunden noch sieht er mich schweigend an, dann grinst er. »Also schön, Robin … wie auch immer. Planen wir eine Reise. Den Wievielten haben wir heute?« Max zieht sein Handy hervor und weckt den Bildschirm auf. »Ah, den 1. Oktober. Das bedeutet … mir bleiben noch mindestens sechs Tage. Mehr, wenn ich das Wochenende dranhänge.«

»Musst du zurück nach Hause, Pretty Boy?«

»Ob ich will oder nicht.« Er steckt das Telefon ein und macht sich daran, den Rest seines Tellers zu leeren. Ich lasse meine Serviette auf die inzwischen kalt gewordenen Pommes fallen. War's das? Haben wir gerade beschlossen, die nächsten Tage gemeinsam zu verbringen und … das war's? Mehr gibt es nicht zu besprechen?

»Ich habe kein Geld für teure Zimmer«, erkläre ich.

»Kein Problem«, gibt er zurück.

»Das heißt, du hast *kein Problem* damit, in einer Jugendherberge zu schlafen oder im Auto?«

»Genau das heißt es.«

Wieder sehen wir einander an. Allmählich beschleicht mich das Gefühl, das hier ist ein Wettbewerb. Wer zuerst eine Schwäche eingesteht, wer zuerst nachgibt, wer zuerst zugibt, dass das Ganze eine Schnapsidee war. Ich öffne bereits den Mund, um etwas zu sagen – in die Richtung: *Vergiss es. Lassen wir es bleiben. Diese Sache ist von vorneherein zum Scheitern verurteilt,* als er fragt:

»Was? Deine Entscheidung ist noch keine drei Minuten alt und schon bereust du sie?«

Ich starre ihn an. »Freak«, wiederhole ich.

Und er grinst. »Du bist so leicht zu durchschauen, Crazy Girl.«

»Ja, das hättest du gern.«

Max zwinkert mir zu und zum allerersten Mal, seit ich ihn kenne, schrillt eine Alarmglocke in meinem Kopf, sehr leise noch.

Vorsicht, raunt eine Stimme dazu.

Keine Sorge, gebe ich in Gedanken zurück. *Ich habe wahrlich Wichtigeres zu tun, als mich auf einen Typen wie den einzulassen.*

17
Max

Ich meine, es ist süß, dass sie davon ausgeht, sie müsse klarstellen, dass zwischen uns beiden nie etwas laufen wird, wirklich süß, allerdings frage ich mich schon, wie sie darauf kommt. Ich meine – sie und ich? Ernsthaft? Ich bin mir nicht einmal sicher, weshalb ich angeboten habe, sie in die Highlands zu begleiten, ich meine, das allein ist eine Schnapsidee, daran gibt es keinen Zweifel. Wie alt ist sie, 18? Maximal 19? Und auch wenn ich gerade mal zwei oder drei Jahre älter bin … sie wirkt wie ein Kind, und damit meine ich ausnahmsweise nicht ihre Statur. Sie hat diese trotzige Attitüde eines Teenagers, der sich unbedingt aus den nichtigsten Gründen gegen seine Eltern auflehnen will. Die Klamotten, die Frisur, die Piercings, die Musik, die sie spielt. Sie wirkt nicht wie jemand, der sich schon gefunden hat. *Ich muss Geld verdienen.* Vielleicht war es das. Vielleicht bin ich plötzlich unter die Retter bedürftiger Musikantinnen gegangen, um sie davor zu bewahren, auf der Straße schlafen zu müssen. *Ein arroganter Sack mit Helfersyndrom.* So hat mich Bela mal genannt. Nachdem ich Leander jetzt nicht gerade hilfreich zur Seite stehe, wird er den zweiten Teil des Satzes womöglich streichen. Dann fällt mir ein, dass ich heute am späten Nachmittag eine Verabredung mit Olivia habe, eine letzte, um die sie ihre Großmutter gebeten hat, bevor sie ab morgen wieder zur Schule geht. Und ich will gar nicht wissen, was Bela *dazu* sagen würde.

»Also gut«, beginne ich schließlich. »Nachdem du heute nicht mehr googeln oder sonst wie nach sonst was recherchieren musst, sind die nächsten Stunden frei, richtig?«

Sie wirft mir einen misstrauischen Blick zu. »Warum?«

»Einen Penny für deine Gedanken«, gebe ich zurück, einfach, weil ihr Argwohn eine Vorlage ist. »Nicht das, was du denkst.«

»Idiot.«

Ich lache. »Okay, Crazy Girl, ernsthaft. Wie wäre es mit einer Stadtrundfahrt?«

Sie gibt einen ungläubigen Laut von sich. »Du willst eine Stadtrundfahrt machen.«

»Wieso nicht? Es ist die letzte Gelegenheit sicherzugehen, dass wir in Edinburgh nichts verpasst haben.«

»Ich bin keine Touristin. Ich muss …«

»Du musst Geld verdienen, schon klar.«

Sie klappt ihren Mund zu.

»Aber der Nachmittag ist frei, oder? Lass es uns einfach tun.«

Sie schnaubt. »Nach fast einer Woche Edinburgh willst du eine Stadtrundfahrt machen? Wozu? Willst du dir alles *noch mal* ansehen?«

»Ich bezweifle, dass ich *alles* gesehen habe, zudem könnte ich wetten, du kennst nicht mal die Hälfte davon. Außerdem lasse ich mich gern rumkutschieren. Gewohnheitssache, verstehst du? Pretty Boys wie ich geben ihre Gewohnheiten nun einmal ungern auf.«

»Stadtrundfahrt«, wiederholt sie skeptisch, und ich wette 50 Pfund, in fünf Sekunden habe ich sie so weit.

An einem Sonntag eine Stadtrundfahrt zu buchen, war sicherlich nicht die grandioseste Idee gemessen daran, dass all die anderen Besucher Edinburghs offenbar den gleichen Gedanken hatten. Es ist knallvoll in den Bussen, und Robin und mir gelingt es nur mit Mühe, einen Platz zu ergattern. Der eng ist. Unausweichlich stoßen unsere Arme und Schenkel aneinander, was ein unbestimmtes Gefühl in mir aufflackern lässt, wohingegen Robin es gar nicht zu bemerken scheint. Sie kauert neben mir, vertieft in die Broschüre, die uns der Ticketverkäufer zu unseren Fahrkarten gereicht hat.

Ich setze meine Sonnenbrille auf, lasse den Kopf in den Nacken sinken und starre in den blauen, schottischen Himmel. Den linken Arm habe ich über die Lehne hinter Robins Kopf drapiert, allein, um ihn ihr aus Platzmangel nicht in den Schoß legen zu müssen, und nun bin ich tunlichst darauf bedacht, nicht damit gegen ihre Schultern zu stoßen oder versehentlich ihren Nacken zu berühren. Dabei fällt mir wieder ihre Bemerkung von vorhin ein, und diesmal kann ich ein Lachen nicht unterdrücken.

»Was ist?« Sie sieht mich stirnrunzelnd an.

»Überhaupt nichts. Es ist herrlich. Lass uns am besten gar nicht mehr aussteigen.«

Sie wirft mir einen skeptischen Blick zu und vergräbt die Nase wieder in ihre Lektüre.

»Die Yacht der Queen liegt hier«, sagt sie plötzlich, und ich schrecke auf.

»Wer?« Ich fürchte, ich bin eingedöst. Der Doppeldeckerbus schaukelt uns gemächlich durch die Stadt und über meinen üblichen Grübeleien bin ich wohl eingenickt.

»Gott, du klingst gelangweilt«, sagt sie. »Schlimmer als sonst.«

Von der Seite sehe ich sie träge an. »Wo liegt die Yacht der Queen?«, frage ich, allein, um zu beweisen, dass ich ihrem Gemaule durchaus folgen kann.

»Im Hafen, du Genie, wo sonst?« Sie schüttelt den Kopf, und ich lasse meinen zur Seite sinken.

»Ey!«

»Mmmh?«

»Wessen Idee war das mit der Stadtrundfahrt? Nicht einschlafen, Sunshine.«

Ich grinse und womöglich, weil sie hinter der Sonnenbrille meine Augen nicht sieht, bleibt ihr Blick einen Tick zu lang an meinen Lippen hängen. Sieh an.

»Dein Gesicht ist schon ganz rot. Wenn du nicht aufpasst, hast du bald einen weißen Brillenabdruck auf krebsfarbenem Grund.«

Ich seufze. Dann setze ich mich auf und schiebe die Brille auf meine Stirn. »Also gut, Crazy Girl. Was geht? Ah, sieh mal, das Meer!«

Robin verdreht die Augen. »Ja, du Intelligenzbestie, eine Yacht wird wohl kaum auf dem Trockenen liegen.«

»Welche Yacht?«

Entrüstet öffnet sie den Mund und ich hebe lachend die Hände. »Ist ja gut. Die Yacht der Queen.«

Die Lautsprecher knacksen und eine blecherne Stimme verkündet: »Leith, Hafen. Steigen Sie hier aus, um die Britannia zu besichtigen.«

Robin steckt den Plan in ihre Tasche und steht auf. »Nun mach schon«, sagt sie.

»Aaaaah.« In gespieltem Leid stöhne ich auf. »Sag mir nicht, du bist so ein Mädchen, das schon bei der Erwähnung von Prinz Harry seinen BH auf die Bühne wirft.«

»*Von* der Bühne, wenn schon«, erklärt sie spitz, während sie sich an mir vorbeidrängelt und bevor sie mir über die Schulter hinweg zuruft: »Und woher willst du wissen, dass ich Unterwäsche trage?«

Okay.

Okay.

»Mann, das war ihr Schlafzimmer.«

»Wessen?«

»Charles? Diana?« Robin wirft mir einen Blick zu, als zweifle sie an meinem Verstand, dann nimmt sie mir diesen albernen Audioguide aus der Hand, hält ihn an ihr Ohr und verdreht zum hundertsten Mal an diesem Tag die Augen. »Was ist das? Arabisch?«

»Gälisch.«

Sie gibt mir den unappetitlichen Plastikhörer zurück. »Wieso bist du mitgekommen, wenn dich die Tour überhaupt nicht interessiert?«

»Es interessiert mich doch. Ich höre den Summs eben lieber auf Gälisch.«

»Du bist ein Blender.«

»Und du reichlich übereifrig für jemanden, der eigentlich gar nicht Touristin spielen wollte.«

Sie schnaubt.

Ich laufe hinter ihr her, durch Räume, die wie das Innere eines Puppenhauses auf mich wirken, an hübsch bezogenen Stühlen und gut bestückten Bars vorbei hin zu einer Freitreppe und – ich fasse es nicht – einem Krankenzimmer mit OP-Tisch. Robin betrachtet jeden einzelnen Zentimeter dieses Schiffes mit akribischer Neugierde, und ich betrachte sie.

»Wozu um Himmels willen braucht man auf einem Schiff einen Operationssaal?«

»Das ist kein Saal«, sagt Robin, »und das ist die Yacht der *Queen*.«

»Und die braucht einen Operationssaal? Mutige Frau. Besonders bei Seegang.«

Robin verdreht die Augen.

Ich frage: »Wieso diese Begeisterung für Charles und Diana? Als sie noch gelebt hat, warst du noch gar nicht auf der Welt.«

»Sicher? Oder ist das etwa wieder nur der lahme Versuch herauszufinden, wie alt ich bin?«

»Ah, wie ärgerlich, du hast mich durchschaut. Ich traue mich nämlich nicht, dich direkt danach zu fragen.« Diesmal bin ich es, der spöttisch lächelt, und Robin sieht mich aus schmalen Augen an, während ich mich mit Begeisterung der Studie eines Blumenarrangements widme.

»Also schön, ich war noch nicht auf der Welt, als sie starb, aber das war ich auch nicht, als Sissi noch lebte, und Sissi kennt jedes Kind.«

»Wenn du mir jetzt noch erzählst, dass du dir an Weihnachten diese schrecklich kitschigen Filme antust …«

»Was dann?«

»Dann … muss ich mir wohl eingestehen, dass ich dich gänzlich falsch eingeschätzt habe.«

»Davon würde ich grundsätzlich mal ausgehen.«

Bis wir das Schiff verlassen, bilde ich mir ein, seekrank zu sein, so viel Zeit haben wir darauf verbracht. Doch als wir den lächerlichen Audioguidehörer zurückgeben, ist Robin ungebrochen begeistert.

»Was jetzt? Wir haben noch zwei Stunden, ehe das Ticket verfällt. Zurück zum Bus?«

Ich lächle milde auf sie herunter. »Wenn ich gewusst hätte, wie leicht du zu begeistern bist, hätte ich dich schon viel früher aus deinem finsteren Versteck gelockt.«

Sie zeigt mir den Finger. Dann hüpft sie an mir vorbei und in Richtung der Haltestelle, wo unser Bus bereitsteht.

»Sollen wir uns den anderen Königinnenkram auch noch anschauen?«, fragt sie, nachdem ich mich neben sie auf die schmale Sitzbank gequetscht habe.

»Holyrood Palace meinst du?« Wieder lege ich den Arm über die Lehne, einfach, um es bequemer zu haben, und diesmal wirft sie mir einen Blick zu.

»Was? Es ist eng.«

Letztlich zuckt sie mit den Schultern und vertieft sich in den Lageplan. »Holyrood Palace«, murmelt sie. »Genau. Da wohnt die Queen, wenn sie in Schottland ist, richtig?«

»Scheint so. Gott, du bist wirklich … Wie nennen sich die, die diesen royalen Fetisch haben?«

»Keine Ahnung. Die mit dem royalen Fetisch?«

Ich runzle die Stirn. Mein Daumen ist nur Zentimeter von ihrem Nacken entfernt. Als habe Robin meine Gedanken gehört, setzt sie sich aufrechter hin.

»Vermutlich bist du in dieser Hinsicht schlicht wie alle anderen Mädchen, die davon träumen, Prinzessin zu sein.«

Sie schnaubt. »Genau, vermutlich ist es das.« Mit einer Hand umschließt sie ihren Nacken, und ich frage mich, ob es so etwas wie Phantomberührungen gibt, erzeugt allein durch Willenskraft. Und dann frage ich mich, was um Himmels willen mich gerade reitet, und nehme die Hand von der Lehne.

»Also Holyrood Palace?«

Robin schüttelt den Kopf. »Noch eine Besichtigung ist langweilig«, sagt sie. »Sollen wir stattdessen da raufklettern? Wir könnten uns das Ding von oben ansehen.«

Arthur's Seat. Olivia fällt mir ein, und ich sehe auf meinem Handy nach der Uhrzeit. »Das schaffen wir noch«, erkläre ich Robin, ohne ihr zu verraten, dass ich die Tour auf den Hügel bereits hinter mir habe. »Um fünf habe ich eine Verabredung, aber bis dahin sind wir längst wieder unten.«

Ich habe es ihr angesehen. Dieses kurze Flackern in ihrem Blick, dann das imaginäre Kopfschütteln, um den Gedanken zu vertreiben. Sie fragt sich, mit wem ich eine Verabredung haben könnte. Und ich lasse sie in der Unsicherheit, während wir aus dem Bus klettern und den Berg hinauf, der sich wie ein saftig-grüner Koloss mitten aus der Stadt erhebt und von dem man eine spektakuläre Aussicht hat. Wenn man erst oben ist. Bis dahin gibt Robin Geräusche von sich, die mich daran zweifeln lassen, dass sie es jemals schaffen wird. »Verdammt, das ist hoch«, japst sie. »Wessen Scheißidee war es eigentlich, hier raufzuklettern?«

Ich lache, während ich meine Hand auf ihren Rücken lege und sie quasi nach oben schiebe.

Auf dem Plateau angekommen ist es windig. Und kalt. Sofort fängt Robin an zu bibbern und ich bin versucht, meine Jacke auszuziehen, um sie darin einzuwickeln, doch mir ist klar, sie würde das nicht wollen. Stattdessen die Arme um sie zu legen, ist sicherlich auch keine gute Idee. Und, Herrgottnochmal, Max, was sollen diese bescheuerten Gedanken überhaupt?

Vor mir dreht sich Robin langsam um die eigene Achse.

»Wow, das hat sich gelohnt«, sagt sie. »Man kann fast bis in die Highlands sehen.«

»Und weit übers Meer.«

Sie dreht sich zu mir und grinst mich an. »Was ist das mit dir und dem Meer?«, fragt sie.

»Keine Ahnung. Ich mag es einfach.«

»Warum?«

»Warum? *Warum* sollte ich mir darüber Gedanken machen?«

»Mmmmh.« Sie dreht sich nach wie vor im Kreis, super langsam, als wollte sie den Ausblick von hier oben mit ihren Augen abfotografieren. Sie sieht aus wie eine Fee, schießt es mir durch den Kopf. Oder mehr wie ein Wichtel, in ihren komischen Kleidern, in jedem Fall aber wie ein Fabelwesen. »Weißt du, was interessant ist an dir, Sunshine?«

»Interessanter wäre, was *nicht* interessant ist«, gebe ich zurück.

Sie bleibt stehen, direkt vor mir, und sieht mich an. »Du wirst nicht müde, alles und jeden um dich herum zu analysieren, aber verwendest du auch nur ein Fünkchen Verstand darauf, mal über dich selbst nachzudenken?«

»Ich verwende meinen Verstand liebend gern auf alles, was die Mühe lohnt«, erwidere ich.

Einige Sekunden lang hält sie meinen Blick fest, dann wirbelt sie herum und stapft zum Rand des Felsens, dorthin, wo es steil nach unten geht, ohne auch nur den entferntesten Hinweis auf eine Absicherung.

18
Lina

Ich bleibe dicht vor der Kante stehen, so nah, dass meine Fußspitzen den Boden nicht mehr berühren. Ein vertrautes Kribbeln breitet sich in meinem Magen aus, nicht schön, aber auch nicht wirklich unangenehm, und es verstärkt sich, als ich darüber nachdenke, noch einen Schritt weiterzugehen, nach vorn, den Abhang hinunter. Würde irgendjemand meinen Fall aufhalten wollen? Würde es jemanden kümmern? In meinem Kopf versuche ich, die Gefühle in Worte zu fassen, die Gedanken zu sortieren. Und dann fällt mir mit einem Mal etwas auf: Dient etwa alles, was ich tue, dazu, einen Song daraus zu machen? Sind meine Taten und Erlebnisse und Empfindungen nur dann etwas wert, wenn ich sie hinterher für Robin aufschreiben kann? Ich stelle mich aufrechter hin und recke mein Gesicht dem Wind entgegen. Die Gedanken, die ich mir zu viel über mich mache, macht ein gewisser Typ sich zu wenig.

Er ist einige Schritte hinter mir stehen geblieben, und er rührt sich ebenso wenig wie ich. Höhenangst vermutlich. Ich werfe einen Blick über die Schulter und da steht er, die Füße fest auf dem Boden, die Brust gegen den Wind gestemmt. Er hat die Augen auf einen Punkt in der Ferne gerichtet, dorthin, wo ich die Highlands vermute, und obwohl der Ausdruck in seinem Gesicht ruhig und neutral und absolut unlesbar ist, meine ich zu spüren, dass etwas in ihm brodelt.

Ich frage mich, was an diesem Jungen echt ist und was Fassade. Seit ich ihm das erste Mal begegnet bin, gibt er sich die größte Mühe, überlegen zu wirken, abgebrüht und abgeklärt und über alles erhaben. Er lässt sich durch nichts provozieren – alles lässt ihn kalt. Als wäre es ihm herzlich egal, was irgendjemand über ihn denkt, weil er sich selbst schon längst die Welt erklärt hat. Es ist bloß … Ich habe nicht den Eindruck, dass es wirklich so ist. Dass *er* all das ist – selbstbewusst, unbeirrbar, über jeden erhaben. Warum sonst sollte er eine Wildfremde fragen, ob sie ihn auf einer Tour durch die Highlands begleitet? Eine Fremde noch dazu, die er vor einigen Tagen noch äußerst skeptisch beäugt hat? Mir ist nicht entgangen, dass er sich ertappt gefühlt hat, als ich ihn gefragt habe, ob er sich aus lauter Langeweile dazu herablässt, seine Tage mit mir zu verbringen. Und ich denke, ich hatte recht damit – er langweilt sich. Aber da ist noch etwas anderes. Ich könnte wetten, dass ich recht damit habe, dass er nicht gut mit sich selbst klarkommt. Und dass er es nicht einmal fertigbringt, sich dies einzugestehen.

Max räuspert sich, und ich blinzle mich aus meinen Gedanken.

»Fertig?«, fragt er.

»Womit?«

»Darüber nachzudenken, ob du die nächsten Tage tatsächlich mit mir verbringen willst?«

»Wie kommst du darauf, dass ich darüber nachgedacht habe?«

Max zuckt mit den Schultern. »Womöglich siehst du so aus, als könnten dir Zweifel gekommen sein.«

Oder ich sehe so aus, als würde ich an dir zweifeln, denke ich. »Traust du dich nicht an den Abgrund?«

Nun ist er derjenige, der blinzelt, überrascht von dem plötzlichen Themawechsel. »Muss nicht sein«, erwidert er schließlich.

Ich lächle ihn an. Ich weiß nicht, was es ist, aber auf einmal habe ich Lust, hinter diese Fassade zu schauen, und ich erkenne den Moment, in dem Max genau das auf meinem Gesicht abliest, denn sein Ausdruck wird kühl. Noch einmal räuspert er sich. Dann zieht er aus der Innentasche seiner Jacke den Reiseführer hervor und beginnt, darin zu blättern. »Okay, da haben wir's. Arthur's Seat«, erklärt er, »ist 251 Meter hoch und der Hausberg Edinburghs. Er ist Teil des Holyrood Parks und von seinem Gipfel aus genießt man einen fantastischen Blick über die ganze Stadt bis hin zur Brücke, die über den Firth of Forth führt, zu den südlichen Highlands. Woher der Name stammt …«

Ich folge Max, wie er langsam über den Pfad am Rand der Klippe weiterwandert, höre seiner Vorlesestimme zu und widerstehe dem Drang, in meinem Rucksack nach dem Buch zu kramen, um Robin zu schreiben. *Halte durch,* will ich ihm sagen. *Vertraue mir.*

I'm on the right path alone on this hill
I follow my thoughts, they torture my mind
Through the breezy chill
Of my life outlined
When I know that there's nothing
And no one
Aligned

19
Max

MONTAG, 2. OKTOBER

»Ein Land Rover?« Robin starrt mich an, als seien mir über Nacht Hörner gewachsen, und ich lache, vor allem darüber, wie sie sich anstrengen muss, überhaupt in den Wagen zu klettern – und wie zwergenhaft sie jetzt wirkt, einmal vom Sitz verschluckt.

»Das ist ein Pick-up«, kläre ich sie auf, bevor ich ihren Rucksack und ihre Instrumentenkoffer verstaue. »Du weißt schon, so ein Ding, wo man alles Mögliche einfach auf die Ladefläche werfen kann – Holz, tote Rinder, weiß der Geier.«

»Äh … Und wir fahren einen Pick-up, weil …«

»Weil ich schon immer mal so einen fahren wollte. Und weil man darin in Schottland weit weniger albern aussieht als zum Beispiel in der Münchner Innenstadt. Außerdem hast du was von Im-Auto-Schlafen gesagt.«

Sie gibt einen abfälligen Laut von sich, während sie sich den Gurt über die Brust zieht. »Daran hast du sicher nicht gedacht, als du dich für einen Wagen mit einem ein mal ein Meter großen, besseren Kofferraum entschieden hast.«

»Ich hab an nichts anderes gedacht. Für einen Zwerg wie dich wird die Liegefläche doch reichen.« Ich grinse sie an, bevor ich die Beifahrertür zuschlage, um das Auto herumgehe und bei der Fahrertür einsteige, wo sie mir ihren Mittelfinger entgegenstreckt.

Ich muss gestehen: Ich bin froh, dass es jetzt losgeht, dass wir Edinburgh fürs Erste hinter uns lassen, so schön und faszinierend die Stadt auch sein mag. Mir kommt es vor, als wäre dies eine Bewegung nach vorn, als hätte ich festgesteckt und mich nun mit einem Ruck losgerissen. Was selbstverständlich absurd ist. Nichts hat mich gehalten, allerhöchstens ich mich selbst beziehungsweise die unnötig vielen Gedanken, die mich beschäftigt haben, weil offenbar nichts sonst es konnte. Doch ich bin ziemlich sicher, das, was an mir zerrt, wird es auch auf dem Weg in Schottlands Norden tun. Was das Brummen meines Mobiltelefons anschaulich beweist. Ich werfe einen Blick auf das Handy, das ich in dem Ablagefach zwischen unseren Sitzen verstaut habe, dann drehe ich es so, dass das Bild meiner Mutter nicht mehr zu sehen ist, und wende mich Robin zu.

»Du bist sicher, du hast alles? Ausweis, Handy, Geld, Zahnbürste, Unterhöschen, sämtliche Musikinstrumente?«

Ihre Augen werden schmal. »Wenn du noch einmal meine Unterwäsche erwähnst, steige ich bei der nächsten Gelegenheit wieder aus.«

»Du könntest jetzt noch aussteigen«, schlage ich vor, »wir sind noch nicht mal losgefahren.« Weshalb ich über die Schulter nach meinem Gurt greife, mich anschnalle, den Zündschlüssel berühre, doch etwas lässt mich zögern. Ich sehe Robin an, bis sie aufschaut.

»Was?«

»Ich weiß nicht.« Ich weiß es wirklich nicht. Jetzt, wo sie neben mir sitzt, halb in dem Sitz des riesigen Autos vergraben, kommt es mir auf einmal surreal vor, dass wir das durchziehen. Ich meine, dass *ich* das durchziehe, denn bei allen Göttern der Menschheit, ich bin wahrlich nicht der Typ, der irgendwelche Bekanntschaften aufgabelt und mit ihnen auf Reisen geht. Nicht mal dann, wenn Sex im Spiel wäre, was hier definitiv nicht der Fall ist. Und, ganz ehrlich? Robin würde ich ähnlich einschätzen: Was will sie mit einem Kerl, den sie Pretty Boy nennt und der genau dem Typ Mann entspricht, mit dem sie sich freiwillig nie abgeben würde?

Ich schüttle den Kopf.

Robin zieht eine Braue nach oben. »Angst vor der eigenen Courage, Sunshine?«

Und das ist mein Stichwort.

Ich lasse den Wagen an und lenke ihn vom Parkplatz auf die Straße, in den schottischen Linksverkehr, raus aus der Stadt.

»Ich hoffe, wenigstens du weißt, wohin wir fahren, für mich klingt das alles gleich fremd.«

»Dann solltest du vermutlich aufhören, die gälischen Namen auf den Straßenschildern zu lesen.«

»Haha.«

Ich sehe Robin von der Seite an. »Stirling, dachte ich. Es liegt auf dem Weg nach Norden und lässt sich wohl noch als Stadt bezeichnen. Es gibt eine Fußgängerzone.« Meine Stimme senkt sich bedeutungsvoll, aber statt die Augen zu verdrehen, wie ich es eigentlich erwartet hätte, sieht sie nach vorn.

»Was, kein Dankeschön?«, scherze ich.

»Wofür?«

»Dass ich daran gedacht habe, was dir am wichtigsten ist – Geld zu verdienen?«

Erneut brummt das Handy zwischen uns und bewahrt sie vor einer Antwort. Diesmal sehe ich nicht einmal hin. Robin dagegen … Robin nimmt mein Telefon in die Hand, dreht es um und für einen fürchterlichen Augenblick denke ich, sie wird das Gespräch entgegennehmen, doch sie tut es nicht. Sie betrachtet das Foto meiner Mutter, verzieht keine Miene und legt das Telefon zurück an seinen Platz.

»Womöglich sollten wir ein paar Regeln festlegen für unseren gemeinsamen Ausflug«, sage ich. »Regel Nummer eins: Das Telefon des anderen ist tabu.«

»Willst du nicht rangehen?«

»Offenbar nicht.«

»Ist das deine Mutter?«

Ich seufze. Dann tue ich für die nächsten Minuten so, als müsste ich mich auf den Verkehr konzentrieren. Ich bin dabei abzuwägen, wie sehr es meine Stimmung beeinträchtigen würde, Robin von meiner Mutter zu erzählen, da sagt sie: »Wenn deine Eltern tot wären, von einem Tag auf den anderen, gäbe es irgendetwas, das du bereuen würdest? Was du getan oder gesagt hast?«

Ich werfe ihr einen Blick zu. Sie sieht stur geradeaus, auf die Wagen vor uns, auf die Bäume und Sträucher, die an uns vorbeizufliegen scheinen. Ich atme tief ein. »Diese Frage gefällt mir nicht.«

Sie nickt. Stille.

Einige weitere Minuten lang schweigen wir, während ich überlege, ob ich dem Grund für diese Frage nachspüren sollte oder nicht, doch letztlich entscheide ich mich dagegen und erkläre stattdessen: »Ich hätte ihnen vermutlich nicht alles gesagt, was ich hätte sagen sollen.«

Diesmal sieht sie mich an. »Bist du tatsächlich hier, weil du dich vor deinen Eltern versteckst?«

»Wer sagt, dass ich mich verstecke?«

»Beim Essen hast du gesagt ...«

»Beim Essen hast du gemutmaßt, dass ich mich vor ihnen verstecke, ich sagte lediglich, dass sie nicht wissen müssen, wo ich bin, weil ich volljährig bin.«

»Wortklauberei.«

»Immerhin mehr, als du von dir preisgibst.«

Ihre Nasenflügel blähen sich auf und ich bereue den Satz sofort. Ich meine, was ist das hier? Ein Ausflug von Montessori-Kindern, bei dem sich am Ende alle lieb haben und ihren Namen tanzen? Niemand braucht hier irgendwem irgendetwas über sich zu erzählen. Nicht, wenn es ein solches Problem darstellt. Ich will gerade ansetzen, ihr das zu sagen, als sie den Mund öffnet.

»Es gibt niemanden«, sagt sie. »Niemanden, vor dem ich mich verstecken müsste, niemanden, dem ich etwas sagen oder verschweigen könnte, und niemanden, der mich anruft.«

Und das war das.

Und bevor ich mir noch Gedanken darüber machen könnte, was genau das war, erklärt sie: »Du hast recht. Dieser Vormittag ist viel zu schön für Gespräche dieser Art.«

»Habe ich das?«, frage ich überrascht. »Ist er das?«

»Lass uns da weitermachen, wo wir gestern aufgehört haben.«

»Und wo genau war das?« Ja, wo war das? Soweit ich weiß, haben wir uns nach der kleinen Wanderung auf Arthur's Seat in der Royal Mile voneinander verabschiedet, dort, wo ich zu meinem Hotel abbiegen musste, um Olivia zu treffen.

Es gibt niemanden. Niemanden, vor dem ich mich verstecken müsste, niemanden, dem ich etwas sagen oder verschweigen könnte, und niemanden, der mich anruft.

»Mit wem warst du verabredet gestern Abend?«

»Hm?« Ich blinzle.

»Du hast gesagt, du müsstest weg, weil du noch jemanden treffen wolltest.«

»Oh ja.« Ich grinse sie an, während ich alle Gedanken an die Bedeutung ihrer Worte aus meinem Kopf vertreibe. Für jetzt zumindest. »Eifersüchtig?«

»*Bitte.*« Sie setzt ein gespielt mitleidiges Lächeln auf. »Ich bin froh, dass du nicht deine ganze Energie für mich aufwendest, da wir doch beide wissen, wo das hinführt.« Wimperngeklimper. »Zu gar nichts.«

»Aah, so oft, wie du das betonst, könnte man den Eindruck bekommen, der Gedanke beschäftigt dich.«

»Klar. So musst du es natürlich sehen, damit dein Selbstbewusstsein keinen Knacks bekommt. Wobei ich mich frage, wie *das* überhaupt möglich sein soll. Wäre deine Arroganz ein *Ding*, würde es nicht mal in einen Flugzeughangar passen.«

»Und wäre dein sonniges Gemüt ein Ding … Oops, was erzähle ich denn da, du hast ja gar keins!«

Wir grinsen einander an, zwei Ringer, die sich umkreisen. »Also gut«, sage ich schließlich, »ihr Name ist Olivia, wir kennen uns erst ein paar Tage und ich wollte mich von ihr verabschieden, bevor ich mit dir in die Highlands aufbreche.«

»Olivia?« Es wird ihr ganz und gar nicht recht sein, aber Robin sieht nicht nur überrascht aus, sie wirkt total überrumpelt. Das Lächeln ist verschwunden. »Du hast hier eine Frau kennengelernt und fährst mit einer anderen durch die Gegend?«

»Das macht ihr nichts aus. Olivia ist cool.« Das ist sie wirklich. Wenn ich es mir recht überlege, ist sie das coolste Kind, das ich kenne. Wobei ich nicht sicher bin, ob sie meine Gesellschaft genauso zu schätzen wusste wie ich ihre, denn obwohl wir uns gestern zum letzten Mal getroffen haben, wirkte sie bei unserem Abschied nicht im Geringsten sentimental. Ganz im Gegenteil.

»Liest du mir vor?«, hatte sie gefragt.

»Auch diesmal nicht, nein.«

»Wieso nicht?«

»Ich bin doch kein Märchenonkel.«

»Nicht mal zum Abschied?«

»Eher nicht.«

Woraufhin Olivia mit den Schultern zuckte, die Nase in ihrem Buch vergrub und mich sitzen ließ, als sei weder meine Anwesenheit noch mein Wegbleiben je etwas Besonderes gewesen.

Sie ist es gewohnt, verlassen zu werden, schießt es mir durch den Kopf. Und für einen Augenblick bereue ich es, dass ich ihr mit der Harry-Potter-Box nicht auch noch meine Adresse dagelassen habe, wenn auch nur, um ihr zu zeigen, dass ich nicht spurlos verschwunden bin. Vielleicht sollte ich das nachholen, bevor ich nach Hause fliege.

»Olivia ist acht.« Ich räuspere mich.

»Acht?«

»Bist du nicht noch zu jung für ein Ohrenleiden? Oder wiederholst du einfach prinzipiell gern, was du gehört hast? Um es dir besser merken zu können?«

»Was hast du mit einer Achtjährigen am Hut?«

»Sie ist die Enkelin einer Hotelangestellten.«

»Und?«

»Und – *was*?«

»Wie steht es denn um deine Ohren? Die Frage war, wie kommst du dazu, dich mit einer Achtjährigen zu treffen?«

Ich gehe darüber weg, dass mir die Formulierung nicht gefällt, weil sie weiß der Himmel was implizieren kann, und zucke mit den Schultern. »Sie hatte sich das Bein gebrochen. Sie saß fast den ganzen Tag in der Hotellobby rum. Ich hab ihr nur ein bisschen Gesellschaft geleistet.«

Beinahe kann ich hören, wie Robin an dem Gedanken herumknabbert, warum auch immer.

Die Fahrt von Edinburgh nach Stirling dauert nicht lang, eine knappe Stunde nur. Als wir dort ankommen, muss ich mir von einer nach wie vor grimmigen Robin Fehlplanung an den Kopf werfen lassen, weil wir es in diesem Tempo niemals nach Norden schaffen würden, und ich bin versucht, einfach weiterzufahren, da bedeutet sie mir grummelnd, den Wagen in die Parkgarage zu lenken. Draußen empfängt uns ein ziemlich schöner Tag. Es ist kalt, aber der Himmel ist blau, und ich ziehe den Reißverschluss meiner Jacke bis ganz nach oben und setze mich draußen vor ein Café, nur wenige Meter von Robin entfernt, die sich in der Mitte der Fußgängerzone vor einem der jungen, von einer niedrigen Mauer umsäumten Bäume niedergelassen hat. Sie beginnt zu spielen, Ukulele diesmal, und binnen weniger Minuten hat sich eine Menschentraube um sie gebildet. Ich greife nach dem Reiseführer in meiner Innentasche, schlage ihn auf, nippe an meinem Kaffee, zünde mir eine Zigarette an. Mein Kopf fühlt sich wohltuend leer an, befreit von sämtlichem Gerümpel, das erste Mal seit Tagen empfinde ich so etwas wie Entspannung, obwohl ich nicht wirklich ausmachen kann, was genau die Verspannung verursacht haben sollte.

Robins Musik spielt im Hintergrund, doch erst nach einigen Minuten wird mir bewusst, was sie da singt.

Here's the new boy
taking on the world tonight.

20
Lina

Ich spiele beinahe 90 Minuten, bis ich meine kalten Finger kaum mehr spüren kann, dann packe ich zusammen und steuere auf das Café zu, in dem Max verschwunden ist. Er hat ziemlich lange draußen ausgehalten, das muss ich ihm lassen. Und mir selbst muss ich wohl eingestehen, dass es mir gefallen hat, ihn als Zuhörer in meiner Nähe zu wissen. Wobei – das ist Blödsinn. Ich spiele nicht für *jemanden*, ich spiele für mich. Und wieso grüble ich überhaupt darüber nach? Vermutlich, weil ich mich schon den ganzen Morgen mit diesem Kerl beschäftige, denke ich bitter. Verabredungen mit Achtjährigen. Ich hätte Max nicht für jemanden gehalten, der irgendetwas für irgendjemand anderen tut. Ich meine – einem kleinen Mädchen Gesellschaft leisten, weil es sich den Fuß gebrochen hat? Ich gebe zu, ich kenne ihn kaum, aber diese Szene passt für mich einfach nicht ins Bild.

Wie auch immer, die Stunde, die ich Musik machen konnte, hat meine Laune gehoben und entsprechend beschwingt lasse ich mich in den Sessel an Max' Tisch fallen. Ich denke, es war eine gute Idee, Edinburgh zu verlassen. Mein Geldbeutel quillt über vor Münzen, die Leute hier in Stirling waren begeistert von den Songs, die ich in Edinburgh schon gefühlte hundert Mal performt habe. Ja, es war eine gute Idee. Und ich kann es kaum erwarten weiterzuziehen.

»Du warst gut.« Max nickt mir zu, während eine Kellnerin eine Tasse Cappuccino vor mir abstellt. Er muss ihn bestellt haben, während ich noch draußen war, aber ich bin zu durchgefroren, um mich darüber zu wundern. Ich greife danach, um mir die Hände zu wärmen.

»Wie lange machst du das schon? Das mit der Straßenmusik?«

Ich zucke mit den Schultern. »Nun, ich bin noch keine hundert. Rechne dir aus, wie lange.«

Ich erkenne den Moment, in dem Max etwas über mich klar wird. Er sieht mich an, den Kopf geneigt, die Augen schmal, und ich bin mir ziemlich sicher, er ahnt auf einmal, dass er nicht teilhaben wird an meinem Leben, dass ich ihm nichts von mir preisgeben werde, nicht mehr als nötig. Auch das Unnötige nicht. Ich sehe es in seinem Gesicht, dass er es feststellt und hinnimmt im gleichen Atemzug.

»Ein Clown hat mir Akkordeonspielen beigebracht«, platzt es aus mir heraus. »Da war ich acht. Er war nicht lustig. Ganz im Gegenteil.«

Max blinzelt, einmal nur. Und ich denke: Du trägst selbst so viele Masken, du erkennst eine Lüge, wenn du sie siehst.

»Willst du was essen?«, fragt er. »Ich verhungere.«

Wir bestellen Sandwiches mit Chips und Apfelkuchen zum Nachtisch. Er will die Rechnung übernehmen, aber ich bestehe darauf, meinen Teil selbst zu begleichen. Das sollte nicht einreißen zwischen uns. Ich lasse mich nicht gern bezahlen, nicht, wenn es nicht um meine Musik geht. Max zuckt nur mit den Schultern. Ihm ist Geld so unglaublich egal, es würde jeden wahnsinnig machen, dem es anders ergeht. Mich zum Beispiel. Und dann zieht sich mein Magen zusammen, denn wann bin ich eigentlich so geworden? Ein von Neid zerfressenes Etwas, das mit seinem Dasein hadert und missgünstig auf das schaut, was andere haben?

Du warst ziemlich früh auf dich allein gestellt, Lina. Was, denkst du, ist das Geheimnis deines Erfolges? Muss man leiden, um die emotionale Tiefe von Musik so transportieren zu können, wie du es tust?

Ich seufze. Max sieht mich an.

»Du wechselst deine Stimmung wie andere Menschen ihre … Kleidungsstücke, über die wir nicht mehr reden wollten. Und du bist dabei so leicht zu lesen wie ein Teleprompter. Die Gedanken formen sich quasi vor deinem Gesicht zu Buchstaben – zentimeterhoch und neongrün.«

»Ach, wirklich?«

»Gelbe sind auch dabei.«

»Und was denke ich wohl, Doktor Freud?«

Wieder legt er den Kopf schief und betrachtet mich aus schmalen Augen, und mir wird klar, dass das eine seiner typischen Haltungen ist – die abschätzende Analyse seines Gegenübers, als könne er andere tatsächlich lesen oder sie durch diesen Blick zumindest so sehr in Bedrängnis bringen, dass sie ihm auf der Stelle und freiwillig all ihre Geheimnisse anvertrauen.

»Dass du es satthast, in diesem Café zu hocken und über dein albernes, kleines Leben nachzugrübeln«, sagt er, und noch bevor ich darauf reagieren kann, ist er aufgestanden, hat seine Jacke angezogen und mir die Hand entgegengestreckt. »Also – gehen wir.«

»Wohin?«

»Stirling soll ausgesprochen schön sein. Eine Stadt voller Mythen und Rätsel. Burgen und Denkmäler. Komm schon. Wir sind nicht umsonst hier, Birdy.« Mit der ausgestreckten Hand macht er eine auffordernde Geste. Und sein Gesicht … Ich könnte schwören, es lag für eine Sekunde Bedauern in seinem Blick, für einen Wimpernschlag nur, bevor die Maske aus amüsierter Selbstsicherheit an ihren Platz fiel.

Womöglich hat er recht. Er kann mich lesen wie die Neonschrift auf einer Werbetafel. Und obwohl ich vielleicht beginne, ihn zu mögen, obwohl ich allmählich denke, ich sollte ihn nicht länger mit seiner Herkunft verletzen, denke ich auch, dass ich dieses Bedauern nicht will. Dass ich nichts weniger möchte, als bemitleidet zu werden. Und dass ich alles dafür tun werde, diesen Blick nicht noch einmal zu sehen.

21
Max

Wir landen ausgerechnet auf einem Friedhof, unterhalb des Castles, der zu einer jahrhundertealten Kirche gehört. Ich mag keine Kirchen, und ich bin froh, dass Robin es ähnlich zu sehen scheint, denn sie macht keinerlei Anstalten, sich das Innere ansehen zu wollen. Stattdessen wandern wir zwischen den Gräbern hindurch, Reihe um Reihe, an windschiefen Steinen und pompösen Grabstätten vorbei, während über uns die Wolken ziehen, so schnell, man kommt sich vor wie in einem Zeitraffer. Robin ist schweigsam, seit wir das Café verlassen haben, und obwohl ich behauptet habe, sie lesen zu können wie ein Buch in Versalien, bin ich nicht sicher, was genau ihr tatsächlich die Laune verdorben hat. Die Geschichte mit Olivia? Vielleicht. Aber ich denke, es war eher der kleine Disput um die Rechnung, der ihr wieder einmal auf den Magen geschlagen ist. Man könnte sagen, ich bin es gewöhnt, dass Leute mich dafür verachten, aus einer Familie zu stammen, in der Geld keine Rolle spielt. Und dieses Geld auch noch auszugeben, ohne ein schlechtes Gewissen zu haben. Ich bin daran gewöhnt, ehrlich. Das heißt nicht, dass ich die Einstellung dieser Leute, die mein Leben absolut nichts angeht, nicht selbst für verachtenswert halte. Und was auch immer Robins Grund dafür sein mag, mir diese Sache vorzuhalten, kann mir egal sein. Und ist es auch.

Denke ich.

Aber ich denke auch, da ist noch mehr. Dieses Thema zwischen uns, es geht tiefer, als ihr lieb sein dürfte.

»Ich glaube, ich habe noch nie einen so alten Friedhof gesehen«, sagt sie schließlich. »Auf manchen Steinen lässt sich nicht einmal mehr die Inschrift lesen. Hier.« Sie deutet auf einen der Grabsteine. »Weder der Name lässt sich entziffern noch das Datum, überhaupt nichts. Und trotzdem hat da jemand Blumen abgelegt.« Sie fährt sich über die Arme, als müsse sie eine Gänsehaut vertreiben, dann dreht sie sich zu mir um.

Ich hebe eine Braue. »Gräber sind etwas für die Hinterbliebenen. Wer auch immer da unten liegt, dem dürfte egal sein, was in diesen Stein gemeißelt wurde. Und ob man es heute noch lesen kann.«

Sie murmelt etwas, das zu leise ist, um es zu verstehen, und geht weiter, ohne sich nach mir umzudrehen. Ich beobachte sie, während sie durch die Reihen der Gräber streift, ihren kleinen Rucksack auf dem Rücken, Ukulelenkoffer in der Hand. Die Finger der anderen Hand bewegen sich unermüdlich in einem Rhythmus, den offenbar nur sie wahrnehmen kann, der Daumen berührt erst die eine, dann die andere Fingerkuppe, dann wieder von vorn. Der Wind zupft an ihren Haaren. Sie sieht aus wie ein irres Mädchen auf der Suche nach irgendetwas, das sich hier zwischen all den Ruhestätten befindet.

Und auf einmal kommt es mir: ihre Eltern. Sie erzählt mir quasi, dass ihre Eltern nicht mehr da sind und auch sonst niemand, und ich bringe sie auf einen Friedhof, Himmel noch mal. Ich gehe schneller. Dann bleibe ich stehen. Womöglich sollte ich sie in Ruhe lassen, das ist sicherlich die beste Idee.

Welchen Erinnerungen auch immer sie nachjagt, es sind ganz sicher welche, die sie nicht mit mir teilen möchte. Wie auch sonst nichts.

Mein Blick schweift über die Grabstätten, über die Grautöne der Steine, das dunkelgrüne Gras dazwischen. Das letzte Mal, dass ich auf einem Friedhof gewesen bin, wurde Leanders Mutter beerdigt, und die Bilder davon sind noch viel zu frisch in meinem Gedächtnis. Ich greife nach meinem Handy, dann schiebe ich es zurück in die Tasche. Gestern war die erste Nacht, in der Leander wieder gearbeitet hat, und wenn er es schafft, sich so weit aus dem Sumpf zu ziehen, müsste es mir doch wohl möglich sein, ihn mal anzurufen. Zumindest eine Nachricht zu schreiben. Ich verschiebe das auf später, doch ich nehme es mir fest vor.

Mich fröstelt. Die rasenden Wolken über uns haben die Sonne inzwischen gänzlich außer Sichtweite geschoben und sich stattdessen zu einem dunklen Knäuel über unseren Köpfen formiert. Man muss keinerlei analytische Fähigkeiten besitzen, um den Regen zu riechen, also sehe ich mich schnell nach Robin um, damit wir von hier verschwinden können, bevor es richtig losgeht da oben. Sie ist vor einem verglasten Monopteros stehen geblieben und besieht sich die Statuen darin, Engel und irgendwelche anderen Gestalten.

»Hey, Birdy, wir sollten besser gehen.« Ich deute in Richtung Wolkendecke. »Ich schätze, hier bricht gleich ein Unwetter los.«

»Hier steht, das ist ein Märtyrergrab«, sagt Robin, ohne mir weiter Beachtung zu schenken. »Und *Margaret*.«

Donner grollt. Es war mir bis dato nicht klar, wie unwohl ich mich fühle, bei Gewitter draußen zu sein. Ich greife nach Robins Hand und sie zuckt erschrocken zurück.

»Es kann jede Minute anfangen zu regnen«, wiederhole ich. »Kommst du?«

»Was studierst du wirklich?«

»Was?«

Mit gerunzelter Stirn sieht sie zu mir auf. »Ich meine, du interessierst dich für gar nichts. In Edinburgh nicht und hier offenbar auch nicht. Studierst du *überhaupt*?«

Ich lasse ihre Hand los. »Ich bin mir nicht ganz sicher, was das soll, aber ja – Anglistik und Geschichte, wie ich dir bereits erzählt habe.« Ohne den Blickkontakt mit ihr zu brechen, deute ich mit einem Finger nach oben. »Ich hab keine Lust, nass zu werden. Komm zum Auto, wenn du hier fertig bist.«

Ich höre sie rummaunzen, dann ihre Schritte hinter mir – sie muss doppelt so viele aufwenden, um mit mir mitzuhalten, *Zwerg*.

»Wieso denkst du, dass ich wegen so etwas Profanem wie meinem Studium lüge?«, frage ich, als sie zu mir aufschließt. »Weil ich keine Lust habe, jeden Grabstein auf einem Friedhof zu entziffern? Sehe ich aus wie ein Gothic-Fanatiker?«

Sie lacht so laut und so viel mehr, als es dieser kleine Witz hergibt, dass es beinahe schon wie eine Beleidigung rüberkommt.

»Nein, Pretty Boy, so siehst du sicher nicht aus«, sagt sie schließlich, und allmählich, *ganz allmählich,* geht mir dieser Spitzname auf die Nerven. Ich meine, Frauen haben mir schon wegen weit weniger die Hölle heißgemacht, aber *ich* habe noch niemanden so offensichtlich nur nach dem äußeren Schein beurteilt. Kommt sie damit durch, weil sie eine Frau ist? Gerade überlege ich noch, wie ich die nach wie vor kichernde Robin am besten an meiner miesen Laune teilhaben lassen kann, da bricht das Unwetter über uns herein: Von einer Sekunde zur anderen haben sich die vereinzelten Tropfen zu einer Wand aus peitschendem Regen zusammengeschlossen, während über uns abermals Donner grollt, begleitet von grellen Blitzen diesmal.

»Shit.« Ich schlage den Kragen meiner Jacke hoch, nützen wird mir das nichts. Also greife ich nach Robins Hand, und diesmal sträubt sie sich nicht dagegen. Einvernehmlich laufen wir los, über den Friedhof zurück auf die Straße. Unsere Schuhe schlagen aufs Pflaster, ich bemühe mich, mich Robins Tempo anzupassen, doch als ich zu ihr hinübersehe, gerate ich beinahe ins Stolpern. Sie hat das schönste Lächeln auf den Lippen, ihre Augen leuchten und sie sieht mich an mit einer Art sphärischer Entrücktheit, die beinahe meinen Herzschlag zum Stillstand bringt.

22
Lina

Memory struck like a lightning bolt
I saw you there
Face like a prayer
for the last time behold
utterly sold
out to be the martyr

Die Bilder formten sich in meinem Kopf, als hätte sie der Regen dort hineingespült, und ich muss, *muss* die Worte, die sie in mir freisetzen, aufschreiben, sofort, bevor ich sie vergesse. Also ziehe ich mein Buch aus dem Rucksack, sobald wir die Tiefgarage erreichen, und als wir am Auto ankommen, habe ich schon die ersten Zeilen hineingekritzelt.

»Was treibst du da?«

»Gar nichts.« Ich drehe mich ein Stück von Max weg, damit er nicht über meine Schulter sehen kann, doch er ist ohnehin schon auf dem Weg zur Fahrerseite des Wagens. »Mir ist nur gerade etwas eingefallen.« Er antwortet nicht. Die Zentralverriegelung gibt dieses typische Piepsen von sich, dann öffnet Max von innen die Ladefläche.

Ich denke den Gedanken zu Ende, schreibe noch eine weitere Zeile, dann klappe ich das Buch zu und schiebe es zurück in meinen Rucksack, der klatschnass ist, von außen jedenfalls. Eben, im Regen und mit den Erinnerungen an Robin, sind mir die Nässe und die Kälte überhaupt nicht aufgefallen, jetzt aber kriechen sie eisig durch meine durchtränkte Kleidung und über die Haut direkt in mein Innerstes. Ein Zittern vibriert durch meinen Körper, während ich zum hinteren Teil des Wagens laufe. Max ist mir einen Schritt voraus, wie ich feststellen muss, denn er steht mit nacktem Oberkörper da. Unsere Blicke treffen sich und ich mache auf der Stelle kehrt.

»Hey, willst du dich nicht umziehen? Die Klamotten sind total durchnässt.«

Klar, denke ich. *Und dieses Monster von einem Auto ist so hoch, dass ich nicht einmal dann an mein Gepäck käme, wenn ich auf Stelzen laufen würde.*

Ich klettere auf den Beifahrersitz. Max stellt wortlos meinen großen Rucksack in dem Fußraum vor mir ab und ist auch schon wieder weg, allerdings nicht, bevor ich sein selbstgefälliges Grinsen bemerke. Ich kann es noch in meinem Nacken spüren, während ich nach trockenen Strümpfen und einem neuen Kleid suche. Gott, er soll sich bloß nichts einbilden. »Bilde dir bloß nichts ein«, sage ich laut, »bloß, weil ich keine Lust habe, meinen Mitfahrer halb nackt vor seinem Auto herumturnen zu sehen.«

»Schon klar«, ruft er, und jetzt höre ich das Grinsen auch.

Ich verdrehe die Augen und ziehe mich umständlich um, was eine Ewigkeit dauert. Immerhin hat Max den Anstand, draußen zu warten, bis ich ihm ein Zeichen gebe. Seine Haare sind dunkel vom Regen, und dennoch sieht er super gestylt aus, klar. Meine Haare dagegen fühlen sich an, als hätte ein Vogel darin ein Nest gebaut und circa sieben Eier abgelegt, so schwer sind sie. Ich beginne damit, Nadeln herauszuziehen, und Max beobachtet mich stirnrunzelnd.

»Was um Himmels willen tust du da?«

»Wonach sieht es denn aus?« Ich sammle die Haarnadeln in einer Hand und ziehe mit der anderen immer neue hervor. »Ich muss die Zöpfe aufmachen, sonst bekomme ich Kopfschmerzen.«

Max hat den Schlüssel schon in der Hand, macht aber keine Anstalten, den Wagen zu starten.

»*Was?*«, frage ich ungeduldig. »Was stimmt denn nicht?«

»Gar nichts.« Er räuspert sich. Dann lässt er den Wagen an.

Ich habe keine Ahnung, wohin wir fahren, aber gerade in diesem Moment ist es mir auch völlig egal. Das vordere Gebläse pustet mir warme Luft ins Gesicht, die Kälte ist aus meinem Körper gewichen und hat ein angenehmes Kribbeln hinterlassen, und die Musik, die Max gewählt hat, lullt mich ein wie eine Wolldecke.

Amy Winehouse läuft. Zufrieden summe ich die Melodie, hauche ein paar der Textzeilen mit, von denen ich wünschte, ich hätte sie selbst geschrieben.

And life is like a pipe
And I'm a tiny penny rolling up the walls inside

»Es gibt durchaus Ähnlichkeiten zwischen dir und Amy Winehouse«, sagt Max, »zumindest, was die Frisur betrifft.«

»Ach ja?«

»Machst du das eigentlich, um größer zu wirken?« Er schaut kurz zu mir rüber, bevor er zurück auf die Fahrbahn guckt. »Das mit dem Haarturm, meine ich.«

Ich gebe einen abfälligen Laut von mir, während sich meine Kehle wie auf Knopfdruck zuschnürt. Ich kann mich kaum mehr an eine Zeit erinnern, in der ich keine Zöpfe trug, denn Robin war noch ziemlich klein, als er damit begann, sie zu flechten. Immer mehrere, nie eine ungerade Zahl, und als sie länger wurden, musste ich sie auf meinem Kopf zusammenstecken, damit sie ihn auf keinen Fall berühren konnten. Haare machen Robin wahnsinnig. Die sanfte Berührung, das Streicheln einer Strähne, das Kitzeln einer Haarspitze. Ich sehe an mir herunter, auf die dichten, blonden Stränge, und widerstehe dem Drang, sie auf der Stelle wieder in ihre aufgeräumte, geordnete Form zu binden. Am Ende flechte ich einen einzelnen Zopf daraus. Obwohl eins eine ungerade Zahl ist.

Ich räuspere mich. »Amy Winehouse war kleiner als ich.«

»Wirklich?«

»*Wirklich.*«

»Höchstens ein paar Zentimeter.«

»Ein paar Zentimeter können einen gehörigen Unterschied machen, stimmt's?«, frage ich süßlich.

Wieder wirft mir Max einen Blick zu, einen überraschten diesmal, und nur mit den Augen lacht er mich an.

23
Max

Robins Haare sind so lang, sie dürften beinahe bis zu ihrem Bauchnabel reichen. Das ist eine rein objektive Feststellung, keine in irgendeiner Weise sexualisierte, aber – der einzelne, dicke Zopf, den sie aus ihren nassen Strähnen geflochten hat, nachdem sie sie von etwa 3000 Nadeln befreit hatte, reicht schon bis über ihre Brüste, und wenn die Haare offen sind …

»Hier.« Energisch wedelt sie mit der Hand in Richtung eines der Schilder am Straßenrand, auf der der Name einer Kaffeekette abgebildet ist. »Ich verhungere.« Sie sieht mich an, die Augen groß, die Lippen halb geöffnet. Sie hat diesen Ring in der Unterlippe, doch ich hab sie noch kein einziges Mal damit herumspielen sehen. Oder darauf herumkauen. Irgendetwas damit tun. Vermutlich kann ich froh sein, dass sie nicht zu der nervösen Piercing-Kauer-Sorte gehört, die einen in den Wahnsinn treibt.

»Wenn wir in diesem Tempo weitermachen, kommen wir nie in den Highlands an, das ist dir klar, oder?«

Sie verdreht die Augen. »Und dir ist klar, dass man mit hungrigen Frauen nicht diskutieren sollte, ja?«

Wir nehmen die Abfahrt in Richtung *Costa*. Durch den anhaltenden Regen laufen wir zum Eingang. Kaum drinnen, schüttelt sie sich, als sei sie ein Hund, was mich allmählich an meinem Verstand zweifeln lässt. Dieses Mädchen … vermutlich bin ich deshalb auf die absolut abwegige Idee gekommen, sie als Reisebegleitung auszumachen, weil sie so rein gar nichts mit den Frauen gemeinsam hat, die mich interessieren. Ich meine, sie ist zu klein, zu ungeschminkt, zu verpeilt, zu … unsexy, und dann schüttelt sie sich auch noch wie ein Straßenköter. Bevor sie sich ohne Umschweife in die Schlange einreiht.

Ich muss zugeben, ich bin ein wenig verwirrt. Robins heutige Stimmungen können spielend mit dem schottischen Wetter mithalten, so unbeständig sind sie: von strahlend und glücklich über nachdenklich zu mürrisch zu blendend gelaunt. Und zurück vermutlich. Nach wie vor ist mir nicht klar, was dieses Lächeln zu bedeuten hatte, als der Himmel über uns einbrach. Auf einem Friedhof noch dazu. Was kann jemandem im peitschenden Regen zwischen düsteren, schottischen Gräbern Grund zu solch einem Strahlen geben? Aber womöglich ist sie ja auch einfach manisch-depressiv.

»Oh Gott, Mac & Cheese, die nehme ich. Willst du auch?«

»Auf keinen Fall.« Ich schüttle den Kopf. »Ich nehme ein Sandwich. Irgendeins. Salami.« Ich bin dabei, meine Geldbörse hervorziehen, aber Robin winkt ab. »Such schon mal einen Tisch.«

Ich beobachte sie, während ich mich auf einem der Stühle im vorderen Teil des Cafés niederlasse, und zum ersten Mal nehme ich wahr, wie andere auf Robin reagieren. Jenseits ihres Straßenmusikmodus, meine ich. Sie mag klein sein, aber trotzdem dominiert sie einen Raum, wenn sie ihn betritt. Nein … dominiert ist das falsche Wort. Es ist mehr ein unbeabsichtigtes zum Schweigen bringen. Oder zum Staunen. Ungestylt wie sie ist, strahlt sie eine Präsenz aus, die nur wenige Menschen haben, und zwar meistens die, die sich dessen überhaupt nicht bewusst sind. Und ebenfalls zum ersten Mal kommt mir der Gedanke, dass sie womöglich gar kein Make-up benötigt, um für andere interessant zu sein.

»Einmal Coconut Mocha.« Sie stellt eine große Tasse vor mir ab, deren Inhalt eine aus Milchschaum geformte Kokospalme ziert.

»Sag, dass das nicht dein Ernst ist.« Angewidert verziehe ich das Gesicht.

Robin lacht. »Nein, der ist für mich.« Sie zieht die Tasse zu sich und schiebt mir die andere hin. »Cappuccino. Richtig?«

Ich greife nach dem Sandwich und bereue auf der Stelle, dass ich nicht das gleiche genommen habe wie Robin: Die Käsesauce über ihren Nudeln dampft und duftet nach Salz und Geschmacksverstärker und somit genau richtig für meine angefrorenen Glieder.

»Alles perfekt«, sage ich, und über ihre Gabel hinweg mustert sie mich skeptisch.

»Und? Bist du bereit, im Auto zu schlafen, Pretty Boy?«

»Niemand hat gesagt, dass *ich* im Auto schlafe. Ich wollte, dass du es bequem hast. Nachdem ich nicht davon ausgehe, dass du dir mit mir ein Hotelzimmer teilen willst.« Über den Rand meiner Kaffeetasse grinse ich sie an, und sie grinst auf ihre herrlich ironische Weise zurück.

»Bequem in einem Pick-up?«

»Was wäre dir lieber gewesen? Ein Fiat Panda?«

Robin nimmt einen Schluck von ihrem Kokosnussgebräu und gibt einen schnurrenden Laut von sich.

»Das ist so lahm«, sagt sie. »Wo ist deine Abenteuerlust? Ich hab meine Straßenmusik, das ist ein Kick, immer wieder. Wann gehst du an deine Grenzen?«

»Na, immerhin bin ich mit dir unterwegs.«

»Witzig«, sagt sie. Dann breitet sich Schweigen zwischen uns aus. Robin schaufelt Nudeln in sich rein, ich knabbere an dem trockenen Salami-Sandwich herum. Schließlich seufze ich.

»Also gut. Versuchen wir es mit der Nacht im Auto. Können wir davor wenigstens noch in einer Campingabteilung haltmachen?«

»Was wollen wir denn in einer Campingabteilung?«

»Keine Ahnung – ein paar isolierte Decken kaufen, ein Kissen, vielleicht irgendetwas, das sich aufheizt, wenn …«

Sie lacht so laut, dass sich beinahe alle in dem kleinen Gastraum nach uns umdrehen.

»Ich freue mich immer, wenn ich zu deiner Belustigung beitragen kann«, erkläre ich nüchtern.

»Ist klar.« Es dauert noch eine ganze Weile, bis sie sich beruhigt hat, aber schließlich räuspert sie sich. »Für eine Decke und ein Kissen müssen wir nicht in eine Campingabteilung.«

»Nein? Dann fahren wir eben woanders hin. Ich wurde noch nie genötigt, mir über so etwas überhaupt den Kopf zu zerbrechen.«

»Mmmh.«

In Gedanken ziehe ich eine Grimasse. Selbst ich kann den Pretty Boy in meiner Stimme hören, und das ist kein gutes Zeichen. »Mmmh?«

»Du wirkst gereizt. Wir kaufen dir besser deine Decke. Und sei es nur, damit du ein bisschen kuscheln kannst.« Sie kichert, während sie ein paar Nudeln auf die Gabel spießt und damit beginnt, sie anzupusten.

Ich beschließe, dass ich ihr genug Anlass zur Belustigung geliefert habe, nehme ihr die Gabel aus der Hand und schiebe mir die Nudeln zwischen die Lippen, während ihre sich erstaunt öffnen. Wie erwartet sieht sie mich mit großen Augen an, bevor sie sich räuspert und zu ihrem Kaffee greift. Das Schöne daran, sich seiner selbst relativ sicher zu sein und relativ unberührt davon zu bleiben, was andere von einem halten? Man kann Menschen guten Gewissens vor den Kopf stoßen, einfach nur, weil man es kann.

»Was war das für ein Buch, in das du vorhin so dringend etwas reinschreiben musstest?«

Sie versteift sich, ganz kurz nur, eine kaum wahrnehmbare Bewegung zwischen Steiß und Schulter, dann nimmt sie mir ihre Gabel aus der Hand. »Nichts Besonderes. Eine Art Notizbuch. Ich kritzle Zeug da rein.«

»Zeug?«

»Alles Mögliche. Was mir gerade einfällt.«

»Und was ist dir eingefallen, während sich auf dem Friedhof von Stirling über dir der Himmel auftat?«

Sie öffnet den Mund, nur um ihn gleich wieder zu schließen, und ich denke: Egal, was du jetzt sagst, Birdy, es wird sicher nicht die Wahrheit sein.

»Ein … Songtext.«

Oder doch. »Ein Songtext? Du schreibst deine eigenen Songs?«

»Nein, ich … nein.« Sie schüttelt den Kopf, spießt Trilliarden Nudeln auf und stopft sie sich in den Mund.

Ich lache. »Hey, du brauchst dich nicht mit Pasta zu ersticken, nur um meiner Frage auszuweichen. Behalt deine Geheimnisse. Sie sind bei dir am besten aufgehoben.«

Sie verdreht die Augen, während sie kaut, und ich würde zu gern einen Blick in dieses Buch werfen.

»Wohin jetzt?«, fragt sie, als wir auf die Straße einbiegen, die uns weiter nach Norden bringen wird.

Ich zucke mit den Schultern. »An irgendeinen See? Auf irgendeinen Parkplatz?« Tatsächlich haben wir bei einem Supermarkt angehalten, um ein paar Decken und Kissen und etwas Proviant einzukaufen, was ich zu diesem Zeitpunkt allerdings nicht noch einmal zur Sprache bringen möchte.

Robin sieht mich an, eine volle Minute lang, schätze ich, dann schnallt sie sich ab, beugt sich zu mir herüber und zieht den Reißverschluss meiner Jacke auf. Mir ist klar, sie will an den Reiseführer, doch nichtsdestotrotz beginnt mein Herz zu schlagen, als habe sie anderes vor. Sie zieht das Buch aus der Innentasche. Ich setze mich aufrechter hin.

»Wir brauchen eine größere Karte«, sagt sie.

»Wozu?«

»Na, weil man auf der hier kaum etwas erkennen kann.«

»Und da hätte ich angenommen, *Abenteuerinnen* wie du brauchen gar keine Karte«, sage ich, und sie schnaubt.

»Hier.« Mit dem Zeigefinger tippt sie auf einen kleinen grünen Fleck auf der winzigen Zeichnung im Umschlag des Reiseführers. »Das hier müsste ein Nationalpark sein. Sicher gibt es da irgendeinen Campingplatz.«

»Campingplatz?« In gespielter Entrüstung sehe ich sie an. »Diesen Luxus wollen wir uns nicht leisten, dachte ich.«

»Und ich denke, ich werde auf keinen Fall den Ameisen einen Besuch abstatten, wenn ich aufs Klo muss.«

»Und ich durfte nicht mal eine Taschenlampe kaufen.«

»Du bist ein Mann. Du kannst überall hinmachen.«

Ich ziehe eine Braue nach oben. »Ich bin kein Hund.«

»Du weißt ganz genau, was ich meine. Ihr habt es einfach … einfacher. Hose auf und …« Sie macht eine Handbewegung, als würde sie ein Lasso schwingen, und jetzt muss ich wirklich lachen.

»Das werde ich heute gleich mal versuchen«, versichere ich ihr.

»Mach das.«

»Du kannst gern zusehen, wenn du willst.«

»Wieso«, beginnt sie, »muss eigentlich jeder zweite Satz, der deinen Mund verlässt, irgendeine Anspielung sein?«

Ich werfe ihr einen Blick zu. »Keine Ahnung, wovon du redest.«

»Du weißt ganz genau, wovon ich rede. Eine Anzüglichkeit hier, eine unpassende Bemerkung da …« Abermals macht sie eine Handbewegung, diesmal eine abfällige. »Ich bin es gewohnt, dass Männer nur mit dem Schwanz denken, aber bei dir und deinem hochwohlgeborenen Hintergrund hätte ich was anderes erwartet.«

»Ah Gott. In diesem Satz stecken so viele Fehler.« Ich wechsle die Spur, dann sehe ich sie an. »Erstens: Frauen, die davon überzeugt sind, Männer würden nur mit dem Schwanz denken, sind in ihrem Vorstellungsvermögen reichlich eingeschränkt.« Sie gibt ein spöttisches Prusten von sich. »Es misst dem Wert, den zwischengeschlechtliche Beziehungen haben, viel zu viel Bedeutung bei.«

»Es war nicht von Beziehungen die Rede.«

»Alles steht in Beziehung zueinander. Es gibt nicht nur Liebesbeziehungen.«

Sie schweigt. Aus dem Augenwinkel nehme ich ihre Bewegungen wahr, wie sie erst nickt und dann den Kopf schief legt.

»Ich könnte wetten«, sagt sie, »dass du noch nie in deinem Leben eine Liebesbeziehung hattest. Vermutlich stellst du von vorneherein klar, dass ihr es allerhöchstens dreimal miteinander macht, bevor sich einer von euch beiden zu sehr daran gewöhnt.«

Für eine Sekunde bin ich perplex, doch dann schüttle ich den Kopf. »Womit wir bei Punkt zwei deiner untragbaren Behauptungen angekommen wären – du kennst meinen Hintergrund überhaupt nicht, ob hochwohlgeboren oder nicht. Streng genommen weißt du nicht mal das.«

»Ich habe die Kreditkarte von deinem Vater gesehen.«

»Na und? Mein Vater könnte ein Mafiaboss sein und ich ein Krimineller. Die Karte könnte *gestohlen* sein.«

»Du siehst nicht aus wie ein Italiener.«

»Ach, sieh mal. Immerhin da liegst du mit deiner Einschätzung richtig.«

»Womit lag ich denn falsch?«

Ich antworte nicht gleich. Und muss ich mir wohl eingestehen, dass Robin mit ihrer wilden Raterei der Wahrheit oft näher kommt, als ihr klar sein dürfte. Die Frage ist nur, ob es tatsächlich notwendig ist, die restlichen Dinge richtigzustellen.

Es besteht überhaupt kein Anlass, sie – oder irgendwen sonst – von einer vorgefertigten Meinung abzubringen, zumal wir uns ohnehin nach ein paar Tagen voneinander verabschieden werden.

»Was deinen ursprünglichen Vorwurf angeht«, sage ich schließlich, »werde ich mich bemühen, künftig keine Anspielungen mehr zu machen, die dich in irgendeiner Weise affrontieren könnten.«

Sie schnaubt. »Herzlichen Dank, Euer Wortgeschwulst.«

Ich grinse sie an. »*Wie* ich was sage, kannst du dagegen gern mir überlassen.«

»Ganz klar. Ich bin schon froh, wenn du wenigstens eine

meiner Fragen beantwortest, anstatt elegant darüber hinwegzugleiten.«

Und schon wieder haut sie mich um. Nicht zum ersten Mal kommt mir der Gedanke, dass wir womöglich nicht nur dasselbe Spiel spielen, sondern auch noch das gleiche Blatt auf der Hand haben.

Wir finden einen kleinen Campingplatz am Rande eines Sees, der sich Loch Chon nennt. Leider hat er nur bis Ende September geöffnet und somit geschlossen, und ich will Robin schon vorschlagen, dass wir uns am besten doch auf die Suche nach einem B&B machen, als sie erklärt: »Scheiß drauf. Lass uns trotzdem hierbleiben. Man kann die Toiletten nicht benutzen, aber es ist auch nicht vollends in der Pampa.«

»Angst vor der eigenen Courage?«

»Willst du es dir unnötig schwer machen, Sunshine?«

Wir stellen den Wagen auf dem Parkplatz ab, dann gehen wir schweigend den Pfad entlang hinunter zum See. Es ist inzwischen Nachmittag und das Licht dabei, sich zu verabschieden. Der See liegt da wie eine silbrige Decke, glatt, glitzernd, wartend. Die Ruhe ist absolut und ich atme tief ein, um möglichst viel davon in mir aufzunehmen. Robin steht neben mir, still wie die Wasseroberfläche. Für eine Sekunde ploppt die Frage in meinem Hirn auf, was wir hier eigentlich tun. Ich meine, hier ist niemand außer uns, keine Menschenseele, ein Land, so einsam wie ein Baum.

»Ich komme mir vor wie in Marlboro-Country«, sagt Robin schließlich.

Was mich daran erinnert, dass ich heute noch gar nicht geraucht habe. Ich ziehe das Päckchen hervor und halte es ihr hin, doch sie schüttelt den Kopf, also stecke ich es wieder ein. Diese Luft zu verpesten, wäre ohnehin keine sonderlich glorreiche Idee.

Robin dreht sich einmal um sich selbst und ich folge ihr mit meinem Blick. Bäume säumen das Ufer, dazwischen deuten platt gedrückte Grasflächen auf die Stellen hin, an denen die Wochen zuvor Camper ihre Zelte aufgeschlagen haben müssen. Der Platz wirkt mystisch, verlassen, romantisch und beängstigend zugleich. Für jemanden wie mich. Für jemanden wie Robin auch, wie sich herausstellt.

Sie sieht zu mir auf. »Lass uns ein B&B suchen.«

»Memme.«

»Angeber.«

»Du schläfst auf dem Boden.«

»Nichts anderes hatte ich vor.«

24
Lina

Unglaublich, dass immer noch der gleiche Tag ist. Ich meine, dass ich erst heute Morgen in dieses Auto gestiegen bin, dass ich seither schon in einer Fußgängerzone gespielt habe, die nicht in Edinburgh war, dass wir einkaufen waren und rumgefahren sind auf der Suche nach einem Zeltplatz und dass wir jetzt, weil es schon spät und bald dunkel ist, ein B&B ansteuern, irgendwo im Nirgendwo.

Dieser See – es war zu ruhig dort, nur mit uns beiden. Ich kann es selbst kaum erklären, aber die Vorstellung, dort ganz allein zu sein mit Max und all den schrägen Gedanken und seltsamen Gesprächen, das wäre zu viel gewesen für diesen einen Tag. Weshalb ich nun doch Geld für ein Zimmer ausgeben muss, aber … tja, so ist es dann eben. Hier inmitten des schottischen Nichts wird sich keine Jugendherberge finden lassen, und es regnet wieder.

»Wie lange fahren wir noch?«

Max zuckt mit den Schultern. Wir mussten die ganze Strecke aus dem Nationalpark hinaus noch einmal zurücklegen, um wieder auf die Straße gen Norden zu kommen. An einem Punkt entschieden wir uns, nach Westen abzubiegen, in Richtung Küste und auf Orte zu wie Fort William, das auf der Karte etwas größer wirkte und wo ich morgen spielen kann, bevor wir entscheiden, wie es weitergeht.

Ha. Skurril. *Wir.* Immer dieses *Wir.*

»Was hältst du hiervon?«

Ich öffne das Fenster einen Spalt, um über die Tropfen hinweg nach draußen zu sehen. Eine ganze Weile schon sind wir dieser Landstraße gefolgt, nur Büsche, Wald und Wiesen um uns herum, und niedrige Berge in der Ferne, keine Höfe, kein Haus, noch nicht einmal andere Autos. Sollten wir hier tatsächlich wild campen wollen, denke ich, wird das eine absolut einsame Angelegenheit.

Als ich jetzt das Fenster weiter öffne, schlägt mir kalte, feuchte Luft entgegen und der Geruch nach verbranntem Holz. Ich warte, bis der Wagen dem Straßenschild nah genug gekommen ist, damit ich es lesen kann. *Welcome to Bridge of Orchy* steht darauf geschrieben. Okay. Warum nicht?

»Äh – ich fürchte, das ist es auch schon gewesen.« Max lacht, während er mitten auf der Straße wendet, um zurück zu der Handvoll Häuser zu fahren, die ganz offensichtlich diesen Ort ausmachen. Von einer Brücke ist weit und breit nichts zu sehen.

Skeptisch blicke ich mich um. Max hat vor einem Hotel gehalten – es ist das erste Haus an der Straße und das größte, soweit ich das beurteilen kann, und das teuerste, das sagt mir mein Gefühl.

»Warte kurz«, fordert er mich auf, während er sich abschnallt. »Bin gleich wieder da.« Sagt's und ist schon halb im *Bridge of Orchy Hotel* verschwunden.

Ich steige ebenfalls aus. Ähnlich wie auf dem Campingplatz ist auch hier die Stille ohrenbetäubend, sie schlägt einem entgegen wie eine undurchlässige Wand. Mich fröstelt. Es scheint, als sollte man ein anderes Ziel wählen als Schottland, wenn man die Stille nicht erträgt.

»So oft, wie du im Regen herumstehst, müsstest du eigentlich größer gewachsen sein.«

»Haha.« Ich drehe mich zu Max um. Tatsächlich habe ich den Regen nicht bemerkt, doch jetzt wird mir noch eine Spur kälter.

»Du siehst aus, als könntest du ein schönes, heißes Bad vertragen«, beginnt er. »Ein Glück für dich, dass dieses anheimelnde Vier-Sterne-Etablissement noch ein Zimmer zu unserer freien Verfügung hat. Na, wie sieht's aus?«

»Ein B&B gibt es hier nicht? Oder ein etwas preisgünstigeres Hotel?«

Max seufzt. »Ich hatte befürchtet, dass du das fragen würdest.« Mit einer fahrigen Handbewegung deutet er hinter sich. »Da. Das nächste Haus an der Straße soll eine kleine Pension sein. Zwei Zimmer. Frühstück.«

»Perfekt.«

Noch einmal stößt Max einen Mitleid erregenden Seufzer aus, doch er steigt wortlos zurück in den Wagen und rollt zehn Meter weiter zur nächsten Einfahrt.

Von den zwei Zimmern in dem winzigen B&B ist eines noch frei, zu meinem Glück, zu Max' Zerknirschtheit. Es ist nicht gerade billig, aber immerhin doch um die Hälfte günstiger als das Hotel, und es verfügt über zwei Betten, *thank God.* Zwar keine Badewanne, aber eine Dusche, und *zwei Betten* – erwähnte ich das schon? Tricia, die Besitzerin, wird nicht müde, sich dafür zu entschuldigen. »Zwei so junge Leute wie ihr«, bemerkt sie kopfschüttelnd, oder zumindest ist es das, was ich glaube, verstanden zu haben – ihr Akzent ist harsch und ausgeprägt und ich habe Probleme, ihr zu folgen. »Ihr wollt sicher zusammenliegen.« *Offkasyawantasharrabat.*

Ich sehe Max an, der sich über das Anmeldeformular gebeugt hat, und als er nicht reagiert, antworte ich: »Das ist in Ordnung. Zwei Betten sind prima.«

»Ihr könntet sie zusammenschieben«, schlägt Tricia vor. *Yocannpushtoggessa.* Sie ist schon älter, schätzungsweise Mitte sechzig, mit Falten um Augen und Mund und einer offensichtlichen Schwäche für Kuppelei.

»Das wird nicht nötig sein.«

»Ja, wirklich, für eine Nacht wird es gehen«, erklärt Max, während er sich aufrichtet, der Wirtin das Blatt Papier zuschiebt, dann einen Arm um meine Schultern legt und mich an sich zieht. »Für sie wird es schwerer werden als für mich, aber …« Er grinst, bevor er mit dem Zeigefinger meine Nasenspitze berührt.

Ich funkle ihn aus schmalen Augen an, dann wende ich mich mit einem ziemlich angestrengten Lächeln wieder an Tricia. »Wo ist das Zimmer denn?«, frage ich und bücke mich nach meinem Rucksack, um mich aus Max' Umarmung zu winden.

»Krkrkrkrk.« Keine Ahnung, was *das* hieß, doch in der Folge macht sie keine Anstalten, uns einen Schlüssel zu geben, stützt stattdessen ihre Ellbogen auf den schmalen Empfangstresen und das Kinn auf die Hände. »Krrrrrkkk?«

Ich runzle die Stirn, und Max sagt: »Sechs Monate und drei Tage.« Das wird immer besser. Hat sie etwa gefragt, wie lange wir schon zusammen sind? *Grrr.* Ich habe keine Ahnung, was er hier abzieht, er wird sich später was anhören dürfen, so viel ist klar.

»Aah, jung sein, verliebt sein«, sagt Tricia. *Janganlovv.* Ich verdrehe die Augen. »Ja, also … könnten wir den Schlüssel bekommen?« Die Wirtin hat einen verträumten Ausdruck in den Augen, und als ich schon denke, sie wird uns ewig hier stehen lassen, richtet sie sich seufzend auf, zieht eine Schublade auf und einen Schlüssel hervor. Ich seufze vor Erleichterung, was Max ein leises Lachen entlockt.

Wir folgen Tricia den Gang hinunter und in ein Zimmer, wo sie unablässig noch mehr unverständliches Zeug quasselt, auf besagte Betten deutet und die frischen Handtücher drauf, auf die Badezimmertür, zum Fenster, schließlich in Richtung Eingang. Ich habe jeglichen Faden verloren, aber glücklicherweise hat Max weniger Probleme mit diesem krassen schottischen Akzent, denn er antwortet, nickt, stellt Fragen, nickt wieder. Als Tricia endlich das Zimmer verlässt, gebe ich ein erleichtertes Stöhnen von mir. »Mann, das klang wie Polnisch für mich. Was hat sie nur erzählt?«

»Dass es hier nichts zu essen gibt beispielsweise«, sagt Max, und als er meinen zutiefst entrüsteten Gesichtsausdruck bemerkt, fügt er hinzu: »Dafür aber nebenan, in besagtem Hotel, in dem du nicht wohnen wolltest.« Er steuert auf das eine Bett zu und sagt: »Ein Glück sind wir nur über Nacht hier. Diese Blümchentapete zwingt mich schon nach zwei Minuten in die Knie.«

»Oh, und da dachte ich, es liegt eher an dem Verlangen nach mir, weil wir nicht in einem Bett schlafen können.«

Max lacht, während er sich auf die Matratze fallen lässt, sich auf die Ellbogen stützt und mich angrinst, wie üblich. »Sie freut sich so über unser junges Glück«, sagt er.

»Ja, darauf wette ich.« Ich greife nach den zuvor angepriesenen Handtüchern und mache ich mich damit auf den Weg ins Badezimmer. »Ich dusche zuerst, okay?«, rufe ich über meine Schulter, aber ich warte Max' Antwort nicht ab, schließe die Tür hinter mir und mache mich daran, meine feuchten

Sachen auszuziehen. Brrr. Was für ein liederliches Wetter hier draußen auf dem Land.

»Robin?«

»Ja?« Ich kann nichts dagegen tun, mein Herzschlag setzt jedes Mal beinahe aus, wenn er diesen Namen sagt. Was habe ich mir dabei gedacht, ihn in dem Glauben zu lassen, ich hieße so? Es ist das eine, sich dafür zu entscheiden, die eine oder andere Wahrheit für sich zu behalten oder sie im Zweifel ein wenig zu verdrehen, eine ganz andere Sache ist, wegen etwas Profanem zu lügen. Wer hatte das gleich so ähnlich formuliert? Oh ja, Max. Er muss es wissen. Genau wie ich.

»Hier ist kein Netz. Ich setze mich schon mal rüber in die Hotelbar, okay?«

»Okay.«

»Kommst du nach, wenn du fertig bist?«

»Nein, ich fahre dann schon mal weiter. Wir treffen uns in den Highlands.« Ich verdrehe die Augen, schlüpfe aus meiner Unterwäsche und drehe den Duschhahn auf.

25
Max

Die Bar des Hotels ist so gut wie leer, was kaum verwundert, wenn man bedenkt, dass es erst kurz vor achtzehn Uhr ist. Immerhin spät genug für ein Pre-Dinner-Getränk würde ich meinen und verlange am Tresen nach einem Whisky, denn Whisky geht immer, vor, nach, während des Essens.

Ich bezahle umgehend, lasse mir den Code für das hoteleigene WLAN geben und ziehe mich mit meinem Glas an einen der niedrigen Tische zurück. Gott, das fühlt sich an wie Urlaub. Beunruhigend irgendwie. Ich nippe an meinem Glenfiddich, während ich die Zahlenkombination in mein Handy tippe. Dass meine Mutter wütend auf mich ist, nachdem ich vor zwei Tagen einfach aufgelegt habe, merke ich an ihrem Schweigen. Dass Bela sich dagegen auch nicht meldet, das ist … in etwa genauso besorgniserregend wie mein Urlaubsgefühl. In München ist es jetzt sieben. Ich beschließe, Bela anzurufen, statt des ewigen WhatsApp-Geseieres, und zu meinem großen Erstaunen nimmt Leander das Gespräch entgegen.

»Max?«

»Aah … Lean?« In der Tat bin ich derart überrascht, dass meine Stimme mehr einem heiseren Krächzen gleicht.

»Bela sagt, er hat in den letzten Tagen genug mit dir *kommuniziert*. Seine Worte, nicht meine. Bist du tatsächlich in Schottland? Was willst du da, um Himmels willen?«

Ich greife nach meinem Glas. Leander klingt müde, aber nüchtern, und ich stelle den Whisky zurück. »Mein Vater hat Geburtstag, du erinnerst dich? Jedes Jahr im schwermütigen Monat Oktober. Diesmal wird er sechzig.«

»Woooooh. Du brauchst nicht weiterzureden, mein Freund.«

Das Wort hallt befremdlich in mir nach, doch ich gehe darüber hinweg. »Wie geht's dir? Du klingst …« Ich lasse den Satz in der Luft hängen, denn nichts von dem, wie er weitergehen könnte, lohnt sich in irgendeiner Weise auszusprechen.

Leander seufzt. »Ich würde mich besser fühlen mit vier Bier intus, aber leider muss ich später noch arbeiten. Wie geht's *dir*?«

»Schlechten Menschen geht es immer gut, nehme ich an.«

»Das ist definitiv nicht wahr.«

Schweigen. In der Bar säuselt leise Hintergrundmusik aus den Lautsprechern, doch von Leanders Seite fließt nichts als düstere Stille durch die Leitung. Das Schlimmste an der Trauer aus meiner Sicht? Dass sie nicht einmal Zynismus rechtfertigt. Und das, ob ich es mir eingestehen will oder nicht, lässt mich relativ ratlos zurück.

»Was wolltest du eigentlich von Bela?«, fragt Leander schließlich. »Ich glaub, er ist in sein Zimmer gegangen, warte mal …«

»Nein, schon gut. Wir haben ehrlich genug *kommuniziert*. Er hat vermutlich recht.« Ich ringe mir ein Lachen ab, aber es klingt hölzern.

Wieder schweigt Leander. Schließlich sagt er: »Wann kommst du wieder?«, und etwas sticht in meinem Magen, das schlechte Gewissen, nehme ich an.

»In ein paar Tagen. Am Freitag hat der Alte Geburtstag. Am Montag drauf will ich spätestens zurück sein.«

Mehr Schweigen. Ich könnte wetten, Leander ist mit seinen Gedanken weit weg. Er sitzt an unserem Küchentisch, den vermutlich kalten Kaffee vor sich und Belas Handy am Ohr, doch sein Kopf ist woanders.

»Okay«, sagt er schließlich.

»Lean …« Ich stocke. Was will ich sagen? *Kopf hoch, es kann nur besser werden? Die Zeit heilt alle Wunden?* Will ich fragen, was ich für ihn tun kann? Ich kann gar nichts tun. Und das nicht nur, weil ich zig Kilometer von München entfernt bin.

»Gib Bela einen Kuss von mir.«

Leander gibt einen Laut von sich, der beinahe wie ein Lachen klingt. Er sagt: »Du uns auch«, dann ist die Leitung tot.

Nun. Das lief rund, würde ich sagen.

Ich lasse das Handy auf die Tischplatte gleiten und mache mir nicht die Mühe, es wegzustecken, denn mir ist klar, was jetzt kommt. Keine zwei Sekunden später, und das Display leuchtet auf.

Genau.

Bela.

BELA: Ich soll dir von Leander ausrichten, wenn du das nächste Mal kontrollieren willst, wie es ihm geht, sollst du ihn selbst anrufen.

ICH: Kontrollieren?

Hat er das wirklich so gesagt?

BELA: Kontrollieren.

ICH: Richte ihm aus, dass ich das gern tun werde, wenn er zur Abwechslung mal wieder sein scheiß Handy einschaltet.

Ein Mittelfinger ploppt auf.

ICH: Spätestens nächsten Montag bin ich zurück. Dann werde ich mich mit Freude wieder in persona von dir beschimpfen lassen.
BELA: Hast du dich echt noch nicht zu Tode gelangweilt? Du überraschst mich immer wieder, von Linden.

Ich sehe auf, als ich aus dem Augenwinkel eine Bewegung wahrnehme. Robin kommt in die Bar gestapft, einmal mehr trägt sie ihre obligatorischen Strumpfhosen, diesmal in schwarz und mit einem flaschengrünen Wollkleid kombiniert. Und einmal mehr hat sie ihre Haare gebändigt, in einem Knoten in ihrem Nacken, der sie älter wirken lässt.

Ich schalte mein Handy aus und stehe auf, keine Ahnung, warum.

Robin wirft mir einen ebenso erstaunten Blick zu und lässt sich in den Stuhl mir gegenüber fallen. »Diese Wirtin ist gruselig«, sagt sie.

»Tricia?« Ich lächle sie an, während ich mein Telefon einstecke und mich wieder hinsetze.

Sie schnaubt. »Ganz genau, deine Freundin Tricia. Als ich aus dem Zimmer kam, drückte sie sich im Flur herum, als hätte sie an der Tür gelauscht.«

»Was hast du denn allein in dem Zimmer getrieben, dass es wert wäre, an der Tür zu lauschen?«

»Fang nicht schon wieder an.«

Ich lache. »Hör auf, mir Vorlagen zu liefern.« Sie duftet nach Pfirsich. Bis hierher und über den schalen Bargestank hinweg kann ich ihr Shampoo riechen. Ich stehe wieder auf. »Willst du was trinken? Bier, Cola, Cider?«

»Wasser?«

»Klar.«

Als ich mit einer Flasche Wasser zurückkomme, hat Robin

ihre Nase in dem Reiseführer vergraben, den ich auf dem Tisch hatte liegen lassen. Sie sitzt tief über die Karte gebeugt und sieht nicht auf, als ich mich in meinem Sessel niederlasse.

»Wir sollten einen Plan machen«, erklärt sie, die Augen immer noch auf das Buch gerichtet, »sonst kommen wir nie in die Highlands. Siehst du, wir sind erst hier.«

Ich beuge mich nach vorn, um zu sehen, wo genau wir sind. »Das ist doch schon ein Stück.«

»Wenn wir morgen nach Fort William fahren und am Mittwoch nach Inverness, sind wir Donnerstag vielleicht schon ganz im Norden.« Sie sieht auf und ihre Augen leuchten. Manisch-depressiv, schießt es mir durch den Kopf. Oder einfach nur Crazy Girl.

»Wann willst du wieder in Edinburgh sein? Sonntag?«

»Spätestens.«

»Das ist leicht zu schaffen.«

»Ich wusste gar nicht, dass wir auf einer Mission sind.« Mein Tonfall ist spielerisch, mit nur einer Spur Ernst darin, doch der lässt sie aufblicken.

Sie klappt den Reiseführer zu. »Ich hatte unter der Dusche eine Eingebung«, erklärt sie und mir entgeht nicht, dass sie exakt so süffisant dreinschauen kann, wie ich es manchmal tue. »Wenn wir schon hier rauffahren, will ich so viel wie möglich sehen von der Insel. Und auf jeden Fall den Norden – bis ganz an die Spitze. Wer weiß, ob ich jemals wieder nach Schottland komme.« Sie zuckt mit den Schultern.

Und mir fällt es schwer, mich auf sie und ihre Reiseplanung zu konzentrieren, mir schwirren immer noch Leanders Worte im Kopf herum.

Du brauchst nicht weiterzureden, mein Freund.

Du uns auch.

»Es soll dort oben tolle Strände geben«, fährt Robin fort, den Reiseführer schon wieder in der Hand. »Breite, weiße Sandstrände vor windbewegten Dünen, menschenleer, nur das Flüstern der Wellen ist zu hören und das Kreischen der Möwen.« Ihre Augen blitzen, bevor sie das Buch zum zweiten Mal zuklappt und zurück auf den Tisch legt, diesmal aber nicht voller Spott. Sie klingt eher belustigt, als sie fragt: »Was ist los, Sunshine? Hast *du* jetzt Angst vor der eigenen Courage bekommen?«

Ich setze ebenfalls ein Grinsen auf. »Ah, du kennst mich schlecht. Ich bin voller Tatendrang, man sieht es mir nur selten an. Lass uns was zu essen bestellen und ich erzähle dir, was die gute Tricia mir vorhin anvertraut hat, als du nur polnisches Kauderwelsch verstanden hast. Wir werden sehen, wer dann Angst bekommt.«

Sie hebt eine Braue. »Möchte ich das wirklich wissen?«

»Oh ja, Marco Polo, das willst du.«

Sie wirft mir einen skeptischen Blick zu, dann nickt sie in Richtung Ausgang. »Ich esse nicht in diesem piekfeinen Restaurant.«

»Und ich hätte um keinen Preis der Welt darauf gewettet.«

26
Lina

Ich bin mir sicher, das ist ein Ablenkungsmanöver, so gut kenne ich ihn inzwischen. Was auch immer in den dreißig Minuten geschehen ist, die ich unter der Dusche und Max allein in dieser Bar war, irgendetwas ist mit ihm. Er wirkt unaufmerksam und auf eine Art zerstreut, die eigentlich nicht zu dem messerscharfen Analytiker passt, den er sonst so gibt. Dass er mir nicht mitteilen wird, was los ist, ist seinem verschlossenen Gesichtsausdruck deutlich anzusehen. Tja, ist nicht so, dass es andersherum anders wäre, also … Wir kauen schweigend auf unseren Sandwiches herum, die Max an der Bar geordert hat, bis er plötzlich sagt: »Wozu brauchst du dieses Geld so dringend? Für die Reise selbst? Oder willst du damit wirklich deinen Lebensunterhalt gestalten?«

Ich zucke zusammen, ganz so, wie Max es vermutlich geplant hat, denn inzwischen dürfte er wissen, dass das nicht gerade mein Lieblingsthema ist. »Ich dachte, du wolltest mir Tricias Schauergeschichten erzählen?«

»Draußen.« Zwischen zwei Bissen grinst er. »Mit dem richtigen Ambiente. Also?«

Ich seufze. »Das Thema hatten wir schon mal«, sage ich, der Ton nur eine Spur kälter als geplant. »Es kann nicht jeder ein schön einfaches Leben auf Daddys Kosten führen.«

Er versteift sich kaum merklich. Selber schuld, denke ich.

Hinter seiner Stirn ist irgendein Gedankenrad in Bewegung gekommen, in dessen Mühlen ich lieber nicht geraten möchte. Ich will gerade den Mund öffnen, um ihn mit irgendeiner unverfänglichen Frage abzulenken, da sagt er:

»Wo genau wohnst du da in Bern?«

Und ich klappe den Mund wieder zu.

»Ich meine«, fährt Max fort, »eher wie. Allein? In einer WG?«

»Mit meinem Bruder.« Ich verschlucke mich beinahe an den Worten. Irgendetwas an Max macht es mir unglaublich schwer, ihn anzulügen, weiß der Himmel, was. Ich greife zum Wasser und spüle das schlechte Gewissen hinunter. Max scheint auf weitere Ausführungen zu warten, und als keine kommt, fährt er fort:

»Und dein Bruder? Was macht er in Bern?«

Verdammt, Lina. Wieso erzählst du es ihm nicht einfach? Wieso erklärst du nicht dem Jungen mit dem goldenen Löffel, wie es bei dir zu Hause zugeht? Dass du aus einer Familie stammst, in der Kinder nur versehentlich hineingeboren werden und mit nicht sonderlich viel Mühe aufgezogen. Dass deine Mutter es geschafft hat, Tochter und Sohn von zwei verschiedenen Männern zu bekommen, die sich beide in Luft aufgelöst haben, sobald sie von der jeweiligen Schwangerschaft Wind bekamen? Ha! Was rede ich! Robins Vater hat vermutlich nie etwas davon erfahren, er blieb nur eine Nacht, und ich verwette das wenige, das ich besitze, darauf, dass meine Mutter nicht einmal seinen Nachnamen weiß. Und all die Männer, die danach kamen … Es schüttelt mich beim Gedanken daran. Schüttelt mich. Und Robin war krank. Und er wurde kränker. Und die erste Gelegenheit, die sich meiner Mutter bot, ihn in dieses Heim abzuschieben, die nutzte sie.

Auf einmal habe ich keinen Hunger mehr. Ich schiebe die Reste meines Clubsandwiches auf dem Teller hin und her, bevor ich Max ansehe. Ich werde ihm nichts davon erzählen. Nichts, dass das Bild des armseligen, schlecht gekleideten Mädchens, das er ohnehin von mir hat, noch verstärkt. Es gibt keinen gemeinsamen Nenner, der sich für unsere beiden Leben finden lässt, nicht unter der Oberfläche.

»Mein Bruder studiert in Bern«, sage ich schließlich. »Er überlegt, ob er mit mir nach Berlin kommt, aber zuerst muss ich sehen, dass ich allein klarkomme. Ergo der akute Geldmangel. Du kennst das.« Ich zwinge mich zu einem spöttischen Grinsen. »Or not.«

Einige Sekunden lang sagt Max gar nichts, er sieht mich nur an, während er langsam kaut, herunterschluckt und dann ebenfalls den Teller von sich schiebt.

»Willst du wirklich die Geschichte hören, die Tricia mir vorhin erzählt hat?«

Ich bin mir sicher, meine Erleichterung über den Themawechsel ist mir anzusehen, doch ich sage: »Überhaupt nicht. Aber du wirst sie mir bestimmt trotzdem erzählen.«

Max lächelt, doch es wirkt nicht sonderlich glücklich. Er nimmt seine Jacke und steht auf. »Draußen«, sagt er, und bevor ich noch die Augen verdrehen kann, ist er aus der Tür.

27
Max

Bisher war es nur so eine Ahnung, doch inzwischen habe ich kaum Zweifel, dass Robin lügt. Sie macht es nicht schlecht, immerzu mit diesem Hohn im Blick, der vermutlich nur davon ablenken soll, dass sie Märchen erzählt. Das mit ihrem Bruder – ich bin ziemlich sicher, das war gelogen. Ganz abgesehen davon, dass sie laut ihrer Aussagen vorhin im Auto eigentlich gar keinen haben dürfte.

Es gibt niemanden. Niemanden, vor dem ich mich verstecken müsste, niemanden, dem ich etwas sagen oder verschweigen könnte, und niemanden, der mich anruft.

Nun, das lässt Raum für Interpretation, würde ich sagen. Das kann alles bedeuten. Sie hat mit ihrer Familie gestritten oder sich sogar von ihr losgesagt. Sie hat keine Familie mehr – ich denke, das ist das, was sie mich zunächst glauben machen wollte, warum auch immer. Doch das mit dem in Bern studierenden Bruder, der mit ihr nach Berlin geht, ohne Kontakt mit ihr zu haben, weil sie den ja offenbar mit niemandem pflegt – irgendetwas an der Sache oder auch an ihrem Tonfall klang so unwahrscheinlich, dass es mir schwerfällt, es zu glauben. Und bezüglich des Tonfalls – ich frage mich, ob sie überhaupt aus der Schweiz kommt. Ich höre nicht den kleinsten Akzent in ihrer Aussprache, nicht den Hauch davon. Auch nichts Berlinerisches oder Hessisches oder Bayerisches, sie klingt schlicht absolut hochdeutsch. Und das heißt sicherlich noch gar nichts, aber … Tja. Manche Menschen möchten eben ein Geheimnis bleiben, und das sollte man ihnen zugestehen, oder? Ich reibe auch nicht jedem unter die Nase, dass mein Vater auf gutem Weg ist zu einem Ministeramt, dass ich in einer Wohnung lebe, die fast zwei Millionen Euro wert ist und mir schon gehört, etc. etc. All das erzähle ich nicht, weil … weil es für alle Beteiligten ganz sicher besser ist.

»He, grübelnder Junge, darf ich fragen, wo wir hinwollen?«

Ich blinzle mich aus meinen Gedanken, Robin an meiner Seite, wir sind schon von der Hauptstraße abgebogen, ohne dass ich auch nur ein Wort zu ihr gesagt hätte. Es ist frisch hier draußen, immer noch nieselt es leicht, und der Himmel über uns hat sich zu einem dunklen Zelt aufgespannt, sehr viel dunkler als in Edinburgh. Ich räuspere mich, bevor ich ansetze: »Siehst du die Häuser um uns herum?«

»Äh … ja?«

»Zwei Drittel davon stehen leer.«

»Okay. Wieso erzählst du mir das?«

»Tricia sagte, dass so gut wie alle die Stadt verlassen haben, weil es hier außer Wandertouristen nichts mehr zu holen gebe, und die zu fast 98 Prozent von dem Hotel abgegriffen werden, in dem wir gerade gegessen haben.«

Ich werfe einen Blick auf Robin, die die Arme um ihren Körper geschlungen hat und von einem der dunklen Gebäude zum anderen sieht, bevor sie sich mit gerunzelter Stirn zu mir umdreht.

»Das ist eine Geisterstadt«, erkläre ich schließlich leise. Und, ein bisschen lauter: »Ich dachte, das solltest du wissen.«

»Oh ja, unbedingt.« Robin wirkt nicht sehr begeistert. Unmerklich ist sie ein bisschen näher an mich herangerückt, darum bemüht, meinen langen Schritten mit ihren kurzen Beinen zu folgen. »Und könnten wir jetzt womöglich umkehren, nachdem du mir alle leer stehenden Häuser gezeigt hast?«

»Wolltest du nicht so viel wie möglich von Schottland sehen?«

»Bei Tageslicht, du Intelligenzbestie.«

»Das hab ich schon mal gehört. Muss wohl irgendwas dran sein.«

Robin bleibt stehen. »Okay, du hast mich so weit. Lass uns ins B&B gehen. Lieber verbringe ich eine Stunde mehr dort mit dir in einem Zimmer, als hier draußen durch die einsame Landschaft zu wandern.«

»Ah, das ehrt mich, aber wir sind gleich da.« Ich gehe weiter. Robin gibt einen genervten Laut von sich, folgt mir aber.

»Da.« Nun bleibe ich stehen, mitten auf der Brücke. »Die *Bridge of Orchy*, legendär seit ihrer Erbauung siebzehnhundertirgendwas. Oh, warte, wir sollten vielleicht noch ein Stück den Weg da reingehen, damit wir sie von vorn sehen können.« Ich deute auf einen Schotterweg, der parallel zum Bach ins dunkle Nichts führt.

»Ich gehe ganz sicher nicht diesen Weg entlang, da ist es stockfinster.«

»Okay, wie du willst.« Ich setze mich auf die Steinbrüstung und mache eine ausladende Handbewegung. »Er wurde ohnehin hier oben gesichtet, der *Geist des alten Mannes*.«

»Ach komm schon, du willst mir doch nicht im Ernst weismachen, dass es hier spukt.«

Sagt sie, aber ich sehe ihr an, dass ihr mulmiger und mulmiger wird.

»Das hab nicht ich mir ausgedacht«, erkläre ich, »das ist eine uralte Legende. Sie handelt von einem alten Mann, der aussieht wie ein Jäger, allerdings mit ziemlich deformiertem Gesicht. Er kauert hier auf der Brüstung, in sich gekehrt und schweigsam, und soll den Menschen vor allem bei Mondschein …«

Beide halten wir inne. Beide haben wir ein Geräusch gehört, ein Heulen, wie von einem Wolf – nicht, dass ich jemals einen in freier Wildbahn erlebt hätte.

»Du gehst mir auf die Nerven«, knurrt Robin, während sie nach meinem Arm greift, um mich dorthin zurückzuziehen, wo wir hergekommen sind.

Ich lache leise, denn wenn ich ehrlich bin, sonderlich wohl fühle ich mich auch nicht. Die Nacht ist eisig, die Wolken ziehen so schnell, als würde sie etwas über den Himmel treiben, und dann besagter Mond …

Mit einem Mal lässt Robin einen Schrei los und ich erschrecke mich genug, um zusammenzuzucken. Unter der Brücke raschelt etwas, dann knurrt und faucht es, während das Heulen auf einmal lauter wird und eindringlicher. Schneller, als es ihren kurzen Beinen möglich sein sollte, rennt Robin die Straße entlang in Richtung Hotel, in Richtung der Lichter, die von dem weiß getünchten Gebäude ausgehen. Ich drehe mich noch einmal um, werfe einen Blick auf den Miniköter und die Katze, die sich die Uferböschung hinaufjagen, und laufe Robin hinterher.

Lachend hole ich sie ein, als sie sich gegen den niedrigen Zaun fallen lässt, der das B&B umsäumt.

Sie schlägt mit ihren Fäusten wie wild gegen meine Schulter. »Maaannn.«

»Das war nur ein Hund, ein ziemlich kleiner sogar. Er hatte Angst vor einer Katze.«

Noch einmal schlägt Robin ihre geballte Faust gegen meine Lederjacke, während ich sie weiter auslache, dann drängt sie sich an mir vorbei zur Tür. Ich folge ihr ins Zimmer. Während sie sich dort umzieht, um sich für die Nacht fertig zu machen, und mir durch die Badtür wortreich veranschaulicht, was sie von unserem kleinen Spaziergang hält, stelle ich das Wasser für die Dusche auf heiß und denke nach. Darüber, dass ich nicht mehr fragen werde, was Robin tut und warum oder vor wem sie nach Edinburgh geflohen ist, denn dass auch sie ursprünglich nicht hierhergefahren ist, um sich das Land anzuschauen, war von vorneherein klar. Ich werde sie nichts mehr fragen – nicht, weil es mich nicht interessiert, sondern weil ich der Ansicht bin, dass manche Dinge nicht erzählt werden müssen, nicht unbedingt, nicht jedem.

Ich kenne Leander so lange, er ist mein ältester und bester Freund, aber ich habe in den sechs Jahren, die er in Berlin war, kaum mit ihm gesprochen. Und er hat mir nie erzählt, was damals zwischen ihm und Janas Bruder passiert ist, was diesen Autounfall verursacht hat, bei dem Tim gestorben ist.

Als ich aus der Dusche komme, liegt Robin in einem der zwei Betten mit dem Rücken zu mir. Ich lege mich in das andere. Und sage: »Ich wollte nur sichergehen, dass du etwas Positives daran findest, mit mir das Zimmer zu teilen.« Mit der einen Hand fange ich das Kissen, das sie nach mir wirft, mit der anderen mache ich das Licht aus.

28
Lina

Dienstag, 3. Oktober

Wann ich damit begonnen habe, an meiner Mutter zu zweifeln, weiß ich nicht mehr. Es könnte der Moment gewesen sein, in dem mir bewusst wurde, dass ich nie das Familienleben haben würde, das andere Kinder hatten. Der, in dem ich zum ersten Mal darüber nachdachte, ob es tatsächlich gut war, was sie da tat. Meine Mutter verliebte sich schnell. Sie ließ sich auf Männer ein, ließ sie in unser Leben, stellte fest, dass es nicht funktionierte, wandte sich dem nächsten zu. Ich war acht oder zehn, als mir der Gedanke durch den Kopf schoss, dass mir mein Leben nicht gefiel. Dass ich es nicht mochte, diese ständige Veränderung, dieses ewig Neue. Die Euphorie, die damit einherging und die sie zwanghaft versuchte, auf uns Kinder zu übertragen, auf Robin und mich.

Mein Vater verschwand, da war ich noch gar nicht geboren. Er sei jünger gewesen als sie, erklärte mir meine Mutter, talentiert, aber unreif. Er hatte in einer Band gespielt, und sie hatte alles getan, um seine Aufmerksamkeit zu erregen, doch halten konnte sie ihn nicht. Im Gegensatz zu Robins Vater weiß sie den vollständigen Namen von meinem, doch ich habe ihn aus meinem Gedächtnis verdrängt. Ich will nichts von dem Mann wissen, der ein Mädchen schwängert und dann abhaut.

Robin ist fünf Jahre jünger als ich. Sein Vater ist irgendwo da draußen und weiß nicht einmal, dass er existiert, aber mein Bruder nimmt es hin, mit stoischer Gleichgültigkeit. So stoisch, wie er auf dem Boden sitzen kann, die Hände über den Ohren, nichts sagend, nichts hörend, stundenlang.

Er wird unruhig, wenn sich Dinge ändern, wenn etwas nicht so ist, wie er es gewohnt ist. Und er wird aggressiv, wenn er machtlos dagegen ist, es zu ändern. Es gab viel Streit und Tränen, Chaos und Geschrei bei uns, bis klar wurde, dass Robin keine normale Entwicklung durchmacht. Für meine Mutter der Tag, den sie theatralisch als den fürchterlichsten ihres Lebens bezeichnet. Dabei ging es natürlich nicht um Robin, sondern allein um sie selbst. *Sie* war die mit dem aufwendigen Kind. *Ihr* Leben wurde dadurch beeinträchtigt, dass sie sich um ihr *schwieriges* Kind kümmern musste. Selbstverständlich *macht kein Mann das mit. Natürlich* mussten deshalb all ihre Beziehungen scheitern. Dass sie Robin weggibt, das hätte ich ihr dennoch nicht zugetraut. Dass sie ihn in ein Heim abschiebt, um mit ihrem neuen Typen zu leben, fünfzehn Jahre jünger und ausschließlich daran interessiert, mit ihr in die Kiste zu hüpfen.

Es wundert mich nicht, dass sie sich nicht bei mir meldet. Ich schätze, sie ist froh, dass sie nun ihre Ruhe hat – vor Robin und vor mir. Jahrelang habe ich an ihr gezweifelt, damit gerungen, sie trotzdem zu mögen, denn schließlich ist sie meine Mutter, wen sollte man sonst lieben, wenn nicht sie? Doch jetzt … jetzt empfinde ich nicht einmal mehr Unsicherheit. Ich hasse sie, für das, was sie getan hat. Dass sie ihr eigenes Glück, dass sie Fremde immer wieder über uns Kinder gestellt hat. Und nun hat sie Robin weggegeben. Und dafür hasse ich sie am meisten. Mit all meiner Seele.

»Robin?«

Für einen Augenblick denke ich, ich habe ihn in dieses Auto projiziert, allein durch die Kraft meiner Gedanken, dann fällt mir ein, dass Max nach wie vor meinen Namen nicht kennt, und mein Magen krümmt sich ein wenig. Ich darf nicht daran denken, in welchen Mist ich mich hier selbst hineinmanövriert habe, wo ich eigentlich nichts weiter wollte, als … ja, was wollte ich eigentlich? Weg sein. Um mich zu sammeln und zu finden und zu wappnen und … mich nicht ablenken lassen. Allein sein. Zu mir finden. Mich distanzieren. Mich in jedem Fall distanzieren von der Frau, die vorgibt, meine Mutter zu sein. Ich bin nicht wie sie. Ich bin nicht darauf angewiesen, dass irgendwelche Männer mich mögen, ich suche nicht mein Glück in ihnen.

Ist es wahr, dass Sie den Kontakt zu Ihren Eltern abgebrochen haben, Lina?

Das ist rein privat, Matthew, reden wir lieber über meine Musik.

Stimmt es, dass Sie Ihren Vater noch nie gesehen haben?

»Wo zum Teufel bist du mit deinen Gedanken?«

Ich zucke zusammen, als mich Max aus meinen Grübeleien reißt, die Stirn gerunzelt, der Gesichtsausdruck zwischen Besorgnis und Verwunderung. Er sieht wieder auf die Straße, wirft mir jedoch in regelmäßigen Abständen diese Blicke zu.

»Du hast vor dich hin gemurmelt, ist dir das klar? Und so schwer geatmet, dass ich dachte, du bist kurz vor einer Panikattacke.«

»Sorry.« Ich setze mich aufrechter hin. »Ich war … halb eingedöst, fürchte ich.« Mehr Lügen. Immer noch mehr Lügen. Und Max glaubt mir kein Wort, das ist ihm anzusehen, obwohl er keine Miene verzieht. Und ich weiß nicht, bin ich ihm dankbar dafür? Dass er ein Mensch ist, der nicht müde wird, sein Gegenüber zu analysieren und bloßzustellen, einfach weil er exzellent darin ist, andere einzuschätzen, oder weil er schlicht extrem gut raten kann, und der trotzdem zurückschreckt, wenn es unter die Oberfläche geht, wie eine Katze vor Wasser?

Ja, beschließe ich. Ich bin ihm dankbar, dass er nicht weiterbohrt, dass sein Interesse nicht weiter reicht als von hier zum nächsten Stopp.

»Was willst du zuerst machen, wenn wir in Fort William sind? In die Fußgängerzone und spielen oder eine Jugendherberge suchen?«

»Erst das Zimmer. Wenn es in Fort William nur halb so überlaufen ist wie in Edinburgh, wird es ohnehin knapp, ein Bett zu finden.« Max blinzelt bei meinen letzten Worten und ich muss lachen. »Das mit dem Bett in der Jugendherberge geht dir gegen den Strich, oder?«

»Es ist nicht gerade meine Traumvorstellung von einer Übernachtungsmöglichkeit, nein.«

»Stell dir einfach vor, es ist so wie gestern Nacht, nur mit acht weiteren Personen im Raum.«

»Ja«, erwidert Max trocken. »Das macht es auf jeden Fall besser.«

Ich grinse, während ich aus dem Fenster sehe. Diese Landschaft, sie ist unglaublich. Weit und breit ist nichts zu sehen, nur grünbewachsene Hügel und saftige Wiesen, durch die sich Bäche schlängeln, kein Mensch ist hier, kein Auto, nicht einmal eine Kuh. Niemandsland. Kein Wunder, dass *Bridge of Orchy* zur Geisterstadt wurde, diese Abgeschiedenheit kann einen sicher verrückt machen.

»Laut Navi brauchen wir nur eine knappe Stunde bis Fort

William«, sagt Max jetzt, »also wäre es theoretisch sogar möglich, bis Inverness durchzufahren.«

»Willst du das?«

Max zuckt mit den Schultern.

Ich sage: »Inverness ist die letzte größere Stadt vor den Highlands, oder? Wenn ich noch ein bisschen spielen will, sollte ich Fort William womöglich nicht auslassen.«

»Nein, vermutlich nicht.« Er sieht zu mir hinüber. »Es gibt einen Harry-Potter-Zug von Fort William aus, hast du das gewusst?«

»Einen Harry-Potter-Zug? Hogwarts-Express, meinst du? Der fährt in London ab.«

»Du hast die Bücher gelesen?«

»Wer hat die Bücher *nicht* gelesen?« Ich betrachte ihn von der Seite. »Willst du mir sagen, du gehörst zu den armen Seelen, die die Bücher nicht kennen?« Ich habe alle sieben Bände mehrmals gelesen, und dann gemeinsam mit Robin. Und ich …

»Das wollte ich damit sagen. Aber ich habe inzwischen eingesehen, dass das ein Versäumnis war. Olivia hat mich aufgeklärt.«

»Das kleine Mädchen aus dem Hotel?«

Max nickt einmal. »Sie hat mir von dem Zug erzählt. Sie will unbedingt damit fahren, hatte aber bisher noch nicht die Gelegenheit dazu.«

Ich drehe mich ein wenig mehr zu ihm, soweit es der Gurt zulässt, und betrachte sein Profil. »Was«, frage ich dann, »hat dich dazu bewegt, deine Zeit mit diesem kleinen Mädchen zu verbringen?«

Er sieht zu mir herüber. Und während er mir erzählt, dass er überhaupt nicht viel Zeit *mit diesem kleinen Mädchen* verbracht habe, dass sie einfach gelangweilt in der Eingangshalle saß, wenn er nachmittags ins Hotel zurückkam, dass sie ihren gebrochenen Fuß ruhig halten und die Großmutter arbeiten musste und mangels Betreuungsmöglichkeit hätte sie eben in dieser Lobby gesessen, da formt sich ein Gedanke in meinem Kopf, formt sich, setzt sich fest.

»Du hast ihr was zu essen gekauft?«

Äußerlich reagiert Max nicht, aber ich spüre, ihm gefällt die Frage nicht, noch bevor er antwortet. »Wieso willst du das wissen?«

Ich zucke mit den Schultern. »Ich weiß nicht. Es war so ein Gedanke. Hattest du Mitleid mit ihr? Weil sie die Tochter einer einfachen Angestellten ist?«

»Sie ist die *Enkelin* einer Hotelangestellten. Und die muss zwei Jobs machen, um sich und die Kleine durchzubringen.«

Er schweigt.

Und vermutlich sollte ich es dabei belassen, aber es trifft mich an der falschen Stelle. Gerade nach dem, was ich vorhin beschlossen habe. Was ich von Anfang an beschlossen hatte, noch bevor Max den Mund aufmachte. Er ist mit zu viel Geld aufgewachsen, um zu wissen, was es heißt, keins zu haben. Diese Selbstsicherheit, um die Kinder wie ich kämpfen müssen, weil sie straucheln, weil sie nicht in diesem behüteten Familienkokon aufwachsen, in diesem sicheren Netz. Und wenn dann jemand kommt wie er und Mitleid hat und … »Denkst du nicht, dass es alles nur noch schlimmer macht, wenn du ihr diese Dinge kaufst, die sie sich sonst nicht leisten kann? Dass sie nachher umso trauriger sein wird, wenn sie ihr wieder weggenommen werden?«

Max runzelt die Stirn, und als er nicht gleich antwortet, füge ich hinzu: »Mir ist schon klar, dass du dieses Gefühl nicht nachvollziehen kannst, aber für jemanden, der nichts hat, ist der Verlust manchmal größer als für die, die alles haben.« Ich denke an die wenigen von Mamas Freunden, die sich zur Abwechslung mal auch für ihre kleinen Kinder interessierten, nicht nur für sie. Das Vergnügen war immer nur kurz. Die Leere danach noch größer. Etwas zu haben, nur um es wieder zu verlieren, ist keine sonderlich erstrebenswerte Sache.

»Okay, du gehst davon aus, dass ich alles habe, weil du davon überzeugt bist, dass ich im Geld schwimme?«

»Du, deine Familie.« Ich zucke mit den Schultern. »Es geht dir nicht schlecht, oder? Ich sage nur: Daddys Kreditkarte.«

»Ja, und du wiederholst dich damit.«

Ich sehe erst auf meine Hände, dann aus dem Fenster. Er hat recht. Ich sollte nicht immer darauf herumhacken, ihn nicht nur danach beurteilen. Bisher … seit zwei Tagen zumindest, seit wir beschlossen haben, gemeinsam aus der Stadt herauszufahren, hat er mich nicht einmal mehr mit einem dieser skeptischen, abfälligen Blicke bedacht. Er hat weder meine Kleidung kommentiert, noch, dass ich wenig Geld ausgeben will, er hat … es einfach hingenommen. Vielleicht sollte ich das auch tun.

»Es tut mir leid«, sage ich schließlich.

»Was tut dir leid?«

»Dass ich manchmal genauso oberflächlich bin, wie du mir vorkommst.«

Ich grinse ihn an, will die Aussage ins Lächerliche ziehen und ihrem Inhalt die Schärfe nehmen, doch Max reagiert nicht. »Angekommen« ist alles, was er sagt.

29
Max

Als wir Fort William erreichen, parke ich in der Nähe der Fußgängerzone, verabschiede mich dort von Robin mit dem Argument, auch allein die vermaledeiten Jugendherbergen und Hostels des Städtchens durchtelefonieren zu können, und setze mich vor ein Café in die Sonne. Ich bin beinahe erleichtert, als ich feststelle, dass die allermeisten ausgelastet sind – noch ist Wandersaison, und selbst außerhalb des Orts ist so gut wie alles dicht. Am Ende habe ich Glück und finde einen Caravan-Park, der Kapazitäten freihat. Er ist ein Stück vom Zentrum entfernt, allerdings am Wasser gelegen, ein nettes Fleckchen, wie ich feststelle, als ich dort einchecke und unser Gepäck ablade. Nun. Die Betten sind schmaler als gestern und stehen noch enger zusammen, doch ich denke, selbst wenn Robin das nicht gefällt, wird sie froh sein um den Preis, der immerhin fünfzehn Pfund unter dem Zimmer von Tricia liegt.

Es klingt nicht nett, aber dass Geld ein ewiges Thema bei Robin ist, zermürbt mit der Zeit. Ich meine, ja, ich habe sicher mehr als andere, aber das hat auch seinen Preis, und trotzdem werde ich natürlich nicht anfangen, über meine Existenz zu jammern im Angesicht einer Frau wie Olivias Großmutter, die absolut alles dafür tut, um überhaupt den Kopf über Wasser zu halten. Ich fühle mich etwas gereizt nach dieser Autofahrt, gelinde gesagt, weshalb ich beschließe, nicht zu warten, bis Robin mit ihrem Straßengedudel fertig ist. Ich suche sie in der Fußgängerzone und gebe ihr die Adresse und den Schlüssel für den Caravan mit den Worten, dass wir uns am späten Nachmittag dort treffen. Und bevor sie noch etwas erwidern kann, bin ich davonstolziert. Seltsam, oder? In Edinburgh konnte ich es kaum ertragen, tagelang allein durch die Stadt zu streifen, und jetzt bin ich drauf und dran, ohne Robin weiterzufahren?

Ich schlendere durch die Innenstadt von Fort William. An Cafés vorbei und an Geschäften. Auf einmal stehe ich am Bahnhof. Und da wartet er, der Harry-Potter-Zug, in den Olivia so gerne einsteigen würde, *Jacobite Steam Train,* eine Dampflok, mit rotbraunen Wagen und einem schwarzen Dach. Ich ziehe mein Handy hervor und schieße ein Foto. Und dann kaufe ich ein Ticket, weiß der Himmel, warum.

Was ich auf jeden Fall einräumen muss, ist die Tatsache, dass ich kein einfacher Mensch bin, das absolute Gegenteil ist der Fall. Ich bin launisch, oft unkonzentriert, ich verliere schnell das Interesse. Wenn ich es habe, verbeiße ich mich darin, was die Sache auch nicht besser macht. Und ich neige dazu, für alles, was mich umtreibt, meine Kindheit heranzuziehen, aber ist es wirklich so einfach?

Ich sehe mich im Abteil um. Die Polster sind alt und muffig und belagert von viel zu vielen fröhlichen Menschen mit ihren noch fröhlicheren Kindern. Nach all den Tagen allein, maximal mit Robin, ist das hier quasi der Overkill. Und diese Fahrt dauert lang – insgesamt drei Stunden, bis der Zug zurück in Fort William sein wird. Ich überlege, ob es nicht besser wäre auszusteigen, da setzt er sich in Bewegung.

Nun. Das wäre dann das.

Bela hält mich für verwöhnt und verzogen und ich verüble es ihm nicht. Ich hab ihn schon oft genug genau davon überzeugt, vermutlich weil es zu anstrengend ist, das Gegenteil zu versuchen. Leander kennt mich besser, er hat die Ausläufer dessen mitbekommen, was bei uns zu Hause los war, auch wenn wir nie darüber gesprochen haben. Ich meine, er hat es ähnlich schlecht erwischt, anders, aber nicht weniger kräftezehrend. Sein Vater ist jemand, der sich überhaupt nicht für seinen Sohn interessierte, dafür übermäßig für Frauen, die nicht seine eigene waren. Ich frage mich manchmal, ob Macht generell mit Missbrauch einhergeht oder ob es etwas anderes ist, das diese Männer antreibt. Ich bin nicht der Typ für Beziehungen, aber hätte ich eine, wäre ich treu. Und hätte ich Kinder …

Ein Schauer flirrt über meinen Rücken, allein beim Gedanken daran. Ich habe null Bezug zu Kindern, gar keinen. Olivia – dieses Mädchen ist der erste Kontakt dieser Art und es stellt für mich ein absolutes Rätsel dar, wie es überhaupt dazu kommen konnte. Die letzten Jahre habe ich mich oft gefragt, weshalb ich einen derartigen Widerstand dagegen entwickelt habe, eine eigene Familie zu haben, dabei liegt es wirklich auf der Hand. Es ist so naheliegend, aber die meiste Zeit möchte ich lieber nicht darüber nachdenken, aus Angst vor den Gefühlen, die das in mir auslöst. Es heißt, Liebe kann dich verzehren, aber der Hass ist es, der am Ende nichts mehr von dir übrig lässt.

Wann das Verhältnis zwischen mir und meinem Vater gekippt ist, weiß ich nicht mehr. Ich denke, die Erkenntnis, dass er nicht gut für mich ist, dass er nicht der Beschützer ist, den man sich als Kind wünscht, die kam schon sehr früh, schlich sich ins Bewusstsein, als ich quasi noch ein Kleinkind war.

Meine Mutter ist die zweite Frau meines Vaters. Sie ist fünfzehn Jahre jünger als er und sie wollte ein Baby. Und mein alter Herr, konservativer Pflichterfüller, der er ist, dachte sich wohl, es gehört zu einem Leben als wahrer Christ dazu, mindestens ein Kind in die Welt zu setzen. Leider hat er sich nicht überlegt, ob er alles, was damit einhergeht, gutheißen würde. Die Verantwortung, die Pflicht, die *Ruhestörung*. Es ist wirklich absurd, wie manche Familien funktionieren. Gut möglich, wir waren ein Einzelfall, aber ich befürchte, das stimmt nicht. Sobald ich auf der Welt war, hat mein Vater versucht, mich zu reglementieren. Er drängte mich so weit in den Hintergrund, dass ich ins Tapetenmuster verschwand, mich auflöste in seiner Gegenwart. Ich durfte nicht auffallen, aber ich musste dennoch funktionieren. Schon als Kleinkind. Von der Schulzeit, der Pubertät ganz zu schweigen. Mein Vater hatte eine Art, seine Macht auszuüben, die kalt und still und unangreifbar war.

Ich bekomme Gänsehaut, wenn ich nur daran denke. Also versuche ich die meiste Zeit, es nicht zu tun. Es ist nur – dieses Rattern des Zuges, das gelegentliche dunkle Pfeifen, der schwere Geruch nach Rauch und Dampf, das alles lullt mich ein, und meine Gedanken, meine Gedanken bahnen sich wie von selbst einen Weg durch tief verbuddelte Erinnerungen.

Der Zug schiebt sich über ein Viadukt, das laut der Broschüre durch die Harry-Potter-Filme bekannt wurde, und wir halten an einem Aussichtspunkt, damit die Reisenden ein Bild von dem berühmten Fotomotiv schießen können. Ich steige ebenfalls aus und schlendere zum Ende des Bahnsteigs, um durchzuatmen. Einmal mehr ist die Luft feucht von Regen, aber hier draußen, umgeben von nichts als grasbewachsenen

Hügeln, ist sie durchsetzt von den Düften nach Erde und Wiese und Wald.

Noch immer spüre ich in mir dieses vertraute Gefühl des Widerstands, das immer dann zutage tritt, wenn die Familie meine Gedanken bestimmt. Es windet sich durch mein Inneres wie eine Schlange, getrieben davon, alles auf ihrem Weg zu verschlingen.

Ich bin mit siebzehn von zu Hause weg, doch dieses Tier abzuschütteln, ist mir bis heute nicht gelungen.

Für die Rückfahrt blende ich all diese Gedanken aus. Stattdessen konzentriere ich mich auf meine Mitreisenden, studiere sie, betrachte ihre Kinder, denke mir Geschichten zu ihrem Leben und ihrer Herkunft aus, so, wie ich es schon immer getan habe. Denn es stimmt: Sich mit anderen zu beschäftigen, ist nicht halb so gefährlich, wie hinter seine eigene Fassade zu blicken, weshalb ich die Kunst des Fremdstudiums vollendet habe, würde ich sagen.

Ich frage mich, was mein alter Herr dazu sagen würde, wenn ich jemanden wie Robin mit zu seiner altehrwürdigen Geburtstagsgesellschaft bringen würde – samt Strumpfhose, Schlabberkleid und grimmigem Gesichtsausdruck. Das ehrliche Grinsen, das diesem Gedanken folgt, verberge ich hinter vorgehaltener Hand, während ich mich wieder der vorbeiziehenden Landschaft widme.

30
Lina

Es ist fast sechs, als Mr Wir-sehen-uns-am-späten-Nachmittag den Weg zum Wohnwagen entlangflaniert, zwei Einkaufstüten im Arm, ein träges Grinsen im Gesicht.

»Hey, Popstar«, singt er, was ich mit einem unbeeindruckten Augenrollen quittiere.

Ich will von den Stufen aufstehen, damit er vorbei und ins Innere des Caravans gehen kann, da hat er sich neben mich gesetzt, die Füße ausgestreckt und einen wohligen Seufzer ausgestoßen. »Aaah, zu Hause ist es doch am schönsten«, sagt er.

»Alles in Ordnung mit dir?« Ich rücke ein Stück von ihm ab, versuche es, aber auf der schmalen Treppe ist die Berührung unserer Arme und Beine kaum zu vermeiden.

»Alles bestens. Bei dir?«

»Ich bin schon eine Weile hier. Schließlich kann ich schlecht zehn Stunden lang durch die Fußgängerzone ziehen, bis ich alle Ecken durch hab.«

Von der Seite sieht Max mich an, und ich spüre, wie mir Röte ins Gesicht steigt wegen meines mauligen Tonfalls, den ich mir selbst nicht erklären kann. Ich meine, wir sind kein Paar. Wir sind gemeinsam unterwegs, ja, das heißt noch lange nicht, dass wir von der Hüfte abwärts zusammengenäht sind. Noch einmal versuche ich, von ihm abzurücken, und diesmal reagiert Max auf meine nicht ganz so subtilen Versuche und steht auf.

Er kramt in einer seiner Tüten und hält mir eine kleine Flasche Bier hin. »Entspann dich«, sagt er, zwinkert mir zu und geht die Treppen hinauf in den Caravan. »Ich mach uns was zu essen. Ich hoffe, du magst Frutti di Mare?«

Ich lehne in der offenen Küchentür, nippe an meinem Bier und beobachte Max dabei, wie er Knoblauch schält und schneidet, Krabben, Krebsfleisch und Muscheln in ein Sieb gibt und in dem Waschbecken der schmalen Küchenecke unter Wasser hält, wie er sich bückt, um aus einem der Unterschränke eine Pfanne zu ziehen, und dann wieder in seinen Einkaufstaschen kramt, um eine Flasche Olivenöl hervorzuholen. Während dieser ganzen Zeit plappert er munter vor sich hin, von der Zugfahrt, die er gemacht hat, zu dem Ort, wo er die frischen Meeresfrüchte eingekauft hat, hin zu der schottischen Landschaft an sich, die er für ein *spektakuläres Nichts* hält.

»Du hättest mitkommen sollen«, schließt er.

»Hmpf«, mache ich.

Über seine Schulter wirft Max mir einen Blick zu, die Augenbrauen bis zum Haaransatz gezogen.

»Gar nichts«, erkläre ich.

»Wenn ich es nicht besser wüsste, würde ich sagen, du hast mich vermisst, so intensiv, wie du an jeder meiner Bewegungen hängst.«

Ich gebe einen weiteren missmutigen Laut von mir, bevor ich mich vom Türrahmen abstoße und in zwei Schritten neben ihm stehe. »Ich bin überrascht, das ist alles. Ich hätte dich nicht für jemanden gehalten, der sich freiwillig an den Herd stellt.«

»Aah, womit wir wieder beim Thema wären.« Er gibt Knoblauch in das mittlerweile heiße Öl, und sofort steigt ein himmlischer Duft auf, würzig und vielversprechend. Und er sagt nichts weiter dazu. Und ich denke, vermutlich ist es Zeit, auch diese Sache zwischen uns ruhen zu lassen. Diese … Eifersucht, die an mir nagt, wenn ich mir vorstelle, wie er groß geworden ist, wie sicher und behütet er aufgewachsen sein muss, um ein solches Selbstbewusstsein zu entwickeln. Aber Neid ist eine gefräßige Raupe, die sich von Güte und Verständnis ernährt und nichts als Leere und Kargheit zurücklässt. Und so möchte ich nicht sein.

»Kann ich irgendwas helfen?«, frage ich also.

Max legt den Kopf schief. »Wasser aufsetzen? Das lässt sich sicher auch ohne die vielbeschworene Liebe zum Kochen bewerkstelligen.«

Und schon bin ich mir nicht mehr sicher, ob das eine gute Entscheidung war.

Wir essen auf der Treppe vor dem Caravan, Max vorn, ich zwei Stufen hinter ihm. Jeder balancieren wir einen großen Teller Spaghetti mit Tomaten-Fisch-Sugo auf den Knien, haben ein volles Glas Rotwein neben uns stehen und wir blicken auf den See. Ich gebe einen zufriedenen Laut von mir. Ich glaube, ich habe mich noch nie gefragt, ob *zufrieden sein* mit Frieden zusammenhängt, doch genau der erfüllt mich gerade. Und das, obwohl ich mit einem der unmöglichsten Typen des Universums unterwegs bin. Unmöglich und … ziemlich talentiert in der Küche.

Und womöglich in anderen Dingen.

Ich verschlucke mich fast. Wo kam das bitte her? Max wirft einen Blick über seine Schulter, als wollte er sagen, spuck mir nicht in den Nacken, und die ungebetenen Bilder in meinem Kopf verschwinden dankenswerterweise. Wobei – nicht ganz. In diesem dunkelgrünen T-Shirt sehen seine Schultern irgendwie muskulöser aus als sonst, und die Wirkung, die die Farbe des Stoffs auf seine Augen hat … verheerend.

»Warum habe ich das Gefühl, du starrst mir Löcher in den Rücken?«, fragt er.

»Immer so egozentrisch«, gebe ich zurück. Mit den Fingern fahre ich über den Teller und lecke den letzten Rest Sauce ab. »Danke fürs Essen. Das war ehrlich gut.«

»Gern geschehen.« Max stellt seinen Teller ab, bevor er sich zu mir dreht, Weinglas in der Hand, und sich mit dem Rücken ans Geländer lehnt. Ich mache es ebenso, auf der anderen Seite, damit wir uns ansehen können.

»Und danke dafür, dass du diesen Platz gefunden hast. Es ist ziemlich schön hier. Viel besser als in einer stickigen Jugendherberge.«

Max macht eine Geste, als würde er einen Hut ziehen, und sieht dann wieder auf den See hinaus. Ich weiß nicht, was heute mit ihm los ist. Seit er mich mit dem Schlüssel für diesen Wohnwagen in der Fußgängerzone hat stehen lassen, ist er … in sich gekehrt, würde ich sagen, und das trotz all des Gebrabbels über Züge und Krabben oder vielleicht gerade deswegen. Wortlos stehe ich auf, greife nach unseren Tellern, um sie in die Küche zu bringen, und komme zurück, Ukulele in der Hand. Ohne ein weiteres Wort beginne ich zu spielen, die Töne fließen aus mir heraus, und dann singe ich, über das Gezwitscher der Vögel hinweg und die Geräusche aus den Caravans um uns herum. Max sieht mich nicht an, als ich von wilden Pferden, von Leid und Tod singe, doch er zündet sich eine Zigarette an und macht keine Anstalten hineinzugehen.

Wir sitzen eine Weile so da. Die Melancholie ist vollkommen, als die Sonne noch einen letzten Funken über die Bergwipfel schickt, bevor sie hinter ihnen zur Nachtruhe verschwindet.

31
Max

Ich sitze noch auf den Stufen, lange nachdem Robin ihre Ukulele weggepackt hat und in der engen Duschkabine des Wohnwagens verschwunden ist. Dieses Mädchen. Ich habe keine Ahnung, was sie mit mir macht. Auf der einen Seite gelingt es ihr mühelos, mich mit ihren hinter Ironie verborgenen Unterstellungen nach und nach zu zermürben, und dann öffnet sie den Mund und kreiert diese Musik und gibt mir das Gefühl, als mache sie sie mir zum Geschenk, als habe sie meine Stimmung haargenau erfasst. Als habe sie unter die Oberfläche geblickt, anstatt dem zu trauen, was sichtbar ist. Oder dem, was ich sie sehen lasse.

Und schon wieder bekomme ich Gänsehaut.

Um sie zu vertreiben, zünde ich mir eine weitere Zigarette an.

»Du solltest nicht so viel rauchen.«

»Täte ich es nicht, wäre ich vermutlich zu perfekt.« Ich drehe mich zu Robin um. Sie steckt ihren Kopf aus der offenen Tür des Caravans, nur mit einem Handtuch bekleidet, die Haare eine schwere, feuchte Masse um ihre Schultern. Ich widerstehe dem Drang, auf der Stelle wieder in eine andere Richtung zu sehen, denn Himmel noch mal, man sieht gar nichts, und selbst wenn – ja, *selbst wenn*. Für eine Sekunde schießt mir der Gedanke durch den Kopf, ob ich nicht allmählich gekränkt sein sollte, dass sie offenbar nicht im Traum daran denkt, mich als potenziellen … was auch immer wahrzunehmen, doch dann verwerfe ich die Überlegung wieder. Es würde dieses gemeinsame Unternehmen erheblich verkomplizieren, wenn Robin plötzlich mehr von mir wollte und ich ihr freundlich, aber bestimmt beibringen müsste, dass da nie etwas laufen wird, und …

»Fertig. Du kannst reinkommen.«

Ich drücke meine Zigarette aus und gehe hinein.

»Oh, genial, ein Konzert.« Robin zieht am Ärmel meiner Jacke und mich hinter sich her in ein Pub, aus dem Livemusik dröhnt. Es ist nach neun Uhr. Mangels Alternativen haben sie und ich beschlossen, noch einmal in die Stadt zu gehen, um dort etwas zu trinken, bevor wir den Rest der Nacht in dem viel zu engen Wohnwagen verbringen müssen.

Im Pub ist der Platz nicht weniger begrenzt. Wir zwängen uns durch eine Menge schunkelnder Schotten in ein entferntes Eck der Kneipe, in dem von der Bühne nur noch ein Viertel zu sehen ist. Was Robin nichts auszumachen scheint. Sie starrt auf die zwei der sechs Musiker, die man von hier aus erkennen kann, den Nacken gestreckt, den Mund halb geöffnet, als studiere sie ein Kunstwerk im Louvre. Sie ruft etwas über den Lärm hinweg, was ich nicht verstehen kann, also stellt sie sich auf die Zehenspitzen, um mir ins Ohr zu schreien.

»Der Banjo-Spieler ist klasse«, ruft sie.

Ich werfe einen Blick auf den fraglichen Musiker, kann aber nicht wirklich viel beitragen, also zucke ich mit den Schultern.

»Spielst du ein Instrument?«

»Nein. Ich lasse spielen, schon vergessen? Pretty Boy und all das.«

Sie verdreht die Augen. Dann wendet sie ihre Aufmerksamkeit wieder der Bühne zu.

»Ich hole uns was zu trinken. Was willst du? Bier? Rotwein? Wasser?«

»Rotwein bitte.«

»Okay.« Ich bahne mir einen Weg zur Bar, wo ich mir zunächst einen Whisky bestelle, bevor ich noch einen Pint Bier und ein Glas Rotwein dazu ordere. Den Schnaps trinke ich gleich, dicht gedrängt zwischen schwitzenden Körpern, so dass ich in Versuchung bin, sofort noch einen zu bestellen.

Heute ist Dienstag. Freitag ist der Geburtstag. Uuund – ich schüttle den Gedanken wieder ab. Als hätte ich heute nicht schon genug an meine Familie gedacht.

Ich habe den Whisky schneller geleert, als klug ist, und bis ich schließlich mit Bier und Wein bei Robin ankomme, spüre ich schon dieses leichte Surren im Magen, das sich immer dann einstellt, bevor es richtig gut wird. Es war Robins Idee, noch auszugehen, und vermutlich hatte sie recht damit: Seit meinem ersten Abend in Edinburgh hatte ich nicht mal annähernd zu viel Alkohol, also wird es doch allmählich Zeit, meinem Ruf gerecht zu werden.

»Die Band ist super«, ruft sie, als ich ihr das Rotweinglas in die Hand drücke. »Eine Mischung aus Mumford & Sons und Nick Cave.«

»Was auch immer das bedeutet.« Ich proste ihr zu.

Robin nippt an ihrem Wein, sieht aber weiterhin mich an, bevor sie sich zu mir reckt, um mir etwas ins Ohr zu brüllen. »Du machst dir gar nichts aus Musik, oder?«

»Doch, manchmal, wenn sie laut ist.« Was seltsam ist, aber es stimmt. Laute Musik schafft es selbst bei meinem verwirrend vollgestopften Hirn für Klarheit zu sorgen, und sei es nur dadurch, dass sie alles andere übertönt. Ich sehe Robin an und füge hinzu: »Deine Musik gefällt mir auch ganz gut.« Eine glatte Lüge, aber eine notwendige. Es besteht kein Grund, ihr unter die Nase zu reiben, wie sehr mich einige ihrer Songs schon berührt haben, auf geradezu unwillkommene Weise.

»Laut, also im Sinne von Heavy Metal? Hard Rock?«

Ich zucke mit den Schultern. »Laut im Sinne von Lautstärke.«

Robin verdreht die Augen. »Was ist deine Lieblingsband?«

Eine Weile betrachte ich sie, dann hebe ich abermals die Schultern.

»Du bist *hoff-nungs-los*«, ruft sie in mein Ohr. Und während sie sich abwendet, neige ich dazu, ihr zuzustimmen.

Die Band spielt noch mindestens eine Viertelstunde, während der ich es noch einmal an die Bar schaffe, um unsere Gläser auffüllen zu lassen, dann legen die Musiker eine Pause ein. Ich nutze die Gelegenheit, mit Robin nach draußen zu fliehen. Durch einen Seiteneingang treten wir in den Innenhof, in dem etwa zwei Dutzend Raucher ihrer Lieblingsbeschäftigung nachgehen. Ich zünde mir eine Zigarette an. Robin, die zu der Performance der Band getanzt hat wie ein wilder Minion, wischt sich mit dem Handrücken über die verschwitzte Stirn, bevor sie einen ziemlich großen Schluck Rotwein in sich reinkippt, den Kopf in den Nacken fallen lässt und gen Himmel seufzt.

»Der Abend ist so schön«, erklärt sie, »dass ich dir sogar dein Banausentum verzeihe.«

»Mein Banausentum?«

»Kennst du nicht den Spruch? *Ohne Musik wäre das Leben ein Irrtum.*«

»Nein, kenne ich nicht.« Ich nehme einen Zug von meiner Zigarette, während ich über Robin hinwegsehe, geradewegs in die Augen einer jungen Frau, die uns gegenüber an einer Mauer lehnt. Sie hat schwarze, kinnlange Haare und dunkle Augen und ein strumpfhosenbedecktes Bein angewinkelt. Im Gegensatz zu Robin trägt sie Nylons und einen Minirock, keine Wollstrümpfe zum Müllsack, und im Gegensatz zu Robin wirkt sie interessiert. Für einige Sekunden überlege ich, wann ich das letzte Mal mit einer Frau geflirtet, jemanden aufgerissen und mit nach Hause genommen habe, und ich kann mich ehrlich nicht erinnern. Das letzte Mal … Ich ziehe eine Grimasse. Das muss Belas Freundin gewesen sein, *Ex-Freundin*, und auch nur deshalb, weil ich sie in meinem Bett vorgefunden habe. Und womöglich, weil ich Bela gegenüber ein Statement setzen wollte.

»Nietzsche hat das gesagt«, erklärt Robin jetzt. »Und obwohl ich ihn nicht sonderlich leiden kann, muss ich ihm absolut recht geben.«

Sie sieht jetzt wieder mich an, und zu spät habe ich die Augen von dem Mädchen abgewandt, das nach wie vor zu mir herüberschaut, auffordernd und selbstbewusst. Auch Robin scheint das nicht zu entgehen. Sie betrachtet die Brünette mit so unverhohlener Neugierde, dass die letztlich den Kopf abwendet.

»Ist das der Typ Frau, auf den du stehst?«

»Wie? Wer?« Ich ziehe an der Zigarette, um Zeit zu schinden, doch natürlich durchschaut Robin dieses Manöver sofort. »Dieses Mädchen da«, führt sie aus, als sei ich schwer von Begriff, »gefällt sie dir?«

Ich lasse meinen Blick nicht noch einmal zu der Frau an der Wand schweifen, als ich zu Robin sage: »Hat Nietzsche zufällig auch was dazu gesagt, dass es ein Fehler ist, sich festzulegen? Wo doch so viele bezaubernde Blumen im Garten wachsen?«

Robin gibt ein schnaubendes Geräusch von sich. »Blumen«, wiederholt sie, »und Unkraut.« Und dann, dann sagt sie etwas wirklich Absurdes. »Zehn Pfund, wenn du da rübergehst und dieses Mädchen küsst.«

32
Lina

Max sieht mich an, als hätte ich den Verstand verloren, und das ist eine wirklich schöne Abwechslung zu der unerschütterlichen Miene, die er sonst an den Tag legt. Er betrachtet mich, ein, zwei gedehnte Sekunden lang, dann ist sein über alles erhabenes Grinsen wieder an seinem Platz.

»Du bist betrunken.«

»Okay, zwanzig.«

Noch einmal flackert Überraschung in seinen Augen, dann tritt er seine Zigarette aus, nimmt meine Hand und zieht mich zurück ins Innere des Pubs. »Oder noch nicht betrunken genug«, murmelt er und steuert mich in Richtung Bar.

»Willst du mir sagen, dass du das noch nie gemacht hast? Eine völlig Fremde geküsst?«

»Jedenfalls nicht, wenn ich mit einem anderen Mädchen unterwegs war.«

»Oh bitte.« Ich mache ein übertrieben skeptisches Gesicht. »Beachte mich gar nicht, ich bin nichts weiter als deine Reiseabschnittsgefährtin.«

Max antwortet nicht, er reiht sich zwischen den Menschen an der Bar ein und versucht, die Aufmerksamkeit des Typen dahinter auf sich zu ziehen, und im Grunde bin ich ihm dankbar für seine Nichtbeachtung. Ich meine, *ich weiß*, ich wäre niemals das Mädchen, das ein Typ wie Max in einem

Club angraben würde, er würde vermutlich nicht einmal bemerken, dass ich da bin. Doch dies zu wissen und es in seinem Blick zu lesen, sind zwei gänzlich verschiedene Dinge, also reite ich nicht weiter darauf herum.

Die Band nimmt ihre Instrumente wieder auf. Ich drehe mich von Max weg und stelle mich zurück an unseren alten Platz. Bis er zu mir kommt und mir ein weiteres Glas Rotwein in die Hand drückt, sind wir schon im zweiten Stück.

»Dir ist klar, dass Küssen um einiges intimer ist als Sex«, ruft er in mein Ohr.

Nicht nur die Lautstärke lässt mich zusammenfahren, auch die Tatsache, dass er das Thema wieder aufnimmt.

»Du kannst Sex mit jemandem haben, ohne dass deine Lippen ein einziges Mal seine berühren, aber jemanden zu küssen – das ist das eigentlich Emotionale daran. Da werden Informationen ausgetauscht, die man eventuell nicht tauschen möchte.«

Max nippt an seinem Bier und diesmal ist es an mir, ihn verdutzt anzustarren. Ich nehme einen Schluck Wein. Dann noch einen. Und womöglich, weil ich die Folgen meines heutigen Trinkverhaltens schon mehr als deutlich spüre, frage ich: »Hattest du schon mal eine Beziehung?«

»Diese Frage hast du dir vor ein paar Tagen selbst beantwortet, oder nicht?«

Hatte ich, indem ich die Vermutung geäußert habe, dass dem nicht so sei, aber mittlerweile … »Wieso beantwortest du nicht zur Abwechslung mal eine Frage, anstatt immer eine Gegenfrage zu stellen?«

Er sieht mich an, mit diesem süffisanten Grinsen im Gesicht, das Antwort genug ist. *Sieh an, wer da spricht. Als hättest du je eine meiner Fragen beantwortet. Robin.*

Ich drehe den Kopf, damit Max die Grimasse nicht sieht, die ich bei diesen Gedanken automatisch ziehe, und ich vermute schon, er wird gar nichts mehr zu diesem Thema beitragen, als er erklärt: »Ich habe noch keine Beziehung gehabt, nein. Zufrieden?«

Ich nippe an meinem Glas. »Wieso nicht?«

»Wieso hattest du noch keine?«

Ich versuche erst gar nicht, meinen Widerwillen darüber zu verbergen, dass Max richtig geraten hat, sondern werfe ihm einen nicht gerade freundlichen Blick zu.

»Was? Du darfst alles Mögliche über mich behaupten, aber ich darf nicht versuchen, schlau aus deiner kleinen, widersprüchlichen Person zu werden?«

»Nein.«

»Und siehst du«, sagt Max, »das ist womöglich der Grund, warum wir beide noch keine Beziehung hatten.« Wobei er es belässt. Der Rest des Konzerts ist schweigen, trinken, sich der Musik hingeben, zumindest, was mich betrifft. Max ist relativ unbeeindruckt davon, wie auch von allem anderen um uns herum.

Irgendwann schlendert die hübsche Frau mit dem Pagenkopf an uns vorbei, ziemlich dicht für mein Empfinden, doch Max sieht nicht einmal hin.

Ich habe keine Ahnung wie er tickt, ich gebe es zu.

Am Ende weiß ich nicht mehr, wie viele Gläser Rotwein es waren, nur, dass ich offenbar nicht genug davon bekommen konnte. Ich bin schweißnass getanzt, Haarsträhnen haben sich aus meinen Zöpfen gelöst und sicher hat Max bereits blaue Flecken über seinem linken Rippenbogen von den vielen Malen, die ich ihn mit dem Ellbogen gerammt habe, um ihn dazu zu bewegen mitzutanzen. Öfter als mir lieb ist, bleibt mein Blick an seinen Lippen hängen. Schon bei unserer allerersten Begegnung, denke ich, ist mir aufgefallen, wie schön sein Mund ist. Weich und … äh.

Ich sehe woanders hin. So rasch, dass ich schwanke.

Max hält mich am Arm fest. »Hoppla, Party-Queen.«

»Ja, ja.« Ich mache mich von ihm los. Dann überlege ich es mir anders, hake mich bei ihm unter und beginne damit, ihn im Takt der Musik hierhin und dahin zu zerren. »Warst du schon mal zu zweit unterwegs? Ich meine, mit einer Frau? Auf Reisen?«

»So pärchenmäßig? Nein, das ist mein erstes Mal.« Er zwinkert mir zu, und mit meinem angesäuselten Hirn nehme ich mir vor, ihm künftig keinerlei Fragen dieser Art mehr zu stellen. Zu gefährlich. Viel zu gefährlich.

Am Ende war es vielleicht doch zu viel Alkohol. Gerade habe ich noch gelacht und gefeiert, da trifft mich die kalte Luft wie ein Brett vor den Kopf, als wir das Pub verlassen. Nein, wie eine Keule in den Magen. Wo auch immer mir irgendetwas Schmerzen bereiten kann, tut es das jedenfalls.

»Woooh« ist alles, was ich zustande bringe, als wir uns auf den Weg zum Wohnwagen machen. Und dann noch: »Vielleicht wird mir schlecht.«

»Vielleicht?«

Ich höre das Lachen in seiner Stimme, doch ich bin zu sehr darauf fixiert, die aufsteigende Übelkeit fernzuhalten, um darauf zu reagieren. »Das war viel Wein«, stöhne ich. Okay. Darüber zu sprechen, macht die Sache nicht besser.

»Sollen wir ein Taxi nehmen?«

Ich schüttle den Kopf, ganz leicht nur. »Die Luft wird mir sicher guttun.«

»Also dann.« Max legt einen Arm um meine Schulter, und ich lasse den Kopf an seine Brust fallen, während ich seine Taille umklammere. Ich habe das Gefühl, er trägt mich mehr, als dass ich laufe, aber jetzt ist nicht der Zeitpunkt, deshalb ein schlechtes Gewissen zu haben. Er redet auf mich ein, belangloses, unwichtiges Zeug, wie heute Nachmittag beim Kochen schon. Und allmählich beschleicht mich der Verdacht, dass er damit etwas kaschieren will, und wenn es nur die Tatsache ist, dass man ihn nichts Wesentliches fragen kann, solange er selbst den Mund offen hat.

Beim Caravan angekommen, schlägt mir der abgestandene Geruch unseres Essens entgegen, und ich muss beinahe würgen. Max setzt mich auf einem der schmalen Betten ab, und ich sinke auf die Matratze, während er ein Fenster öffnet.

»Brauchst du einen Eimer?«, fragt er, doch ich antworte nicht. Stattdessen frage ich ihn, schon nicht mehr ganz wach: »Wo hast du so gut kochen gelernt?«

Er reagiert nicht gleich. Ich spüre, wie er sich an meinen Stiefeln zu schaffen macht. Wahrscheinlich schnürt er sie auf, um sie mir auszuziehen, aber auch hier – mein Kopf ist zu schwer, um ihn zu heben. Beinahe bin ich eingeschlafen, beinahe. Da sagt er:

»Meine Mutter hat es mir beigebracht, bei den vielen Gelegenheiten, als ich mich in der Küche vor meinem Vater versteckt habe.«

»Mmmh.«

Und dann bin ich weg.

33
Max

Auf der einen Seite hätte ich vielleicht besser auf sie aufpassen sollen, auf der anderen tut ihr der kleine Rausch vielleicht ganz gut. Jedenfalls habe ich Robins Gesicht noch nie so entspannt gesehen, so weich, ganz ohne den spöttischen Zug um den Mund oder die zusammengezogenen Augenbrauen. Ihr Mund steht einen Spaltbreit offen, sie atmet in tiefen, gleichmäßigen Zügen, nur die Finger ihrer linken Hand, die zucken dann und wann, genauso, wie ich es schon auf dem Friedhof in Stirling beobachtet hatte. Womöglich komponiert sie, denke ich. Oder sie tippt in Gedanken auf dem Griff der Waffe herum, mit der sie vorhat, mich irgendwann zu erschießen.

Nachdem ich ihr die Stiefel ausgezogen habe, überlege ich, ob ich sie auch noch von ihren restlichen Klamotten befreien sollte, doch dann lache ich mich selber aus. Diesen Wutausbruch, den sie ganz sicher darüber haben würde, schenke ich mir besser, ganz abgesehen davon, dass ihr Wollsack ohnehin wie ein Nachthemd rüberkommt. Etwas anderes ist es mit den Haaren … die Nadeln. Es muss doch wehtun, wenn man auf einem Berg Haarklammern schläft? Meine Finger berühren schon beinahe ihre Schläfe, als ich es mir anders überlege. Ich möchte lieber nicht … okay, ich lasse es bleiben. Letztlich rolle ich Robin lediglich von der Decke, auf die sie sich hat fallen lassen, und deponiere sie darunter.

Und dann gehe ich noch einmal nach draußen und genehmige mir ein letztes, kleines Bier.

Die Luft ist kälter als noch vor ein paar Minuten, oder es kommt mir nur so vor. Ich gehe leise zwischen den Wohnwagen hindurch zum See, steige über den niedrigen Zaun und laufe die paar Schritte zum Ufer. Der Kies knirscht unter meinen Sohlen. Mondlicht streichelt die Wasseroberfläche in sanften, silbrigen Wellen. Ich denke an den Abend zurück, daran, was ich über Robin gelernt habe. Wie ich sie jetzt wahrnehme, im Gegensatz zu diesen ersten Tagen hier in Schottland, gleich nachdem sie mich am Flughafen über den Haufen gerannt hat. Diese knarzige Attitüde, die kalten Augen, der Ausdruck darin irgendwie gejagt. Ich denke immer noch, dass sie etwas beschäftigt, und zwar einmal rund um den Tag, aber ich gehe nicht davon aus, dass sie mir das je erzählen wird, genauso wenig wie ich davon ausgehe, dass das, was sie mir bis jetzt erzählt hat, wahr ist. Es ist nicht sonderlich charmant, jemanden zu verdächtigen, es mit der Wahrheit nicht sehr genau zu nehmen, doch bei Robin bin ich mir beinahe sicher.

Ich nippe an meinem Bier. Schaue über den See, auf die Berge dahinter.

Ich weiß nicht warum, aber es nagt an mir. Es stört mich nicht wirklich, aber tief in mir drinnen spüre ich die Vorboten dafür. Dass ich es nicht mag, angelogen zu werden, zumindest dann nicht, wenn mir etwas am anderen liegt. Und liegt mir etwas an Robin Wo-auch-immer-sie-herkommt-und-wer-auch-immer-sie-ist? Auch davon bin ich nicht gänzlich überzeugt. Allerdings – heute einen Blick hinter ihre Maske zu werfen, das hat etwas in mir ausgelöst. Wenn man all die ironischen Sprüche, die abweisenden Gesten und das zur Schau gestellte Selbstbewusstsein beiseiteschaufelt, bleibt eine ähnliche Verletzlichkeit wie die, die Robin umgibt, wenn sie Musik macht. Exakt so ist es vermutlich: Die wahre Robin spiegelt sich in ihrer Musik wider, nicht in der Windmacherei drumherum.

Warum ich überhaupt darüber nachdenke?

Nun. Das frage ich mich auch.

34
Lina

MITTWOCH, 4. OKTOBER

Der Traum ist nichts Neues für mich. Ich weiß das, sogar während ich ihn durchlebe. Robin ist gerade mal drei. Er sitzt mitten im Zimmer, auf dem alten, muffelnden Läufer, den meine Mutter aus dem Hotel mitgebracht hat. Soweit ich mich erinnere, haben sie ihn ausgemustert und den Mitarbeitern zur Verfügung gestellt, gereinigt aber haben sie ihn nicht. Ich sitze auf dem Sofa, blättere in einem Buch, Robin spielt mit seiner Holzeisenbahn. Fährt sie an der Kante entlang, von einer Ecke zur anderen, wieder zurück. Meine Mutter spricht am Telefon, es ist Samstagnachmittag, glaube ich, und ich bin acht.

Und dann … dann reißt der Faden zur Realität und der Traum verschiebt sich, wie eine Seifenblase, die zu langsam aus ihrem Ring gehaucht wird. Die Stimme meiner Mutter klingt zäh, sie wabert durch das Zimmer, über die Köpfe ihrer Kinder hinweg.

Er spricht nicht. Kein Wort. Zurückgeblieben. Kleiner Kerl. Machtlos. Warum? Warum mir? Warum ich? Ich.

Ich.

Ich.

Ich höre sie, die gedehnte Stimme meiner Mutter, woaaah, woaaah, woaaahrum, doch die Worte kommen aus Robins Mund. Er hat die Augen weit aufgerissen, die Lippen zu einem O geformt. Worte fließen daraus, aber kein einziges klingt nach ihm, niemand weiß, wie Robin klingt, denn bis dahin hat er noch kein Wort gesprochen. Doch jetzt, in der trägen Bewegung dieser Traumseifenblase, da beginnt er zu schreien, er ... *brüllt*, und ich ... ich ...

Mit einem Satz richte ich mich auf. Ich sitze im Bett, schwer atmend, die Haare, die sich aus den vielen Zöpfen gelöst haben, kleben in meinem schweißbedeckten Nacken, und für den Moment weiß ich nicht, wo ich bin. Dann, allmählich, fügt sich die Erinnerung in meinem Kopf zusammen: der Wohnwagen. Fort William. Rotwein. Max. Mein Blick schweift hinüber zu dem zerwühlten Bett, in dem er eigentlich liegen sollte, doch es ist leer.

Ich lasse mich auf mein Kopfkissen zurückfallen. Der Traum haftet noch zu sehr an mir, die giftigen Tentakel um meinen Hals geschlungen, der Griff ungebrochen stark. Ich war acht. Und ich wusste, dass Robin nicht absichtlich war, wie er war, dass er niemanden ärgern wollte, wenn er nicht sprach, wenn er nicht hörte, wenn er sich in sich selbst verkroch und niemanden an sich heranließ.

Was stimmt nicht mit meiner Mutter, dass sie seine Krankheit so persönlich nahm? Immer noch nimmt, wenn man bedenkt, wie wenig Verständnis sie dafür aufbrachte, wie sie immer versuchte, Robin in ihr Leben zu zwängen, ohne Rücksicht auf nichts. Die Verachtung, die ich für sie empfinde, trifft mich mit voller Wucht, so sehr, dass ich mich übergeben möchte. Das oder der Alkohol gestern hat sich letztlich doch seinen Weg nach oben gebahnt.

Vorsichtig stehe ich auf. Ich hab meine Klamotten noch an, aber keine Erinnerung daran, wie ich ins Bett gekommen bin.

In der Hoffnung, nichts Dummes angestellt zu haben, horche ich in mich hinein. Nein. Ich denke nicht. Es fühlt sich nicht so an, als hätte ich … ich weiß nicht. Max angesprungen oder so etwas.

Mein Kopf dröhnt, als ich mich auf den Weg in das kleine Badezimmer mache. Als ich an der offenen Eingangstür vorbeikomme, höre ich Max telefonieren. Er sitzt auf den Stufen des Caravans, das Handy ans Ohr gepresst, die Augen in die Ferne gerichtet. Ich kann verstehen, dass er englisch spricht, aber nicht, was. Seltsam. Doch was weiß ich schon?

Ich stelle mich unter die Dusche. Der Strahl ist nicht der Rede wert, und doch schafft es das warme Wasser, den Traum von mir zu waschen und mit ihm all die Wut und Trauer und Beklommenheit, die ich nach Nächten wie dieser empfinde. Ich drehe den Hahn erst ab, als das Wasser beginnt, kalt zu werden. Dann trockne ich mich ab, schlage ein Handtuch um meine Haare, ein anderes um meinen Körper und gehe hinaus.

Auf der Küchenarbeitsplatte liegt ein Kassenzettel, auf dessen Rückseite Max etwas geschrieben hat.

Ich hole Frühstück. Und ein paar Kopfschmerztabletten. Geh am besten ein bisschen an die Luft, das wird dir guttun.

Jeez, der Kerl ist eine Mutterhenne, oder nicht?

Ich schließe die Eingangstür trotzdem zu, bevor ich mich umziehe.

35
Max

»Mit wem hast du da eben telefoniert?«

»Dir auch einen fabelhaften Morgen, Trinkschwester. Hast du gut geschlafen?« Ich stelle meine Einkäufe – zwei Becher Cappuccino und eine Tüte mit Gebäck – auf der Küchenablage ab und entledige mich meiner Jacke, die nass ist, schon wieder. »Es lässt sich einiges sagen über das schottische Wetter«, erkläre ich, »aber nicht, dass das mit dem vielen Regen übertrieben sei.«

»Es hat aber bisher immer auch genauso schnell wieder aufgehört.« Robin hockt im Schneidersitz auf dem Bett, ein Buch in ihrem Schoß, das nun runterzufallen droht, weil sie sich dem Fenster entgegenstreckt, um hinauszusehen. Ich nutze die Gelegenheit, um einen Blick auf die Seiten zu werfen. Sie sind ein Durcheinander an Schrift, Schnörkel, kleinen Zeichnungen, Noten und noch mehr Schrift, eine Art Tagebuch und womöglich das, in das sie bereits in der Tiefgarage hineingekritzelt hat. Ich habe meine Augen abgewandt, bevor sie meine Indiskretion bemerkt hat. Tagebücher sind tabu, würde ich mal behaupten, ähnlich wie Telefone.

»Also? Mit wem hast du gesprochen?«

»Ich habe in Inverness rumtelefoniert, auf der Suche nach einer Unterkunft.« Nur halb gelogen. Ich habe in Inverness herumtelefoniert, allerdings auf der Suche nach etwas anderem. Etwas, das ich Robin noch nicht erzählen möchte, bevor wir nicht dort sind.

»Und wieso bist du so früh aufgestanden?«, fragt sie, während sie das Buch zusammenklappt und in ihren Rucksack gleiten lässt.

»Weil mich jemand rausgeschnarcht hat, fürchte ich.«

Robins Lippen formen sich zu einem entrüsteten O, während ich ihr den Kaffeebecher reiche. »Nun tu mal nicht so, Prinzessin, du hast gesägt wie ein Holzfäller.«

»Das ist nicht wahr.«

Ich lächle milde. »Doch, leider«, sage ich. »Wo ich gerade begonnen hatte, dich sexy zu finden.« Ich zwinkere ihr zu, um keinen Zweifel daran zu lassen, dass dies ein Scherz gewesen ist. Ein großer.

Robin gibt ein abschätziges Geräusch von sich. »Ich habe noch nie in meinem Leben geschnarcht«, erklärt sie empört, während sie nach der Gebäcktüte greift, die ich ihr vor die Nase halte.

»Woher willst du das wissen?«

»Es hätte mir womöglich schon jemand gesagt, meinst du nicht?«

»Wer? Dein Bruder?«

Etwas huscht über Robins Gesicht, ein Ausdruck von … Unsicherheit, womöglich, doch bevor ich sicher sein kann, ist er verschwunden.

»Ist das der Versuch herauszufinden, ob ich einen Freund habe?«

Ich nehme ihr die Tüte wieder ab und lasse mich mitsamt Kaffee auf das zweite Bett fallen. »Wie betrunken warst du gestern wirklich? Ich dachte, wir hätten schon etabliert, dass wir beide keine sonderlich großen Beziehungstypen sind.«

»*Du* hast das gemutmaßt, aber habe ich darauf etwas geantwortet?« Sie blitzt mich triumphierend an, während sie in das Plunderteilchen beißt und damit jede Menge Krümel auf ihrem T-Shirt verteilt.

»Also gut«, räume ich ein. »Wie heißt er? Ist er womöglich taub?«

Robin antwortet nicht, stattdessen verdreht sie die Augen und kaut weiter.

»Oder es ist nicht nur einer, aber du schickst jeden hinterher weg, damit dich auf keinen Fall jemand schnarchen hört?«

Für einen Moment hört sie auf zu kauen und wirft mir stattdessen aus schmalen Augen einen Blick zu.

»Was? Keine Beziehung *und* kein Sex?«

»Ich will mit dir nicht über Sex reden.«

»Aber gestern wolltest du mich noch dafür bezahlen, dass ich eine Fremde küsse.«

Sie blinzelt.

»Kannst du dich an irgendetwas erinnern?«

»Du bist furchtbar. Es ist überhaupt nichts passiert.« Damit stopft sie sich den Rest ihres Frühstücks in den Mund und macht sich daran aufzustehen.

»Sicher?«

Sie zeigt mir den Finger, und ich lache.

»Lass uns den Regen nutzen, um weiterzufahren«, sagt sie.

»Ganz wie Sie wünschen.«

Robin sitzt neben mir, die Schuhe aus, die strumpfhosenbedeckten Beine auf der Ablage vor ihr drapiert, die sie mit ihren Einseinunddreißig gerade so erreichen kann. Sie sieht aus dem Seitenfenster, und die Finger ihrer linken Hand trommeln ihren lautlosen Rhythmus, wie üblich.

»Ich hab mir die Mühe gemacht, dieses Lied zu googeln, das du vor ein paar Tagen gesungen hast«, beginne ich. »Dieses Lied über Johnny?«

»Und? Was ist mit dem Lied über Johnny?«

»Das ist so eine Art Volkslied, oder? So was wie ›What shall we do with the drunken Sailor‹? Wie nennen die sich? Shanties?«

Sie schnaubt, und allmählich finde ich ihre Sperrigkeit süß. »Was? Stimmt's etwa nicht?« Ich warte, aber als nach mindestens zwanzig Sekunden immer noch keine Antwort kommt, füge ich hinzu: »Die Musik, die du machst, *ist* seltsam, das habe ich bereits erwähnt, oder?«

Womit ich endlich ihr Interesse geweckt habe, denn nun dreht sie sich in ihrem Sitz zu mir und sieht mich ausdruckslos an. »Und das von dem Kerl, der vermutlich nicht einmal *Coldplay* kennt.«

»Jeder Idiot kennt Coldplay.«

»Ach.« Mehr Spott in drei Buchstaben geht nicht.

»Aber ich nehme an, so etwas Profanes würdest du nie in dein Programm aufnehmen, richtig?«

»Oh, Coldplay haben ein paar gute Songs.«

»Ach ja?«

»Und Chris Martin …« Sie unterbricht sich, und ich sehe gerade noch rechtzeitig hin, um mitzubekommen, wie sie sich auf die Lippen beißt.

»Aaaah, come on, Crazy Girl – Chris Martin? Das ist der Typ Mann, auf den du stehst? Chris the perfect Schwiegersohn Martin? Der mit den Strahleaugen und der Schmusestimme?«

»Die Stimme ist … Chris Martins Stimme hat einen hohen Wiedererkennungswert.«

»Chris Martins Stimme hat einen hohen Wiedererkennungswert«, äffe ich sie nach, und all ihren düsteren Vorsätzen zum Trotz, beginnt sie zu lachen.

»Ah, Gott, Pretty Boy, wie wäre es, wenn du mal etwas komplett Verrücktes tun würdest? Mit mir in der Fußgängerzone singen beispielsweise?«

»Netter Versuch, aber nein, ich lass mich nicht ablenken, dein Männergeschmack ist hochinteressant. Also, was gefällt dir an Chris? Abgesehen von der Stimme. Die Muskeln? Der muskulöse Oberkörper, habe ich recht? Allerdings sieht er ziemlich klein aus – ist Chris Martin klein? Wobei – dir Zwergwuchs kann das ja eigentlich nur recht sein. Autsch.« In gespieltem Schmerz halte ich mir den Arm, auf den sie mich geboxt hat.

»Du könntest ruhig mal etwas Verrücktes tun«, schlägt sie vor, ohne auch nur auf eine meiner Fragen einzugehen.

»Etwas Verrücktes.«

»*Hast* du schon mal in der Fußgängerzone gesungen?«

»Um Himmels willen, nein.«

»Wir könnten ein paar Stücke einstudieren, jetzt gleich, hier im Auto. Du könntest die zweite Stimme übernehmen und halb Inverness – also, die weibliche Hälfte zumindest – wird sich um uns versammeln und uns mit Münzen bewerfen. Mit vollen Händen. Und dafür musst du nicht mal singen können.«

Ich grinse sie an, und weil sie es ist, gebe ich noch ein überhebliches Brauenheben hinzu.

»Bilde dir bloß nichts ein«, sagt sie, aber ich kann gar nicht anders. Sie findet mich attraktiv? Diese kleine Grantlerin hält mich für gut aussehend, obwohl sie sich, seit ich sie kenne, die größte Mühe gibt, mir das Gegenteil weiszumachen?

»Heißt das, ich kann mit Chris mithalten?«, frage ich unschuldig. »Mit Chris the melting voice Martin?«

Sie seufzt. »Also, bist du dabei?«

»Niemals.«

»Aber du bist dran!«

»Womit bin ich dran?«

»Etwas Verrücktes zu tun! Ich bin immerhin schon in diesen Wagen gestiegen.«

Jetzt ist es an mir zu schnauben. »Ich wusste nicht, dass das ein Wettbewerb ist.«

»Ab sofort ist es einer.«

»Ich werde ganz sicher nicht in der Fußgängerzone singen.«

»Du darfst dir gern etwas anderes ausdenken.«

»Vergiss es, Crazy Girl.«

»Oh, ist das …« Sie dreht sich in ihrem Sitz, um aus dem Beifahrerfenster zu sehen, sie klebt beinah an der Scheibe. »… Loch Ness?«

»Wird jetzt wieder die Ich-bin-keine-Touristin-ich-muss-Geld-verdienen-Litanei ad absurdum geführt?«

»Was muss passieren, damit dein Interesse geweckt wird? Muss Nessie persönlich an die Scheibe klopfen?«

»Tja, was soll ich dazu sagen? Ich bin an vielem interessiert, aber einiges davon wird dir sicher nicht gefallen.«

»Uhg.« Über die Schulter wirft sie mir einen Blick zu. »Bloß keine Details.«

Ich lache. »Was geht nur immer in deinem kleinen, hübschen Kopf vor?«

»Können wir halten?«

»Willst du Nessie suchen?«

»Vielleicht?«

Ich sage: »Ihr zwei würdet euch sicher gut verstehen«, und ernte damit noch einen Faustschlag auf die Schulter.

36
Lina

Letztlich einigen wir uns darauf, nicht nur Loch Ness anzusehen, sondern auch das Castle, das über dem Ufer des Sees thront. Es ist halb ruiniert und trotzdem noch mächtig beeindruckend, und obwohl der Eintrittspreis unanständig ist und die Warteschlange beträchtlich, stimme ich zu. Ich meine, wir sind in Schottland. Und ich habe noch keine einzige Burg betreten.

»Das Castle«, liest Max aus seinem Reiseführer vor, als wir den Weg vom Eingang hinunter zur Burgruine schlendern, »wurde im 12. Jahrhundert erbaut und im frühen 16. Jahrhundert von den MacDonalds zerstört, bevor es …«, und ich muss mir wohl eingestehen, dass seine Stimme sexy ist, wenn auch nicht ganz so ausgeprägt wie bei Chris Martin. Jeeez. Ich drehe mich weg, damit er nicht sieht, wie ich rot werde. An diesem Kerl ist nichts sexy, richtig? Ganz und gar nichts.

»Von der Plattform auf dem linken Turm sieht man nicht nur über das gesamte Areal, sondern auch auf die Stelle des Sees, an der Nessie am häufigsten aufgetaucht sein soll.«

»Wirklich?«

»Wirklich.«

»Dann sollten wir da rauf.«

»Unbedingt«, erwidert er trocken.

Wir klettern die schmale Treppe den Turm hinauf, lehnen

uns gegen die Mauer und starren über den See auf der Suche nach Ungeheuern.

»Wie es wohl gewesen ist, hier zu leben?«, überlege ich laut. Der Regen hat inzwischen aufgehört und ist in einen kaum spürbaren Niesel übergegangen.

»Zugig, schätze ich«, antwortet Max. »Barbarisch ganz bestimmt.«

»Mmmh.«

»Was? Träumst du schon wieder von Prinzen, Juwelen, wallenden Gewändern und so weiter? Königlichen Yachten?«

Ich rempIe ihn in die Seite. So oft, wie ich das schon getan habe, lassen sich sicher bald blaue Flecke auf seiner Haut zählen.

»Woher willst du wissen, dass ich in meinem früheren Leben keine Prinzessin war?«, frage ich.

»Dagegen spricht einiges. Zum Beispiel bist du zu unordentlich für eine Prinzessin.« Er hebt eine Hand und streicht mir damit eine Haarsträhne hinters Ohr, und für eine Sekunde bin ich zu perplex, um zu reagieren, dann schiebe ich seine Finger weg. »Du schminkst dich nicht«, fährt er fort. »Keine Prinzessin würde je ohne Lippenstift das Haus verlassen. Und dieses Metall da an deinem Mund …«

Bevor er auch noch mein Piercing berühren kann, drehe ich den Kopf zur Seite.

»Und du hast viel zu schlechte Manieren, um adelig zu sein«, erklärt er.

Ich schnaube. »Gute Manieren können manchmal gar nichts ausrichten, das sieht man ja an dir.«

»Und immer so taktvoll.«

Ich betrachte Max. Vor diesem Hintergrund, dem dunklen, wolkenverhangenen Himmel und den alten, steinernen Mauern um uns herum, wirkt er mit seinem jungenhaften, glattgebügelten Aussehen so fehl am Platz wie ich in diesem teuren Restaurant in Edinburgh. Er … hebt sich ab, denke ich. Und auf einmal fährt mir durch den Kopf, dass er das womöglich in mehr als einer Hinsicht tut, und ich sehe schnell wieder auf den See hinaus.

»Das Leben früher war sicher viel riskanter als heute«, sage ich schnell, »aber auch reifer irgendwie. Ich meine, Kinder mussten früh erwachsen werden, stimmt's? Mit all diesen Kämpfen und Schlachten, dem ganzen Blutvergießen – Frauen verloren ihre Männer, Schwestern ihre Brüder, Kinder ihre Eltern.« Meine Stimme bricht. Ich habe das fürchterliche Gefühl, dass es nichts mit dem zu tun hat, was ich gerade gesagt habe, sondern viel mehr damit, was ich zuvor über Max gedacht habe. Und mit einem Schlag ist die Leichtigkeit zwischen uns einer Stimmung gewichen, die dem düsteren Wetter angemessen scheint, und ich spüre Max' Blicke auf mir.

»Deine Eltern«, beginnt er, und ich zucke zusammen. Er ist auf einer völlig falschen Fährte, doch als er fortfährt: »Das mit deinen Eltern tut mir leid«, da tue ich nichts, um seinen Verdacht zu entkräften, stattdessen drehe ich mich um und fliehe von diesem viel zu engen Turm.

37
Max

Die Strecke von Urquhart Quastle nach Inverness ist nicht der Rede wert, was gut ist, denn Robins Laune ist nicht gerade die beste, als wir in den Wagen steigen, um die Fahrt fortzusetzen. Wieder einmal habe ich das Gefühl, sie ist mir entglitten – irgendwo zwischen der Frotzelei um ihr Prinzessinnen-Dasein und der Erwähnung ihrer Eltern. Ich bin ein Idiot, auch noch darauf herumzureiten, schätze ich. Ja, das wird es sein.

»Also«, beginne ich, hauptsächlich um irgendetwas zu sagen, »ich hab dir was gekauft. Hinten, auf der Rückbank. Die braune Papiertüte.« Ich nicke in die Richtung, als Robin mir ihr Gesicht zudreht, und sie folgt der Bewegung mit ihren Augen.

»Was ist das?«

»Es sind zwei. Und nur das eine ist für dich. Das andere ist für Olivia.« Sie beugt sich nach hinten, um nach der braunen Tüte zu greifen, und als sie sie öffnet, huscht ein Lächeln über ihre Lippen, das mir ein absurdes Gefühl von Triumph verschafft.

»Plüsch-Nessie?«

Ich nicke. »Du kannst nicht Schottland bereisen, ohne mit einer Nessie nach Hause zu fahren, richtig?«

»Absolut richtig.« Sie grinst jetzt, doch als sie ein zweites

Mal in die Tüte greift, schüttelt sie den Kopf. »Da ist noch deine Kreditkarte drin«, sagt sie, während sie sie hervorzieht. »Das ist reichlich fahrlässig.«

Ich zucke mit den Schultern.

»Was, wenn du sie verloren hättest? Oder aus Versehen Olivia geschenkt, mitsamt dem Stofftier?«

»Ich denke nicht, dass Olivia viel damit würde anfangen können.«

Sie gibt einen missmutigen Laut von sich. »Wenn du dir so wenig daraus machst, können wir sie gleich aus dem Fenster schmeißen.« Womit sie ihr Beifahrerfenster ein Stück öffnet und die schwarze Karte zwischen Daumen und Zeigefinger hinaushält.

Wieder zucke ich mit den Schultern, und Robin verdreht die Augen.

»Ernsthaft: Hast du dir nie überlegt, wie es wäre, kein Geld mehr von deinem Daddy anzunehmen? Ich meine, es ist dir offenbar ohnehin nicht wichtig, und er selbst scheint auch nicht gerade einer deiner liebsten Menschen zu sein, wenn du dich hier in Schottland vor ihm versteckst.«

»Ich glaube, ich hab es dir schon mal gesagt, aber mit Verstecken hat das nichts zu tun.«

»Ach, dann ...«

»Oh Shit.« Im allerletzten Moment weiche ich einer Katze aus, die vor uns über die Straße sprintet, ich reiße den Wagen nach rechts, und wir können heilfroh sein, dass uns gerade kein anderes Auto entgegenkommt.

»Das war knapp«, murmle ich, während Robin im gleichen Atemzug schreit: »Scheiße, die Kreditkarte!«

Sie sieht mich an, die Augen groß vor Schreck. »Sie ist mir aus der Hand gerutscht.«

Automatisch blicke ich in den Rückspiegel, wo ich selbstverständlich keine Karte mehr fliegen sehe, dann Robin an. Ich ziehe die Brauen nach oben.

»Es tut mir leid«, sagt sie. »Das wollte ich nicht, ehrlich nicht. Halt an, ich suche sie.«

Die Straße ist nicht sonderlich breit, aber zweispurig, und die nächste Möglichkeit zu halten, geschweige denn umzudrehen, ist nicht in Sicht.

»Ich fürchte, das hat keinen Zweck«, sage ich. »Wir wissen doch jetzt schon nicht mehr, wo genau es passiert ist. Hier sind nur Bäume und Sträucher am Wegrand.«

»Lass es uns wenigstens kurz versuchen. Lass uns einmal da langfahren.«

Ich schüttle den Kopf, aber nach ein paar Hundert Metern biege ich in einen Feldweg ein, um den Pick-up zu wenden.

Ich hatte recht. Es ist aussichtslos, die Karte zu suchen, und letztlich geben wir auf und lenken den Wagen zurück in die richtige Spur.

»Das wollte ich wirklich nicht«, wiederholt Robin zerknirscht.

»Das sagst du jetzt.« Ich lächle sie an, doch sie gibt einen missmutigen Laut von sich, exakt in der gleichen Stimmung, in der sie vor Plüsch-Nessie war.

»Ich dachte, du wolltest so gern im Auto schlafen?«, scherze ich. »Jetzt wird wenigstens dieser Wunsch in Erfüllung gehen, nachdem du unser Zahlungsmittel Nummer eins geschrottet hast.«

Sie sieht mich an, das schlechte Gewissen leuchtet aus ihren Augen, weshalb ich mich bemüßigt fühle zu sagen: »Es ist halb so wild, ehrlich. Es war nicht meine einzige.« Ich drehe das Radio auf, bevor sie etwas erwidern kann, und sie singt nicht mit, obwohl unglaublicherweise Coldplay läuft. Doch die Finger ihrer linken Hand sind in Bewegung, noch bevor sie mit den Augen rollt, um dann aus dem Fenster zu sehen.

38
Lina

»Ich habe heute Morgen erst angerufen!«

»Ja, um zu fragen, ob das hier eine Open-Stage-Bühne ist und ob wir mittwochs Open-Stage-Night haben.«

»Genau!«

»Sie haben nichts davon gesagt, dass Sie mitmachen wollen. Es gibt eine Warteliste. Und die ist lang. Ich kann Sie frühestens in drei Wochen einbuchen.«

Max sieht den Typen an, als zweifle er erheblich, *erheblich* an dessen Verstand, aber er sagt nichts mehr. Stattdessen dreht er sich zu mir um und er will gerade den Mund öffnen, da komme ich ihm zuvor. »Du hast hier angerufen? Um für mich einen Auftritt klarzumachen?« Ich klinge ungläubiger, als charmant gewesen wäre, aber … ich kann nichts dafür. Es ist schwer zu glauben. »Das war das Telefongespräch heute Morgen?«

»Nun, ganz offensichtlich war es überflüssig.«

Ich starre Max an, lange genug, dass der Wirt sich vor Ungeduld räuspert. »Okay.« Ich nicke ihm zu. »Zwei Karten bitte.«

»Wir müssen nicht hierbleiben«, sagt Max, »womöglich war das Ganze eine Schnapsidee«, aber ich bin schon dabei, meinen Geldbeutel hervorzukramen.

»Das wird sicher toll«, erkläre ich. »Ich … danke.« Und in

dem gleichen Moment, in dem ich die Scheine aus meiner Geldbörse ziehe, drücke ich Max einen Kuss auf die Wange. Er muss nicht wissen, dass das seit Langem das Netteste ist, das jemand für mich getan hat. Und trotzdem.

Der Wirt winkt uns durch den Eingang und mit einer Hand in Richtung Gastraum. »Freie Platzwahl. Sorry nochmal.«

»Ist okay.« Ich grinse. Es ist ehrlich und tatsächlich absolut okay. Mehr als das.

Die Performances sind unterschiedlich. Ein klassischer Gitarrist schafft es, das gesamte bierselige Pub in eine Art angespannte Melancholie zu versetzen. Ein Witze-Erzähler wird ausgebuht, wie in diesem 80er-Jahre-Film, den Robin, meine Mutter und ich uns mal an einem Sonntagnachmittag angesehen haben. Ich schiebe den Gedanken beiseite und konzentriere mich auf eine Singer-Songwriterin, deren Texte ich zwar nicht verstehen kann (Schottisch?), deren Musik mich aber durchaus berührt. Als zwei Schwestern in Petticoats Oldies aus den 50er-Jahren anstimmen, kippt die Stimmung ins Ausgelassene, und ohne nachzudenken steige ich auf meinen Stuhl und begleite ihren Elvis-Song mit meiner Ukulele. Es ist »Can't help falling in love with you«, und obwohl ich die Blicke von Max auf mir spüre, vermeide ich es, ihn anzusehen. Am Ende holen mich die Schwestern zu sich auf die Bühne, um ihren Applaus mit mir zu teilen. Und dann landen meine Augen doch auf Max, der zu mir aufsieht mit einem Ausdruck auf dem Gesicht, der … ich weiß nicht. Als sehe er mich zum allerersten Mal.

Wir sind unter den Letzten, die das Pub verlassen, wir und ein paar der Musiker, die nach ihrem erfolgreichen Gig geradezu über dem Boden schweben, an- und aufgetrieben von Adrenalin und purem Glück. Ich selbst fühle mich wie berauscht, viel mehr als gestern, als tatsächlich Alkohol durch meinen Körper brannte. Heute glühe ich ebenfalls, ich lodere geradezu, von tief in mir drinnen, aus meiner Mitte heraus. Ein bisschen weiter oben. Ich kann nicht glauben, dass er diesen Abend für mich geplant hat. Nach wie vor nicht.

Von der Seite sehe ich Max an. Er hat die Hände in den Taschen seiner Jeans vergraben und den Kragen seiner Jacke aufgestellt gegen den Wind, der harsch durch die beinah verlassene Fußgängerzone fegt. Tatsächlich hat er ein solches Tempo, dass er Papierschnipsel und umherliegende Plastiktüten vor sich hertreibt. Ich schaudere vor Kälte. Und Max überrascht mich zum wiederholten Mal heute Abend, indem er mir erst einen Blick zuwirft und dann den Arm um mich legt.

Lina, als Sie das erste Mal bei einer Open Stage Night mitgewirkt haben, was war das für ein Gefühl?

Nun, Matthew, das erste Mal ist leider organisatorischen Problemen zum Opfer gefallen, aber ich weiß noch, dass mir warm wurde, was allerdings rein gar nichts mit der Musik zu tun hatte.

Eine Weile lang gehen wir schweigend nebeneinander her, halb in der Umarmung, halb darum bemüht, dennoch Abstand zu wahren. Zumindest empfinde ich es so. Es ist nichts zu hören außer unseren Schritten auf dem Asphalt und dem gelegentlichen Heulen des Windes, das mir eine Gänsehaut über die Arme jagt.

»Weißt du, wo wir hinmüssen?«

»Die Jugendherberge liegt da drüben irgendwo.«

Ich seufze, und Max sieht mich fragend an.

»Was?«

»Ich bin ziemlich aufgedreht.«

»Kann ich mir denken. Du hast auf dem Tisch getanzt.«

»Ich hab *nicht* auf dem Tisch getanzt«, erkläre ich, »ich stand auf einem Stuhl.«

Max grinst, und nicht zum ersten Mal fühle ich eine direkte Reaktion darauf in meinem Magen.

Nicht gut, Lina. *Das ist gar nicht gut.* Vermutlich ist es besser, wir gehen zurück in die Jugendherberge. Er in den Schlafsaal für Jungs, ich in den für die Mädchen, es ist nur … ich bin *ehrlich* aufgedreht. Und ich will noch nicht schlafen gehen.

Vor einem Hauseingang steht eine Traube Jugendlicher und raucht, während aus dem Fenster über ihnen Musik dröhnt. Die wummernden Bässe treffen bis in mein Innerstes, obwohl ich dieser Art Musik eigentlich noch nie etwas abgewinnen konnte.

»Ich wusste gar nicht, dass die Leute noch Techno hören«, murmle ich, was Max mit einem leisen Lachen quittiert.

»Klar, dass du davon nichts weißt, Songbird«, sagt er. »Aber es hört nicht jeder so abgefahrenes Zeug wie du.«

»Das werde ich nicht kommentieren«, gebe ich zurück, doch ich löse mich aus Max' Umarmung. »Willst du raufgehen?«

»Das sieht nach einer Privatparty aus.«

»Na und? Da kennt sicher nicht jeder jeden, und wenn doch, kennen wir eben die anderen. Kapiert?« Ich grinse Max an, nach dem Motto: *Komm schon, Pretty Boy, sei nicht so spießig wie deine Eltern,* und mit funkelnden Augen hält er meinem Blick stand, bevor er noch einmal zu dem Fenster hochsieht.

»Was, wenn sie uns rausschmeißen?«

»Dann gehen wir eben wieder.«

Er legt den Kopf schief. Sieht wieder mich an. »Wer hätte gedacht, dass du überhaupt auf so einen Gedanken kommen würdest?«

»Da kennt mich aber jemand schlecht.«

»Und bin ich nicht gerade dabei, das zu ändern?« Womit er nach meiner Hand greift, um mich zur Treppe zu ziehen.

39
Max

Hier oben ist es richtig laut. Konnte man unten die Bässe nur hören, wummern sie hier, zwischen den bebenden Wänden der kleinen Wohnung, direkt durch den Körper. Ich spüre meinen Herzschlag. Er trommelt gegen meine Brust, in dumpfen, nachhallenden Schlägen. Während wir uns an fremden Körpern vorbeidrücken, Leute grüßen, die wir noch nie im Leben gesehen haben, ihnen zulächeln, drängt sich Robin an mir vorbei, um mich auf die Tanzfläche zu ziehen.

Nun. Was heißt Tanzfläche? In die Mitte des Raums eben, in der sich das Gros der Gäste versammelt hat, um sich zu den kantigen Beats noch abgehackter zu bewegen. Robin fängt sofort damit an. Sie schließt die Augen, breitet die Arme aus, soweit ihr das möglich ist, und taucht in die selbst gewählte Entrückung ab. Sie trifft den Rhythmus mit jeder ihrer Bewegungen, jeder noch so kleinen. Ihre Lippen sind halb geöffnet, die Augen geschlossen, die langen, schwarzen Wimpern ein Fächer auf ihrer blassen Haut.

Okay. Zeit, woanders hinzusehen, von Linden.

Was nicht so einfach ist, denn jetzt haben sich Robins Hände an meine Hüften geschoben und sie stellt sich auf die Zehenspitzen, um mir ins Ohr zu brüllen. »Du weißt, was man über Typen sagt, die nicht tanzen können, oder?«

»Wer sagt, dass ich nicht tanzen kann?«, brülle ich zurück.

»Na, du tust es nicht. Nicht im Pub, wo die Stimmung Wahnsinn war, und hier auch nicht, dabei müssten die Beats eigentlich zielsicher ins Blut gehen, selbst in so blaues wie deines.«

Sie strahlt. Es ist tierisch laut hier, und ich wäre froh, würde ich nur die Hälfte von dem verstehen, was sie da erzählt, doch leider verstehe ich alles. Und sie trifft mich mit ihren Sticheleien über meine Herkunft, mehr, als mir lieb ist.

Also nehme ich ihre Hände, schiebe sie zwischen meine mittlerweile geöffnete Jacke und mein T-Shirt, umfasse mit beiden Händen ihre Schultern und drücke sie an mich, bis sich unsere Körper beinahe berühren, lasse meine Hände tiefer wandern … und tiefer, und beginne damit, uns beide im Rhythmus der Musik zu wiegen. Nur erheblich langsamer, als der Takt es vorgibt.

Robin sagt nichts, sie rührt sich nicht und schiebt mich auch nicht weg. Ich bin froh, dass ich ihr Gesicht nicht sehen kann, obwohl ich schon neugierig wäre. Ist sie überrascht? Oder geschockt? Überlegt sie sich, wie sie dieser Umarmung wieder entfliehen kann?

Und dann überrascht sie mich, als ihre Finger unter mein T-Shirt gleiten und über die nackte Haut darunter.

Sie ist nicht betrunken.

Ich bin es auch nicht. Trotzdem streicht mein Daumen nun über die Schwelle an ihrem Rücken, wo anatomisch gesehen nicht einmal mehr Rücken ist. Ich bin ein bisschen irritiert, wie gut sie sich anfühlt. Oder es liegt an diesem berauschenden Zeug, das da aus der Anlage dröhnt. Noch immer taumeln wir wie in Zeitlupe in der Menge, die sich doppelt so schnell bewegt wie wir, es ist stickig und heiß und der Stoff beginnt an unserer Haut zu kleben. Über all dem nehme ich den Duft ihres Pfirsichshampoos wahr. Jemand ruft, irgendeinen Namen, sicher nicht nach uns. Also ziehe ich Robin noch ein bisschen enger zu mir, so eng, dass …

»Hey, Wahnsinn!«

Und dann ist sie weg.

»Du bist es tatsächlich. Was machst du hier?«

Vor uns steht der Typ, den Robin in der Fußgängerzone in Edinburgh hat stehen lassen – Alfred oder Albert – der Kerl mit den Rastalocken jedenfalls und einem Zahnpastagrinsen im Gesicht, das einem Heiratsschwindler Konkurrenz machen könnte.

»Aaron!«

Ah, das war's.

»Was …« Robin sieht zu mir, dann schüttelt sie den Kopf, als wollte sie sich damit aus ihrer Trance rütteln, und ihre Arme schlingen sich um ihren Körper, genau da, wo meine Hände eben noch waren. »Was machst du denn hier?«

»Das wollte ich dich fragen! Mich hat ein Kumpel eingeladen, den ich vom Studium kenne.« Er sieht von Robin kurz zu mir, dann wieder zu Robin. Um uns herum wütet der Tanzwahn, und wir stehen hier und glotzen einander aus großen Augen an.

»Wir haben uns reingeschlichen«, sagt Robin schließlich, und Anton bleckt wieder die Zähne. »Verrat uns nicht.«

»Niemals!« Er starrt Robin an, immer noch diesen seligen Gesichtsausdruck im Gesicht, als habe er gerade einen Hundert-Pfund-Schein auf dem Gehsteig gefunden. Ich meine, ich kann selbst ziemlich dreist sein, aber wenn ich sehe, dass eine Frau mit einem anderen Typen zusammen ist? Dann wäre mein Interesse schnell erloschen, schneller, als besagter Geldschein aufgehoben ist. Gerade habe ich den Kopf schief gelegt, um meinen nächsten Schritt zu planen, da sagt er:

»Du warst am Montag plötzlich verschwunden. Ich dachte schon, ich seh dich nie wieder.«

Um uns herum zuckende Menschen, die Musik immer noch ohrenbetäubend, aber Aurelius steht da wie Amors Statue persönlich und brüllt Robin Liebesgeständnisse entgegen. Zumindest klingt es so in meinen Ohren. In Robins augenscheinlich auch, denn sie greift nach meiner Hand und setzt ein entschuldigendes Lächeln auf, das beinahe eine Grimasse ist.

»Sorry. Das war ein spontaner Entschluss, ein bisschen rumzufahren. Nachdem bei euch im Backpackers ja auch kein Bett mehr frei war …« Sie zuckt unschlüssig mit den Schultern, dann hebt sie unsere ineinander verschränkten Hände, wie um sie dem armen Kerl zu zeigen. »Max – du kennst Aaron? Aaron, das ist Max. Er ist … er …«

»Hi!« Ich strecke dem bedauernswerten Aaron meine freie Hand entgegen. »Nett, dich kennenzulernen. Coole Party. Ihr Schotten wisst, wie man feiert.«

»Ja, klar, danke, Mann.« Händeschütteln. Dann ratlose Gesichter all überall.

Ich sehe Robin an. Aaron macht den Mund auf und beginnt: »Okay, L…«, da ist sie an ihm hochgesprungen, um ihm ins Ohr zu brüllen: »Es war super, dich zu sehen, Aaron! Bis bald mal wieder.«

Ich bin zu perplex, um irgendwie zu reagieren, als sie sich umdreht und dicht an mich presst, die Arme um meinen Nacken geschlungen. Ich kann jede Wölbung ihres Körpers spüren, jede Hebung ihres Brustkorbs und nun die Finger, die durch die Haare an meinem Hinterkopf fahren. Über Robins Schulter hinweg sehe ich Aaron an, der sich nicht vom Fleck bewegt hat. Dann schließe ich die Augen und küsse Robins Hals.

40
Lina

Das war eine schlechte, eine fürchterlich dumme Idee. Eine dumme, dumme, dumme … In dem Augenblick, in dem Max' Lippen die Haut unter meinem Ohr berühren, hat auch der letzte nach Sinn suchende Strang meines Gehirns die Orientierung verloren. Aaron ist vergessen. Dass er beinahe Lina zu mir gesagt hätte – vergessen. Die Leute um uns rum. Weg. Als konzentriere sich mein ganzes Sein nur noch auf diesen einen winzigen Punkt an meinem Hals, an dem sein Mund mich küsst. Mir wird unglaublich heiß. Dann bekomme ich Gänsehaut. Mein Herz beginnt zu schlagen, als wollte es dem Techno-Beat Konkurrenz machen, und ich bin mir sicher, Max kann es durch all den Stoff hindurch spüren.

Dann ist der Moment genauso schnell vorbei, wie er gekommen ist. Max hebt den Kopf, schiebt mich ein Stück von sich und sagt: »Alles klar, er ist weg.«

»Okay.« Das klang heiser. Ich denke nicht, dass er meine Antwort verstanden hat, also nicke ich zur Bestärkung mit dem Kopf. In dem sich jetzt all mein Blut befindet, könnte ich mir vorstellen, zumindest fühlt es sich so an. Es ist mir unsagbar peinlich, dass eine derart kleine Berührung mich so aus dem Konzept bringen kann. *Was ist los mit dir, Stollberg? Was ist das?*

»Willst du noch bleiben?«

Max hält mich nach wie vor im Arm und immer noch bewegen wir uns verlangsamt zum Rhythmus der Musik. Als könnte uns nichts aus der Ruhe bringen, denke ich, und darüber muss ich fast lachen. Ich sehe zu Max auf und gerade noch, dass sein Blick von meinen Lippen zurück zu meinen Augen wandert, träge, abwartend.

Tu es, denke ich. Küss mich.

Und dann mache ich mich schnell von ihm los, denn, lieber Himmel! Das wäre eine noch viel dümmere Idee.

»Lass uns gehen.«

Ich warte seine Antwort nicht ab. Stattdessen dränge ich durch die Menge nach draußen, in die kühle, vom Wind aufgewirbelte, dringend benötigte Frischluft.

Nie war ich dankbarer für einen Schlafplatz in einem Acht-Bett-Zimmer als an diesem Abend. Max ist mindestens sechs Meter und zwei ganze Stockwerke von mir entfernt, und immer noch nicht weit genug, um die Gedanken an ihn abzuschalten. Nach wie vor spüre ich diesen Phantom-Kuss auf meinem Hals, ich bin so ein unsagbar bescheuertes Ding. Ich meine – was soll das? Es war von vorneherein klar, dass diese gemeinsame Fahrt nichts weiter ist als das – eine Tour durch Schottland bis hinauf in den Norden, weil wir beide dieses Land noch nicht gesehen haben, weil wir zufällig aufeinandergestoßen sind und gerade keine Alternative in Sicht war.

Okay. Jetzt habe ich den Faden verloren.

Ich falte meine Hände über der Bettdecke, die Augen auf die Wand gerichtet, die himmelblau gestrichen ist, wie auch der Rest des Raums.

Ich will nichts von Max von Linden.

Ich will nicht von ihm geküsst werden.

Es ist mir egal, wie gut er riecht und auch, wie fantastisch sich seine Lippen angefühlt haben: fest und weich zugleich, mit genau dem richtigen Druck auf meiner Haut.

Oh Gott.

Ich drehe mich zur Wand und ziehe die Bettdecke bis über meine Nasenspitze. Ein Glück, dass Max mich weder sehen noch Gedanken lesen kann, er würde sich vermutlich nicht mehr einkriegen. Ich meine – er und ich? Das war schon von Anfang an eine Lachnummer, und je mehr Zeit ich mit ihm verbringe und je mehr ich ihn kennenlerne, desto deutlicher kristallisieren sich die Unterschiede zwischen uns heraus. Max, er ist … smooth irgendwie. Selbstsicher. Nicht leicht zu beeindrucken. Natürlich fällt mir auf, wie die Frauen ihn ansehen, welche Blicke er auf sich zieht, und er hat es nicht mal nötig, es zu bemerken. Ich bin ziemlich sicher, er könnte jede haben, die er haben möchte, und das binnen kürzester Zeit.

Ich gebe einen prustenden Laut von mir, ganz alte Cat-Lady, die plötzlich mit sich selbst redet. Er hat … ganz sicher hat er megaviel Erfahrung. Keine Ahnung, was er von jemandem wie mir halten würde, die sich schon verkrampft, wenn sie in einer Warteschlange nur jemand am Arm streift. Natürlich bin ich keine Jungfrau mehr. Aber sonderlich erfahren eben auch nicht. Würde ich eine Liste anlegen, wäre sie das Papier nicht wert, auf dem sie steht.

Jungs, mit denen ich geschlafen habe: 1

Jungs, die ich geküsst habe: 2

Jungs, in die ich ehrlich verliebt war: 0

Ich hatte andere Prioritäten, immer schon. Die habe ich noch.

Ich wechsle die Seite. *Schlaf jetzt, Lina, du blödes Huhn. Schlaf!*

Wenn das so einfach wäre. Ich werde nie mehr schlafen.

Lina, Ihr vielleicht bekanntester Song, der, mit dem Sie Ihren endgültigen Durchbruch feierten, handelt von einem Pärchen, das unterschiedlicher nicht sein könnte. Er, der reiche, schöne Charmebolzen aus der Schickimicki-Szene, sie, die eher alternativ angehauchte, graue, aber äußerst komplizierte Maus. Ein so romantisches Stück Indie-Pop-Geschichte. Wollen Sie mir wirklich erzählen, dass die zwei nicht auf Ihrer eigenen Geschichte beruhen?

Letztlich lande ich wieder auf dem Rücken und schlage die Arme über meinem Gesicht zusammen.

41
Max

Donnerstag, 5. Oktober

Ich nehme eine kalte Dusche. Sehr, sehr kalt. Augenblicklich ist mir sogar gleichgültig, wer auf diesen alten, abgeschrammelten Fliesen schon alles seinen Fußpilz verteilt hat, ich weiß nur, ich brauche eine Abkühlung, und zwar eine richtige. Gefühlt lag ich die halbe Nacht wach, immer noch Robins Duft in der Nase, die Bilder des Abends in Dauerschleife vor meinen Augen. Robins Gesicht, als ich ihr sagte, es sei Open Stage Night im Pub. Ihre ungetrübte Freude, selbst, als sie es gar nicht auf die Bühne schaffte. Der Moment, als sie auf ihren Stuhl sprang, um diese Mädchen zu unterstützen. Und dann der Tanz auf der Technoparty, und der Kuss …

… der gar keiner war.

Ich schütte Shampoo in meine Hände, dann schrubbe ich meine Kopfhaut, als wollte ich sie von meinem Schädelknochen trennen.

Ich drehe das Wasser warm und stelle mich darunter. Wasche die Nacht von mir und jeden lungernden Gedanken daran.

»Wieso hast du keinen Freund?«

Robin verschluckt sich beinahe an ihrem Toast, über dessen Rand hinweg sie mir einen Blick zuwirft, die Augen groß, den Mund zu einem ungläubigen *WHAT?* geformt.

»Geht's vielleicht noch lauter?«, zischt sie.

»Ach, komm schon.« Ich sehe mich in der Küche um, in der außer uns nur noch ein paar andere Gäste frühstücken, kein einziger davon spricht deutsch, abgesehen davon, dass es pikantere Themen gibt, also … Ich weise Robin darauf hin, und sie rollt mit den Augen.

Einige Sekunden lang sehe ich ihr dabei zu, wie sie einen zweiten Toast mit Butter bestreicht, dann mit Orangenmarmelade, bevor sie einen Schluck von ihrem Kaffee nimmt, nur um dann das Gesicht zu verziehen. Sie ist ungeschminkt, wie immer. Mir ist nie aufgefallen, dass ihre Wimpern lang und schwarz sind, ihre Haut sehr hell und klar und ihre Augen ohnehin blau wie der Morgenhimmel – eventuell braucht sie gar keine Schminke, ist es tatsächlich so einfach?

»Also?«, versuche ich es erneut. »Aaron aus Edinburgh scheint doch ein recht netter Kerl zu sein. Und so von Kumpel zu Kumpel würde ich sagen, er hätte sicherlich Interesse gehabt, an was auch immer. Vielleicht nur an Sex. Vielleicht ist er tatsächlich der Typ für Fernbeziehungen, wer weiß? Jedenfalls: Warum nicht?« Ich lege den Kopf schief. »*Wa-rum nicht?* Klar, wir haben gesagt, du bist nicht die einfachste Person, ich auch nicht, blabla, blabla. Aber – was ist der Grund?«

Aus dem Augenwinkel betrachtet Robin die drei Typen neben uns, die uns keines Blickes würdigen, bevor sie irgendetwas murmelt, das ich nicht verstehen kann.

»Was?« Über den Tisch beuge ich mich ein Stück zu ihr vor. »Geht *das* nicht auch lauter?«

»Ich bin nicht interessiert.« Sie sieht zu mir auf.

»Ja, das ist mir auch schon aufgefallen, du Genie, die Frage war, weshalb nicht?«

»Weil …« Sie schüttelt den Kopf, blinzelt, schüttelt den

Kopf. »Warum willst du das auf einmal so dringend wissen?«

»Weil immerhin ich derjenige war, an dessen Hals du dich geworfen hast, um Komplikationen mit Loverboy zu vermeiden.« *Very well. Du hast schon mal raffinierter gelogen, von Linden.*

Aus *meinem* Augenwinkel nehme ich nun eine winzige Aufmerksamkeitsverschiebung bei den Jungs neben uns wahr, zu klein, als dass sie irgendetwas mit uns zu tun haben könnte.

Robin hat sich inzwischen wieder ihrem Kaffee zugewandt.

»Wieso trinkst du das Zeug, wenn du jedes Mal das Gesicht verziehst?«

»Mann, was ist denn heute los mit dir? Musst du auf einmal alles, was ich tue, hinterfragen?«

»Ursprünglich hab ich eine einzige einfache Frage gestellt, nur du machst daraus ein Staatsgeheimnis.«

»Ach ja? Na, wenn sie so einfach ist, dann kannst du sie sicher auch ganz leicht beantworten, oder, *du Genie*? Also, wieso hast du keine Freundin?«

Und ohne zu zögern gebe ich zurück: »Ich bin eher der Typ für die Vielfalt.«

Woraufhin sie beinah ihren Kaffee über den Tisch spuckt, bevor sie lauthals zu lachen beginnt. »Genau. Und wegen Kerlen wie dir haben Frauen wie ich eben keine Beziehungen.«

»Nun, du musst dir nicht gerade jemanden mit dieser Einstellung rauspicken, oder? *Ich* habe noch nie und niemandem gegenüber einen Zweifel daran gelassen, dass ich nicht für Langstrecken geeignet bin.«

Sie prustet, und in ihr Schnauben hinein fahre ich fort: »Der gute Aaron dagegen – wie gesagt, er hat dich angesehen, als würde er dich lieber seiner Mutter vorstellen als mit dir in die Kiste springen.«

»Du spinnst.«

»Wieso? Weil ich unserem kleinen Freund ein bisschen Anstand zutraue?«

»Er ist nicht unser kleiner Freund.«

»Nein, er ist ein ziemlich anständig aussehender Kerl mit Rastazöpfen, Strahlelächeln und, glaubt man den Klischees, möglicherweise ausgestattet mit einem beträchtlichen Penis.«

Robin seufzt, laut und ungeduldig. »Du kannst Leute in den Wahnsinn treiben, weißt du das?«

»Und du kannst Fragen ausweichen wie ein Boxer seinem Gegner«, gebe ich zurück.

»Also gut.« Sie legt die Scheibe Toast auf ihrem Teller ab und wischt die Finger an der billigen Serviette sauber. »Du willst wissen, warum ich keinen Freund habe?«, beginnt sie, wartet jedoch meine Antwort nicht ab. »Weil ich gerade keine Zeit dafür habe, weil es Wichtigeres gibt, weil auch ich eventuell nicht für *Langstrecken* geeignet bin oder aber sich noch niemand gefunden hat, mit dem ich es überhaupt versuchen würde. Und Sex … Sex wird überschätzt, würde ich sagen. Maßlos.«

»Aus dem Stegreif könnte ich dir ein Dutzend Gründe nennen, warum Letzteres absoluter Unsinn ist, aber wir wollen uns nicht auf dieses Thema versteifen, richtig?« Ich grinse, doch Robin wird tatsächlich rot. »Oder – warte. Wie viel Sex hattest du, um das so genau beurteilen zu können?«

Worauf sie mich mit einem einzigen, eisigen Blick bedenkt, ihre Serviette auf den Teller wirft und erklärt: »Super Frühstück. Wenn du es leid bist, dich selbst reden zu hören, könnten wir eventuell weiterfahren?«

Die Gruppe neben uns steht auf. Einer der drei beugt sich zu uns herunter und sagt mit diesem lächerlichen holländischen Akzent: »Vielleicht solltet ihr zwei es einfach mal tun. Könnte die Spannung rausnehmen.«

42
Lina

Wir sind sicher schon anderthalb Stunden unterwegs, und ich bin immer noch angefressen. So angefressen, dass ich nicht einmal mehr Lust hatte, den Vormittag über zu spielen, sondern gleich auf die Weiterfahrt Richtung Norden gedrängt habe. Eventuell ergibt sich heute noch etwas, in irgendeinem anderen Ort – oder eben nicht. Ein, zwei Tage Pause werden mich schon nicht ruinieren. Max dagegen – Max würde ich sehr gern etwas antun dafür, dass er mich vor diesen Holländern lächerlich gemacht hat. Was ihn nach wie vor prächtig amüsiert, wenn man sich das Blitzen in seinen Augen besieht und seinen Mund, den ein dämliches, süffisantes Halblächeln umspielt.

»Hör auf damit«, knurre ich.

»Womit?«

Ich grummle lauter. Nicht genug, dass er mich die halbe Nacht wachgehalten hat mit der Erinnerung an … der Erinnerung an das, woran ich mich besser nicht erinnern sollte. Durch dieses blöde Gespräch heute Morgen hat er es geschafft, dass ich an gar nichts anderes mehr denken kann als an Sex und … große Penisse.

»Das weißt du genau«, sage ich. »Wie schön, dass ich so früh am Morgen schon so ausgiebig zu deiner Erheiterung beitragen konnte.«

»Jetzt entspann dich mal. Diese drei haben nichts gehört, was in irgendeiner Weise nicht für ihre Ohren bestimmt gewesen wäre. Auf die wirklich interessanten Fragen hast du sowieso nicht geantwortet.«

»Weißt du, was an interessanten Fragen oft das Interessanteste ist? Dass die Antworten in der Regel überhaupt niemanden angehen.«

Max lacht. Er wirft mir einen Blick zu und lacht noch ein bisschen mehr.

Ich zeige ihm den Finger und sehe aus dem Fenster. Wir fahren an einem Loch entlang – ich nehme zumindest an, dass es ein Loch ist und nicht das Meer, doch bei den vielen fjordähnlichen Einschnitten hier an der Küste kann ich nicht sicher sein. Über uns der Himmel ist ausnahmsweise blau, strahlend weiße Wolken wehen wie Watteballchen darüber. Ich öffne das Fenster einen Spalt und lasse kalte, köstliche Luft in den Wagen. Die Straße ist schon einige Zeit nicht mehr zweispurig, doch das muss sie vermutlich auch nicht sein, denn wir fahren hier schon ewig, ohne dass uns ein Auto entgegengekommen wäre. Im Grunde gibt es hier nichts weiter als karge Hügel mit glitzernden Wasserflächen dazwischen und … Nichts.

»Ich hätte nicht gedacht, dass du so verklemmt bist«, sagt Max.

»Und *ich* hätte gedacht, wir genießen zur Abwechslung einmal die Ruhe.«

»Nein ernsthaft, dafür, dass du so eine taffe Nummer abziehst in den allermeisten Lebenslagen, bist du in *dieser* reichlich zurückhaltend.«

Okay. Ich meine, hört er heute noch mal auf mit dem Thema? Was stimmt denn nicht mit dem Kerl, dass er …

Ich setze mich etwas aufrechter hin.

Ich meine … das kann nicht sein, oder? Dass Max diese klitzekleine Berührung gestern Abend auf dieser vermaledeiten Technoparty ebenso beschäftigt wie mich? Dass er deshalb heute nicht aufhören kann, über Freunde und Sex und weiß Gott was zu labern, so wie ich gestern nicht aufhören konnte, daran zu denken?

Nein.

Niemals.

Nein.

»Gut«, sage ich schließlich. »Oder warte – was soll das heißen, ich ziehe in den allermeisten Lebenslagen eine taffe Nummer ab? Du kennst mich doch gar nicht.«

»Du wirst nicht müde, das du behaupten, Liebchen, aber darf ich dich daran erinnern, dass wir jetzt schon den, warte, fünften oder sechsten Tag miteinander verbringen? Und dass ich ausgezeichnet darin bin, Menschen zu lesen? Unter anderem?« Er zwinkert mir zu. »Also, warte, Robin wie auch immer aus der Schweiz, was weiß ich über dich? Du bist Musikerin, eine ganz passable sogar, du bist mutig genug, nur auf dich gestellt in ein Land zu reisen, das hauptsächlich Menschen anzieht, die die Einsamkeit suchen, also würde ich annehmen, du kommst gut mit dir allein klar. Deine Ängste sind wenn überhaupt irrationaler Natur – siehe die Szene in Bridge of Orchy – und du begegnest ihnen mit genügend Rückgrat, um in einem Stück aus jeder Situation zu kommen. Du ignorierst die Blicke etwaiger Verehrer und ich würde sogar behaupten, du nimmst sie nicht einmal wahr, weil du dir vermutlich nicht vorstellen kannst, dass sie dir gelten. Was wiederum bedeuten könnte, du hast keine Ahnung, wie hübsch du bist. Äh … verhältnismäßig.«

»Verhältnismäßig.«

»Du …«

»Okay, das reicht.« Ich atme einmal tief ein und sehe dann geradeaus auf die Fahrbahn, auf die von der Sonne beschienene Hügelkette dahinter. »Ich denke, ich habe erst mal genug über mich gehört.«

»Da, siehst du, du bist …« Er unterbricht sich, als am rechten Fahrbahnrand eine Figur auftaucht, die wild mit den Armen rudert, und bevor ich noch etwas einwenden kann, hat Max heruntergebremst und ist stehen geblieben. Im Rückspiegel beobachte ich, wie ein alter Mann auf uns zugehumpelt kommt. Er sieht aus, wie aus einem Ü-70-Wanderkatalog, komplett mit Hut und Wadenschonern.

»Das könnte ein Irrer sein«, murmle ich.

»Irrer als du?«

Letztlich entpuppt sich der Anhalter als 81 Jahre alter Österreicher, der Franz heißt, aus der Steiermark kommt und mit seiner Gattin, die er Sisi nennt, obwohl sie Amelie heißt, auf dem West-Highland-Wanderweg zugange ist, warum das in diesem Alter auch immer sein muss. Nun hat sich Sisi offenbar den Knöchel verstaucht, was die beiden mit einem langgezogenen »Wos wuist machen?« kommentieren, und jetzt wollen sie den nächstgrößeren Ort erreichen, um nach besagtem Knöchel sehen zu lassen. Das alles erfahren wir innerhalb der zwei Minuten, in denen sich die beiden umständlich auf die Rückbank hieven.

»Wo können wir Sie denn absetzen?«, fragt Max, als er denn auch mal wieder zu Wort kommt.

»Ah, wir müssten nach Durness, nehme ich an. Fahren Sie zufällig nach Durness? Das ist der nächstgrößere Ort.«

Max sieht mich an. »Wir haben noch nicht entschieden, wo wir hinwollen. Durness, Schatz? Was meinst du?«

Ich widerstehe dem Drang, ihm einen Stoß zu verpassen, und erwidere: »Was ist denn in Durness, *Schatz*?«

»Oh, oh«, sagt Franz. »Wir sind doch nicht in einen Streit geplatzt?«, und augenblicklich ärgere ich mich über mich selbst, weil ich mich ständig derart provozieren lasse von dem Kerl.

Ich seufze. Dann drehe ich mich zu unseren Mitfahrern um und betrachte sie das erste Mal genauer. Sisi lächelt tapfer. Franz hält ihren Fuß in seinem Schoß und mit einer Hand die ihre. Ich frage mich, wie sie überhaupt so weit gekommen sind – ich meine, um uns herum ist nichts als karge Mondlandschaft, wie lange um Himmels willen sind die zwei gewandert?

»Wir streiten gar nicht«, erkläre ich schließlich. »Wir haben nur schon ein paar aufregende Tage hinter uns.« Mir ist sofort klar, dass ich etwas Falsches gesagt habe, als ich das funkelnde Interesse in Franz' Augen aufflammen sehe, und noch bevor er Luft holen kann, füge ich hinzu: »So aufregend nun auch wieder nicht.«

Max beißt sich auf die Lippen.

Sisi sagt: »Als wir jung waren, haben wir unglaubliche Dinge getan, nicht wahr, Franz?«, und nun gibt Max ein Geräusch von sich, das zwischen Lachen und Husten anzusiedeln ist. Es ist mir ein Rätsel, weshalb er derart gute Laune hat, während mein Gemütszustand nach wie vor … bewölkt ist, würde ich sagen. Gewittrig. Vielleicht muss ich sogar glücklich sein über das Auftauchen von Sisi und Franz, damit sich unsere seltsamen Gespräche von heute Morgen nicht noch in den Nachmittag ziehen.

»Weißt du noch«, sagt Sisi, »einmal sind wir von Wien nach Paris, einfach so, über Nacht. Bloß, weil wir an den Champs-Élysées einen Kaffee trinken wollten.«

»Oh ja, natürlich weiß ich das noch, Liebling. Wir haben es gerade so geschafft mit Heinz' altem Käfer. Und das Frühstück hat beinahe genauso viel gekostet wie die Fahrt nach Paris.«

»Und einmal, da haben wir uns in ein Kaufhaus einsperren lassen. Um, du weißt schon, die Betten zu testen.« Über den Rückspiegel lächelt Sisi mir schüchtern zu. »Da waren wir noch jung.«

»Und der Wachmann hat uns letztlich erwischt.« Franz kichert, und die Augen seiner Frau bekommen einen verklärten Ausdruck, als würden sich vor ihrem Inneren noch einmal all die verrückten Szenen abspielen. »Da waren wir noch jung«, wiederholt sie schließlich, und Franz tätschelt ihre Hand.

Ich werfe Max einen Blick zu, und er sieht mich an. Und …

Ah, Gott, keine Ahnung.

Mit beiden Händen reibe ich mir übers Gesicht.

»Wo haben Sie beide sich kennengelernt?«, fragt Franz plötzlich.

»Auf einem Flughafen.«

Ich runzle die Stirn, und Max zuckt mit den Schultern, als wollte er sagen: *Was denn? Stimmt doch!*

»Aaah.« Franz seufzt. »So ein Flughafen verströmt eine ganz besondere Atmosphäre, hab ich recht? Nach Aufbruch und Neubeginn, nach Wiedersehen und *Ankommen*. Das klingt nach einer romantischen Geschichte.« Und als würde er nur darauf warten, dass wir sie ihm erzählen, lässt er sich ein Stück tiefer in seinen Sitz sinken.

Noch einmal tauschen Max und ich einen Blick, dann sagt

er: »Sie hat mich über den Haufen gerannt«, und rein aus Reflex boxe ich ihn in die Schulter. »Ich habe dich …« Ich drehe mich zu unseren Mitfahrern um. »Ich habe ihn *nicht* über den Haufen gerannt, sondern er mich. Weil er zu beschäftigt war, in sein Handy zu glotzen.«

»Aaah, komm schon, es wird Zeit, es endlich zuzugeben. Du hast es absichtlich getan, stimmt's? Du hast mich gesehen, warst fasziniert, konntest nicht mehr wegsehen und bist deshalb in mich reingerannt.«

Mit offenem Mund starre ich ihn an.

»Sie sind ein hübscher junger Mann«, bemerkt Sisi, als würde das alles erklären, und ich boxe Max ein weiteres Mal. »Es ist schön, wenn zwei sich so gut verstehen«, fügt sie hinzu. »Ob die Chemie stimmt oder nicht, merkt man sofort. Und es geht viel über den Geruch. Wenn ein Mann gut riecht … das ist köstlich. Nicht wahr, Franz?«

»Was fragst du mich das, Liebes? Ich rieche mich doch nicht selbst.«

Woraufhin sie kichert, und Franz ihren Knöchel tätschelt, und sie das Gesicht verzieht, und er sich besorgt über sie beugt. »Dieser dumme Fuß«, sagt er. »Gleich lassen wir ihn ansehen.«

»Ach, und bestimmt werde ich dann nicht weiterlaufen können.«

»Aber das macht doch nichts, Liebes, dann fahren wir eben ein andermal wieder her und holen das Ganze nach.«

Und in diesem Moment, da trifft mein Blick den von Sisi, und ich sehe einen Funken Traurigkeit darin und noch mehr Sehnsucht als zuvor. In der nächsten Sekunde hat sie beides weggewischt. Und Franz streicht mit einem Finger über ihre Wange.

Die Jugend ist an die Jugend verschwendet. Das ist es, was meine Mutter immer sagt. Aber klar, und ich schnaube innerlich bei dem Gedanken daran, das muss sie auch so sehen, schließlich hat sie ihre Jugend an ihre Kinder verschwendet. Und nun ist sie nicht mehr jung genug, um all den Typen den Kopf zu verdrehen, so wie sie es bisher immer getan hat. Wenn ich es mir recht überlege, läuft sie ihrer Jugend hinterher, seit ich denken kann. Mit Crémes und Pillen und Diäten und natürlich mit Typen, die zum Teil nur halb so alt sind wie sie. Dass sie nun mit ihrem Neuen – wie heißt er noch gleich – tatsächlich eine Zukunft plant, ist lächerlich. Dass sie deswegen Robin weggegeben hat, ist ein Verbrechen.

Ich atme einmal tief durch, um die Erinnerung und damit auch die Wut von mir zu schieben, denn ich spüre, dass Max mich mustert, als könnte er mich lesen. Wäre ich Sisi und wäre Sisi in meinem Alter – würde sie anders handeln als ich? Würde sie nicht alles hinterfragen, sich nicht um alles sorgen, würde sie, ich weiß nicht, mit Max schlafen?

Ich setze mich aufrechter hin und sehe zum Fenster hinaus, damit niemand die Röte bemerkt, die mir ins Gesicht steigt.

Gott, Lina. Bist du von allen guten Geistern verlassen?

And just when I thought,
I could bend the world
In a blink
I got caught
In everything you unfurled
With nothing more than a wink

43
Max

»Wenn ihr in Durness seid«, sagt Franz, »müsst ihr unbedingt an den Strand. Er ist wundervoll – breit und sandig und in der Regel menschenleer.«

»Ja, weil es zu kalt ist, um dort etwas anzustellen«, fügt Sisi hinzu.

Franz kichert. »*Du* würdest dort etwas anstellen, hab ich recht?«

»Wir haben schon an ungewöhnlicheren Orten gebadet«, gibt sie zurück.

Über den Rückspiegel fange ich Franz' Blick ein. »Darf ich fragen, wie lange Sie beide schon verheiratet sind?«

»54 Jahre, mein Junge«, antwortet Franz. »Im Dezember werden es 55.«

Aus dem Augenwinkel sehe ich Robin an, die aus dem Beifahrerfenster starrt und auf ihrer Unterlippe herumbeißt. Ich denke nicht, dass sie noch sauer auf mich ist, im Moment wirkt sie eher nachdenklich, und ich frage mich, ob sie das Gleiche denkt wie ich. Wobei – was genau denke ich eigentlich? Dass ich niemanden kenne, der so lange zusammen ist wie diese beiden da hinten auf der Rückbank? Dass es schön wäre, so jemanden in der Familie zu haben, der einem Liebe vorlebt und Lebenslust. Dass ich nicht davon ausgehe, ich könnte jemals so sein wie diese beiden: seit zig Jahren mit demselben Menschen zusammen, ungebrochen verliebt, dankbar und aufgeschlossen für das, was da noch kommt, auch wenn es in diesem Alter sicher nicht mehr allzu viel sein wird? Worauf werde ich zurückblicken, wenn ich 80 bin? Im Augenblick kann ich mir nicht vorstellen, dass diese Retrospektive sonderlich erbaulich werden wird.

»55 Jahre«, sage ich schließlich. Und dann nichts mehr.

»Habt ihr zwei denn auch vor zu heiraten?«

»Nein!« Robin hat so schnell den Kopf herumgewirbelt, dass ich fürchte, er dreht sich einmal um sich selbst, was ich zum Anlass nehme, ihr die Hand in den Nacken zu legen. Ich grinse Franz an.

»Sie kann schlecht Nein sagen, wenn ich sie noch gar nicht gefragt habe«, erkläre ich verschwörerisch, und der alte Mann hebt wissend die Augenbrauen.

Bis wir Durness erreicht haben, ist es später Mittag. Wir fahren unsere Mitreisenden zu einer Touristen-Information und von dort aus zum Healthcenter, wo wir die beiden absetzen. Zum Abschied frage ich Franz, ob wir ihnen noch bei irgendetwas anderem behilflich sein können, denn es ist mir ein Rätsel, wie sie von hier aus ohne Auto weiterwollen, doch er antwortet nur: »Das lass unsere Sorge sein, mein Junge, bislang sind wir immer noch zurechtgekommen.«

Also verabschieden wir uns.

Unser nächster Stopp ist das Youth Hostel, das sich Lazy Crofter Bunkhouse nennt und in dem wir ohne Probleme zwei Betten bekommen. Im Anschluss setzen wir uns in ein nahe gelegenes Café, um etwas zu essen, und die ganze Zeit über, seit unserer Ankunft hier in Durness, hat Robin kaum ein Wort gesagt. Weshalb ich sie nun frage: »Was ist dir über die Leber gelaufen, Crazy Girl? Ist es wegen des Heiratsantrags? Ich dachte nicht, dass du es so eilig hast damit.« Ich grinse sie an, und erwartungsgemäß verdreht sie die Augen.

»Es ist gar nichts, *Crazy Boy*, ich dachte nur gerade … vielleicht sollten wir uns das Essen einpacken lassen und zu diesem kolossalen Strand fahren, von dem Sisi und Franz gesprochen haben.«

»Aah, da will jemand was Verrücktes tun und am Strand essen«, stichle ich, und sie schlägt mit der Hand nach mir.

»Na, und?«

»Nein, alles klar, schon in Ordnung. Ich will deine abenteuerliche Phase auf keinen Fall bremsen. Das heißt, hätte ich *keine Suppe* bestellt. Ich habe nämlich wenig Lust, dass die mir bei dem Wind da draußen um die Ohren fliegt.«

Es ist tatsächlich megawindig hier oben. Als hätten wir die Strecke in den Norden am Ende auch in Höhenmetern zurückgelegt.

»Also gut.« Sie lehnt sich in ihrem Stuhl zurück und verschränkt die Arme vor der Brust. Heute werde ich ehrlich nicht schlau ihr. Erst die schlechte Laune nach unserem Frühstück, jetzt diese Nachdenklichkeit. Ganz abgesehen davon, dass sie mich so oft berührt hat wie die ganze letzte Woche nicht. Geschlagen, das schon, doch berührt, nichtsdestoweniger. Der gestrige Abend fällt mir wieder ein. Und ganz, ganz schnell verdränge ich den Gedanken daran, denn damit habe ich mich wahrlich bereits zur Genüge beschäftigt.

»Denkst du, die beiden haben Kinder?«

»Wieso hast du sie nicht gefragt?« Und schon zielt sie mit der Faust erneut auf meinen Arm, diesmal jedoch weiche ich ihr aus. »Ich weiß nicht«, sage ich. »Irgendwie haben die zwei den Eindruck vermittelt, als wären sie sich selbst genug.«

»Hm.«

»Hm?«

»Manche Menschen sollten keine Kinder bekommen.«

Ich betrachte sie nachdenklich, während die Kellnerin meine Gulaschsuppe und Robins Krabbensandwich auftischt, und sie schüttelt den Kopf, als wüsste sie selbst nicht, was sie da redet.

»Ich meine: Diese beiden wären sicherlich tolle Eltern gewesen – oder sie sind es, wer weiß. *Andere Menschen* dagegen sollten lieber erst gar keine Kinder bekommen.«

»*Andere Menschen.*« Ich nicke. Keine Ahnung, ob sie damit ihre Eltern meint oder sich selbst oder sonst wen. Wie schon erwähnt, eine eigenartige Stimmung herrscht hier. Eigenartig.

»Willst du Kinder haben?«

Ich verschlucke mich fast. Doch um Robins seltsamem Gemütszustand nicht noch mehr Futter zu geben, setze ich lieber ein breites Grinsen auf. »Was? Meinen Heiratsantrag lehnst du ab, und jetzt willst du ein Kind von mir? Wir haben uns noch nicht mal geküsst.« Was meine Aufmerksamkeit auf ihre Lippen lenkt, auf denen sie gerade wieder herumkaut, niemals auf dem Ring allerdings, immer auf der anderen Seite. Warum, frage ich mich? Als ich mich endlich von dem Anblick losreiße, sehe ich, dass sie ganz genau das Gleiche tut. Sie hängt an meinen Lippen.

Okay.

Ich weiß, wie das angefangen hat, auf einem Flughafen in Schottland, mit schlechter Laune und allerlei Zicken. Ich weiß, was dann geschah – es wurde eine Art Zweckgemeinschaft formiert, um ein bisschen mehr vom Land zu sehen, und …

Und ich habe keinen blassen Schimmer, wie das endet.

Den Rest des Essens verbringen wir in höflichem Schweigen, wogegen ich ausnahmsweise einmal überhaupt nichts einzuwenden habe.

44
Lina

Bis wir dieses blöde Café verlassen, habe ich mir das Hirn zermartert.

Ich denke, ich will Max küssen.

Nein, das wäre zu riskant.

Ich denke, ich will mit ihm schlafen.

Ich meine, welcher Tag ist heute? Wir werden bald wieder zurück in Edinburgh sein, dann fliegt er nach München, ich nach Berlin, er kennt nicht einmal meinen richtigen Namen, wir werden uns nie wiedersehen. Ich drehe das Gesicht weg, damit Max meine Grimasse nicht sieht.

Er kennt nicht einmal meinen richtigen Namen.

Ich kann doch nicht mit ihm ins Bett gehen, damit er mir Robins Namen ins Ohr stöhnt.

Der Wind ist höllisch, als wir zu unserem Wagen gehen. Der Weg zum Strand ist ausgeschildert und nicht sonderlich weit. Wir halten auf einem Parkplatz, wo ich vor lauter Böen die Tür kaum aufbekomme. Ich lache, als Max um das Auto herumjoggt, um mir zu helfen, als er mich quasi aus dem Wagen hebt und dann dicht an sich drückt, als hätte er die Befürchtung, dass ich sonst wegfliege.

»Was hältst du stattdessen von Kino?«, ruft er über den pfeifenden Wind hinweg, aber ich schüttle nur den Kopf. Dann greife ich nach seiner Hand und ziehe ihn hinter mir her.

Die beiden Alten haben keinesfalls zu viel versprochen. Der Strand in Durness ist traumhaft: Weißer Sand trifft auf türkisfarbenes Wasser, grasbewachsene Dünen säumen die Bucht, die menschenleer vor uns liegt, trotz des strahlend blauen Himmels. Auch hier unten ist der Wind noch unglaublich stark und es ist kalt, richtiggehend eisig, obwohl die Sonne scheint.

Und ich liebe es.

Die Schönheit, die Einsamkeit. Dass wir all das für uns haben.

Ich wünschte, Robin wäre hier.

Nein, das ist nicht wahr. Ausnahmsweise bin ich froh, dass ich mit Max allein sein kann.

Mir fällt auf, dass ich nach wie vor seine Hand halte, doch jetzt, als ich anfange zu rennen, lasse ich sie los. Ich laufe, immer schneller, und halte nur an, um meine Stiefel aufzuschnüren und sie mir von den Füßen zu streifen. Ich ahne Max' Blicke auf mir, kann sein ironisches Lächeln beinah spüren, als ihm klar wird, dass ich die Strumpfhose wohl ebenfalls werde ausziehen müssen. Was ich sofort tue. Ich lasse beides liegen und spurte ins Wasser.

Gott, es ist eisig. So klirrend kalt, dass ich kreische, während ich bis über die Knöchel ins Meer wate. Ich spritze und schleudere Gischt um mich herum, und erst als ich meine Füße kaum mehr fühlen kann, tauche ich beide Hände ins Wasser, drehe mich um und laufe zu Max zurück, der mit vor der Brust verschränkten Armen im trockenen Sand steht und mich grinsend beobachtet. So lange, bis er meine nass glänzenden Hände sieht, doch da ist es für die Flucht zu spät, da habe ich meine kalten Finger bereits über seine Wangen, den Hals, den Nacken gleiten lassen. Er lacht und versucht, mich abzuschütteln, und dann lacht er auf einmal nicht mehr, als ich meinen Mantel fallen lasse und nach dem Saum meines Strickkleids greife, um es mir über den Kopf zu ziehen. Ich weiß, meine Unterwäsche ist nicht aufregend, sie war nie dazu gedacht, dass ich in ihr an einem Strand im Norden Schottlands entlangstolzieren würde. Aber in ihrer Schlichtheit sieht sie eher wie ein Bikini als nach verführerischer Reizwäsche aus, und das ist genau das, was ich jetzt brauche.

Ich lasse das Kleid fallen, fische mein Handy aus der Manteltasche, drücke es Max in die Hand und laufe zurück in die Wellen. »Machst du ein Beweisfoto von mir?«, rufe ich ihm über die Schulter zu, und noch bevor er das Handy in Position bringt, hüpfe ich durch die Gischt, wie es diese Dumpfkühe bei *Germany's Next Topmodel* immer machen.

»Scheiße, ist das kalt.« Ich kann kaum sprechen, so sehr bibbere ich.

»Du bist irre, Crazy Girl.«

»Beeil dich lieber.«

Max schüttelt den Kopf, doch er hebt das Handy und schießt Fotos: Wie ich über den Sand springe, vor den Wellen pose, durch das Meerwasser spritze, so lange, bis ich meinen Körper tatsächlich kaum mehr spüre und meine Haut beinahe blau schimmert vor Kälte.

Max lässt das Telefon sinken und zieht seine Jacke aus. »Absolut irre«, wiederholt er, als er auf mich zukommt und sie mir um die Schultern legt. »Total verrückt.«

»Ww-ww …« *Willst du nicht mitmachen?*, sollte das heißen, aber ich bibbere inzwischen so sehr, dass ich keinen geraden Ton mehr herauskriege. Also lasse ich mich von Max in die Jacke wickeln, doch statt am Ende einen anständigen Schritt nach hinten zu machen, schiebe ich meine Arme um seine

Taille und presse mich an ihn. Ich spüre ihn sehr wohl, den Augenblick, in dem er sich versteift, in dem er zögert, weil er nicht weiß, wie er mit meiner Berührung umgehen soll. Es ist ähnlich wie auf der Technoparty in Inverness, als ich ihn vor Aaron umarmt habe. Auch da war dieses kurze Zögern, bevor er meinen Hals geküsst hat.

Ich kann nur hoffen, dass er diesmal ähnlich reagiert.

Bitte, denke ich fieberhaft, während ich mich ein Stück näher an ihn dränge und die Wange an seine Brust schmiege, *bitte, lass mich nicht darum betteln.*

45
Max

Okay.

Ich muss zugeben, mein Kopf ist gerade leerer, als ich ihn jemals empfunden habe, er besteht eigentlich nur noch aus dem Bild von Robin in dieser sexy weißen Baumwollunterwäsche, wie sie da in den Wellen post wie eine Meerjungfrau, und in dem Gefühl, das durch meinen Körper strömt, als sie sich nun an mich schmiegt.

Alles andere – ist weg.

Die Antwort auf die Frage, was ich mit meinen eigenen Händen tun soll? Weg. Ich halte immer noch den Kragen meiner Jacke fest, die ich um ihre Schultern geschlungen habe, so, wie seit gefühlten fünf Minuten, in denen mir nicht klar geworden ist, weshalb Robin mich umarmt und was sie von mir erwartet.

Dann blinzle ich mich aus meinen Gedanken. Schließe meine Arme fester um das Mädchen darin, drücke sie an mich, nur kurz, und schiebe sie dann von mir weg.

»Wir sollten dich ins Warme bringen«, stoße ich schließlich hervor, und zum ersten Mal in meinem Leben habe ich das Gefühl, man hört meiner Stimme an, wie verunsichert ich bin. Das ist nicht gut. Ganz und gar nicht gut. Ich räuspere mich. Dann lege ich beide Arme um Robin, um sie zu wärmen, während wir den Strand entlanggehen und ihre Klamotten einsammeln, bevor der Wind sie verweht.

Sie ist still wie eine Statue. Hat den Kopf in Richtung Horizont gewandt und sagt keinen Ton. Ich bin nicht sicher, ob sie vor Kälte nicht sprechen kann oder ob sie eine andere Reaktion von mir erwartet hat. Ich meine – Shit. Ich weiß nur, dass sie mich nicht mehr ansieht und dass ich das Gefühl habe, an etwas schuld zu sein, an was auch immer.

»Robin.«

Sie reagiert nicht.

Seit gestern schon habe ich das Gefühl, irgendetwas stimmt nicht, die Stimmung zwischen uns … etwas ist anders. Ich bin es nicht gewohnt, Rätsel zu raten, nicht in dieser Beziehung. Ich bin es auch nicht gewohnt, mit einem Mädchen tagelang durch die Gegend zu fahren, bevor man irgendwann einmal das Gefühl hat, man könnte, *wir* könnten … Ich meine, es ist nicht Sinn der Sache, sich ewig lang zu kennen, nur um … Und wir hatten eine Abmachung.

Shit.

Wollte sie, dass ich sie küsse?

Wir haben Mantel, Kleid, Strümpfe, Schuhe eingesammelt, doch als wir am Auto ankommen, trägt Robin nach wie vor nichts weiter als ihre Unterwäsche und meine Jacke über den Schultern.

Ich werde noch wahnsinnig.

Ich schließe ihr die Beifahrertür auf, und weil der Wind ungebrochen stark ist, stemme ich mich dagegen, damit sie in den Wagen klettern kann. Sie stellt sich auf das Trittbrett, so dass wir beinahe auf Augenhöhe sind, dann lässt sie meine Jacke von ihren Schultern gleiten. Ihr ganzer Körper ist von

Gänsehaut übersät und ihre Zähne klappern so stark, dass ich rein aus Reflex die Jacke wieder dahin schiebe, wo sie war, und nach Robin greife, um sie mit meinem Körper zu wärmen.

»Ist okay«, bibbert sie, und ich drücke sie noch ein bisschen enger an mich.

»Du spinnst«, flüstere ich in ihr Ohr. »Du spinnst!« Mit meinen Händen streiche ich über ihren Rücken in großen, festen Zügen, ich ziehe sie noch näher zu mir und hauche mit meinem Atem heiße Kreise auf ihre Haut. Robin erschauert. Nicht vor Kälte diesmal, nehme ich an, denn sie neigt den Kopf zur Seite, um meinen Lippen mehr Raum zu geben, und schließt ihre Arme um meine Taille, wie sie es zuvor am Strand getan hat.

Ich habe keine Ahnung, wo das hinführen soll, aber ich lasse meine Hand noch ein Stück tiefer kreisen, über den Rand der Jacke hinweg, wo sie auf Robins Oberschenkel trifft und die nackte Haut dort zum Erzittern bringt. Ihr Hintern … Ich denke, ich stoße ein ganz und gar unangemessenes Geräusch aus, als meine Handfläche ihren Hintern umschließt, der selbst in dieser schlichten Baumwollunterhose eine *richtig* gute Figur macht. Robins Finger sind inzwischen von meiner Taille zum Bund meiner Jeans gewandert, wo sie sich unter den Saum schieben, dort die Haut entlangstreichen, hinten, über die Seite, nach vorn. Was augenblicklich gefährliches Terrain ist, weshalb ich nach ihrer Hand greife und sie stattdessen wieder zu meiner Taille lenke.

Wir sind auf einem öffentlichen Parkplatz. Jeden Moment kann jemand vorbeikommen und uns dabei beobachten, wie wir zwei rummachen, einer von uns beiden nur spärlich bekleidet. Ich bin dabei, meine Arme zurück auf Robins Rücken zu lenken, auf ihre Schultern, als meine Hände an ihrem Nacken hängen bleiben. Diese Haare. Ich taste nach einem der Zöpfe, nach einer der Klammern. Ich würde sie zu gern alle lösen, das ganze, enge Geflecht, würde zu gern meine Hände durch die Strähnen gleiten lassen, den ganzen Weg, hin zu diesem fantastischen Hintern.

Ich denke, ich habe Robins Hinterkopf fester umfasst als nötig, denn sie gibt einen stöhnenden Laut von sich, der mich auf der einen Seite erschauern lässt, auf der anderen aus meiner Trance holt.

»Max.« Sie stöhnt noch einmal, während ich mit meinen Lippen an ihrem Hals entlanggleite. »Max.«

Widerstrebend lasse ich Robin los, vor allem, weil ich ehrlich nicht weiß, wie ich ihr gerade in die Augen sehen soll. Ich meine, sie sendet die unterschiedlichsten Signale aus, aber *betatsch mich* war womöglich nicht dabei. Ich setze ein entschuldigendes Grinsen auf, doch als ich gerade den Mund öffnen will, um das Ganze mit einem schlechten Scherz zu überspielen, da sagt sie:

»Lass uns ein Zimmer nehmen.«

Sie klingt atemlos. Trotzdem bekomme ich diesen Vorschlag nicht gerade gedacht. Ich runzle die Stirn. »Wir haben schon unsere Betten im Youth Hostel.«

»Max!«

Ich sehe sie an. Sehe ganz genau hin. Ihre Haut, eben noch kreidebleich und von Gänsehaut übersät, hat wieder normale Farbe angenommen, an einigen Stellen ist sie womöglich erhitzter als vorher. Sie lässt die Jacke von ihren Schultern gleiten und greift nach ihrem Kleid, das achtlos im Fußraum gelandet ist.

»Lass uns ein Zimmer nehmen«, wiederholt sie, bevor sie

hineinschlüpft, nur um mich gleich darauf wieder anzustarren. Sie sieht absolut entschlossen aus, weiß der Himmel, wo das wieder herkommt, doch bevor sie sich durch mein Zögern verunsichern lässt, nehme ich ihr Gesicht in beide Hände und küsse sie auf die Wange.

46
Lina

Max hat das Auto noch nicht umrundet, da haben sich schon die ersten Zweifel in mein Bewusstsein gefressen. Ich meine, es ist das eine, sich einer hitzigen Situation hinzugeben, in die man durch Zufall geraten ist, etwas völlig anderes ist es, einem Typen am helllichten Tag vorzuschlagen, ein Zimmer zu mieten. Mit Vorsatz! Max setzt sich auf den Beifahrersitz und lässt ohne ein Wort den Motor an. Er sieht nicht aus wie jemand, dem eine dumme Gans gerade einen Freifahrtschein in die Hand gedrückt hat, er wirkt nachdenklicher, als ich ihn je gesehen habe.

Ich fische die Schuhe unter meinem Mantel hervor und ziehe sie an. Ich meine, auf gar keinen Fall werde ich mir auch noch die Blöße geben und umständlich, weil im Sitzen, eine Strickstrumpfhose über meinen Hintern ruckeln. Wieder verziehe ich das Gesicht. *Gooootttt.* Ich werfe einen Seitenblick auf Max. Er wirkt weniger angespannt als wirklich, wirklich versonnen. Klar, er fragt sich, ob ich was genommen hab.

Goooott.

»Dir ist klar, dass man dir jeden Gedanken vom Gesicht ablesen kann, selbst wenn du nicht dauernd *Gooott* vor dich hin murmeln würdest?«

Oh, verdammt.

Ich starre Max an, und er wirft mir dieses umwerfende Lächeln zu, von dem ich mich absolut nicht beeindrucken lassen wollte.

Heute, hier, jetzt, antwortet mein gesamter Körper mit einem vorfreudigen Vibrieren darauf.

»Fahr«, knurre ich ihn an. »Schneller.«

Beim erstbesten Bed & Breakfast halten wir an. Es heißt ausgerechnet *Churchend Cottage*, und Max' Lachen geht in ein Husten über, als wir dem Vermieter gegenüberstehen. Es ist ein alter, dünner, gebrechlicher Mann, der nicht mehr allzu schnell vorankommt und auch nicht mehr wirklich gut hört … was mir eigentlich egal sein kann, denn wann bin ich jemals laut gewesen? Das eine Mal jedenfalls nicht.

Während Max die Formulare für uns ausfüllt, atme ich einmal tief durch. Ich möchte nicht, dass er auf den ersten Metern bereits merkt, wie unerfahren ich bin. Er soll nicht denken, dass ich ihm etwas vorgemacht habe – nicht in dieser Hinsicht jedenfalls. Er … Ich will nicht, dass er denkt, ich würde ihn benutzen.

Nun, Lina – benutzt du ihn denn? Ist dir jedes Mittel recht, um die Erfahrungen zu machen, die du für erfahrenswert hältst?

Ach, verpisst euch, ihr blöden Stimmen in meinem Kopf. Ich schließe sie weg, während wir Mr Murray zu unserem Zimmer folgen, verdränge Angst und Unsicherheit und krame die Lina hervor, die zumindest so tun kann, als hätte sie alles im Griff. Er hat die Tasche noch nicht abgestellt, Mr Murray die Tür noch nicht ganz hinter sich geschlossen, da bin ich schon auf Max zugesprungen und er fängt mich auf, ohne Probleme. Ich schlinge meine Beine um seine Mitte und lande mit dem Rücken und einem *FFFFPP* an der Tür.

»Das hat er ganz sicher gehört, Crazy Girl, so taub ist Mr Murray auch wieder nicht.«

Umständlich zerre ich Max die Jacke von den Schultern und das T-Shirt über den Kopf, während er mich weiterhin festhält. Dann streiche ich mit den Fingerspitzen über seine Brust, den Hals hinauf, greife in seine Haare, umschließe mit beiden Händen seinen Nacken und ziehe ihn zu mir. »Nicht mehr als dreimal«, flüstere ich ihm ins Ohr. »Und keine Küsse auf den Mund.«

Ich lehne mich zurück, um das Blitzen in seinen Augen zu sehen und dieses vermaledeite Lächeln, und ich kann nur hoffen, dass mir das Ganze hier am Ende nicht spektakulär um die Ohren fliegt.

Und ich fürchte, es ist schon jetzt so weit, als Max sagt: »Lass mich deine Haare aufmachen.«

»Was?«

Er lässt mich langsam herunter, wobei seine Hände mich nicht eine Sekunde lang *nicht* berühren, dann beugt er sich vor, um meinen Hals entlangzuküssen, während er mit den Fingerspitzen eine Haarnadel nach der anderen löst, und ich könnte schwören, er zittert dabei. Lautlos entweicht Luft aus meinen halb geöffneten Lippen, während Max eine Klammer nach der anderen zu Boden fallen lässt. Die werde ich nie alle wiederfinden, schießt es mir durch den Kopf, kurz bevor jeder Gedanke für immer verschwindet. Mit den Fingern löst er die geflochtenen Strähnen, eine nach der anderen, langsam, gründlich. Dann fährt er mit der ganzen Hand durch meine Haare, massiert meine Kopfhaut, tut es mit einer solchen Sanftheit, dass meine Knie beben. Also halte ich mich an den Gürtelschlaufen seiner Jeans fest, bevor ich die Fingerspitzen unter deren Rand gleiten lasse.

Die Haut darunter vibriert. Max gibt einen Laut von sich, halb Seufzen, halb Stöhnen, und der Druck seiner Hände verstärkt sich, bevor er sie über meinen Nacken gleiten lässt, den Rücken herunter, zum Saum meines kurzen Kleides, wo sie die nackte Haut meines Oberschenkels streifen.

»Du bist dir sicher, Crazy Girl?«, haucht er, die Lippen dicht an meinem Ohr, und wieder rieselt ein Schauer durch meinen Körper.

Anstelle einer Antwort lasse ich den Kopf zurückfallen, und Max' Lippen gleiten meinen Hals hinunter, über mein Schlüsselbein, den Rand meines Ausschnitts entlang, überall dorthin, wo mein Kleid den Zugriff auf nackte Haut erlaubt. Zu wenig, denke ich. Viel zu wenig Haut und viel zu viel Stoff. Also zapple ich mich aus Max' Umarmung und habe das Kleid in einer einzigen, fließenden Bewegung über den Kopf gezogen, bevor er sich noch darüber wundern kann. Ich beuge mich vor und berühre seine nackte Brust mit meinen Lippen, während meine ungeduldigen Finger den Knopf an seiner Jeans lösen.

»Ausziehen«, murmle ich gegen seine Haut, und diesmal erzittert sie von dem dunklen Lachen, das er ausstößt, doch er kommt meiner Aufforderung nach, ohne zu zögern.

Da stehen wir. Ich in meiner weißen Baumwollunterwäsche, Max in schwarzen Boxershorts. Einige Sekunden lang starren wir einander an, bevor er abermals nach mir greift, ich meine Beine wieder um seine Hüfte schlinge, und wir auf das Bett zu taumeln, das uns mit einem protestierenden Quietschen begrüßt.

»Max.«

Seine Lippen sind feucht und sie sind überall, ich winde mich unter der heißen, prickelnden Spur, die sie auf meinem

Körper hinterlassen. Max kniet über mir, er hat meine Hände mit seinen verschränkt und hält sie hoch über meinen Kopf, während ich ihn spüre, jedes Mal wenn er sich über mich beugt. Jedes Mal ein bisschen tiefer. Er macht mich wahnsinnig mit dieser Berührung und mit den Küssen, die er auf meinem Gesicht verteilt, auf meinem Dekolleté, auf meinen Brüsten, heiß und feucht, durch den Stoff meines BHs hindurch. Er macht mich komplett verrückt, so sehr, dass ich, als er mich fragt: »Willst du wirklich nicht, dass ich dich küsse?«, zwischen uns greife, nach *ihm* greife, und kurzatmig nach einem Kondom verlange. Ich denke nicht, dass ich mich schon jemals so sehr danach gesehnt habe, mit jemandem zu schlafen. Und ich denke nicht, dass ich jemals damit gerechnet hätte, dafür ausgelacht zu werden. Doch Max lacht, während er gleichzeitig stöhnt, meinen BH nach oben schiebt, mit dem Daumen über die Spitze streicht, seine Zunge folgen lässt.

Ich gebe einen zischenden Laut von mir. *»Max.«*

Er grinst mich an. »Ehrlich, ich mag Frauen, die so wenig Wert auf Vorspiel legen wie du.«

Ich verdrehe die Augen. »Und ich mag Männer, die wissen, wann sie lieber handeln statt zu reden.« Mein Herz klopft mir bis zum Hals, und Max sieht ganz genauso erhitzt aus, wie ich mich fühle. Ich zögere, aber nur kurz, dann lasse ich meine Hand in seine Boxershorts gleiten, woraufhin sich seine Augen schließen. »Schon besser«, gurre ich, und mit geschlossenen Lidern grinst er. Dann beugt er sich ein weiteres Mal vor und ich denke schon, er will mich küssen, als seine Lippen meine Nasenspitze berühren.

»Merk dir, wo wir stehen geblieben sind«, flüstert er, bevor er aufsteht, um ein Kondom aus seiner Tasche zu kramen.

Ich stütze mich auf die Ellbogen und sehe ihm zu, wie er

sich zu mir umdreht, Kondom in der Hand, dieses zerstörerische Lächeln auf den Lippen, das mir schon bei unserem ersten Abendessen ein Warnsignal war. Doch er sieht mich an, und ich kann so vieles lesen in seinem Blick – Vorfreude, Bewunderung, Lust, aber auch Freundlichkeit, *Freundschaft*, alles in einem – und ich fühle mich sicher, so sicher, wie noch nie in Gegenwart eines Mannes, und das, obwohl ich nur eine Unterhose trage und einen BH, der nichts mehr verhüllt. Ich richte mich auf und ziehe alles aus. Max macht es ebenso. Einige lange Sekunden betrachten wir einander, staunend, dann nehme ich ihm das Kondom aus der Hand und reiße die Verpackung auf.

»Ich weiß, wo wir stehen geblieben sind«, erkläre ich heiser, doch meine Finger zittern, während ich es ihm überstreife, und als ich zu Max aufsehe, flackern seine Lider und der Humor ist aus seinen Augen verschwunden.

»Ich weiß, wie wir weitermachen«, entgegnet er ebenso rau, und mit seiner nächsten Berührung ist der letzte klare Gedanke aus meinem Hirn gewichen, ich bin nur noch Empfindung, nur noch Gefühl, und ich weiß, lange bevor diese Nacht zu Ende ist, dass es in meinem Leben vermutlich noch vieles geben wird, das ich bereuen werde, doch das hier gehört nicht dazu.

Das hier sicher nicht.

47
Max

Von der Berührung werde ich wach, aber ich öffne meine Augen nicht. Robin hat sich gedreht in meinen Armen. Sie liegt jetzt halb auf mir, den Kopf auf Höhe meiner Brust, die Hand auf meinem Bauch, wo ihre Finger gemächliche Kreise ziehen, jedes Mal ein Stückchen tiefer. Ich bemühe mich, nicht unter ihren Streicheleien zusammenzuzucken, denn dafür genieße ich sie zu sehr. Und ich bin neugierig, wo sie hinführen.

Ich öffne das eine Auge einen Spalt. Es ist stockfinster im Zimmer. Was kein Wunder ist, wenn man bedenkt, dass wir schon nachmittags eingecheckt und den Raum seither nicht mehr verlassen haben. Armer Mr Murray. Ich bin geneigt, Robin vorzuschlagen, das Frühstück sausen zu lassen, um dem armen Mann nicht noch mal unter die Augen treten zu müssen, doch ich fürchte, bis dahin bin ich verhungert.

Robins Hand ist in eine Region vorgestoßen, in der es sich nicht mehr allzu leicht verleugnen lässt, dass ich wach bin – ziemlich wach sogar. Sie greift nach mir, sehr viel sicherer als noch gestern Nachmittag, und ich reagiere darauf mit einem Laut, der sie automatisch mitstöhnen lässt und mich dabei zum Lachen bringt.

Ich vergrabe meine Hände in Robins Haaren. »Du bist süß, wenn du das machst«, murmle ich. »Ich meine – ich stöhne, du stöhnst, du weißt schon.«

Sie gibt einen grimmigen Laut von sich, während sie mit der Zungenspitze über den Rand meines Bauchnabels fährt. »Das machst du ganz genauso«, brummt sie gegen meine Haut, die unter der Vibration erschauert.

Ich weiß nicht, was das ist, diese Sache hier. Und ganz ehrlich? Ich will mir keine weiteren Gedanken darüber machen. Nicht darüber, wie es sich angefühlt hat, endlich diese Zöpfe zu lösen. Alles danach, die Zärtlichkeiten, die Laute, der Akt an sich – ich bin mir ziemlich sicher, ich hätte all das nur halb so intensiv erlebt, hätte ich nicht vorher meine Hände in Robins offenen Haaren vergraben dürfen. Dieses Gefühl, diese engen Klammern herauszuziehen, quasi dabei zuzusehen, wie sich die Kopfhaut entspannt, ihre Geräusche, nachdem ich die Trilliarden Verflechtungen zwischen meinen Fingern aufgedröselt hatte – oh Mann, ich fürchte, ich habe einen neuen Fetisch.

So wie Robin offenbar auch. Meine Hände umschließen ihren Kopf fester, denn was auch immer sie da tut, sie hat seit gestern Nachmittag eindeutig an Selbstvertrauen gewonnen.

»Robin.«

Sie krallt ihre kurzen Fingernägel in meine Brust, während ihre Lippen …

Eine Hand legt sich über meinen Mund, und ich beiße hinein.

»Schhhh. Mr Murray hat schon genug durchgemacht.«

»Dann solltest du mich nicht mitten in der Nacht aufwecken.«

»*Der hier* war schon vor mir wach.«

Ich beiße mir auf die Lippen, um Mr Murray nicht noch länger wachzuhalten.

Als Robin und ich uns voneinander lösen, beginnt es draußen gerade zu dämmern. Und ich muss daran denken, welcher Tag heute ist – und dass ich mich nicht erinnern kann, ihn jemals besser begonnen zu haben.

48
Lina

Freitag, 6. Oktober

Dass Mr Murray tatsächlich so taub nicht ist, stellen wir am nächsten Morgen fest, als wir unter den skeptischen Blicken des alten Herrn über unser Frühstück herfallen wie die Wölfe. Ich kann nicht aufhören zu grinsen, und Max sieht ebenfalls aufreizend fröhlich aus. Was ein paar Orgasmen alles anstellen können. Oder auch mehr als ein paar. Automatisch verzieht sich mein Mund zu einem noch breiteren Grinsen. Es ist mir nicht peinlich. Darüber nachzudenken ist mir nicht peinlich. Was wir getan haben … Es ist alles andere als das.

Wir beschließen, Durness zu verlassen, obwohl ich versuche, Max noch einmal ins Bett zu zerren, doch diesmal bin auch ich ziemlich überzeugt davon, dass sich unser Vermieter ganz in der Nähe aufhält, um genau das zu verhindern. Also fahren wir los, aber nicht direkt in den Süden und auf geradem Weg Richtung Edinburgh, sondern ein Stück die Nordküste entlang, zu einem Ort namens Scrabster, von dem wir nichts wissen, außer dass uns der Name gefällt.

Mir war nicht klar, dass Sex so einfach sein kann. Und dass er so viel Spaß macht. Dass man lachen kann dabei und sich nicht komisch vorkommt und … dass es möglich ist, sich gehen zu lassen, einfach nur, weil es der andere zulässt.

Dass Sex sein kann wie Musik. Fließend, anrührend. Ergreifend.

Gott.

Ich lege beide Hände auf meine Wangen, eigentlich, um sie zu kühlen, doch sie werden nur noch heißer. Und ich kann nicht aufhören zu grinsen. Ich kann nicht aufhören …

Max sagt: »Hör auf, mich so anzusehen.«

Ich öffne das Fenster, vielleicht bringt die Luft ja Abkühlung. Der Wind hat nachgelassen, dafür ist der Himmel von grauen Wolken verhangen. Was gar nichts ausmacht, überhaupt nichts. Max steuert den Pick-up gemächlich durch die karge Landschaft, an deren Einsamkeit man sich sattsehen könnte, wäre man nicht so … hungrig.

»Wie sehe ich dich denn an?«, frage ich.

»So, als würdest du jedes Bild von letzter Nacht vor deinem inneren Auge Revue passieren lassen. Und als wäre das der absolut göttlichste Film, den du je gesehen hast.«

Ich verdrehe die Augen, aber ich widerspreche ihm nicht. Und ich sehe ihn weiterhin unverwandt an, ich kann einfach nicht woanders hinsehen.

»Was ist aus *Sex wird überschätzt* geworden?«

»Das hat sich relativiert, nachdem ich jetzt weiß, wie …« Ich beiße mir auf die Lippen. Das hatte ich eigentlich gar nicht laut sagen wollen. Aber Max lacht mich an und … wir haben letzte Nacht intimere Dinge getan, als darüber zu sprechen, nehme ich an. Also sage ich: »Ich hätte nicht gedacht, dass es so sein kann«, und für eine Sekunde meine ich, etwas huscht über Max' Gesicht, eine Art Schatten, doch im nächsten Moment ist es verschwunden.

»Du meinst, so … großartig?« Und schon ist das selbstverliebte Grinsen wieder an seinem Platz. »Fulminant? Weltbewegend?«

Auch diesmal widerspreche ich ihm nicht.

Die Strecke ist zäh. Für die 70 Meilen brauchen wir laut Navi knappe zwei Stunden, denn auf der schmalen, kurvigen Straße kommen wir nur langsam voran, besonders, weil wir ein ums andere Mal halten, um aufs Meer hinauszustarren. In der Regel stiert Max dann mit schmalen Augen und gerunzelter Stirn aufs Wasser, als würde er nach irgendetwas suchen, das er bisher noch nicht gefunden hat. Ich bin versucht, seine Hand zu nehmen und sie zu drücken, wie um ihm ein Versprechen zu geben. Was genau ich ihm versprechen möchte – keine Ahnung. Es steht mir nicht zu, mir überhaupt Gedanken darüber zu machen. Und es steht mir nicht zu, seine Hand zu nehmen. Also lasse ich es bleiben.

Wir kommen an einsamen Häusern vorbei, an vereinzelten Höfen und kleinen Weilern. Und ich habe viel Zeit, darüber nachzudenken, wie es wäre, in einem dieser Häuser zu wohnen, ein anderes Leben zu leben. Das des Mädchens, das am Strand Muscheln sucht oder Seetang und dann seiner Mutter abends in der Küche hilft, das Papas Liebling ist und der ihrer drei großen Brüder, und das den Fischer heiraten wird, aus dem Nachbarhaus, mit dem sie schon als Kind am Strand gespielt hat. Ich wende mich Max zu, damit er mich wieder ins Hier und Jetzt zurückholt, denn wenn ich ehrlich bin, war die letzte Nacht mit ihm nicht nur grandios – sie war auch die erste in einer langen, langen Reihe von Nächten, in der ich das Gefühl hatte, meinem Leben entkommen zu sein, nicht an die Vergangenheit gedacht habe und nicht an die Zukunft, nicht an meine Mutter, ihre Männer, Robin – nur an … an gar nichts eigentlich. Aber das ist auch verrückt. Komplett verrückt. Mein Leben ist das, was es ist. Und das wird es noch sein, wenn ich mich in drei Tagen von Max verabschiedet habe.

49
Max

Es ist schon fast Mittag, als wir in Scrabster ankommen, und ich habe meinen Vater nach wie vor nicht angerufen. Genauso enttäuscht, wie ich mir das Gesicht meiner Mutter vorstelle, sieht Robin aus, als sie einen Blick auf den Ort wirft. Wir sind der Straße bis zu ihrem Ende gefolgt und in einem Fährhafen gelandet – und viel mehr scheint Scrabster auch nicht zu sein als der Punkt, von dem aus die Schiffe zu den Orkney-Inseln ablegen.

»Ein Jammer um den schönen Namen«, sagt sie.

»Schön ist relativ. Womöglich muss ein Ort, der Scrabster heißt, ganz genau so aussehen.«

»Hier möchte ich nicht mal aussteigen.«

Ich lache, weil sie wirklich süß ist, wenn sie schmollt. »Würdest du gern auf einer der Fähren einchecken? Weiter nach Norden fahren?«

Sie antwortet nicht gleich, und als sie es doch tut, klingt sie so distanziert, dass ich die Frage am liebsten zurückziehen würde. »Wer weiß, irgendwann vielleicht? Wenn wir uns in zehn Jahren zufällig auf einem Flughafen über den Weg laufen, Max von Linden, dann lass uns hier noch einmal herkommen.«

Sie sieht mich nicht an, während sie das sagt. Also starte ich den Wagen und bringe uns zurück auf die Spur.

Von der Rückbank hat Robin ihre Ukulele gefischt. Sie klimpert darauf herum, eine Melodie, die ich nicht kenne, und sie zieht sich in sich zurück, wie sie es zu Beginn unserer Fahrt getan hat. Von dem aufgekratzten, aufgeputschten Mädchen von heute Vormittag, das mich trotz Mr Murrays Megaohren nach dem Frühstück noch mal ins Bett ziehen wollte, ist nichts übrig geblieben. Nicht ein Hauch. Ich würde ehrlich gern wissen, was in ihr vorgeht. Allmählich komme ich mir vor wie in einem Flipperautomaten – wir werden hin und her geworfen, dreschen über das Feld in einem wahnsinnigen Tempo, prallen gegeneinander, stoßen uns voneinander ab, nur um am Ende erschöpft auszurollen und in weit voneinander entfernte Löcher zu kugeln.

Wider besseres Wissen hätte ich einfach gern, dass sie sich öffnet, zumindest ein bisschen. Wenn dieses Mädchen nicht beweist, wie wenig Nähe Sex erfordern kann, wer denn? Dabei hat sie, daran gemessen, dass wir uns in etwas mehr als drei Tagen ohnehin voneinander verabschieden, im Grunde nichts zu verlieren. Keiner von uns beiden hat hier irgendetwas zu verlieren.

»Ich sag dir was«, beginne ich, als ich den Wagen am Hafen entlang in Richtung Ortsausgang lenke. »Entweder wir halten im nächstgrößeren Ort, der … äh, Thurso heißt, wenn ich mich recht erinnere, und wir sehen da, ob du irgendwo dein Mützchen aufstellen kannst, um ein paar Kröten mit deinem Geklimper zu verdienen. Oder«, rufe ich über Robins entrüstetes Ukulele-Solo hinweg, »oder wir kaufen uns dort nur was zu essen, tuckern anschließend noch ein bisschen die kleinen Küstenstraßen entlang, machen irgendwo ein Picknick, wo du nur für mich spielst, und ich bezahle dafür heute Nacht das Zimmer.« Ich werfe ihr einen vielsagenden Blick zu und zumindest einer ihrer Mundwinkel hebt sich.

»Willst du, dass ich nackt für dich spiele?«

»Tu, was du nicht lassen kannst, Crazy Girl.«

Wir fahren noch mindestens eine Stunde, denn wie sich herausstellt, ist es gar nicht so einfach, einen schönen Aussichtspunkt zu finden, wenn man mal einen sucht. Weshalb ich irgendwann den Wagen in einen Feldweg lenke, mitten im Nirgendwo, umgeben von Nichts.

»Hier?«, fragt Robin, während sie ihre skeptischen Blicke über das flache Grasland schweifen lässt. »Es gibt nicht mal Schafe.«

»Dann kann auch niemand taub werden, außer mir. Au!« Ich schiebe Robins boxende Hand weg und greife nach hinten, wo sich die Tüte mit unserem Proviant befindet, doch im letzten Moment überlege ich es mir anders.

»Warte kurz«, sage ich, während ich seufzend nach meinem Handy greife. »Ich muss schnell telefonieren, dann bin ich so weit.«

Ich steige aus und gehe ein paar Schritte vom Auto weg, während ich die Nummer meines Vaters aufrufe. Es ist ehrlich einsam hier draußen, weit und breit kein Haus, kein Tier, keine Seele, menschlich oder sonstwie. Die Wolken hängen tief, und ich könnte schwören, heute wird es noch regnen. Der Geruch nach nassem Gras hängt in der Luft. Ich sehe mich nach Robin um. Sie kramt in der Tüte mit unseren Sandwiches und Chips. Keine Strähne fällt aus ihrem Flechtturm, den sie gleich als Erstes heute Morgen wieder instand gesetzt hat. Ich hätte nicht gedacht, dass ich jemals erfahren würde, wie sich dieses Haar anfühlt.

Aus meinem Telefon dröhnt nichts als Stille. Offenbar habe ich so lange vor mich hin sinniert, dass mir nicht einmal aufgefallen ist, dass niemand abhebt. Oder der alte Herr hat mich weggedrückt? Wer weiß, am Ende ist er diesmal richtig wütend. Ich lache fast. Ganz sicher ist er das. Für alle Fälle versuche ich es noch bei meiner Mutter, doch auch da geht nur die Mailbox an, also beende ich den Anruf und steige zurück in den Wagen.

»Niemand da?«

»Scheint so.«

»Können wir auf der Ladefläche sitzen?«

Automatisch werfe ich einen Blick durch die hintere Scheibe, dann sehe ich Robin fragend an.

»Wenn wir schon dieses Teil fahren, können wir wenigstens ein Mal von der Ladefläche Gebrauch machen, oder etwa nicht?«

»Für den, der unten liegt, dürfte das nicht sehr bequem sein«, sage ich grinsend, und diesmal zeigt Robin mir den Finger.

»Essen«, sagt sie. »Wir werden da hinten sitzen und *essen*.«

Und genau so machen wir es.

»Also, was willst du hören? Etwas, wo du mitsingen kannst? Warte, ich weiß.« Robin springt von der Ladefläche, um ihre Ukulele zu holen, vermute ich, und ich räume die Reste unseres kleinen Pick-up-Picknicks zurück in die Tüte, während ich ihr nachrufe, dass ich garantiert nicht mitsingen werde, und bevor ich ihr wieder raufhelfe, denn ja – für manche Dinge ist die Gute einfach zu klein. Ich grinse sie an, und Robins Augen werden schmal.

»Ich will nicht wissen, woran du gerade denkst«, erklärt

sie, und ich lache. »Perversling. Also, aufgepasst.« Sie stellt sich vor mich hin, während ich mich in die hintere Ecke des Wagens lehne und nach meinen Zigaretten greife. Und es mir dann anders überlege. Ich stecke das Päckchen zurück in die Hosentasche und verschränke stattdessen die Hände hinterm Kopf. Robin beginnt damit, die ersten Takte zu zupfen und dann zu heulen wie ein Coyote, und noch einmal lache ich auf. Ich erkenne Shakira sofort, denn egal, was Robin macht, sie macht es gut, doch ihre Witznummer dieser Version würde dem Original nicht sonderlich gut gefallen, schätze ich.

»Ah, nein, das bringt dir nicht mal einen Platz im Youth Hostel ein«, erkläre ich, während Robin ihre Hüften kreisen lässt. »Dafür darfst du höchstens im Wagen übernachten.«

»Erkennst du den Song?«

»Ist das eine Fangfrage?«

Sie wirft mir einen anerkennenden Blick zu, auf den ich merkwürdigerweise ein kleines bisschen stolz bin.

»Mal sehen«, sagt sie, »ob du das hier kennst.«

Ich lache noch lauter über Robins Schrammel-Version von Kylie's *Can't get you out of my head,* wobei sie diesen lasziven Hüftschwung draufhat, das muss man ihr lassen. Sie dreht sich vor mir und wackelt mit dem Hintern, eigentlich wackelt das ganze Auto, und ich halte mich in gespielter Theatralik an den Seiten der Ladefläche fest. Gerade als sie zum nächsten Song übergehen will, landen die ersten, dicken Regentropfen auf unseren Köpfen.

»Oh Shit.« Beide sehen wir zum Himmel, beide haben wir Stirling im Sinn, wo wir binnen Sekunden bis auf die Haut durchgeweicht waren.

»Meine Ukulele!«

»Die ist natürlich das Wichtigste.«

Ich springe vom Wagen, um Robin und ihrer Baby-Gitarre herunterzuhelfen, und als sie sich gerade aus meiner Umarmung lösen will, halte ich sie fest. Einen Moment nur. Bevor ich sie gehen lasse, um die Ladeklappe wieder zu schließen.

50
Lina

Bis Max wieder hinterm Lenkrad sitzt, ist er halb durchnässt. Er schüttelt sich und greift mit beiden Händen in seine Haare, um die nassen Strähnen nach hinten zu kämmen, und … ich räuspere mich. »Wieso lässt du mich nicht fahren? Dann kannst du dir was anderes anziehen.«

»Ist das zu meinem Besten oder zu deinem Vergnügen gedacht?«

»Deine Gedanken driften immer nur in eine Richtung.«

»Immer.« Er betrachtet mich von oben bis unten, dann sagt er: »Du kommst mit den Füßen doch gar nicht an die Pedale.«

»Soll ich dir zeigen, was ich mit meinen Füßen anstellen kann?«

»Wer denkt hier immer nur in eine Richtung? Ich habe ein Monster erschaffen!«

Er sieht mich an, so lange, dass ich schon denke, er ist mit offenen Augen eingeschlafen, dann fährt er seinen Sitz so weit wie möglich zurück und macht eine auffordernde Handbewegung.

»Komm her.«

Ich schnalle mich ab. »Soll ich die Schuhe ausziehen?«

Max lächelt, greift nach mir und hilft mir über die breite Mittelkonsole, um mich auf seinen Schoß zu ziehen, je ein Bein an jeder Seite. Ohne Umschweife beugt er sich vor, um mit seiner Zunge die Linie zwischen Hals und Kinn entlangzufahren, während seine Hände meinen Oberkörper genau da umschließen, wo sie gerade eben nicht meine Brüste berühren. Ich kenne dieses Spiel von letzter Nacht. Ich glaube, der Typ hat darin promoviert, mich zu quälen, bevor er mir gibt, was ich mir in diesem Moment am dringendsten wünsche.

»Lass mich dich küssen«, murmelt er gegen meine Haut, und ich stöhne auf. Und Max lacht.

»Du hast gesagt, Sex ohne Küssen ist absolut möglich.«

»Ist er auch. Muss aber nicht sein.«

»Du hast gesagt, Küssen sei mit das Intimste.«

Seine Finger gleiten über mein Kleid nach unten, exakt dorthin, wo es so richtig intim ist. »Ist es«, murmelt er. Dann sind die Hände weg und ich stöhne abermals auf, diesmal aus Frust.

Max haucht in mein Ohr. »Du bist so leicht entflammbar, Crazy Girl«, und wie auf Knopfdruck erschauere ich. Auf einmal sind seine Hände überall, in meinem Nacken, an meinen Brüsten, überm Kleid, unterm Kleid, an meinem Hintern, bis mir der Kopf schwirrt und der Mund offen steht und er mit der Fingerspitze über den kleinen Silberring in meiner Unterlippe streicht. Ich bringe keinen Ton mehr heraus. Als seine Finger wieder auf meiner Taille zur Ruhe kommen, japse ich nach Luft.

»Lass mich dich küssen.«

»Gestern hattest du kein Problem damit, es zu lassen«, keuche ich.

»Gestern hatte ich genug andere Dinge zu tun.« Er hat wieder diesen typischen, selbstsicheren Blick drauf und ich kann nichts dagegen tun, ich fange an, den zu mögen.

Ich setze mein bestes Schlangenlächeln auf. »Die Spannung ist beinah das Schönste daran, nicht?«

Einige Sekunden lang reagiert Max nicht, dann beginnen seine Hände, meinen Körper zu streicheln, in aufreizend, immer haarklein daneben liegenden Zügen. »Ich weiß nicht, Robin. Sag du's mir.« Und dann macht er Anstalten, mich von seinem Schoß zu heben.

»Nein.« Ich halte mich an der Nackenstütze hinter seinem Kopf fest und Max lässt mich los.

»Nein?«

Ich beuge mich vor, küsse und beiße seinen Hals entlang, fahre mit der Zunge darüber. »Wir hatten eine Abmachung, okay?«, wispere ich. Und ich denke schon, Max hat mich nicht gehört, so still ist er, doch letztlich seufzt er.

»Okay.«

»Okay?«

Ich sehe ihn an. Er grinst schon wieder. *»Okay.«* Und endlich, endlich erlaubt er seinen Händen das zu tun, was sie meiner Meinung nach am besten können.

Zu irgendeinem Zeitpunkt sind wir auf der Rückbank gelandet. Und weshalb auch immer, aber vermutlich aus Erschöpfung und wegen des Schlafmangels der letzten Nacht, sind wir quasi aufeinander weggedriftet. Als ich aufwache, schläft Max tief und fest. Mit den Fingern berühre ich seine Lippen, dann lasse ich meine Hand in seinem Nacken kreisen, und automatisch schließt er mich fester in seine Arme.

Oh dear.

Big Trouble für Little Lina.

Ich weiß nicht, weshalb ich ihm nicht meinen richtigen Namen genannt habe, aber jetzt ist es zu spät, um daran etwas zu ändern. Wenn ich ihm diese Lüge beichte, kann ich ihm gleich alles andere erzählen, und das wäre die schlechteste Idee, die die Menschheit je gehört hat.

Ich liege neben ihm, halte die Augen geschlossen und lausche seinem Atem. Es ist so eng auf dieser Rückbank, dass ich mit jeder seiner Bewegungen mitgehe, meine Brust hebt und senkt sich im Rhythmus seiner Luftzüge. Ich denke, ich sollte ein Stück von ihm wegrücken, ein wenig Abstand zwischen uns bringen, doch gerade fehlt mir die Disziplin dazu.

Ich berühre seine Hand, die auf meinem Bein liegt, und dann gleite ich zurück in den Schlaf, einfach so. Als gäbe es nichts, um das es sich zu sorgen lohnt, und niemanden außer uns beiden, keine Vergangenheit, keine Zukunft, nur ihn und mich, nur uns beide. Nur Jetzt und Hier. Aber auch das ist eine Lüge. Die womöglich größte von allen.

51
Max

Ich erwache vom Läuten meines Telefons, auch wenn ich einige Zeit brauche, um das Geräusch einzusortieren. Bis mir das gelungen ist, ist die Melodie verstummt. Ich kann mir denken, wer es war. Und gemessen daran, dass es mittlerweile fast dunkel und der Geburtstag meines Vaters vermutlich bald vorbei ist, sollte ich wohl zurückrufen.

Ich vergrabe meine Hände in Robins Haaren und drücke ihr einen Kuss auf die Stirn.

»Du und diese Haare«, murmelt sie.

»Oh ja«, gebe ich zurück. Ich hatte keine Ahnung, dass ich eine solche Fixierung entwickeln könnte, aber nachdem die festgesteckten Zöpfe das Erste sind, um das ich mich in Sachen *Rummachen mit Robin im Auto* kümmere, kann ich sie wohl nicht wirklich von mir weisen.

»Wie spät ist es?«

»Weiß nicht. Mein Handy liegt vorn.«

»Und jetzt kommst du doch noch dazu, im Auto zu schlafen, Pretty Boy.«

»Und sieh her, was für eine komfortable Decke ich habe.« Mit beiden Händen streiche ich darüber und wie auf Knopfdruck fährt ein Schauer durch Robins Körper.

»Kommst du an mein Telefon?«

Sie bewegt sich nicht. Erst nach einigen Sekunden hebt sie

träge den Kopf, um zwischen den Sitzen nach vorn in den Flaschenhalter zu greifen.

Ich nutze die Gelegenheit, um mich aufrechter hinzusetzen, und lache auf, weil mir ein derartiger Schmerz in den Rücken fährt, dass es wirklich komisch ist.

»Aaah«, stöhne ich. »Wie lange haben wir geschlafen?«

»Deinem Handy nach circa drei Stunden.«

»Unglaublich.« Allerdings. Wie konnte ich drei Stunden lang tief und selig schlafen, während jemand auf mir liegt?

»Du hast eine Voicemail.«

»Und ich bin mir ziemlich sicher, ich weiß auch, von wem.« Ich nehme Robin das Telefon aus der Hand und lehne mich gegen die Scheibe, während sie sich wieder auf mich fallen lässt. Sie schlingt die Arme um meinen Körper und lehnt ihre Wange gegen meine Brust, und … ich weiß nicht.

Nicht darüber nachdenken. Das ist sicherlich die beste Lösung.

Mit einer Hand massiere ich Robins Nacken, während sie fantastisch schnurrende Geräusche von sich gibt, mit der anderen klicke ich mich durch mein Telefon, um zu der Nachricht meiner Mutter zu gelangen. Ich stelle sie nicht laut, und dennoch ist die Aufnahme sicher noch im Umkreis von einer halben Meile zu hören, so hysterisch hat sie geschrien.

Dein Vater hatte einen Herzinfarkt.
Bist du jetzt glücklich?

Zwei Sekunden lang hallt der schrille Klang ihrer Stimme im Auto wider, dann ist es mucksmäuschenstill. Es ist, als hätten wir beide aufgehört zu atmen, als hielten wir die Luft an, nur um gleichzeitig danach zu schnappen. Robin richtet sich auf, während meine Hand von ihrem Nacken gleitet. Ich starre mit gerunzelter Stirn auf das Telefon in meiner Hand. Eine ganze Weile lang passiert gar nichts, Sekunden, Minuten verstreichen. Dann sagt sie: »Du musst sie zurückrufen.«

Ich blinzle.

Robin legt eine Hand auf meine Brust. »Du musst sie zurückrufen. Sie hat nicht gesagt, wie es deinem Vater geht.«

Ich erwidere nichts. Sie hat nicht gesagt, wie es meinem Vater geht, aber ich weiß, dass er tot ist. Meine Mutter klang wie eine Furie. Als hätte man ihr das Herz rausgerissen und an die Stelle einen Kühlakku gelegt, der nicht nur für Erfrierungen sorgt, sondern außerdem mit seinen Ecken und Kanten gegen jedes verbliebene Nervenende sticht.

»Max.«

Ich räuspere mich. Robin setzt sich auf und beide richten wir wortlos unsere Klamotten, bis ich aus dem Wagen springe und ein paar Schritte Sicherheitsabstand zwischen sie und mein Telefonat bringe. Es läutet ewig, bevor meine Mutter endlich das Gespräch entgegennimmt.

»Was?«, fragt sie scharf.

»Ich bin's.«

Sie schnaubt. »Ein bisschen spät, findest du nicht?«

Ich schließe die Augen. Nach wie vor weiß ich nicht, was ich empfinden soll, weshalb ich mich fühle, als habe mich jemand in einen Kasten gesperrt, an allen Seiten zu eng, um sich zu bewegen. Um auf irgendetwas zu reagieren.

»Er war außer sich, dass du nicht zu seiner Feier kommen wolltest, weißt du das? Er hat versucht, dir ins Gewissen zu reden, aber für dich ist es ja so einfach, deine Eltern zu ignorieren und das durchzusetzen, was *du* willst, ohne dich nur einen Deut darum zu scheren, welche Folgen dein Verhalten haben könnte. Er ist noch nicht wieder aufgewacht. Aber die Ärzte sagen, wäre der Notarzt nur ein bisschen später dran gewesen, wäre er jetzt tot.«

Das Schweigen in der Leitung dauert eine ganze Weile an, während ich versuche, mich aus dieser Kiste zu befreien, die mein Handeln und mein Denken zu unterbinden scheint.

»Was genau ist denn passiert?«, frage ich schließlich, und man sollte meinen, meine Stimme klänge rau, doch sie ist von der gleichen Kälte wie die meiner Mutter.

»Was soll passiert sein? Er hatte einen verdammten Herzinfarkt. Die Aufregung, zu der *du* beigetragen hast, wie du sehr wohl weißt, war am Ende zu viel. Er hat mit einem Kollegen telefoniert, aufgelegt und ist umgefallen.« Sie schnieft. Aber nicht wie jemand, der in Tränen aufgelöst ist, sondern eher so, als schnaube sie vor Wut. Was mich zu dem Schluss bringt, dass die Hysterie auf meiner Mailbox gespielt gewesen sein muss, extra für mich, um mir ein schlechtes Gewissen zu machen, und weiß Gott, das ist ihr geglückt.

»Ich versuche, morgen einen Flug zu bekommen.«

»Du *versuchst*, morgen einen Flug zu bekommen?«

»Was anderes kann ich schlecht tun, denn mein Rückflug geht erst am Montag. Ich werde sehen, dass ich morgen im Laufe des Tages zurückfliegen kann.«

»Warum nicht heute Abend?«

»Weil ich erst wieder nach Edinburgh muss. Keine Ahnung, wie weit es von hier ist, aber gerade bin ich ganz im Norden.«

Sie schweigt, aber ich höre sie atmen. »Sieh zu, dass du morgen hier bist«, sagt sie und legt auf.

Ich lasse das Handy sinken, schiebe es zurück in meine Tasche und bleibe einige Sekunden lang stehen.

Ganz ehrlich?

Ich habe mir ausgemalt, mehr als einmal, wie es wäre, wenn mich genau dieser Anruf erreichen würde: *Dein Vater hatte einen Herzinfarkt. Er ist tot.* Immer wieder habe ich mir gesagt, dass ich ganz sicher erleichtert sein würde. Dass ich für einen kurzen Augenblick schockiert wäre, dann aber nichts als Leichtigkeit empfinden würde darüber, dass jeglicher Druck von mir abfällt. Der Druck, den ich mir selbst mache, versteht sich, denn worüber könnte ein reiches, schönes Söhnchen wie ich sich beschweren? Tu es laut, und die Menschen um dich herum fangen an, dich noch mehr zu hassen, als sie es ohnehin schon tun. Also lass es sein und tue so, als mache das Leben im Überfluss den unglaublichen Spaß, den sich alle um dich herum davon erwarten.

Ich spiele mit dem Gedanken, das Handy abzuschalten. Ich will nicht wissen, wie oft sie anrufen wird, um sich zu entschuldigen, dafür, dass sie mich angefahren hat, für ihre Härte und ihre Schuldzuweisungen. Ich weiß, dass es so sein wird, und ich weiß, es gehört zu ihrem merkwürdigen Charakter dazu, erst alles zu zerstören, um dann alles wieder aufzubauen.

Ich habe den Gedanken kaum zu Ende gedacht, da klingelt das Telefon. Ich hebe nicht ab. Stattdessen sende ich ihr eine Nachricht: *Schreib mir, wenn es wichtig ist. Ich kann nicht gleichzeitig fahren und telefonieren.*

Ein letztes Mal lasse ich den Blick in die Ferne schweifen, dahin, wo ich das Meer vermute. Denn was mich eigentlich beschäftigt, was mir wirklich keine Ruhe lässt, ist, dass ich in dem Augenblick, in dem ich die Mailbox mit der Nachricht meiner Mutter abgehört habe, gar nichts empfunden habe. Nicht Schock, nicht Erleichterung.

Nichts.

52
Lina

»Die kürzeste Strecke ist sechs Stunden, aber ich weiß nicht, ob wir das schaffen. Keine Ahnung, wie man auf diesen schmalen Straßen hier im Dunklen vorankommt.«

Statt einer Antwort zieht Max das Handy aus seiner Tasche und legt es in den Getränkehalter. Seit er vor einigen Minuten eingestiegen ist, hat es nicht aufgehört zu brummen. Er greift danach, stellt den Ton aus und platziert es mit der Vorderseite nach hinten zurück in den Ständer, wo es nun anklagend gegen das Plastik leuchtet.

»Es ist jetzt fünf«, sagt er. »Das heißt, wenn alles gut geht, wären wir um elf in Edinburgh, vermutlich eher später.« Er lässt den Wagen an. Lenkt ihn rückwärts aus dem Feldweg und auf die schmale Straße, auf der wir gekommen sind. »Kannst du das Navi programmieren?«

»Schon geschehen.«

»Okay.« Er wirft mir einen Blick zu. »Danke.«

Ich beiße mir auf die Lippen. Wäre es umgekehrt, denke ich, ich würde nicht mit ihm sprechen wollen, mit niemandem vermutlich. Ich würde nichts sagen, nichts gefragt werden wollen. Ich würde schweigen, so wie er es jetzt tut, und mein Gegenüber damit verrückt machen. Ja, so würde es wohl sein. Wieder sieht Max zu mir herüber und sagt dann:

»Er hat überlebt. Sie haben ihn rechtzeitig ins Krankenhaus gebracht.«

»Ah.« Mein Herz beginnt, schneller zu schlagen. »Was ist denn passiert?«

Er zuckt mit den Schultern. »Offenbar ist er nach einem Telefongespräch zusammengebrochen. Einfach so. Was Geschäftliches.« Noch einmal Schulterzucken.

Ich atme aus, und mein Herzschlag beruhigt sich. Ich habe Max' Mutter nur zwei Sätze sagen hören, kurze noch dazu, doch deutlicher hätte sie das Drama, das sich dahinter verbirgt, gar nicht darlegen können. Sie hat ihm die Schuld gegeben, nicht einmal indirekt, sondern sehr offensichtlich. Und wofür eigentlich? Ja, das ist das Schlimmste daran, oder? Dass sie ihn mit diesem ersten, harten Statement in dem Glauben gelassen hat, sein Vater könnte an dem Herzinfarkt gestorben sein, und Max wäre schuld daran.

Das Handy blinkt und blinkt. Ich sehe vom Telefon zu Max. »Das ist nicht deine Schuld.«

»Ich weiß.«

Er umfasst das Lenkrad so fest, dass seine Fingerknöchel weiß hervortreten. Und so fahren wir eine ganze Weile, während sich um uns herum der Himmel verdunkelt und die Einsamkeit der Landschaft das letzte bisschen ihrer beruhigenden Kraft verliert, uns stattdessen umschließt, als wollte sie uns ersticken.

Ich denke, Max ist so sehr in seine eigenen Gedanken vertieft, dass er mich neben sich gar nicht mehr wahrnimmt, doch plötzlich sagt er: »Heute ist sein Geburtstag«, und ich blinzle ihn verwundert an.

»Wessen? Dein Vater? Dein Vater hat heute Geburtstag?«

Er nickt. »Der Sechzigste.«

»Oh.« Ah. Okay. Das erklärt einiges. Zum Beispiel unser Gespräch in dem schicken Restaurant in Edinburgh, wo Max mir erklärte, dass er seinen Eltern eine Lügengeschichte aufgetischt hat, was seine Reise nach Schottland betraf.

»Und deshalb bist du hergekommen? Weil du nicht mit deinem Vater Geburtstag feiern wolltest?«

Max verzieht das Gesicht, und ich denke, das ist das erste Mal, dass ich so etwas wie Unsicherheit darin sehe, und ich denke weiter, dass mir das nicht gefällt. Sosehr ich mich über den selbstsicheren, selbstgefälligen Max schon geärgert habe, sosehr habe ich mich offenbar auch mit ihm angefreundet.

»Klingt verrückt, oder?«, fragt er. »Dass jemand lieber das Land verlässt, als zum Familienfest anzutreten?«

»Nein.« Ich schüttle den Kopf. »Klingt ganz und gar nicht verrückt für mich.«

Max wirft mir einen Blick zu, dann sieht er zurück auf die Straße. Ich bin froh, dass er nicht die Möglichkeit hat, mich eingehender zu betrachten, denn dann würde ihm auffallen, dass auch ich mich winde. Nach all dem, was in den vergangenen 24 Stunden passiert ist, wehrt sich mein Magen auf einmal gegen noch weitere Lügen, gegen noch mehr Unsinn, den ich verbreite, gegen auch nur einen Schwindel mehr. Ich bin versucht, mit der Wahrheit herauszuplatzen, angefangen mit meinem Namen, meinen Eltern, meiner beschissenen Herkunft. Ich will ihm sagen, warum ich gelogen habe, dass ich den Gedanken an sein Mitleid nicht ertragen konnte, das Mitleid des schönen, reichen Söhnchens, der im Leben alles hat und auf den Rest herabsieht, selbst wenn ich schon lange vermutet hatte, dass er nicht wirklich glücklicher ist, als ich es bin. Ich will ihm sagen, dass Robin mich glücklich macht – mein kleiner Bruder, mein Halbbruder, der so anders ist, dass meine Mutter ihn nirgendwo mit hinnehmen wollte, um nicht aufzufallen. Ich habe das Bedürfnis, reinen Tisch zu machen, aber nicht den Mut dazu. Nicht jetzt, nicht in dieser Situation. Und nicht ein andermal, denn darüber zu sprechen, all die Wut und Enttäuschung und die Verletzungen für einen anderen zu formulieren, tut mehr weh, als ich ertragen kann. Warum wohl habe ich es bisher nie getan?

»Robin?«

Ich blinzle. Max hat noch etwas gesagt, aber ich kann mich nicht erinnern, was.

»Sorry. Ich habe bloß gerade an etwas gedacht, also … nein. Nicht verrückt für mich.«

Er wirft mir einen weiteren, flüchtigen Blick zu, dann sieht er zu dem Handy, das nach wie vor leuchtet. Er steuert die nächste Haltebucht an, stoppt den Wagen, schnappt sich das Telefon und murmelt eine Entschuldigung.

»Was?«, fragt er hinein, so kalt, dass ich zusammenzucke.

Eine Frauenstimme ist zu hören, schrill und weinerlich, und ich meine, eine Entschuldigung auszumachen, Schluchzen und *bitte. Bitte.*

Max sagt: »Ich hab dir erklärt, ich fahre so schnell es geht zurück nach Edinburgh. Ich bin mitten im Nirgendwo – ich kann nicht gleichzeitig mit dir telefonieren und nicht im Graben landen.«

Nicht so gemeint. Entschuldige. Bitte.

»Ich schalte das Telefon jetzt aus. Ich melde mich, wenn ich Details zu meinem Flug habe, in Ordnung?«

Schluchzen.

Klick.

Stille.

Ich reibe mir mit den Händen über die Arme, während Max den Wagen zurück auf die Straße lenkt. Eine ganze Weile schweigen wir, dann sagt er: »Das ist das, wofür ich ihn am meisten hasse. Dass meine Mutter nicht mehr ist als ein Schatten ihrer selbst und er dabei zugesehen hat, wie sie zugrunde geht.«

Ich starre Max an, doch er sagt nichts mehr. Und ich bin die Letzte, die nachbohrt, die Letzte, die jemanden dazu bringt, Dinge zu erzählen, die er eigentlich für sich behalten will.

»Als wir klein waren, mein Bruder und ich, da habe ich mir Geschichten für uns ausgedacht. Darüber, wer unsere Eltern sein könnten, warum sie nicht bei uns waren, weshalb wir da gelandet sind und nicht bei ihnen leben.«

»Ihr seid adoptiert worden?«

»Nein.« Ich lache. »Leider nein.«

Ich beiße mir auf die Lippen, denn obwohl ich so gut wie gar nichts von mir preisgegeben habe, habe ich den Eindruck, ich hätte zu viel gesagt.

Aber ähnlich wie ich ist auch Max nicht der Typ, der nachbohrt. Stattdessen sagt er: »Wenn man so aufwächst wie ich, muss man aufpassen, was man sich wünscht. Und wem man davon erzählt.« Ein kurzer Seitenblick auf mich, und ich weiß sofort, was er bedeutet.

»Du meinst, niemand hat Verständnis, wenn man sich auf der Sonnenseite des Lebens über zu viel Licht beschwert?« Es sollte scherzhaft klingen, doch richtig geglückt ist das nicht.

»Sag mir nicht, du hattest keine Vorurteile, als wir uns zum ersten Mal begegnet sind? Du hast meiner Familie Geld unterstellt, da hatte ich noch nicht einmal den Mund aufgemacht.«

Ich verziehe das Gesicht. »Ich war an diesem Tag auch nicht gerade bestens gelaunt. Ich …«

»Ich wohne in einem Apartment, das an die zwei Millionen Euro wert ist. Und ich wohne da nicht nur, es gehört mir. Ein *Geburtstagsgeschenk* meines Großvaters. Die Kreditkarte, die du so schwungvoll aus dem Fenster hast fliegen lassen? Nur eine von mehreren, die mir zur Verfügung stehen. Für was auch immer.«

Ich klappe meinen Mund zu und warte. Zwei Millionen Euro? Er hat eine *Wohnung* geschenkt bekommen, die *zwei Millionen Euro* wert ist?

»Es gibt keinen Grund, sich zu beschweren, richtig?« Wieder dieser Seitenblick auf mich, als wäre ich für all die Misere in seinem Leben verantwortlich.

»Sorry. Vergiss es«, sagt er.

»Okay.« Ich öffne das Fenster einen Spalt und lasse kühle, kalte Luft herein. »Mir tut es auch leid. Ich hatte Vorurteile, und das war dumm von mir.«

Max reibt sich die Stirn. Und mit einem Mal lacht er. »Aaah, Gott. Lass uns über etwas anderes sprechen, okay, Crazy Girl? Etwas ganz anderes.«

Ich überlege einen Moment. »Ozzy Osborne hat mal Ameisen geschnupft. Wie eine Linie Kokain, weißt du? Vom Gehsteig. Einige der Ameisen sind danach aus seinem Mund gekrabbelt.«

Max lacht, laut und überrascht, und obwohl mir klar ist, dass es weder ehrlich noch wirklich fröhlich ist, lasse ich mich darauf ein, die nächsten Stunden über die belanglosesten Dinge zu sprechen, die mir einfallen.

Es ist fast Mitternacht, als wir in Edinburgh ankommen. Wir haben keine größeren Pausen eingelegt, nur zum Tanken gehalten und dafür, aufs Klo zu gehen, und haben gerade den Pick-up auf einem Parkplatz in der Nähe der Touristeninfo abgestellt, als das Unfassbare geschieht.

53
Max

Ich ziehe den Zündschlüssel ab und könnte auf der Stelle umfallen vor Müdigkeit. Vielleicht die Fahrt, denke ich, die wenigen Pausen, die Dunkelheit. Vielleicht die Gespräche mit meiner Mutter, vielleicht die, die da noch kommen. Sicher nicht wegen Robin. Ohne Robin wüsste ich ehrlich nicht, ob ich nicht durchgedreht wäre in den letzten paar Stunden.

Sie hat sich abgeschnallt und zu mir gedreht.

»Hey.«

»Hey.«

»Du siehst müde aus.«

»Es kann einschläfernd sein, den Fahrer wach halten zu müssen.«

»Der Fahrer kann sich gern revanchieren. Was das Wachhalten angeht.« Ich grinse sie an und sie antwortet genau, wie ich es erwartet hatte, mit ihrem signifikanten, spöttischen Lächeln.

»Und *wo genau* würdest du mich gern wach halten? Auf der Rückbank?«

»Verlockend.« Ich schnalle mich ebenfalls ab. »Aber nein. Was würdest du sagen, wenn ich dir erklären würde, dass ich nach wie vor das Hotelzimmer habe, in dem ich vor unserer Fahrt in die Highlands gewohnt habe?«

Einige Sekunden lang starrt sie mich an, bevor sie die Stirn runzelt. »Das ist nicht dein Ernst.«

Ich halte ihrem Blick stand.

Sie sagt: »Was für eine Geldverschwendung«, in genau dem Augenblick, in dem ich erkläre: »Ist es auch nicht.«

»Was?«

Ich lache. »Ich hab von der Tankstelle aus da angerufen und für heute Nacht ein Zimmer reserviert.«

»Du machst es einem schwer, nicht an dem goldenen Löffel in deinem Hintern hängen zu bleiben, weißt du das?«

»Ah, diese Ausdrucksweise.«

Sie rollt mit den Augen, doch bevor sie sich abwenden kann, greife ich mit einer Hand in ihren Nacken und ziehe sie zu mir her. Ihre Lippen öffnen sich, kein Ton kommt heraus. Mein Blick haftet darauf. Auf der schimmernden, festen Haut und dem kleinen Ring in ihrem Mundwinkel. Ich bin mir ziemlich sicher, ich kann ihre Gedanken erraten, aber sie liegt absolut falsch, wenn sie glaubt, ich würde sie küssen.

»Bleib nicht an deinen Prinzipien hängen, wenn du aussteigst«, sage ich und drücke ihr einen Kuss auf die Stirn.

Ich grinse immer noch, als ich aus dem Wagen springe und einmal drum herumlaufe, auf Robins Seite. Aus dem Augenwinkel nehme ich einen Schatten wahr, doch ich beachte ihn nicht. Ich greife nach der Tür, will sie aufschwingen, und im nächsten Moment hat mich jemand an der Schulter gepackt und herumgerissen.

»Sieh an.« Ein harscher, schottischer Akzent. Ich brauche einen Augenblick, um die Stimme und das Gesicht einzuordnen, zumal es nicht gerade hell ist auf diesem Parkplatz, doch dann erkenne ich den Jungen wieder, der Robins Geld klauen wollte. Den, den ich mithilfe eines anderen Passanten festgehalten und der Polizei übergeben hatte. Er sieht nicht sonderlich erfreut aus, mich zu sehen, im Gegenteil.

»Wer ist das, Tris?«

Oh, herrlich. Hinter dem Jungen treten noch zwei weitere aus der Dunkelheit, einer abgerissener als der andere, aber auch unschlüssig, was einen Schimmer Hoffnung in mir weckt. Denn, sind wir mal ehrlich: Besagter Tris sieht nicht gerade aus wie Thor, eher schmächtig bis hager, doch er wirkt angetrunken und aggressiv genug, um es nicht bei der dahingerotzten Begrüßung zu belassen. Mittlerweile drücke ich mit einer Hand gegen die Tür, mir des Widerstands wohl bewusst, den Robin von innen leistet. Sie will offensichtlich aussteigen, was ich für keine sonderlich gute Idee halte.

Und tatsächlich hebt Tris seinen schwerfälligen Blick zum Wagenfenster, während er ätzt: »Das ist der Typ, der mich an die Polizei verpfeifen wollte.« Mein Pulsschlag erhöht sich. »So ein Zufall«, nölt er. »Man sieht sich immer zweimal, was?«

»Der Deutsche?«, grunzt einer der beiden Typen von hinten, und Tris schwankt ein bisschen, während er sich mit einer Hand ans Auto stützt.

»Okay, Jungs«, beginne ich, und dann frage ich mich ernsthaft, wie dieser Satz weitergehen soll. Max von Linden, erfolgsverwöhnt, gut aussehend, charmant und in der Regel nie um einen messerscharfen Spruch verlegen, hat keine Ahnung, wie er aus dieser Nummer rauskommen soll. Und weil mich diese Erkenntnis offenbar ablenkt, reagiere ich zu spät, als Robin sich mit voller Wucht von innen gegen die Tür wirft. Ich stolpere ein Stück zur Seite, als sie aus dem Wagen springt.

»Ach, sieh mal an«, wiederholt Tris lallend.

»Warte im Auto«, raune ich Robin zu, doch als ich sie hinter mich schieben will, drückt sie sich an mir vorbei.

»Ja, warte lieber im Auto«, äfft Tris mich nach, »das ist nichts gegen dich, okay?«

»Was soll das hier?«, setzt Robin an, und innerlich stöhne ich auf. Als könnte man in diesem Zustand mit dem Typen reden. »*Du* wolltest *mich* beklauen, schon vergessen? Wir haben gar nichts getan.«

»Ah ja?« Er schwankt auf mich zu. Robin versetzt seiner Schulter einen Schubser und er torkelt zurück, wo ihn seine zwei Kumpel auffangen.

Okay. Das läuft nicht gut, schätze ich mal.

Während ich versuche, den reichlich angesäuerten Tris davon abzuhalten, auf Robin loszugehen, und diese gleichermaßen daran zu hindern, sich erneut an mir vorbeizuschieben, haben seine zwei Freunde nach ihr gegriffen und halten sie fest.

»Lasst mich los, ihr Arschlöcher«, brüllt sie, während sie um sich tritt und sich loszumachen versucht.

»Hey.« Ich verstärke meinen Griff um Tris' Oberarm und drehe mich zu Robin um, die viel Furcht einflößender aussieht als ihre zwei erschrocken wirkenden Widersacher, im nächsten Augenblick spüre ich eine Faust in meinem Magen.

Ich krümme mich. Für eine Sekunde schießt mir durch den Kopf, dass ich nie im Leben damit gerechnet hätte, je in eine solche Situation zu geraten, dann sind meine Gedanken wieder bei Robin.

Ich richte mich auf, um den nächsten Schlag abzuwehren, halte Tris' Arm weiterhin umklammert und will ihn nach hinten schieben, weg von dem Wagen, weg von den anderen. »Lasst sie verdammt noch mal los«, rufe ich über die Schulter, obwohl ich mir diesbezüglich wenig Hoffnungen mache. Aber ich höre Robin fluchen und einen der Typen aufstöhnen und – ach, Scheiße. Ich muss irgendwie verhindern, dass Tris einfällt, er könnte auch noch auf sie losgehen.

»Ey, was glaubst du, wo du hingehst?«, nuschelt der, als ich mich an ihm vorbeischiebe, um noch ein Stück Abstand zwischen uns und den Pick-up zu bringen. Ich höre seine Schritte hinter mir, doch obwohl ich damit rechnen sollte, bin ich dennoch überrascht, als mich ein Tritt in den Rücken trifft. Ich falle nach vorn, lande auf den Händen, doch bis der Kerl hinter mir stehen bleibt, bin ich schon wieder auf den Beinen.

»Versuch's wenigstens von vorn, sei so nett.«

Ich ducke mich vor dem Schlag. Dann vor dem nächsten. Ich sehe in das Gesicht des Jungen und auf einmal kommt mir diese ganze Szene so surreal vor, im Grunde müsste ich jeden Augenblick aufwachen.

Im Hintergrund schreit Robin, Sachen wie: »Hey! Hallo! Kann uns mal jemand helfen oder was? Diese Spackos! Ey! Lass endlich los, du Arschloch!« Während der Junge vor mir, Tris, zu betrunken scheint, um überhaupt noch etwas wahrzunehmen. Seine Koordination ist wacklig und unpräzise und auf einmal schießt mir der naive Gedanke durch den Kopf, wie es kommt, dass er in seinem Alter schon derart viel Alkohol intus hat. Ich meine, wie alt wird er sein, vierzehn, fünfzehn? Robin hatte recht: Er wirkt eher wie ein Kind, nicht wie ein Erwachsener. Und ich bin dabei, von einem Kind verprügelt zu werden. Tja. Haken wir das von der Bucketlist.

»Kommt davon, wenn man sich einmischt. Schnösel. Pisser. Warte, bis ich dir deine hübsche Visage poliert habe.«

Ich höre ihn murmeln, während ich ihm ausweiche, doch auf einmal – *BÄM*. Die Faust trifft mich zwischen Mund und Kiefer und für einen Moment spüre ich dem Schmerz nach, der mir faktisch nicht vertraut sein dürfte, irgendwo in meinem Körper aber eine Erinnerung anrührt. Ich hänge dem Gefühl hinterher, zu lange offenbar, denn als Nächstes spüre ich einen Schlag in den Magen und dann meine Knie, als sie auf den Asphalt krachen. Ich schätze, ganz so unkoordiniert ist der Kerl dann doch nicht. Und verprügelt zu werden ist auch nicht ganz das, was man sich darunter vorstellt, denke ich, während er auf mich eintritt. Es tut in jedem Fall mehr weh. Robin kreischt. Es folgen Schritte. Über mir ruft eine Stimme: »Los jetzt! Weg hier!« Ich will gerade aufstehen, um nach Robin zu sehen, als mich irgendetwas am Kopf trifft.

54
Lina

»Gottverdammter Idiot, verrückter, bescheuerter, verdammt noch mal ...« Ich lasse mich neben Max auf die Knie fallen. Er liegt auf dem Boden, auf der Seite, in sich zusammengerollt, und er rührt sich nicht. Mir schlägt das Herz bis zum Hals. Ich weiß nicht, ob ich ihn schütteln soll oder besser nicht berühren, ob er sich was Ernstes getan hat oder überhaupt noch atmet, doch als ich mich zu ihm hinunterbeuge, stöhnt er plötzlich auf und rollt sich auf den Rücken.

Ich bin so erleichtert. Gleichzeitig würde ich ihn am liebsten umbringen. Was zum Teufel hat er sich dabei gedacht, sich von diesem Halbstarken verprügeln zu lassen? Ich meine, es wird doch wohl möglich sein, sich so weit zu verteidigen, dass man nicht zu Brei geschlagen wird? Ich bin wütend, ehrlich wütend. Mein Herzschlag lässt mich beinahe nichts mehr hören als das Blut, das in meinen Ohren rauscht. Ich bin so sauer auf ihn. Ich bin ...

»Hallo, Crazy Girl. Hast du die Kerle in die Flucht geschlagen?«

Ich starre Max an. Und dann, ich weiß auch nicht, dann lässt die Schockstarre nach und ich beginne, völlig unkontrolliert zu zittern.

»Hey.« Stöhnend setzt Max sich auf. Ich schlage die Hände vors Gesicht, während er beide Arme um mich legt.

Anwohner haben die Polizei gerufen. Als die Beamten eintreffen, bringe ich nach wie vor keinen geraden Satz heraus und überlasse Max das Reden. Seine Lippen sind blutverschmiert und er hält sich den Magen, während er den Polizisten erklärt, was passiert ist. Als er in meine Richtung lächelt, wirkt es gequält. Bestimmt hat er mehr abbekommen, als er zugeben will, und der Polizist scheint das ähnlich zu sehen, denn er hört nicht auf, von einem Arzt zu sprechen, der nach ihm sehen soll, und davon, dass er seine Aussage aufnehmen muss.

Letztlich landen wir zuerst im Krankenhaus, wo zwei geprellte Rippen festgestellt werden, zum Glück aber nicht mehr. Weder hat der Kiefer ernsthaft etwas abbekommen noch der Kopf, auf wundersame Weise. In seiner Verteidigungshaltung muss Max instinktiv sein schönes Gesicht geschützt haben, dieser verdammte Idiot.

Die Polizeiwache, in der Max seine Aussage machen soll, ist ein ausladendes Backsteingebäude zu Füßen von Arthur's Seat, der sich in der Dunkelheit schwarz und bedrohlich hinter den Häusern der Stadt erhebt.

Es ist noch nicht einmal eine Woche her, dass wir dort oben standen, vor der Reise, unsicher, ob wir sie überhaupt miteinander antreten sollten. Mir kommt es vor, als sei das eine Ewigkeit her, so wie die Zeit davor. Meine Musik auf der Royal Mile, und der Schnösel vom Flughafen, der sich hinter den Zuschauern versteckt. Von der Seite betrachte ich Max. Ich kann nicht glauben, was seither geschehen ist, aber ich weiß, ich bin nicht mehr dasselbe Mädchen, das auf denselben Jungen blickt.

Im zweiten Stock werden wir in ein Büro geschoben, wo

wir vor einem Schreibtisch Platz nehmen. Max hat nicht viel gesprochen, seit wir das Krankenhaus verlassen haben, doch jetzt, nachdem der Polizist uns noch einmal allein gelassen hat, um Wasser zu holen, sagt er: »Es tut mir leid, dass ich dich nicht vor diesen Typen beschützen konnte.«

»Ach, Max.« Es klingt weich, obwohl ich eigentlich sauer auf ihn bin, aber ich habe nicht die Kraft, ihn nach all dem auch noch mit Vorwürfen zu belasten. »Es ist nicht deine Aufgabe, mich zu beschützen, und mir ist auch nichts passiert.«

Er sieht mich prüfend an. Und er hat diesen Ausdruck auf dem Gesicht, der so viel sagt wie: Es hätte alles Mögliche passieren können. Hast du daran mal gedacht?

»Mir geht es gut«, betone ich. Sein Kinn ziert mittlerweile ein ziemlich düster aussehender, blaugelber Fleck und kurz überlege ich, mit den Fingerspitzen darüberzustreichen, doch dann lasse ich es sein. »Wieso hast du dich nicht wenigsten gewehrt?«, frage ich stattdessen. »Ich meine, du hast nicht einmal versucht, dich gegen dieses kleine Arschloch zu verteidigen.«

»Tut mir leid, wenn die Choreografie nicht deinen Vorstellungen entsprach.«

Ich schnaube. »Das ist nicht witzig.«

»Das letzte Mal, als du das *kleine Arschloch* gesehen hast, hättest du ihm fast noch das Geld geschenkt, das er dir geklaut hat.«

»Da wusste ich noch nicht, welches Kaliber Arschloch er darstellt.«

Max setzt sich aufrechter hin und verzieht das Gesicht vor Schmerz. »Hast du ihn dir angesehen? Er ist noch ein Kind.«

»Ein Kind, das volltrunken auf dich eintritt.«

Er betrachtet mich eine Weile, ohne etwas zu sagen, schließlich erklärt er: »Ich weiß nicht, was ich getan hätte, wenn die zwei anderen dich angegriffen hätten. Aber so …« Er schüttelt den Kopf. »Sich prügeln will gelernt sein, schätze ich. Auf diese Schule bin ich nicht gegangen. Und ich wollte nicht auf ein Kind einschlagen.«

Ich schaue weg, damit er nicht sieht, dass ich wirklich, *wirklich* wütend auf ihn bin. Das hätte sonstwie ausgehen können, und weshalb? Ich meine, was spricht dagegen, sich zu wehren, wenn man angegriffen wird? Wie kann man so stur sein?

Max öffnet den Mund, um noch etwas zu sagen, doch was auch immer es ist, bleibt mir erspart, weil der Beamte zurück ins Zimmer kommt. Er stellt je ein Glas Wasser vor uns ab, dann lässt er sich auf seinen Stuhl fallen. Und sagt: »Fangen wir mit den Personalien an.«

Das Gefühl, das dieser Satz, diese sechs Worte, in mir auslösen … Als habe ich von einer Sekunde zur anderen etwas verloren, von dem mir nicht klar war, dass ich es überhaupt besitze.

55
Max

»Name?«

»Von Linden, Max.«

»Geburtsdatum?«

»24. Oktober 1996.«

»Wohnhaft?«

»München.«

»Adresse?«

Ich gebe dem Mann meine Adresse. Es ist fast zwei Uhr früh, mein Kiefer glüht, meine Rippen pochen, und mein Kopf – die Ärzte sagen, es sei nichts festzustellen an meinem Kopf, aber es hämmert darin wie nach einem erstklassigen Whiskyrausch. Ich bin müde. Die monotonen Fragen des Beamten und meine ebenso eintönigen Antworten schläfern mich beinahe ein, so weit, dass ich selber kaum noch höre, was ich rede, geschweige denn den Gesprächen anderer folgen kann.

Was ich allerdings wahrnehme … was ich wahrnehme ist das Zittern, das von Robin ausgeht. Sie sitzt neben mir, kerzengerade und kreidebleich, was mir erst jetzt auffällt, als ich meinen schläfrigen Blick auf sie richte.

»Name?«

Der Beamte wendet seine Aufmerksamkeit Robin zu, doch sie antwortet nicht gleich. Stattdessen kramt sie in ihrem Rucksack nach dem geforderten Ausweis.

»Im Grunde kann ich nicht viel beitragen«, murmelt sie. »Ich war ein Stück weiter weg und hab kaum etwas gesehen.«

Der Gesichtsausdruck des Polizisten bleibt unverändert, und schließlich zieht Robin mit zusammengepressten Lippen ihre Ausweiskarte hervor.

Für einen Moment schließe ich die Augen, als mir um den hämmernden Kopfschmerz herum wieder einfällt, dass ich in ein paar Stunden zurück nach München fliegen und am Krankenbett meines Vaters auftauchen muss. Diese kleine Schlägerei heute Abend hat zumindest dafür gesorgt, mich ein paar Stunden von diesem Thema abzulenken, was ich als positiv bewerte, allen Prellungen zum Trotz. Aber hier, in der Ruhe des Nachbebens und zu dem Gemurmel neben mir, wird mir auf einmal klar, was der Umstand meiner Rückreise tatsächlich bedeutet. Ich werde nicht nur mit meiner Familie konfrontiert, mit Leander und Bela, sondern auch damit, das Mädchen, das mich die vergangenen zwei Wochen beschäftigt hat, vermutlich nie mehr wiederzusehen.

Bevor ich klären kann, was dieser Gedanke mit mir macht, schiebt sich die Stimme des Polizisten in mein Bewusstsein.

»Lina Stollberg«, liest der Beamte, Robins Ausweis in der Hand. »Wohnhaft in Berlin?«

Ich blinzle. Dann werfe ich Robin einen Blick zu, die die Augen schließt, ganz kurz nur, bevor sie nickt.

Der Polizist tippt ihre Angaben in den Computer. »Ihre Adresse, bitte«, sagt er, und Robin murmelt einen Straßennamen. Ich runzle die Stirn. Und als der Beamte ihr den Ausweis zurückgibt, greife ich danach, bevor Robin ihn wieder in ihrem Rucksack verschwinden lassen kann.

Lina Stollberg, 7.7. 1998, Berlin.

Lina Stollberg.

Mein Stirnrunzeln vertieft sich, während ich dasitze und auf den Ausweis in meiner Hand starre. Das da ist Robin auf dem Foto. Bescheuerte Frisur und alles.

»Mr von Linden? Können wir jetzt zu Ihren Angaben zum Tathergang kommen?«

Ich sehe den Polizisten an und für einige Sekunden habe ich keine Ahnung, wovon er redet. Dann strecke ich Robin wortlos ihren Ausweis entgegen, ohne sie dabei anzusehen. Lina, meine ich. Ich gebe Lina ihren Ausweis zurück. Anschließend schiebe ich was auch immer dieser kleine Informationsaustausch gerade mit mir gemacht hat, in die hinterste Ecke meines Bewusstseins und beantworte die Fragen zu den Geschehnissen auf dem Parkplatz. Ich höre kaum zu, als das Mädchen neben mir das Gleiche tut. Es dauert noch etliche zähe Minuten, bis wir das Präsidium verlassen dürfen, geschlaucht und müde und jeder auf seine eigene Weise erstarrt.

Ich warte, bis wir in die nächste Straße eingebogen sind, außer Sichtweite des Präsidiums, dann bleibe ich stehen und sehe sie an.

»Lina?«, frage ich, und es sollte eigentlich einen Hauch scherzhaft klingen, was es überhaupt nicht tut.

Anständigerweise zuckt sie wenigstens zusammen. »Nach einer Weile wusste ich nicht mehr, wie ich aus der Nummer wieder rauskomme«, sagt sie.

»Wieso bist du in die Nummer hineingeraten, wenn ich fragen darf? Wer lügt bei seinem Namen? Hast du was angestellt?« Ich spreche es aus und gleichzeitig frage ich mich, was um Himmels willen sie angestellt haben könnte, um mir nicht ihren richtigen Vornamen zu sagen? Lächerlich. Ich schüttle den Kopf.

»Streng genommen habe ich dir keinen falschen Namen

genannt«, sagt sie. »Du bist davon ausgegangen, dass ich Robin heiße, ich habe dir nur nicht widersprochen.«

Okay. Ich atme einen tiefen Zug schottischer Nachtluft ein, während ich die Hände in den Hosentaschen vergrabe. »Robin«, sage ich. »Das stand in der Mütze, die dir der kleine Scheißer geklaut hat.«

Ich sehe auf das Mädchen herab, das nur in einem kurzärmligen Wollkleid dasteht, ohne Jacke, die Arme um den Körper geschlungen.

»Wer ist Robin?«

»Mein Bruder.«

»Der, bei dem du wohnst?«

Noch einmal verzieht sie das Gesicht, ganz leicht nur, und noch bevor sie sagt: »Es ist kompliziert«, wird mir so einiges klar, zum Beispiel, dass ich bereits zu Beginn dieser Reise das Gefühl hatte, angelogen zu werden, doch ich sage: »Lass uns das Gepäck holen und ins Hotel gehen. Es ist arschkalt hier draußen.«

Ich schlage den Weg zurück zum Parkplatz ein. Ich höre Linas Schritte hinter mir, wie sie vermeidet, mich einzuholen.

Der Nachtportier ist nicht schlecht überrascht, als Lina und ich um kurz nach drei Uhr bei ihm am Tresen auftauchen, ich mehr als lädiert, Lina stumm an meiner Seite. Im Zimmer führt mein erster Weg zur Minibar, doch dann überlege ich es mir anders. Keine Ahnung, wann der früheste Flieger startet, den ich erwische, aber ich will dort lieber nicht mit Fahne einchecken. Also befülle ich den Wasserkocher, verteile Teebeutel auf zwei Tassen und warte schweigend am Fenster, bis ich sie aufgießen kann.

»Es tut mir leid«, sagt Lina, »das war albern. Ich hätte dir gleich meinen richtigen Namen nennen sollen, ich weiß nicht, warum ich es nicht getan hab.«

»Ich könnte mir vorstellen, dass du dir am Anfang einen Spaß daraus gemacht hast, den beknackten Schnösel vom Flughafen zu verarschen«, sage ich dem Fenster, »ich bin mir nur nicht sicher, weshalb du es auch im Bett bevorzugst, mit dem Namen eines anderen angesprochen zu werden. Stellt vielleicht einen besonderen Kick dar.« Ich betrachte die nächtliche Stadt, ohne etwas zu sehen. Ich bin wütend, das lässt sich nicht leugnen. Und es fällt mir schwer, ihren Namen zu denken, ich bringe das alles irgendwie nicht zusammen.

Das Wasser kocht.

Ich lasse es in die Tassen fließen, nehme beide in die Hand und drehe mich um.

Sie lehnt an der Wand zum Gang, ihren Rucksack in der Hand. So als habe sie weder vor zu bleiben, noch etwas zu erklären, noch diesen verschissenen Tee zu trinken.

»Du wohnst also in Berlin«, beginne ich dennoch, während ich ihre Tasse auf dem Tisch abstelle und mich an die gegenüberliegende Wand lehne. »Aber nicht mit deinem Bruder, sondern …« Fragend hebe ich die Brauen, doch Lina presst lediglich die Lippen zusammen, ohne zu antworten.

Ich schüttle den Kopf. »Was? Ist das auch zu kompliziert? Du kannst nicht mal sagen, wo du wohnst?«

»Ich habe gerade keinen Wohnsitz«, presst sie heraus.

»Und die Adresse in Berlin?«

»Ist die Adresse meiner Mutter.«

Ich blicke sie an, und sie hebt das Kinn. Und schleichend, ganz allmählich, wird mir klar, dass wir uns in einer Sackgasse befinden, aus der wir uns nicht mehr hinausmanövrieren werden.

»Die Mutter. Von der du mich hast glauben lassen, sie sei tot.« Ich nicke.

»Ich habe nie gesagt, dass sie tot ist. Ist dir schon mal der Gedanke gekommen, dass deine scheißdämlichen Analysen, die du für so intelligent und treffend hältst, es am Ende gar nicht sind? Vielleicht, wenn du den Leuten um dich herum nicht dauernd deine vorgefertigte Meinung reindrücken müsstest, würdest du auch nicht ständig danebenliegen.«

»Okay, warte.« Ich lege den Kopf schief. Und es ist lächerlich, aber ich spüre selbst, wie sich der alte Max in dieses Gespräch drängt, wie er die Distanz, die in den vergangenen Tagen zu verschwimmen begann, wieder herstellt und die Dinge in ihr übliches Korsett zwingt. *Dies ist nur ein Mädchen. Sie ist eine von vielen. Es war Sex und sonst nichts.*

»Das heißt, weil du die Lügen nicht erzählst, sondern bloß mich bezüglich falscher Annahmen nicht korrigiert hast, bin ich – was? Selbst schuld, dass ich dachte, du hießest Robin, hättest nur noch den Bruder, mit dem du in der Schweiz lebst, und seist ansonsten auf dich allein gestellt? Was war sonst noch gelogen? Das ganze Gelabere über deine Musik – war das ernst gemeint? Oder gehört das am Ende auch nur zu dem Mythos, den du um dich herum kreierst, und hat keinerlei Bedeutung, weil du, keine Ahnung, eigentlich Yogalehrerin in einem Fitnessstudio bist oder Auszubildende in einer Bank oder die rechte Hand eines Tätowierers und dich einfach mal ein bisschen interessanter machen wolltest? Ist überhaupt irgendetwas wahr an dir?«

Sie antwortet nicht gleich. Steht da wie eine Statue, die Hand zur Faust geballt. Und sie zittert.

»Die rechte Hand eines Tätowierers, ja?« Ihre Stimme zittert ebenfalls, und ich sehe sie stirnrunzelnd an.

»Ich weiß überhaupt nichts von dir, *Lina Stollberg aus Berlin*. Warum ist das so?«

»Sag du's mir? Ich hatte nicht den Eindruck, dass wir uns unsere Leben erzählen müssen.«

Ich halte ihrem Blick stand. So lange, bis sie wegsieht.

»Das stimmt«, sage ich schließlich. »Wir haben von Anfang an gesagt, dass es nicht darum geht, den anderen zu kennen. Geschweige denn …« Ich schüttle den Kopf. Das Ganze ist so absurd, dass sich mir gerade nicht erschließt, was überhaupt los ist. »Ich werde mich unten an den Rechner setzen und versuchen, für morgen früh einen Flug zu buchen. Bin gleich wieder da.«

Bevor sie noch irgendetwas sagen kann, habe ich die Tür hinter mir geschlossen und bin den Gang hinunter zum Aufzug gestürmt. Nicht, dass ich wirklich damit gerechnet hätte, dass sie mir etwas hinterherruft.

In der Lobby überrede ich den Portier, mir aus der Bar einen Whisky zu besorgen, obwohl diese natürlich längst geschlossen hat. Hab ich mir eben noch wegen einer Fahne Sorgen gemacht? Du scheinst ja sonst keine Probleme zu haben, von Linden.

Ich buche einen Flug für elf Uhr vormittags, ein früherer ist nicht zu bekommen. Jetzt ist es gleich halb vier, um 9.30 Uhr sollte ich spätestens am Flughafen sein, macht fünf Stunden Schlaf, die ich noch mitnehmen könnte, falls es mir gelingt, überhaupt abzuschalten.

Um es gleich vorwegzunehmen: In dieser Nacht mache ich überhaupt kein Auge mehr zu. Als ich circa zehn Minuten später zurück auf mein Zimmer komme, ist es leer. Linas Sachen sind weg. Und Lina ist es auch.

56
Max

SAMSTAG, 7. OKTOBER

Wenn es nach meiner Mutter ginge, sollte ich vom Flughafen den direkten Weg zum Krankenbett meines Vaters nehmen, aber sie hat keine Vorstellung davon, was sie sich da wünscht. Die untere Hälfte meines Gesichts hat inzwischen die Farbe von schwarzen Oliven angenommen und betont hervorragend meine rot unterlaufenen Augen, die auf die durchgemachte Nacht zurückzuführen sind. Ganz abgesehen davon, dass ich mich aufgrund einer schmerzenden Rippengegend auch noch bewege wie ein volltrunkener Zombie und dabei nicht nach Veilchen dufte, also sollte sie gleich aus mehreren Gründen dankbar sein, dass ich nach der Landung zunächst einmal nach Hause fahre.

Was eventuell auch nicht die allerbeste Idee ist.

Aus dem Fahrstuhl kommend folge ich dem Hämmern und Schrauben in die Küche, wo sich Bela an einer Schranktür zu schaffen macht. Er sieht auf, als er mich hört, und er starrt mich mit offenem Mund an, als ich meine Tasche auf einem der Stühle abstelle und die Kaffeemaschine ansteuere. Immerhin hat er den Anstand zu fragen, ob ich einen Unfall hatte.

»Nennt man das so, wenn man in ein paar Fäuste hineinrennt?«, frage ich zurück. Und dann, als er nicht gleich antwortet: »Tu dir keinen Zwang an. Lass es einfach raus.«

»Da sagst du was«, erwidert er, und ich kann das Lachen bereits in seiner Stimme hören, bevor es aus ihm herausbricht. »Gott, welcher Tag ist heute«, japst er. »Ich muss das im Kalender anstreichen. Der Tag, an dem Max von und zu Linden endlich eine aufs Maul bekommen hat.«

»Streng genommen musst du dafür den gestrigen Tag anstreichen«, erkläre ich, den frisch gebrühten Kaffee in der Hand. »Willst du auch einen?«

Er schüttelt den Kopf. Und dann, als ich das Gesicht verziehe bei dem Versuch, mich auf einem der Stühle niederzulassen, bricht er erneut in Gelächter aus. »Ah, Scheiße, was ist mit dir passiert?«

Ich zucke mit den Schultern. »Wenn ich dir das erzähle, wird's noch blamabler. Die waren viel kleiner als ich.«

»Ach ja?« Grinsend greift Bela nach dem Akkuschrauber, den er neben sich auf der Anrichte abgelegt hatte, und beginnt damit, ein Scharnier festzuschrauben.

»Was ist hier passiert?«, frage ich.

»Leander ist an der Tür hängen geblieben«, ruft er über den Lärm hinweg. »Oder die Tür an ihm.«

Ich nippe an meinem Espresso. Davon ausgehend, dass niemand im nüchternen Zustand eine Küchenschranktür aus ihren Angeln reißt, ist das keine gute Nachricht, schätze ich.

»Wo steckt er?«

»Keine Ahnung.«

»Hat er heute frei?«

Bela nickt.

Ich seufze. Dann trage ich meine Tasse zur Spüle. »Ich geh duschen, zieh mich um, et cetera, et cetera.« Ich mache eine fahrige Handbewegung. »Dann muss ich ins Krankenhaus.«

»Wieso das denn? Hat es dich etwa schlimmer erwischt?«

Er schaltet den Schrauber aus, während er das fragt, doch dass er besorgt aussieht, kann man nicht gerade behaupten.

»Mein Vater hatte einen Herzinfarkt.«

Belas dichte Brauen heben sich.

»Sie haben ihn operiert. Er ist runter von der Intensivstation, muss aber noch ein paar Tage zur Beobachtung bleiben.«

Bela schweigt einige Sekunden, schließlich erklärt er: »Ich weiß echt nicht, was ich dazu sagen soll«, und ich nicke wieder.

»Dann sind wir schon zwei.«

Ich schließe meine Zimmertür hinter mir und lehne mich dagegen. Ich fühle mich wie verdaut und wieder hochgewürgt. Die Rippen tun weh, die Schmerzmittel wirken anscheinend nicht. Und mir ist übel. Mir ist schlecht, und wenn ich auch nur ein bisschen weiter denke als von hier bis dort, dann wird es schlimmer.

Ich denke an sie. Ich tue das immerzu. Ich denke daran, was sie mir in Bezug auf Olivia gesagt hat: Dass jemand, der nie etwas hatte, umso trauriger sein wird, wenn ihm das Neue wieder weggenommen wird.

Es ist lächerlich. Ich fahre mir mit beiden Händen durch die Haare. Absurd. Absolut irrsinnig.

57
Lina

Ich war am Flughafen. Ich habe den Rest der verdammten Nacht auf einem unbequemen Plastikstuhl verbracht und darüber nachgedacht, was ich tun kann, um diesen ganzen Mist nicht noch schlimmer zu machen. Nein, Quatsch. Ich habe darüber nachgedacht, was ich Max sagen soll, wenn er hier auftaucht, um nach Hause zu seinem Vater zu fliegen. Ich weiß, er will etwas von mir hören, irgendetwas, wenn ich bloß wüsste, was.

Etwas Wahres.

Ja, vermutlich das. Wobei er mich nicht so angesehen hat, als würde es ihn jetzt noch interessieren. Er hat mich angesehen … Ich richte mich auf und beuge mich nach vorn. Dann atme ich tief ein, so wie ich es schon seit geraumer Zeit immer wieder tue, weil es so ist, als würde mir der Gedanke an Max und diese letzte gemeinsame Stunde ein Messer in den Magen rammen. Nicht einmal vierundzwanzig Stunden ist es her, da … Ich beuge mich weiter vor, tief, mein Kopf hängt jetzt fast zwischen den Knien.

Es ist nicht wichtig, oder? Ich meine, ist es wirklich wichtig, wie man auseinandergeht, wo doch von vorneherein feststeht, dass man es tut? Ich denke nicht. Ich denke, die Erinnerung wird so oder so verblassen, an das Gute, an das Schlechte, sie verblasst.

Ich drehe meinen Kopf zur Seite. Und da sehe ich ihn. Er hat seine Tasche in der Hand und nicht wie üblich über die Schulter geworfen, vermutlich, weil ihm die Rippen wehtun. Er sieht fertig aus, völlig fertig, das kann ich aus dieser Entfernung erkennen und nicht nur daran, dass die Leute ihn seltsam anstarren. Wenn ich mir überlege, wie Max auf mich gewirkt hat, als ich ihm das erste Mal begegnet bin. Hier, in diesem Flughafen. Noch nicht einmal zwei Wochen ist das her. Und jetzt ... als hätte ihn ein Lastwagen überfahren, oder aber doch nur ich, die ich auf meinem Kreuzzug nach Rache und Gerechtigkeit jeden niedermetzle, der sich mir in den Weg stellt.

Robin würde das gefallen. Er würde sich zu mir setzen, die großen, dunklen Augen weit, der Mund halb offen, das Gesicht voller Fragen. Was ist das für ein Kreuzzug?, würde er wissen wollen. Wo findet er statt? Welche Waffen werden verwendet? Wer hat sie geschmiedet? Mit welcher Intention? Wer hat welche Überlebenschancen und warum? Er würde es ernst nehmen. Er nimmt einfach alles ernst. Er kann nicht unterscheiden zwischen echt und unecht, zwischen falsch und wahr.

Der Gedanke schnürt mir die Kehle zu. Und ich versuche nicht einmal, aufzustehen und Max' Aufmerksamkeit auf mich zu ziehen, um ihm zu sagen, weshalb ich nicht in diesem Hotel bleiben konnte, aber hier auf ihn gewartet habe, um ihm zu erklären ... um ihn um Verzeihung zu bitten, ich weiß nicht.

Ich versuche es nicht einmal.

Ich bleibe genauso sitzen, den Kopf auf den Knien, das Gesicht nach links gedreht, und sehe ihm nach, während er hinter einer Gruppe Reisender aus meinem Blickfeld verschwindet.

58
Max

DONNERSTAG, 19. OKTOBER

Lieber Max,
Granny sagt, ich muss dir unbedingt schreiben, weil ich mich für die Harry-Potter-Box und Nessie bedanken soll, aber sie hätte mir das gar nicht so oft sagen müssen, ich hätte es sowieso gemacht. Sie hat mir gesagt, ich darf mir eine Postkarte aussuchen, also habe ich die von dem Café genommen, in dem Mrs. Rowling die Bücher geschrieben hat. Bestimmt warst du nicht dort, als du in Edinburgh warst. Die Bücher-Box ist das schönste Geschenk, seit dem Malkasten, den meine Mummy zu meinem Geburtstag geschickt hat. Vor zwei Jahren aber schon, im letzten Jahr hatte sie keine Zeit, was zu schicken, hat Granny gesagt. Jedenfalls habe ich noch mal von vorne angefangen, ich bin gerade bei Band drei. Jetzt geht der Platz aus, viele Grüsse von deiner Olivia.

59
Max

DIENSTAG, 24. OKTOBER

»Du hättest eine Krawatte umbinden können.«

»Lass ihn, Christine, das hier ist kein Lokal mit Krawattenzwang. Er sieht gut aus. Du siehst gut aus, mein Sohn, der Anzug ist absolut ausreichend.«

»Vielleicht solltest du deinem Sohn erst einmal gratulieren.«

»Wie schön, dass sich wenigstens einer an den Anlass erinnert.«

»Und schon wieder diese Ironie.«

»Ironie ist die Wahrheit der Weisen.« Ich gebe meinem Großvater die Hand, bevor ich meiner Mutter einen Kuss auf die Wange hauche, mir von meinem Vater die Schulter tätscheln lasse und mich an den mit weißem Leinen gedeckten Tisch setze. Automatisch breite ich die Stoffserviette in meinem Schoß aus. Das bekommt man für all die Jahre exzellenten pädagogischen Drill, schätze ich. Tiefer möchte ich in dieses Thema nicht einsteigen.

Es ist Dienstagabend. Mein 22. Geburtstag. Ich habe mich dazu breitschlagen lassen, ihn hier, in diesem überkandidelten Restaurant, mit meinen Eltern und meinem Großvater zu verbringen, weil ich … Nun, weil ich in den vergangenen zwei Wochen so einiges in Kauf genommen habe, um den Familienfrieden wiederherzustellen. Erstaunlicherweise war es nicht mein Vater, der meine Abwesenheit als Fehltritt erster Güte bewertete, sondern – und dann doch wieder erwartungsgemäß – meine Mutter, die nicht müde wird, mich spüren zu lassen, wie sehr ich sie enttäuscht habe. Dafür, dass ich so viele Jahre meinen Vater für die Instabilität meiner Mutter verantwortlich gemacht habe, verhält er sich dieser Tage ziemlich einwandfrei.

»Ich bin geradezu angetan, dass du diesen Abend mit deiner Familie verbringst und nicht mit deinen Freunden«, sagt mein Großvater, und ich denke, nicht zum ersten Mal, wie tragisch es ist, dass diese beiden Dinge nicht ein und dasselbe sind, sondern im Gegenteil, niemals zusammenfinden werden.

Ich lehne mich zurück. Es ist erst 18 Uhr, früh genug für meinen angeschlagenen alten Herrn und seinen noch älteren Vater, und die rechte Zeit, um mit einem leichten Abendessen die Gesundheit beider zu fördern. Es gibt das Fischmenü. Schonkost für alle. Keine Diskussion darüber, ob das Geburtstagskind sich sein Festessen selbst aussuchen möchte, und ein Fest wird es werden, darauf lassen die Preise des Restaurants eindeutig schließen. Semikurz nur flackert ihr spöttisches Grinsen vor meinem inneren Auge auf. Gott, sie würde das alles hier vernichten. Dann dränge ich sie zurück ins Vergessen, wo sie hingehört.

Ich lasse mich vom Small Talk um mich herum berieseln, von den Empfehlungen des Sommeliers, den Fachsimpeleien meines Großvaters. Ich sitze meiner Mutter gegenüber und halte ihren missbilligenden Blicken auf meinen krawattenlosen Hals stand, nicke zu den leeren Worthülsen meines Vaters, bevor meine Aufmerksamkeit hinter ihn schweift, zum Nachbartisch, an dem ein junges Yuppie-Pärchen fachgerecht einen Hummer auseinandernimmt. Die vergangenen zwei Wochen habe ich mir eindrucksvoll verboten, an Lina zu denken, um ehrlich zu sein, habe ich sogar Alkohol gemieden, um nicht unnötig sentimental zu werden. Oder wie auch immer man diesen Gemütszustand bezeichnen mag, der mich an dem ersten Abend meiner Rückkehr, nach dem Besuch im Krankenhaus (*Egal, was dein Vater sagt, ich mache dich verantwortlich. Christine! Es ist nicht Max' Schuld, dass ich mir zu viel zugemutet habe! Nein, aber er hat schon davor dafür gesorgt, dass die Nerven aller blank liegen*), dem ersten Gespräch mit Leander (*Was willst du von mir? Bist du gekommen, um mir ein Ultimatum zu stellen? Und dann? Haust du mir dann auch eine rein?*) und dem darauffolgenden, einsamen Besäufnis in meinem Zimmer beinahe lahmgelegt hat. Verwirrtheit trifft es womöglich am ehesten. Die Erinnerungen so frisch, dass man den Nachhall des Schlags noch spürt, er bebt durch Körper und Geist und bringt alles in seinem Umkreis zum Vibrieren.

Ich setze mich aufrechter hin.

»Wie läuft es in der Uni, Maximilian?«

»Gut, danke.«

»Wenn ich richtig gezählt habe, ist das kommende dein letztes Semester, stimmt das?«

»Du hast richtig gezählt, Großvater.«

»Und hast du schon entschieden, was du danach machen wirst?«

Über den Rand meines Wasserglases hinweg betrachte ich den alten Mann. Er ist so unbeirrbar, war es schon immer, er ist kräftiger, gesünder, entschlossener als wir alle zusammen und zu meiner Überraschung stelle ich auf einmal fest, dass selbst mein Vater klein wirkt gegen ihn. Klein und … beinahe ängstlich. Er sieht *beinahe ängstlich* von seinem Sohn zu seinem Vater, um die Antwort auf eine Frage zu hören, die eigentlich niemandem Angst machen sollte. Ich sehe meinen Vater an. Ist ihm egal, wie die Antwort ausfällt, solange sie nur meinem Großvater gefällt?

»Ich weiß es noch nicht«, sage ich schließlich. »Ich schätze, ich werde im Anschluss an die Prüfungen eine kleine Auszeit nehmen, um mir klar zu werden.«

»Mmmh.« Ein Kellner tritt an den Tisch, um den Wein zu dekantieren, den mein Großvater ausgesucht hat. Wieder sehe ich Linas Gesicht vor mir. Ich spüre, wie ich unruhig werde. Ich sollte den Wein nicht trinken, nicht hier und heute, nicht an meinem Geburtstag, aber in diesem Augenblick lechze ich geradezu danach.

»In deinem Alter hatte ich schon sehr detaillierte Pläne«, sagt Hans von Linden, und ich werfe meinem Vater einen Blick zu, den der nicht erwidert. »Ich hatte den ersten Job in der Bank schon durchlaufen und mich von den Privat- zu den Geschäftskunden hochgearbeitet.« Er kneift die Augen zusammen und legt den Kopf schief, und ich erkenne mich so schmerzlich in dieser Geste wieder, dass ich fast verzweifelt nach meinem Weinglas greife. So viel zum Thema Abstinenz.

»Ich war bereits mit deiner Großmutter verlobt«, fährt er fort. »Mit 23 war ich verheiratet.«

»Nun«, erwidere ich, »dann hab ich ja noch ein ganzes Jahr Zeit.«

Niemand reagiert auf diesen Scherz, doch damit war auch nicht zu rechnen.

Der Gruß aus der Küche wird serviert. Oktopus auf Selleriepüree. Meine Mutter lenkt das Gespräch aufs Essen, auf die verlässliche Qualität gerade in diesem Lokal, sie spricht davon, wo eine solche nicht zu finden ist und wie glücklich wir sein dürfen, dass wenigstens dieses Restaurant dem Qualitätssterben widerstanden hat. Ich habe das Gefühl, der Tintenfisch lebt in meinem Magen weiter. Er erbricht gerade das Selleriepüree. Ich entschuldige mich, um auf die Toilette zu gehen. Zurück am Tisch trinke ich mehr Wein. Immer wieder klinke ich mich aus, meinen Geist zumindest, ich lasse meinen Mund auf die Plattitüden antworten und meinen Kopf an einigen Stellen nicken, und niemandem am Tisch fällt auf, dass ich eigentlich gar nicht mehr hier bin.

Erfreulicherweise ist der Abend um halb neun vorbei. Mein Vater muss sich schonen, meine Mutter ihn pflegen, mein Großvater will zum täglichen Nachrichten-Magazin zu Hause sein. Ich verabschiede die drei am Taxistand, euphorischer, als ich es den ganzen verdammten Abend über war. Dann mache ich mich zu Fuß auf den Heimweg, der nicht sonderlich weit ist. Nicht mal eine halbe Stunde quer durch Schwabing, vorbei an etlichen Kneipen – zu vielen Kneipen – die den Nachhauseweg noch um einige weitere halbe Stunden verlängern.

Gegen 23.30 Uhr komme ich in der Wohnung an. Nüchtern, was schier unmöglich scheint, gemessen an der Menge Alkohol, die ich inzwischen intus habe, aber anscheinend kann ich derzeit ganze Whiskyfässer in mich reinschütten, ohne auch nur einen Hauch von Weinseligkeit zu empfinden. Aus der Küche sind Stimmen zu hören, und für drei Sekunden bin ich versucht, sie zu ignorieren und in mein Zimmer zu flüchten, da höre ich Leander rufen: »Max? Bist du das?«, und entscheide mich dagegen.

»Wer sollte es sonst sein?« Mit der Schulter lehne ich mich an den Türrahmen und verschränke die Arme vor der Brust. Er sitzt mit Bela am Küchentisch, der gespickt ist mit Flaschen, überwiegend leeren, vermute ich, und grinst mich an, als hätte er all die Biere allein ausgetrunken.

»Musst du gar nicht arbeiten?«

Er grinst breiter. »Hab mir freigenommen. Für deinen Geburtstag.« Als wäre das sein Stichwort, schiebt Bela einige der Flaschen beiseite und klappt in deren Mitte eine Karte auf, die sofort damit beginnt, Happy Birthday zu dudeln.

Ich seufze, aber ich lasse es sie nicht hören. Stattdessen schlendere ich zur Kaffeemaschine, um mir einen Espresso rauszulassen. »Noch jemand?«, frage ich, und Leander hebt die Hand. Der Kerl hat immer noch nicht kapiert, wie diese Maschine funktioniert, aber – was soll ich sagen? Manche Dinge begreift man eben nie.

Keine Ahnung, weshalb mir *schon wieder* Linas Gesicht vor Augen erscheint, aber …

Ich schüttle den Kopf. Greife mir zwei Unterteller, stelle die Tassen darauf ab, drehe mich um und steuere auf den Tisch zu. Zwischen Wand und Lampe schaukelt eine Girlande, und Bela ist dabei, mir eine Papiertröte entgegenzupusten. Erst jetzt fällt mir die Musik auf, die aus den Lautsprechern auf der Anrichte dudelt. Ich gehe hinüber und schalte sie aus.

»Was soll das hier eigentlich?«, frage ich. »Eine Mischung aus Überraschungsparty und der miesen Entschuldigung dafür?«

»Der Familienabend lief wohl nicht sonderlich, hm?« Leander wirft mir einen Blick zu, zwischen ironisch und provokant und auf einmal habe ich keine Lust mehr, ihn anzusehen. Überhaupt hier zu sein, mit den beiden. Seit ich aus Schottland zurück bin, ist es mir weder gelungen, ein ernsthaftes Gespräch mit Leander zu führen, oder zumindest ein ehrliches, und Bela … Sticheleien schön und gut, sie sind unser Alltag, aber im Moment ist mir einfach nicht danach, sie zu ertragen.

»Ich geh eine rauchen«, erkläre ich, und bevor noch jemand etwas erwidern kann, habe ich mich auf die Terrasse verzogen. Auf der es arschkalt ist. Ich ziehe den Reißverschluss meiner Jacke nach oben, bevor ich das Päckchen mit den Zigaretten hervorkrame. Das noch aus Schottland ist, wie ich feststelle. Ich runzle die Stirn. Wieso hat das so lange gehalten? Wann hab ich das letzte Mal geraucht?

»Okay, Maximilian, was ist los?«

»Das fragst *du mich*? Ausgerechnet?« Ich stecke die Zigaretten wieder ein und lehne mich über die Brüstung, um nach unten zu sehen.

Leander stellt sich neben mich. »Was mit mir los ist, weißt du«, sagt er.

»Wirklich?«

Er schnaubt. »Ich kann mich nur wiederholen: Was ist los? Und was hast du mit Max gemacht, dem eiskalten Verführer, bitteren Zyniker, Frauenverschlinger? Oh!«

Ich bin zusammengezuckt bei dieser letzten Charakterisierung, doch Leander bemerkt es gar nicht.

»Da fällt mir ein«, setzt er erneut an, »dass Bela dir ursprünglich eine Frau ins Bett legen wollte, als Geschenk sozusagen. Du kannst dich bei mir bedanken, dass letztlich seine feministische Seite gesiegt hat.« Er klopft mir auf die Schultern. »Vielleicht hätte ich ihn lassen sollen. Was immer es ist, das dich dieser Tage beschäftigt, ein bisschen Ablenkung könnte sicher nicht schaden.«

Ich sage nichts, doch ich richte mich auf und umklammere das Geländer der Brüstung fester. Dann atme ich Luft ein, tief und langsam, bevor ich sie genauso konzentriert wieder ausatme. Und dann drehe ich mich zu Leander um und mustere ihn kalt.

»Was redest du hier eigentlich für einen Mist?«, frage ich, und ich fürchte, so habe ich noch nie mit ihm gesprochen, in all den Jahren nicht. »Mit *mir* stimmt etwas nicht? *Ich* brauche Ablenkung? Und was denkst du, ist es, das *du* brauchst? Noch ein bisschen mehr Alkohol, den du in dich reinschütten kannst? Noch ein paar solcher sinnloser Jobs, mit denen du dein Leben vertun kannst? Und was ist mit Jana? Vielleicht sollte man dir eine Frau ins Bett legen, die kannst du dann genauso zerstören, wie du es mit ihr gemacht hast?«

»Was …« Leander fährt sich durch die Haare. »Was weißt du von Jana?«, presst er hervor, und es klingt genauso schmerzvoll, wie ich erwartet hatte. »Hast du mit ihr gesprochen?«

»Das muss ich nicht«, erkläre ich. »Um das zu wissen, genügt es, dass du hier vor mir stehst, mit blutunterlaufenen Augen und fahler Haut und strähnigen Haaren und ohne auch nur den kleinsten Anflug von … Leben. Ich sehe nicht, wie du um Jana trauerst oder um eure Beziehung kämpfst, ich sehe nur einen Jungen, der den Kopf in einen Eimer voll Scheiße gesteckt hat. Den Rest, der noch rausschaut, muss ich dir nicht erst beschreiben.«

Leander sieht mich an, als hätte ich besagten Eimer über ihm ausgekippt, aber zum ersten Mal seit der Beerdigung seiner Mutter erkenne ich mehr als Leere und Gleichgültigkeit und Ermüdung in seinem Blick. Er funkelt mich an, unsicher, wie er reagieren soll, bevor er es doch tut, und zwar vehement. Er schubst mich mit beiden Händen, so fest, dass ich über eine der Liegen stolpere, die noch vom Sommer hier rumstehen, und beinahe hätte es mich hingehauen, ich kann gerade noch das Gleichgewicht halten.

»Du weißt gar nichts über mich und Jana«, knurrt Leander und schubst mich noch einmal. »Überhaupt nichts.« Und noch mal. »Meine Mutter ist gestorben.« Er schiebt mich jetzt vor sich her, und ich stolpere rückwärts über die Terrasse, und ich denke an den letzten Abend mit Lina. Wo ich all das hingenommen habe. All das. Alles. Diese schlägernden Kinder. Dann Linas Lügen. Die Tatsache, dass sie sich einfach davongemacht hat, ohne mir eine Möglichkeit zu lassen zu reagieren. Die Tatsache, dass ich nicht auf eine Erklärung gepocht habe. Dass ich sie einfach habe ziehen lassen. Ich starre Leander an und dann stoße ich zurück. Packe ihn, drücke meinen Kopf gegen seine Brust und schiebe ihn von mir weg. Leander ist so überrascht, dass er stolpert und nach hinten fällt. Ich falle auf ihn, und ich bleibe auf ihm sitzen, während ich seine Arme festhalte und er unter mir zu treten beginnt.

»Das weiß ich«, rufe ich über sein Fluchen hinweg, »deine Mutter ist gestorben, und du mit ihr. Aber vielleicht, wenn du Jana nicht weggestoßen hättest, wäre wenigstens einer von euch beiden noch am Leben.«

»Du redest eine Scheiße«, zischt Leander mich an. »Du redest nur Müll! Ich habe Jana verlassen, damit es ihr besser geht! Damit sie heilen kann! Weil zwei halbe Sachen nun mal nicht immer ein Ganzes ergeben. Und weil sie ein Recht darauf hat, ganz zu sein. Und glücklich zu werden. Und weil sie es mit mir sicher nicht sein wird. Und jetzt geh von mir runter, du Arschloch!«

Leander schreit, was wiederum Bela auf den Plan ruft, der auf die Terrasse stürmt und mit offenem Mund vor uns stehen bleibt. Und weil ich ihn ansehe und mir durch den Kopf schießt, was um Himmels willen wir hier eigentlich treiben, hat Leander die Möglichkeit, seinen Arm zu befreien, und bevor ich auch nur einen weiteren Gedanken fassen kann, habe ich seine Hand im Gesicht. Er drückt gegen Mund, Nase und Augen und ich versuche, ihn loszuwerden, während er auch seinen anderen Arm befreit und mir damit in den Magen schlägt. Mit der Faust. Mit Schwung. Für ein, zwei Sekunden bleibt mir die Luft weg, ich sacke ein Stück vornüber, Leander drückt mich weg, schiebt mich von sich, tritt sich frei und mir bei der Gelegenheit versehentlich in die Seite, bevor ich auf den Boden rolle. Wo ich liegen bleibe.

»Wer hätte gedacht, dass ich mal der einzig Normale von uns dreien sein würde«, sagt Bela, und es klingt wie ein Fluch, während er Leander aufhilft und dann mir seine Hand entgegenstreckt.

Doch ich bleibe liegen. Ich bleibe liegen, mein Arm über den Augen, die Lider geschlossen.

»Happy Birthday«, höre ich Leander knurren, bevor die Terrassentür hinter ihm zuschlägt.

60
Max

MITTWOCH, 25. OKTOBER

»Es geht um eine Frau.« Ich stoße mich vom Türrahmen ab und gehe in die Küche, zur Kaffeemaschine, mache für Leander und mich Cappuccino und trage die Tassen zum Tisch hinüber, wo er mit Bela sitzt, beide vor ihren Schüsseln mit irgendeinem Zuckerzeug, beide mit halb offenen Mündern.

»Es ist vorbei«, sage ich, »aber ich …« Ich zucke mit den Schultern. »Rührei? Protein-Smoothie? Ihr könnt unmöglich nur dieses komische Kindermüsli frühstücken.«

Ich setze die Tassen auf dem Küchentisch ab und wende mich dem Kühlschrank zu, mir der bohrenden Blicke in meinem Rücken sehr wohl bewusst. Ich hab kaum geschlafen, der Streit mit Leander nur ein weiterer Stein unter meinem Laken, und in den frühen Morgenstunden wurde mir endlich klar, was hier schiefläuft. Wenn ich es vor diesen beiden nicht schaffe, offen zu sein, wird es mir nirgendwo sonst gelingen. Wenn ich Leander gegenüber nicht ehrlich bin, darf ich von ihm keine Ehrlichkeit erwarten. Und auch sonst nichts. Von niemandem.

Ich nehme den Eierkarton aus dem Kühlschrank. Den Käse. Den Beutel Spinat aus dem Tiefkühlfach. Und auf dem Weg zum Herd lege ich Leander eine Hand auf die Schulter und drücke sie. »Tut mir leid wegen gestern«, sage ich.

Und dann mache ich Frühstück.

»Um das zusammenzufassen«, beginnt Bela, die Gabel in der Hand wie ein Dirigent seinen Taktstock. »Sie hat dir nicht ihren richtigen Namen gesagt, geschweige denn, wo sie herkommt oder wer sie ist, und du hast sie nicht einmal gefragt, *warum* sie dich angelogen hat?«

»Das ist hängen geblieben von der Geschichte? Dass ich sie nicht nach dem *Warum* gefragt habe?« Ich schüttle den Kopf, dann hebe ich die Kaffeetasse an die Lippen und leere sie in einem Zug. »Wir hatten keinen guten Start, okay? Oder sagen wir so: Wir sind uns anfangs nicht sonderlich sympathisch gewesen. Sie hat es vermutlich nicht für nötig gehalten, mich zu verbessern, als ich auf diesen falschen Namen geschlossen habe, und sie hat es auch nicht für nötig gehalten, mir in irgendwelchen anderen Dingen die Wahrheit zu erzählen, weil …« Ich zucke mit den Schultern. »Weil sie nicht davon ausgegangen ist, dass wir uns irgendwann besser verstehen würden, schätze ich.«

»Wie viel besser?« Bela beglückt mich mit diesem trägen Grinsen, in das sich ein kompletter Sexfilm hineininterpretieren lässt, und ich verdrehe die Augen.

»Wie alt bist du, zwölf?«

»Was ist aus deinem Mantra geworden? Dreimal ist keinmal und mehr ist für Amateure?«

Mit der Hand massiere ich mir die Stirn, antworten tue ich ihm nicht.

Bela seufzt. »Du hast gesagt, sie hatte Geldprobleme?«

»Wenn das wahr war, dann ja.«

»Die Kleidung irgendwie mottenkistenähnlich?«

»Hey!« Wenn ich das so formuliere, ist es etwas völlig anderes, als wenn Bela das macht.

»Ist dir je der Gedanke gekommen, dass sie keine Lust

hatte, sich minderwertig zu fühlen, wenn sie dir mehr von sich erzählt?«

Ich sehe Bela an. Jeder Spott ist aus seinem Gesicht verschwunden.

»Ich habe dir nie das Gefühl gegeben, du seist nicht gut genug«, sage ich. »Das ist *dein* Minderwertigkeitskomplex, der dich das denken lässt, und reine Interpretation. Das hat nichts mit mir zu tun. Oder mit Lina.«

»Du bist so ein arroganter Arsch. Vielleicht hat sie dir deshalb nur Mist erzählt.«

»Womit wir wieder beim Thema wären«, murmelt Leander. Er hat noch nicht wirklich viel zu dem Gespräch beigetragen, die hässliche Szene von gestern Abend ist ihm ganz sicher genauso im Gedächtnis wie mir, und dass er sie nicht sofort vergessen kann, verstehe ich. Und ich erwarte nicht, dass er sich bei mir entschuldigt. Im Gegensatz zu ihm wusste ich ganz genau, was ich tue, dass ich ihn aufs Übelste provoziere und weshalb. Ich bin nur – ich habe einfach das Gefühl, ich bin gerade nicht mehr ich selbst, ich weiß nicht, wo mir der Kopf steht, was darin vor sich geht, ob es sich überhaupt lohnt, all das hier durchzukauen.

Ich tue es trotzdem.

Irgendetwas muss ich tun, sonst werde ich vollends wahnsinnig, so viel steht fest. Also schaufle ich den Rest Rührei in mich hinein. Ich habe überhaupt keinen Appetit, eigentlich ist sogar das Gegenteil der Fall, doch mir den Grund dafür einzugestehen, macht alles nur schlimmer. »Ich bin nur ehrlich«, sage ich schließlich, und Bela schnaubt: »Du bist so ehrlich wie ein Vertreter. Wem machst du hier eigentlich was vor? Diese Geschichte über dieses Mädchen ist das Aufrichtigste, das du je von dir gegeben hast.«

Ich mustere Bela, kühl und kalkulierend, so, wie ich es immer tue.

Er schüttelt den Kopf: »Mann, das Mädchen tut mir jetzt schon leid. Die Erste in Max von Lindens Trophäensammlung zu sein, die hinter Glas gesperrt wird, ist bestimmt kein leichtes Schicksal.«

Ich spüre selbst, wie mein Blick flackert, eine Millisekunde nur, aber Bela bemerkt es. Sein riesiger Mund verzerrt sich zu einem fiesen Grinsen, das all seine Zähne in ihrer ganzen Pracht präsentiert.

»Kein schönes Gefühl, oder? Zu merken, dass du zum allerersten Mal in deinem perfekten Scheißleben jemanden wolltest und der dir durch die Lappen gegangen ist?«

»Bela«, beginnt Leander, aber er sagt nichts weiter, sondern reibt sich müde mit den Händen übers Gesicht.

Ich bin versucht, das Gleiche zu tun. Auch ich bin müde. Und irgendwie habe ich es satt, so zu tun, als wäre ich es nicht. Und bevor ich realisiere, dass ich den nächsten Gedanken laut aussprechen werde, habe ich es bereits getan: »Das mit Annika war absoluter Mist«, sage ich, und Belas grinsender Mund verliert überrascht seine Form. »Ich hätte das nicht tun sollen und … es tut mir leid.«

Schweigen breitet sich über uns wie eine kühlende Decke. Wir starren einander an. Und ich weiß nicht, was auf einmal mit mir los ist, es war mir bis heute nie wichtig, was irgendwer von mir hält oder davon, was ich tue, ich konnte wunderbar damit leben, verletzte Gefühle zu hinterlassen und den angeknacksten Stolz der Mädchen, die dachten, sie könnten diejenige sein, die mich dreht. Ich konnte sehr gut damit leben, dass Bela mich verabscheut, dass er nach wie vor sauer auf mich ist, dass es ihn anwidert, mit mir unter einem Dach leben zu müssen. Ich verziehe das Gesicht bei diesen letzten Gedanken, denn auf einmal – keine Ahnung.

Ich stehe auf, um diesen verdammten Protein-Smoothie zusammenzumischen.

»Hat er sich gerade tatsächlich entschuldigt?«, raunt Bela, sobald ich ihm den Rücken zugedreht habe und laut genug, dass ich es in jedem Fall höre.

»Niemand ist überraschter als ich«, erwidert Leander und ich höre das Grinsen in seiner Stimme, zaghaft, aber immerhin.

»Was ist das für eine Frau und was hat sie mit ihm angestellt?«

Leander antwortet nicht, und als ich ihn ansehe, ist das Grinsen wieder verschwunden, und es ist klar, woran er denkt. Es ist so deutlich auf seinem Gesicht zu lesen, als hätte er sich JANA auf die Stirn tätowiert. Bela scheint das ebenfalls zu erkennen, denn er schaut jetzt wieder mich an.

»Okay, fangen wir noch mal von vorn an«, sagt er. »Sie hat dich also von Anfang an belogen, aber aus irgendeinem Grund willst du sie trotzdem. Was also gedenkst du zu tun?«

»Stollberg.«

»Ja, hallo, hier ist Max. Aus München. Ich bin ein Freund von … äh, Lina. Ist sie zufällig zu sprechen?«

»Wen wollen Sie sprechen?«

»Lina. Lina Stollberg.«

»Tut mir leid, hier gibt es keine Lina.«

»Okay. Alles klar. Danke.«

Ich lege auf, tippe die nächste Nummer ein, das gleiche Spiel. Es gibt nicht mal ein Dutzend Stollbergs im Berliner Telefonbuch, und unter keiner der Nummern scheint es eine

Lina zu geben. Bei Facebook konnte ich sie nicht finden. Nicht in einem der anderen sozialen Netzwerke. Ich schiebe den Laptop von mir und fahre mir mit beiden Händen durch die Haare.

»Ich hab dich noch nie so gesehen«, sagt Leander, und ich zucke zusammen. Es ist inzwischen Nachmittag und er wollte sich hinlegen, bevor er am Abend zu seiner Nachtschicht antritt, während Bela schon vor Stunden in die Schreinerei verschwunden ist.

»Ich dich auch nicht«, gebe ich zurück, als er sich auf den Stuhl mir gegenüber fallen lässt.

»Ich kann nicht glauben, dass ich dich gestern geschlagen habe.«

»Du *wolltest* mich schlagen«, gebe ich trocken zurück, »aber du hast dich dabei exakt so dumm angestellt wie ich selbst.«

Er lacht nicht. Stattdessen sieht er mich weiterhin an, der Blick so absolut ungerührt, dass man Angst bekommen könnte.

»Lean …«

»Ich kann Jana nicht zumuten, es mit mir aufzunehmen, ich krieg mich selber kaum auf die Reihe.« Er blinzelt mich an, und nachdem ich weiterhin schweige, fährt er fort: »Und es ist nicht nur meine Unsicherheit, es ist auch ihre. Ich weiß nicht, wie ich damit umgehen soll, wenn sie wieder wegläuft und dichtmacht.«

»Ich kann mich irren, aber ich glaube nicht, dass sie das noch mal tun würde. Sie sah ziemlich entschlossen aus, als sie hier vor der Tür stand, um dich zu suchen. Am Tag nach der Beerdigung.« Leander zieht ein Gesicht. »Wie eine Löwenmutter«, ergänze ich, »auf Rachefeldzug zum Schutz ihres Babys.«

Er gibt einen gequälten Laut von sich. »Vielleicht sollte ich eine Therapie machen.«

»Wer sollte das nicht?«

»Keine Ahnung. Bela?«

Ich schnaube.

Leander schüttelt den Kopf. »Ich dachte, er fällt in Ohnmacht, als du dich heute früh bei ihm entschuldigt hast. Als hättest du ihm erklärt, die Erde sei eine Scheibe. Oder dass sich auf seinem Oberkopf eine Glatze andeutet.«

Ich lache laut auf. »Das wiederum würde eher einen Herzinfarkt auslösen. Der Kerl und seine Haare.«

»Er ist dein Freund. Das weißt du, oder?«

Ich überlege eine Sekunde, dann noch eine. »Momentan habe ich das Gefühl, ich werde aus niemandem mehr schlau, nicht aus dir, nicht aus Bela, am wenigsten aus mir selbst.«

Leander nickt. Dann sagt er: »Ich hab absolut keinen Plan, wie lange ich noch so durchhängen werde. Es wäre super, wenn du es fertigbringst, mich nicht dafür zu verachten.«

»Wäre es auch super, wenn ich dir dabei zusehe, wie du dich in Grund und Boden säufst?«

»So weit wird es nicht kommen.« Er sieht mich geradewegs an. »Versprochen.«

Ich seufze, aber ich antworte nicht. Stattdessen ziehe ich den Computer wieder zu mir heran, um nach der Nummer der Jugendherberge zu suchen, in der Lina in Edinburgh gewohnt hat.

»Was ist das für ein Mädchen?«, fragt Leander, und ich halte in der Bewegung inne, bevor ich mich zurücklehne und die Hände hinter dem Kopf verschränke.

»Ich habe ehrlich keine Ahnung«, erwidere ich.

Leander lächelt. Es sieht nicht glücklich aus, aber zumindest ein bisschen lebendiger als bei den Versuchen davor.

»Ist sie hübsch?«

»Aaaah.« Ich stöhne. »Vermutlich, ja.«

Und jetzt lacht er. »Das ist ehrlich ziemlich klasse, dich so zu sehen. So …« Er wedelt mit der Hand. »Fixiert.«

»Fixiert?«

»Würdest du es vermutlich formulieren. Der Rest der Welt würde sagen, verknallt.«

»Ich bin nicht …« Ich blinzle. »… fixiert«, und Leander bricht in Gelächter aus.

»Also, ich fasse zusammen: Du hast keine Ahnung, was mit ihr ist, aber du willst sie wiedersehen, und du bist nicht *fixiert*, aber verknallt. Was hast du jetzt vor?«

»Den Typen von der Jugendherberge fragen, ob sie eine Adresse hinterlassen hat.«

»Denkst du, du wirst sie finden?«

Ich zucke mit den Schultern. Dann schüttle ich den Kopf.

»Was, wenn nicht?«

»Tja. Dann nicht, schätze ich.«

»Und wenn doch?«

Ich sehe Leander an. »Herzerwärmend, wie du dich am Leiden anderer ergötzt.«

»Willst du mit ihr zusammen sein?«

»Ich will sie finden. Alles andere werden wir sehen.«

»Dann nimmst du es ihr nicht übel, dass sie dich belogen hat?«

»Ich war auch nicht hundertprozentig ehrlich zu ihr.«

»Du hast ihr zumindest deinen richtigen Namen gesagt.«

»Ja.« Ich lache tonlos. »Es ist fürchterlich erbauend, mit dir zu sprechen.«

»Erbauend?« Leander grinst.

Ich beuge mich abermals vor, um den Laptop zu aktivieren.

»Max?«

»Mmh?«

»Hast du keine Angst vor dem, was du gerade tust?«

»Oh doch.« Ich sehe ihn an. »Die hab ich.«

61
Max

Freitag, 27. Oktober

»Hey. Aaron? Hey.«

»Was …« Überrascht bleibt Aaron auf halber Treppe stehen, bevor er umkehrt und die Stufen zögernd wieder heruntersteigt. Ich habe vor dem Backpackers auf ihn gewartet, nachdem man mir drinnen mitgeteilt hatte, dass er um 18 Uhr zu seiner Schicht antritt. Und ich bin hierhergeflogen, nachdem es nicht möglich war, den Kerl am Telefon von der Dringlichkeit meines Anliegens zu überzeugen.

»Sag mir nicht, du bist extra wegen mir hierhergekommen?«, fragt er ungläubig, als er vor mir stehen bleibt. »Ich hab dir doch schon gesagt, ich kann die Adresse nicht rausgeben, Mann. Das fällt unter Datenschutz, das kann ich nicht machen.«

»Und ich hab es schon beim ersten Mal gehört, aber …« Ich sehe ihn an. Mit dem beschwörendsten meiner Blicke, der noch jeden in die Knie gezwungen hat, also auch dieses Hemd von einem Rezeptionisten, und ich werde nicht enttäuscht.

»Wirklich, es geht nicht«, murmelt er, aber es klingt schon weit weniger überzeugt.

»Ich muss sie finden«, sage ich. »Wir sind … wir haben uns ziemlich überstürzt voneinander verabschiedet, mein Vater hatte einen Herzinfarkt.«

»Das tut mir leid, Mann.«

»Ich musste sofort zurück, und in der Hektik haben wir vergessen, Adressen auszutauschen.«

»Was ist mit ihrer Handynummer?«

Ich zucke mit den Schultern. »Glaub es oder nicht, aber ich hab ihre Handynummer nicht und sie meine auch nicht. Es war auch nicht nötig, weil wir die ganze Zeit zusammen unterwegs waren.« *Und weil wir ganz sicher nicht die Absicht hatten, in Kontakt zu bleiben,* denke ich, *zumindest nicht am Anfang.*

Wieso habe ich sie später nicht nach ihrer Nummer gefragt? Wieso ist sie gegangen, ohne irgendetwas zu hinterlassen?

»Ich weiß nicht«, sagt Aaron. »Wieso sollte sie einfach so abhauen, ohne dir einen Kontakt zu hinterlassen? Wer sagt mir, dass du kein Stalker bist?«

»Sehe ich aus wie ein Stalker?« Ich lächle ihn an und irgendwie habe ich das Gefühl, das macht alles nur noch schlimmer. Okay. Also eine andere Strategie.

Ich ziehe meine Geldbörse aus der Hosentasche. »Versteh das jetzt bitte nicht falsch«, beginne ich, »aber Edinburgh ist ein teures Pflaster und du studierst und, ich weiß nicht, vielleicht kann ich helfen.« Ich klappe das Portemonnaie auf und sehe Aaron auffordernd an.

»Alter, du hast echt zu viele schlechte Filme gesehen«, sagt er und kratzt sich am Kopf.

Und dann: »Warte hier.«

»Als wäre ich festgewachsen.« Ich nicke.

Aaron sprintet die Treppe nach oben, zwei Stufen auf einmal, und verschwindet im Eingang des Hauses. Davor warte ich. Vier Minuten. Sechs. Siebzehn. In der Zwischenzeit ist

Aarons Kollegin herausgekommen, sie sieht mich prüfend an, geht dann aber an mir vorbei. Als Aarons Rastamähne endlich wieder in der Tür auftaucht, hält er einen zusammengefalteten Zettel in der Hand.

»Die Adresse«, sagt Aaron, »aber von mir hast du sie nicht.«

»Das ist auch ein Filmzitat, oder?« Ich zwinkere ihm zu, während ich ihm das Blatt aus der Hand nehme, und er zieht die Augenbrauen nach oben.

»Die Handynummer hat sie nicht eingetragen.«

»Alles klar.« Ich hebe die Hand mit dem Zettel. »Danke.«

Er wirkt nicht überzeugt.

»Im Ernst: Danke.«

»Okay. Was auch immer. Von mir hast …«

»… hab ich die Adresse nicht, klar.«

Aaron nickt mir zum Abschied zu und geht zurück in die Jugendherberge.

Ich stehe mit einem Fuß auf der untersten Stufe und sehe ihm nach. Dann falte ich den Zettel auseinander, sehr langsam, als würde sich die Tinte darauf in nichts auflösen, wenn ich ihn zu schnell öffne.

Linas Name steht darauf.

Eine Adresse.

Zeit, mir zu überlegen, was ich ihr sage, sollte ich ihr tatsächlich demnächst gegenüberstehen.

62
Max

SONNTAG, 29. OKTOBER

Den Sonntag verbringe ich bei meinen Eltern, und das ist nicht mal die Idee meiner alles manipulierenden Mutter, es ist meine. Ich habe meinen Vater um ein Gespräch gebeten, und als ich das tat, war keiner der dabei Anwesenden überraschter als ich selbst.

»Maximilian, wie schön, dich zu sehen. Dein Vater wartet in seinem Arbeitszimmer auf dich.« Meine Mutter bittet mich herein, sie trägt ein dunkelblaues Blusenkleid und hohe, hautfarbene Schuhe, und ich hätte mir etwas weniger Formelles gewünscht, aber niemand kann aus seiner Haut, schätze ich, und das weiß kaum jemand besser als ich.

»Okay.« Ich nicke. Dann schiebe ich mich an meiner Mutter vorbei, durch den Windfang zur Treppe, die ich hinaufsteige in den ersten Stock, in dem mein Vater sein Homeoffice eingerichtet hat.

»Bleibst du zum Essen? Es gibt Lachs.«

Falls mich der Alte nicht rausschmeißt, denke ich. »In Ordnung«, murmle ich über die Schulter.

»Reg ihn nicht auf, hörst du.«

Mir ist nie aufgefallen, wie gestelzt in dieser Familie gesprochen wird, bis ich nun schon selbst einige Male darauf aufmerksam gemacht wurde.

»Ich höre«, gebe ich zurück. Dann klopfe ich an seine Tür.

Mein Vater starrt mich an, als sähe er mich heute zum allerersten Mal, als hätte ich noch nie hier vor ihm gesessen, in diesem grässlichen Cordsessel, in dem man automatisch tiefer liegt als der große Mann hinter seinem mächtigen Schreibtisch, aber das nur nebenbei. Er sitzt da, aufrecht, aufmerksam und absolut verblüfft darüber, was ich ihm vor einer Minute eröffnet habe.

»Du bist hier, um dich mit mir auszusöhnen«, wiederholt er tonlos. Meine Worte. Er lehnt sich in seinem Thron zurück, schlägt ein Bein über das andere und faltet die Hände in seinem Schoß, und auf einmal bin ich mir selbst enorm dankbar dafür, dass ich das hier mache. Ich bin ihm so ähnlich. Nicht äußerlich, aber in Gesten und Blicken, dem ganzen arroganten Gehabe. In dreißig Jahren, fürchte ich, sitze ich genauso da, denn schon jetzt würde ich die Imitation davon täuschend echt hinbekommen. Und genau das gilt es zu verhindern. Deshalb bin ich hier, oder nicht?

Ich setze mich aufrechter hin. Und weil ich nicht weiß, wohin mit meinen Händen, verschränke ich die Arme vor der Brust.

»Mir ist etwas klar geworden, in dem Augenblick, in dem ich von deinem Herzinfarkt erfahren habe«, erkläre ich, und ich kann nur hoffen, dass meine nächsten Worte nicht noch einen schlimmeren Zusammenbruch heraufbeschwören. »Mir ist klar geworden, dass ich noch nicht die Chance genutzt habe, dir zu vergeben. Und mir selbst vermutlich auch. Für all das, was schiefläuft zwischen uns beiden, meine ich.« Ich löse eine Hand aus ihrer Verschränkung und mache eine fahrige Bewegung damit. Ich gebe mich gelassen, doch das Herz klopft mir bis zum Hals. »Ich will nicht so weitermachen wie bisher, mit all der … Verachtung in mir, die mich von Tag zu Tag mehr vergiftet. Du …« Ich sehe meinen Vater an, der mich reden lässt, als würde ich ihm den Ankunfts- und Abfahrtsplan der Deutschen Bahn vorlesen. »Du wärst beinahe gestorben«, vollende ich den Satz. »Aber das, was ich hier tue, tue ich für mich.«

Stille hängt im Raum wie eine Wolke aus Nichts. Mein Vater starrt in mein Gesicht, seine Miene jetzt wieder unbewegt, das glatte Pokerface, das ich ebenfalls perfektioniert habe. Wir sehen einander an, doch dann blinzelt er, und auf einmal erkenne ich etwas in seinen Augen, etwas anderes als die unbeteiligte Distanz, die noch vor zwei Sekunden darin zu lesen war. Ich hatte Zweifel herzukommen. Und ich weiß selbst nicht genau, was mich dazu bewogen hat, es trotzdem zu tun. Der Herzinfarkt. Die klarere Sicht auf meinen Vater und auf meine Mutter auch. Womöglich die Postkarte eines kleinen Mädchens, das immer noch an seine Mutter glaubt und kein böses Wort über sie verliert, obwohl diese es doch so eindeutig von sich weggestoßen hat. Olivia geht es besser damit, es nicht so, sondern anders zu sehen. Vielleicht will ich einfach nur, dass es mir auch besser geht. Vielleicht ist es so simpel. Vielleicht höre ich aber auch zu oft die Stimme eines anderen Mädchens in meinem Kopf.

Wenn deine Eltern tot wären, von einem Tag auf den anderen, gäbe es irgendetwas, das du bereuen würdest? Was du getan oder gesagt hast?

Ich hätte ihnen vermutlich nicht alles gesagt, was ich hätte sagen sollen.

»Ich bin …« Mein Vater räuspert sich. Setzt sich auf, stützt sich mit den Ellbogen auf dem Tisch auf und verschränkt erneut die Hände. »Hat das etwas mit dem Geburtstagsessen zu tun? Mit dem, was dein Großvater von sich gegeben hat?«

»Dass er erwartet, dass ich mit 23 verheiratet bin? Nein, damit hat es erstaunlicherweise nichts zu tun.«

Wieder dieses Blinzeln, dann lehnt er sich erneut zurück, als wüsste er nicht recht, was er mit sich und seiner Haltung anfangen soll, und dann steht er auf. Er dreht mir den Rücken zu, marschiert zum Fenster und schiebt die Gardine beiseite. Es dauert einige Minuten, bis er sich mir wieder zuwendet, und es kostet mich einige Nerven, nicht aufzuspringen und aus dem Zimmer zu rennen. Was habe ich mir gedacht, wird er tun, wenn ich ihm quasi eröffne, dass ich mich loseisen möchte aus seinem Klammergriff, dass ich mich lossage von dem Einfluss und Druck, den er auf mich ausübt, denn darauf wird es hinauslaufen, wenn ich ihn nicht mehr verachte und missbillige, wenn ich ihm vergebe und auch mir, dafür, dass ich diese Gefühle gegen meine Familie hege. Was habe ich gedacht, was er tut? Ich dehne meinen Kopf nach links und nach rechts, so wie es der Anzugträger in dem Flugzeug in Edinburgh getan hat. Alles ist ein Kampf, auch das ist so einfach, wie es klingt. Und Hass ist nicht ohne Liebe zu haben.

Mein Vater dreht sich zu mir um. »Ich muss zugeben, mir fehlen gerade ein paar Worte«, sagt er, und er lächelt, was mein Herz für den Bruchteil einer Sekunde noch schneller schlagen lässt. »Aber ich versuche mal, meine Gedanken zu formulieren. Der Herzinfarkt …« Er schüttelt den Kopf. »Ich kann verstehen, dass du das Gefühl hattest, herkommen zu müssen, um mir zu sagen, was du bisher noch nicht gesagt hast. Es geht mir ähnlich, muss ich gestehen. Wenn man für einen kurzen Augenblick in der Angst lebt, dass es das jetzt war – dass es keine Möglichkeit mehr gibt, noch irgendetwas in diesem Leben zu tun, fallen einem eine ganze Menge Dinge ein, die man bisher versäumt hat. Zum Beispiel, dir zu sagen, dass du mich beeindruckst. Nicht erst heute.«

Ich blinzle meinen Vater an. Er ist beeindruckt von mir. Nicht stolz auf mich, beeindruckt. Okay. Ich beschließe, diesen schrägen kleinen Satz als Information abzuspeichern, nichts weiter.

»Seit sechzig Jahren«, fährt er fort, »versuche ich, meinem Vater alles recht zu machen, aber es ist mir nie gelungen. Seit sechzig Jahren versuche ich, ihm zu verzeihen, dass er ein so schlechter Vater war – was er im Übrigen immer noch ist. Und ich wollte es besser machen, das kannst du mir glauben. Nun. Ich bin froh, dass du hier bist. Du bist mutiger, als ich es je war. Und ich hoffe, dass dies der Anfang für einen neuen Abschnitt sein kann.«

Ich starre meinen Vater an. Wie so oft, wenn ich ihm gegenübersitze, habe ich das Gefühl, da müsste noch etwas kommen, als wartete ich auf etwas, das er mir nie geben wird. So auch diesmal. Nüchterner kann man eine solche Begegnung nicht halten, denke ich mir. Und sie ist vorbei, kaum dass sie begonnen hat. Mein Vater bedeutet mir, ihm nach draußen zu folgen und nach unten, wo meine Mutter auf uns wartet.

Und später, als wir beim Essen sitzen, da fällt mir noch etwas anderes auf, etwas, vor dem ich womöglich früher die Augen verschlossen habe und das mich nun mit aller Deutlichkeit trifft: Die Nervosität meiner Mutter, die unterschwellig aggressive Art, mit der sie die Dinge regelt – das ist keine Reaktion auf meinen Vater, es scheint ganz allein aus ihr herauszukommen. Er begegnet dem Verhalten seiner Frau mit überwältigender Ruhe. Die vorwurfsvolle, weinerliche Art meiner Mutter trifft bei meinem Vater auf ihre stoische Grenze, verliert ihre Kraft und verebbt schließlich ganz. Es ist faszinierend, das zu beobachten. Als fände eine Wechselwirkung zwischen den beiden statt und alles ist in Ordnung, solange man nur nicht dazwischengerät.

Heute habe ich etwas verstanden. Man kann sich die Familie, in die man hineingeboren wird, nicht aussuchen. Aber man kann die Menschen finden, die dazugehören sollten.

63
Max

FREITAG, 3. NOVEMBER

ICH: Hey. Bist du schon wach?

ICH: Offensichtlich nicht. Egal. Schlaf weiter.

ICH: Ich wollte bloß nochmal hören, wessen Schnapsidee es war, nach Berlin zu fliegen. Ich meine, ich weiß nicht …

Ich starre auf das Display meines Handys, dann auf die Anzeigetafel am Flughafen, die die Elf-Uhr-Maschine nach Berlin zum Boarding aufruft. Die Adresse, die Aaron mir gegeben hat, habe ich in eben dieses Telefon eingespeichert, aber ich habe nicht den leisesten Schimmer, was mich erwartet, wenn ich in circa zweieinhalb Stunden dort ankomme.

Wird Lina da sein? Wird sie sich freuen, mich zu sehen? Wird sie … keine Ahnung, mir um den Hals fallen? Mir die Tür vor der Nase zuknallen? Und ich … Was will ich ihr sagen?

Hallo, mein Name ist Max, wer bist du, wollen wir noch mal von vorn anfangen?

Allein beim Gedanken daran, wie steif, anstrengend und blamabel dieses Gespräch verlaufen wird, verzieht sich mein Gesicht zu einer schmerzhaften Grimasse.

Shit.

Ich bin nicht gemacht für derlei … Shit. Siedend heiß fällt mir auf einmal ein, warum ich in meiner 22-jährigen Laufbahn noch keine Beziehung zu einer Frau hatte und warum ich auch nie eine wollte.

LEANDER: Stell dir einfach vor, wie du dich fühlst, wenn du jetzt nicht in diesen Flieger steigst.

Ich gebe einen Laut von mir, der die Frau neben mir dazu bewegt, sich ein Stück in die entgegengesetzte Richtung zu drehen.

LEANDER: Und dann steig ein.
LEANDER: Du sollst sie nicht heiraten. Du sollst nur herausfinden, warum du wie ein Zombie rumläufst, seit du sie in Schottland hast stehen lassen.
ICH: Ich habe sie nicht stehen lassen. Ausnahmsweise mal hat sich jemand freiwillig von mir abgewendet.
LEANDER: Psycho.
LEANDER: Mach das Handy aus und steig in das verdammte Flugzeug.

Ich antworte nicht gleich, aber ich schalte das Telefon auch nicht aus. Stattdessen rufe ich Linas Adresse auf und sehe bei Google Maps nach, wie ich vom Flughafen am besten dorthin gelange.

Im Gegensatz zu Leander, der sechs Jahre lang in Berlin gelebt hat, kenne ich mich nicht aus in der Stadt und steige deshalb schon am Flughafen in ein Taxi. Der Fahrer lenkt uns an einem Fluss entlang, durch baumbewachsene Straßen in die Stadt hinein, und alles, was ich denken kann, ist: *Was, wenn sie mich nicht sehen will?*

Ich brauche nicht zu betonen, dass ich mir diese Frage bei

anderen Frauen noch nie gestellt habe. Und mir ist klar, dass das allein Lina ausreichend Grund geben müsste, um vor mir davonzulaufen.

Sie fehlt mir. So einfach ist das. Ich habe nur ein paar Tage mit ihr verbracht, und seitdem ist nicht ein Tag vergangen, an dem ich nicht an sie gedacht hätte, obwohl ich weiß Gott darum bemüht war, jeden Gedanken an sie zu verbannen. Und ja, ich habe mich mehr als einmal gefragt, ob es nicht lächerlich ist, was ich hier abziehe, ich meine – dieser kleine Urlaubsflirt war bekannterweise weder geplant noch als dauerhaft gedacht, ganz im Gegenteil, wir haben schließlich nicht umsonst keine Nummern ausgetauscht, richtig?

Allerdings frage ich mich schon, was passiert wäre, hätte mich der Anruf wegen des Herzinfarkts nicht erreicht, wären wir nie in der Nacht auf diesem Parkplatz gelandet, nicht in eine Prügelei geraten, hätten wir nie diese Aussage auf der Wache machen müssen, und hätte ich nicht auf diese Weise erfahren, dass sie mich angelogen hat, vom ersten Moment an. Hätte sie mir dann die Wahrheit erzählt, bevor wir uns voneinander verabschiedet hätten?

Obwohl ich mich nie als Moralapostel verstanden habe, ist mir die Antwort auf diese Frage wichtig. Wie viel lag ihr an mir? Genug, dass sie mir von sich aus gebeichtet hätte, wer sie eigentlich ist und vor allem, warum sie mich belogen hat? Es wundert mich nicht, dass sie mich anfangs für einen oberflächlichen Snob gehalten hat. Aber es kränkt mich, dass sie es nach all dem – okay, nach dem Sex und *all dem anderen* – scheinbar immer noch tat.

Das Taxi hält an einer stark befahrenen Straße und ruft sofort ärgerliches Hupen auf den Plan. Ich beeile mich, den Fahrer zu bezahlen, steige aus und finde mich in einem Stadtteil wieder, der belebt aussieht, aber nicht nach Innenstadt und auch nicht nach Szeneviertel. Eher im Gegenteil. Auf den paar Metern um mich herum sehe ich ein Brautmoden-Geschäft, einen Handy-Laden, einen Asia-Feinkost und ein Tattoo-Studio. Ich drehe mich zu dem schlichten, weißen Siebzigerjahre-Bau um, in dem Lina wohnen soll, und atme einmal tief durch. Dann marschiere ich auf den Eingang zu und drücke entschlossen die Klingel.

»Wie kommen Sie darauf, dass meine Tochter hier sein könnte?«

»Nun, das ist die Adresse, unter der sie gemeldet ist, oder nicht?«

»Sind Sie von der Polizei?«

Ich starre die Frau an. Sie ist klein, so wie Lina, doch damit hört die Ähnlichkeit schon auf. Ihre Augen sind braun und wässrig, die Haare dunkel gelockt. Sie trägt Jeans und ein zu enges T-Shirt und viel zu viel Make-up. Ich habe Lina vor Augen, in ihren freakigen Kleidern ohne den Hauch von Schminke im Gesicht, und auf einmal wird mir klar, dass man sich deutlicher nicht distanzieren kann. »Nein«, erwidere ich schließlich.

»Woher haben Sie dann diese Adresse?«

»Ich habe die Adresse von einem gemeinsamen Freund. Lina und ich sind eine Zeit lang zusammen gereist und haben uns dann unglücklicherweise aus den Augen verloren.«

»Sie sehen nicht aus wie jemand, mit dem meine Tochter *gemeinsam reisen* würde«, sagt sie, doch ihre Abwehr ist in Neugierde umgeschlagen. Und sie hat so eine Art, mich zu mustern, die mir nicht gefällt. Ein Funkeln in den Augen. Als ob ihr Interesse eher mir gilt als dem, weshalb ich hergekommen bin. Als ob sie kein Problem damit hat, in ihrem Alter jüngere Männer aufzugabeln.

Ich spüre den Widerwillen dagegen in mir aufsteigen und mache einen Schritt zurück. »Haben Sie eventuell ihre aktuelle Adresse?«

Sie schnaubt. »Sie scheinen meine Tochter nicht sehr gut zu kennen«, sagt sie. »Ich würde Ihnen ja anbieten, hier auf sie zu warten, aber das hätte wohl herzlich wenig Sinn.«

Einen Augenblick hadere ich mit mir, unsicher, wie es von hier aus weitergehen kann. Ich bin so nah dran. Ich bin hier in Berlin, bei Linas Mutter, der Adresse, wo sie bis vor Kurzem noch gewohnt hat. Wo kann sie hingegangen sein, nachdem wir uns in Edinburgh getrennt haben? Wenn sie nicht hier ist, wo ist sie dann?

»Ihr Bruder«, beginne ich, »ähm, Robin – können Sie mir sagen, wo ich ihn finde? Womöglich ist sie bei ihm?«

Woraufhin sie mich einmal mehr skeptisch mustert. »Wie lange, sagten Sie, sind Sie mit meiner Tochter *gereist*?«

Ich seufze, dann fahre ich mit einer Hand durch die Haare, mir ihrer Blicke sehr wohl bewusst. »Hören Sie«, beginne ich, »ich weiß, das wirkt alles nicht sonderlich überzeugend auf Sie, aber ich stehe Ihrer Tochter sehr nahe. Wir haben … wir haben bloß nicht irrsinnig viel über ihre Familie geredet, okay? Ich weiß lediglich, dass sie einen Bruder hat, nicht wo er ist oder wie er ist. Aber er bedeutet ihr etwas, und sie ist vielleicht bei ihm. Habe ich recht?«

Einige Sekunden lang betrachtet mich Linas Mutter schweigend, schließlich atmet sie tief ein. »Das letzte Mal habe ich vor einer Woche von Lina gehört, da war sie in der Schweiz, um ihren Bruder in seinem Internat zu besuchen, was ich ihr allerdings zuvor untersagt hatte. Robin braucht jetzt gerade alle Ruhe, die er bekommen kann, nicht seine hysterische Schwester, die meint, ihn retten zu müssen.«

Retten? Ich runzle die Stirn.

»Robin ist in einer Einrichtung für … Jugendliche seiner Art. Es geht ihm dort besser als hier. Alle sehen das so – bis auf mein Fräulein Tochter.«

Am liebsten würde ich noch einen Schritt zurückweichen. Irgendetwas an dieser Frau stößt mich in einer Weise ab, die ich selten erlebt habe. Aus der offenen Wohnungstür hinter ihr dringt kalter Rauch und Radiomusik. Kisten stapeln sich im Gang, viele, turmhoch. Linas Mutter bemerkt meinen Blick und sagt: »Ich würde Sie hereinbitten, wie gesagt, aber wir sind gerade mitten im Umzug. Mein künftiger Mann und ich werden in seinem Haus leben. Etwas außerhalb.« Sie hebt das Kinn, als wollte sie sagen: *Frag nur, was mit Lina ist. Sie hält es ja nicht für nötig, sich uns anzupassen.*

Ich stehe vor dieser Frau und höre Linas Stimme.

Es gibt niemanden. Niemanden, vor dem ich mich verstecken müsste, niemanden, dem ich etwas sagen oder verschweigen könnte, und niemanden, der mich anruft.

Ich hinterlasse meine Adresse.

Dann drehe ich mich um und gehe.

Als ich das Haus verlasse, hat sich der Himmel zugezogen und es riecht nach Regen. Wieder steige ich in ein Taxi. Ich habe keine Ahnung, wo ich suchen soll, aber ich bin hier und ich werde nichts unversucht lassen, bevor ich mich wieder in den Flieger setze.

Der Fahrer hält an einer x-beliebigen Fußgängerzone, die ich auf- und abwandere auf der Suche nach einem Straßenmusiker. Ich finde keinen einzigen. Ich meine, Berlin – sollte es in dieser Stadt nicht vor Kreativen wimmeln? Ich versuche es noch an einigen anderen Orten, ich frage herum, wo sich die Musiker für gewöhnlich hinstellen, ich bin den ganzen Tag unterwegs und muss bald zurück am Flughafen sein, um meine Maschine nach München zu erwischen. Inzwischen haben sich die ersten Tropfen gelöst, und es ist kalt. Und trostlos. Ich stelle mich unter das Eingangsdach eines Kaufhauses und ziehe mein Handy aus der Hosentasche.

ICH: Sie ist nicht hier. Ich weiß nicht, wo ich noch nach ihr suchen soll. Es ist vorbei, schätze ich.

64
Leander

DONNERSTAG, 4. JANUAR

»Ich hab mich im Fitnessstudio angemeldet.«

»Oh, bitte!«

»Ernsthaft. Du glaubst mir nicht? Hier.« Ich halte Max meine Sporttasche unter die Nase. »Gute Vorsätze sind dafür da, auf der Stelle in die Tat umgesetzt zu werden.«

Max schüttelt den Kopf, dann vergräbt er die Nase wieder in dem Buch, das vor ihm auf dem Küchentisch liegt, irgendein dicker Wälzer über die Geschichte der Renaissance, an dem er schon seit Weihnachten liest. Ich betrachte ihn ein paar Sekunden lang, bevor ich mich auf den Stuhl ihm gegenüber fallen lasse.

»Machst du mir einen Espresso?«

»Wie wäre es mit dem Vorsatz, mal herauszufinden, wie die Maschine funktioniert?«

»Wo bliebe dann der Spaß für dich, wenn ich mich hier allein bedienen könnte?«

Max liest einfach weiter, ohne auf meine Frage oder meinen Spott einzugehen. Dann klappt er das Buch zu, steht auf und geht zur Kaffeemaschine hinüber.

Es ist, als würden wir uns in entgegengesetzte Richtungen entwickeln, wie zwei Blätter, die ein Windstoß auseinandertreibt. Er segelt in die eine, ich in die andere Richtung davon.

Dreieinhalb Monate habe ich Jana nicht gesehen, und die

Sehnsucht wird von Tag zu Tag schlimmer, und von Woche zu Woche wird der Wunsch größer, mich aus diesem Morast, in den ich mich selbst eingegraben habe, zu befreien, mich an Land zu hieven und zu ihr zu rennen, um sie um Verzeihung zu bitten dafür, dass ich so ein erbärmlicher, angsterfüllter Vollidiot gewesen bin. Offensichtlich bin ich Letzteres nach wie vor, sonst wäre ich längst bei ihr, aber noch kann ich mich nicht davon überzeugen, eine Rückweisung zu überleben, ergo bin ich noch hier. Allerdings weiß ich, dass ich es schaffen werde. Irgendwann. Wenn ich sicher bin, dass ich heil aus dieser Sache herauskomme.

Max dagegen – bei Max war der Verlauf genau entgegengesetzt. Er kam aus Berlin zurück, die Enttäuschung darüber, Lina nicht gefunden zu haben, verborgen unter seiner üblichen Gleichgültigkeit, und das war's. Business as usual, Uni, Sticheleien mit Bela, hitzige Telefonate mit seinen Eltern. Er sagt, er habe ein versöhnliches Gespräch mit seinem Vater geführt, doch das hindere ihn nicht daran, sich hin und wieder mit ihm anzulegen, und sei es nur aus Spaß.

Ich bin mir ziemlich sicher, jeder, der Max nur oberflächlich kennt, würde die Veränderung unter dieser üblichen Fassade nicht bemerken, aber wir zwei wohnen nun mal zusammen, und selbst Bela ist über das gewöhnliche Hickhack hinweg aufgefallen, dass irgendetwas anders ist mit Max. Musik zum Beispiel ist etwas, das ihn wahnsinnig zu machen scheint. Sobald einer von uns ein bisschen lauter aufdreht, stellt er sie entweder aus oder verkriecht sich in sein Zimmer. Was er dort tut – keine Ahnung. Er geht kaum mehr weg, und die nachmittäglichen Spielegelage, zu denen er sonst die Hälfte seiner Kommilitonen eingeladen hat, gibt es ebenfalls nicht mehr. Von Mädchen ganz zu schweigen. Ich habe Max nicht mehr mit einer Frau gesehen, seit … Ich kann mich gar nicht mehr daran erinnern, wann das war.

Ich frage mich, ob ihm klar ist, was in ihm vorgeht. Nein, das frage ich mich nicht, denn natürlich ist es das. Max wäre nicht Max, wenn er sich nicht absolut darüber im Klaren wäre, was mit ihm los ist oder mit jedem anderen um ihn herum. Aber er wäre auch nicht Max, wenn er daran freiwillig andere teilhaben lassen würde.

»Auch mit Zitrone?«

»Der Espresso? Hilfe, nein.« Ich stehe auf, um Max meine Tasse zu entreißen, und sehe dann dabei zu, wie er einen Schuss Zitronensaft in seine kippt. »Vielleicht solltest du mal an die Luft«, sage ich. »Oder zum Sport.« Ich nippe an meinem Kaffee. »Oder …«

Es läutet.

»Klasse Idee«, sagt Max trocken. »Mach doch schon mal die Tür auf.« Womit er sich wieder an den Tisch setzt und das Buch zur Hand nimmt.

Ich seufze.

Dann nehme ich meine Tasche und mache mich auf den Weg zur Eingangstür.

65
Lina

Als ich Robin das letzte Mal sah, lag er mit dem Rücken auf dem Boden und zählte die in die Decke eingelassenen Lampenspots, die wie Sterne über dem Aufenthaltsraum strahlten. Es seien 32, sagte er, so wie gestern Abend, und das sei völlig in Ordnung, denn 32 sei eine gerade Zahl. Dann hatte er die Augen geschlossen und vor sich hin gelächelt und ich hätte beinah geweint vor Erleichterung.

Es gehe ihm gut, sagte die Leiterin. Sehr, sehr gut. Er habe sich fantastisch eingelebt und in der Schule aufgeholt. Er frage ab und an nach seiner Schwester, und wenn ich wollte, dürfte ich anrufen, wann immer mir danach sei.

Als ich das Heim an diesem Nachmittag verließ, hatte ich das Gefühl, das erste Mal seit langer Zeit wieder frei atmen zu können. Und dass die beruhigende Stimme der Pädagogin vielmehr mir galt als meinem Bruder. Vorher hatte ich mit meiner Mutter am Telefon streiten müssen, um Robin überhaupt besuchen zu dürfen, denn sie hatte es monatelang untersagt, aus Angst, ich würde ihn gegen sie und ihre Entscheidung und dieses Internat aufhetzen. Erst beim trillionsten Telefonat und als die Leiterin meiner Mutter versicherte, dass es für Robin sicherlich eine reine Freude wäre, seine Schwester wiederzusehen, war sie eingeknickt. Diese Kuh. Diese furchtbare, hassenswerte … Ich stocke. Ich bin mir ziemlich sicher, es war nicht ihre Absicht, aber offenbar hat sie Robin etwas Gutes getan, als sie ihn hierherschickte. Er wirkte so ausgeglichen. So zufrieden. So … heil.

Ich setzte mich auf eine Bank in dem Park hinter dem Haus, kramte mein Handy aus dem Rucksack und klickte auf ihren Kontakt.

»Sieh an«, begrüßte sie mich.

»Es geht ihm gut.«

»Das weiß ich, Fräulein Besserwisser, sonst hätte ich ihm nicht ermöglicht, dort hinzugehen.«

Ich legte den Kopf in den Nacken und atmete, atmete ganz tief. Dann ließ ich die Luft aus meinem Mund strömen, langsam, *langsam*.

»Lina, bist du noch dran?«

»Ich würde gern in seiner Nähe bleiben.«

Schweigen. Dann das Ratschen eines Feuerzeugs.

»Wenn ich … ich weiß nicht, eine Ausbildung anfange, hier irgendwo in der Gegend …«

»Was ist mit deinem Stipendium in Berlin?«

»Das deckt ohnehin nur einen Teil der Kosten. Ich müsste so oder so arbeiten. Und Musik … Musik ist gut für die Seele, aber nicht gut genug, um damit Geld zu verdienen.«

»Weil du stur bist wie ein Straßenkater.«

»Ich nehme auf keinen Fall etwas von *ihm*. Schlimm genug, dass du dich von ihm aushalten lässt, ich werde das sicher nicht mitmachen.«

»Du arrogante kleine Hexe. Was glaubst du, wer Robins sündhaft teures Internat finanziert? Denkst du, es ginge ihm so gut, wenn Richard nicht wäre?«

»Es ginge ihm blendend, wenn Richard nicht wäre, denn dann würde er noch zu Hause wohnen. So wie ich.«

Meine Mutter lachte, ihr hässliches, kleines Fieslingslachen. »Es ginge ihm blendend«, äffte sie spöttisch. »Sicher. Er würde wieder regelmäßig mit Schrammen und blauen Flecken nach Hause kommen, hier die Möbel zertrümmern oder auf dich losgehen …«

»So war es nicht, das weißt du ganz genau. Er hat nicht oft auf mich oder irgendjemanden …«

»Er ist krank, Lina. Und er braucht Hilfe! Wann wirst du endlich begreifen, dass du nicht die Hilfe bist, die ihn lebensfähig macht?«

Tränen schossen mir in die Augen, rasch und ungebeten, und ich schluckte gegen die Schluchzer an, mit denen ich meine Mutter auf keinen Fall bestärken wollte.

»Ich werde in seiner Nähe bleiben«, presste ich schließlich hervor.

»Tu, was du nicht lassen kannst. Aber es geht ihm gut dort, Lina, besser als gut. Wie wär's, wenn du zur Abwechslung mal zusiehst, dass du dein eigenes Leben auf die Reihe kriegst?«

Ich antwortete nicht. Inzwischen fiel mir das Sprechen schwer und zudem wusste ich langsam nicht mehr, wohin mit mir und meinen Gefühlen. Wenn es Robin gut ging, wo stand ich dann? Wenn ich nicht hier bei ihm sein konnte, wo sollte ich dann sein? Ich konnte nicht in Berlin leben und Musik studieren, von allen überflüssigen Fächern das überflüssigste noch dazu, während er hier damit beschäftigt war, auf Norm getrimmt zu werden.

»Es geht ihm dort besser«, betonte meine Mutter, als habe sie meine Gedanken gehört. »Wenn er diese Schule durchlaufen hat, wird er sich im Leben behaupten können. Ist es nicht das, was du auch willst?« Auf einmal klang sie so sanft, dass ich für einen Augenblick vergaß, wie sehr ich sie hasste, doch als ich nicht antwortete, fügte sie kühl hinzu: »Ich bin der Meinung, es tut ihm gut, sich erst mal nur mit sich selbst zu beschäftigen anstatt mit seiner Schwester, aber wenn du es nicht lassen kannst … Womöglich hilft dir dein reicher Freund aus Schottland damit, eine Lösung zu finden.«

Meine Gedanken waren bei Robin, der Luft, die ich nur schwer in meine Lungen bekam, und dabei, die Feindseligkeit gegenüber meiner Mutter zu bezähmen, und nicht bei … Für einen Augenblick war ich verwirrt, unfähig, das eben Gehörte zu erfassen. Was hatte sie gesagt? Wer?

Ich setzte mich aufrechter hin und starrte ins Gras. »Was hast du gerade gesagt?«

Meine Mutter blies Rauch aus. »Ich sagte, vielleicht hilft dir dein reicher Freund aus Schottland, wenn du unbedingt in der Schweiz leben willst. Er ist doch reich, oder nicht? Er sah zumindest schwer danach aus. Und diese Ausdrucksweise.« Sie lachte.

Ich blinzelte.

»Lina? Bist du noch dran?«

»Wann hast du Max gesehen?«, fragte ich heiser.

Sie schnalzte mit der Zunge. »Ich weiß nicht – wann war das? Oktober? November? Ich erinnere mich nicht genau. Er stand plötzlich vor der Tür, in der alten Wohnung. Hat nach dir gesucht.«

Ich konnte praktisch sehen, wie sie mit den Schultern zuckte, eine unbeteiligte, unschuldige Miene aufsetzte, als sei es total verständlich, dass sie mir etwas so Wichtiges, Elementares verschwieg. Wie sie an ihrer Zigarette zog und Rauch ausstieß wie ein Lkw-Fahrer.

Und mein Herz … Während ich dasaß, das Smartphone an

mein Ohr presste, nichts hörte, nichts wahrnahm um mich herum, gefror mein Herz, von innen nach außen, unaufhaltsam, wie ein Eiskristall gefriert.

Bevor er auseinanderbirst.

Er hat nach mir gesucht. Max … Er ist gekommen, um mich zu sehen.

Ohne ein weiteres Wort legte ich auf.

Das war vorgestern.

Und nun bin ich hier.

66
Lina

Ich beobachte meinen Zeigefinger, wie er sich auf den funkelnden Klingelknopf legt, sich durchdrückt, einmal nur und sehr kurz, wie er dann von dem goldenen Schild wegschwebt, hinunter an meine rechte Seite. Ich habe das Gefühl, ich stehe neben mir, und nach wie vor keinen Plan, was ich ihm sagen soll.

Es ist Monate her, seit ich ihn zuletzt gesehen habe, und Monate, seit er in Berlin nach mir gesucht hat. Was auch immer er von mir wollte, es kann sich heute schon wieder erledigt haben. Was, wenn er mich nicht mehr sehen will? Was, wenn er eine Frau da oben hat? Was, wenn er …

Ein Summen ertönt, und ich drücke mich gegen die Tür, um sie zu öffnen. Ich steige in den Lift und fahre nach oben, und ich weiß nicht, womit ich gerechnet habe, aber nicht damit, mit dem Fahrstuhl unmittelbar in einer Wohnung zu landen. Ein Typ hält die Tür auf. Dunkelblond, schlaksig, hellblaue Augen. Nicht Max. Er mustert mich, mein Gesicht, meine Haare, und dann leuchtet sein Blick plötzlich auf, bevor er mich in die Wohnung zieht.

»Lina?«, fragt er leise.

Ich nicke, doch bevor ich den Mund öffnen kann, um ihm zu antworten, legt er den Finger an die Lippen und deutet in Richtung eines langen Gangs.

»Küche«, flüstert er. Dann zwinkert er mir zu, wirft eine Tasche über seine Schulter, steigt in den Fahrstuhl und ich bin allein.

67
Max

Ich höre die Schritte, aber ich sehe nicht auf. Wenn Leander glaubt, er muss nun denjenigen von uns beiden spielen, der morgens frisch geföhnt durch die Gegend läuft und auch sonst alles im Griff hat, kann er das gerne tun. Solange er mich in Frieden lässt. Um ehrlich zu sein, bin ich froh, wenn er seine heroischen Vorsätze endlich in die Tat umsetzt und in dieses Fitnessstudio verschwindet. Ich genieße die Ruhe in der Wohnung. Wenn niemand redet, niemand Musik spielt, wenn ich einfach nur dasitzen kann, um zu lesen. Ja, lasst mich einfach nur dasitzen. Das ist wohl kaum zu viel verlangt.

»Du weißt schon, dass die guten Vorsätze allein noch nicht schlank machen, oder?«, frage ich, ohne aufzusehen.

»Mir war nicht klar, dass du mich für zu dick hältst«, kommt die Antwort. »Aber es wundert mich auch nicht, Pretty Boy.«

Ich starre auf die Seiten vor mir. Irgendetwas passiert in meinem Körper, und das fühlt sich so fremd an, dass es mir beinah unmöglich ist, mich zu bewegen. Ameisen laufen durch meine Arme, Hunderte. Sie rennen rauf und runter, über meine Schultern, die Brust zum Bauch und wieder zurück. Ich klappe das Buch zu, stehe auf und vergrabe die Hände in den Taschen meiner Jeans, einfach, weil ich nicht weiß, wohin mit ihnen. Lina steht in der Tür, die blauen Augen riesig, die Lippen zu einer zittrigen Linie zusammengepresst. Sie sieht exakt genauso aus, wie ich mich fühle. Als sei sie selbst überrascht darüber, dass sie hier in meiner Küche steht. Als würde sie zerspringen, gleich im nächsten Augenblick.

Einige Sekunden lang starren wir einander schweigend an, dann sagt sie: »Dein Mitbewohner hat mich reingelassen. Er sieht nett aus. Normal irgendwie. Gar nicht so schnöselig.«

In Zeitlupe breitet sich ein Grinsen auf meinem Gesicht aus, langsam, träge, und als wäre sie mein Spiegelbild, passiert es auch auf ihrem Gesicht. Ich nehme die Hände aus den Hosentaschen und fahre mir durch die Haare. Dann mache ich zwei Schritte auf Lina zu, und sie fällt in meine Arme.

Ich drücke sie an mich. So eng, dass sie den Kopf drehen muss, um noch Luft zu bekommen. Mit beiden Händen streiche ich über ihren Rücken und sie erzittert unter der Berührung, und ich könnte schwören, sie weint, doch als sie aufschaut, ist ihr Blick klar.

»Hey.« Ich streiche eine Haarsträhne aus ihrem Gesicht, und sie lächelt mich an.

»Hey. Du warst in Berlin.«

»Ich weiß. Anfang November.«

»Sie hat es mir jetzt erst gesagt.«

»Wer?« Ich blinzle verwirrt, immer noch ungläubig, weil mir nicht in den Kopf will, dass sie auf einmal vor mir steht. Nach all der Zeit. In dieser Küche.

»Meine Mutter.«

Klar. Wer sonst.

»Wir haben keinen guten Kontakt. Ich wäre eher gekommen, hätte ich gewusst …«

Mit dem Daumen streiche ich über ihre Lippen, über den

Ring darin, und dann schüttle ich den Kopf, und sie lehnt sich an mich, nur um sich im nächsten Augenblick aus meiner Umarmung zu befreien.

»Wieso warst du in Berlin?«, fragt sie, und es klingt sicherer als zuvor, entschlossener zumindest. So, als habe sie entschieden, dass wir diesmal nicht weitergehen werden, wenn wir nicht vorher das Grundlegende klären. *Wie beim sprechenden Hut,* denke ich auf einmal. Bevor du nicht gezeigt hast, wer du bist, wird nicht entschieden, wie es mit dir weitergeht.

»Aus dem gleichen Grund, aus dem du hier bist, hoffe ich.« Ich flüstere, und meine Stimme klingt rau, aber das ist mir egal. Vor mir steht die Frau, die mir durch ihre zweiminütige Anwesenheit klargemacht hat, wie wenig ich bislang darüber wusste, was es bedeutet, sich ohne einen anderen nicht mehr vollständig zu fühlen.

Sie grinst mich an, diesen verdammten, verwegenen Zug um den Mund, der mich wahnsinnig macht. Noch wirkt er zögernd, aber es wird, und ich ziehe sie wieder fester an mich. Gott, sie riecht so gut.

»Wieso warst du in Berlin?«, wiederholt sie, leiser diesmal.

»Ich wollte dich sehen.«

»Weshalb?«

Ich betrachte ihr Gesicht, die ungeschminkten Augen, die langen dichten Wimpern, die kleine Nase, den spöttisch verzogenen Mund. Ich lege meine eigene Nase an ihre Wange und atme tief ein, bevor ich sie wieder ansehe. »Um dich zu fragen, ob irgendetwas echt war zwischen uns. Ob von all den Lügen und Märchen und Unwahrheiten, die wir einander erzählt oder verschwiegen haben, irgendetwas wahr war.«

Sie blinzelt, aber obwohl sie jetzt wirklich schwer danach

aussieht, kommen keine Tränen. »Es tut mir leid, dass ich dich angelogen hab.«

»Ich weiß.«

»Ich hab es getan, weil …« Sie beißt sich auf die Lippe. »Du hast meine Mutter gesehen. Sie hat … sie will diesen Kerl heiraten, und sie hat Robin in ein Heim gegeben, und alles ist Chaos in meinem Leben und hässlich und unvollkommen, und ich wollte nicht …« Sie blinzelt. »Ich wollte nicht, dass du mich verachtest.«

»Oh, Himmel.« Ich kann nichts dafür, ich lache auf, und Linas Augen werden schmal.

»Das ist nicht witzig.«

»Nein.« Ich nicke. »Und irgendwie doch. Ich schätze, deine und meine Mutter würden sich prächtig verstehen. Setz noch meinen Vater dazu, und wir können eine Neuauflage der Adams-Family drehen. Was den Gruselfaktor angeht.«

Lina verzieht keine Miene.

»Bei mir ist auch ziemlich vieles unvollkommen«, erkläre ich.

»Ich weiß.«

Wir bleiben ganz still. Ich, mit den Fingerspitzen an ihrer Wange, sie, mit den Händen an meiner Brust.

»Das, was ich nicht ausgesprochen habe, das war die Wahrheit«, sagt sie, »das schwöre ich.«

Ich kann sehen, wie schwer es ihr auch jetzt noch fällt, sich zu öffnen, obwohl ich sicher bin, dass sie es will. Ich weiß noch nicht alles über sie, nicht mal die Hälfte, aber ich weiß, dass sie nicht hier wäre, wenn es ihr nicht genauso ernst wäre wie mir. Und mir ist es ernst. Mir ist es nie ernster gewesen.

Ich beuge mich vor, und bevor sie protestieren kann oder ausweichen oder sonst etwas, küsse ich sie. Meine Lippen berühren ihre, und sie lässt mich. Ihre Hände schlingen sich um meine Taille, und wir halten uns aneinander fest, als hinge unser Leben davon ab. Was es womöglich tut. Ich habe keine Ahnung. Ich bin noch nie im Leben erleichterter gewesen. Und dann klickt es, laut und deutlich, während wir uns immer enger aneinanderdrängen. Es klickt, als sei etwas an seinen Platz gefallen. Endlich.

Ich bin mir sicher, sie hat es auch gehört.

Dank

Ich bin sehr froh, dass ich dieses Buch schreiben durfte, und dafür danke ich zuallererst meinem Verlag. Noch bevor »Nichts ist gut. Ohne dich.« veröffentlich wurde, gab es bei dtv so ungeheuer viele Max-Fans, dass es irgendwie unausweichlich schien, seine Geschichte auch noch aufzuschreiben. #nichtsistgutohnemax – herzlichen Dank an alle Beteiligten, die sich so für Jana, Leander, Max, Lina und vor allem Lea Coplin ins Zeug gelegt haben. Namentlich wären das Britt, Susanne, Steffi B., Julia, Dominique, Theresa, Anke, Simone, Betti, Stephanie, Steffi W., Marianne, Tom, Claudia Baumhöver natürlich und ach, alle anderen auch! Danke, danke, danke!

Der Roman spielt in Schottland, und auch darüber freue ich mich riesig. Vor ziemlich genau zehn Jahren, also im Herbst 2008, habe ich meine Hochzeitsreise dort verbracht, und die Route, die Max und Lina nehmen, hat nur die besten Erinnerungen in mir geweckt. Unter anderem an meinen Gatten (was für eine Überleitung!), der wie so oft das Manuskript als Erster gelesen und mir mit seinem ungebremsten Zuspruch Mut gemacht und die Selbstzweifel genommen hat, die einen als Autorin regelmäßig auffressen wollen. Danke für die vielen Brainstormings, wenn ich nicht weiterwusste, die Geduld, das leckere Essen, mit dem du mich versorgt hast, und dass du mich bei all den Auf und Abs noch nicht vor die Tür gesetzt hast.

Ich danke meiner Agentin Rosi Kern, die selbst ihre Wochenenden bei meinen Veranstaltungen verbringt, sowie Luisa und Andrea von der Agence Hoffman für die andauernde Unterstützung. Dafür danke ich auch Marlis, Leserin der ersten Stunde und lieb gewonnene Wegbegleiterin.

Von meinen Autoren-Kolleginnen möchte ich besonders Manuela Inusa danken fürs Mitfreuen und die gemeinsame Frustbewältigung, je nachdem, sowie Anne Freytag, der spontan der Titel zu diesem Buch einfiel. Es gibt inzwischen einige geschätzte Autorinnen, mit denen ich mich sehr gern austausche und die immer ein offenes Ohr für mich haben, weshalb ich sie hier einfach mal erwähnen möchte: die wunderbare Eva Siegmund nämlich sowie die nicht weniger wunderbaren Julia Hanel, Kyra Groh und Katrin Koppold. Darüber hinaus danke ich Christine Lehnen alias C. E. Bernard für die formidable Verfeinerung meiner englischen Dichtkunst.

Der beste Ausgleich zum Schreiben ist für mich der fabelhafte Bud Spenzer Heart Chor, und auch hier gibt es besondere UnterstützerInnen, denen ich auf diesem Weg danken möchte: Linda und Eve nämlich, die mich nach einem jammervollen Abend im Schwarzen Hahn in Sachen Max mit ihren kreativen Gedanken zurück auf die richtige Spur brachten, Nick und Eva, die sich ebenfalls meiner englischsprachigen Songtexte annahmen, sowie Isabell und Julia, einfach fürs Anfeuern.

Last but not least gilt mein Dank den LeserInnen, die sich aus der riesigen Auswahl an Büchern für meine entscheiden. Ohne euch gäbe es meine Romane gar nicht, und deshalb: Danke schön!

ALLES ÜBER DEINE LIEBLINGS-AUTORIN!
Lea Coplin
AUTOREN-SPECIAL
www.lea-coplin.de
dtv
Lea Coplin
WEIL LIEBE MEHR IST ALS EIN WORT
LIEBE IST MEHR ALS EIN WORT
You Tube
© Heike Bogenberger
Auch als eBook
www.dtv.de
dtv